地獄公寓
THE INFERNO APARTMENT
卷5 終極逐殺令
黑色火種——著

主要人物介紹

李隱：男主角。網路寫手，一個善良熱情的青年，因離家出走而誤入地獄公寓，又因屢屢通過高難度的血字指示而被公寓的住戶推舉為樓長。他一度懷有要拯救所有住戶的理想，本身有著敏銳的洞察力和推理能力，在每次要執行血字中抽絲剝繭、尋找生路。後來他愛上了嬴子夜，決定只為守護她而努力活下去。

嬴子夜：女主角。大學物理老師，早逝的父母都是教授學者。她性格堅韌，冷靜睿智，外表冷漠卻內心善良。在她進入地獄公寓後，發揮其過人才智，連續通過幾次血字，對李隱日久生情。多年來一直暗中調查小時候母親離奇死亡的真相，最後發現，這個事件和公寓有著千絲萬縷的連繫……

深雨：詭異孕育的「鬼胎」，因為怪異悲慘的人生經歷，被人們所厭憎和歧視，故而悲憤厭世、思想極端，擁有著可以提前畫出與公寓血字有關的場景的預知能力。她利用預知畫來誘惑、操縱公寓住戶，被稱為「惡魔之子」。

柯銀夜：智商不遜於李隱、嬴子夜的住戶，一直深愛著與自己沒有血緣關係的妹妹銀羽，在得知妹妹受地獄公寓控制後，毅然跟隨她主動進入公寓。他對愛情極其忠誠，即使知道銀羽並不愛自己，卻依然義無反顧、不求回報地守護她。

柯銀羽：被柯銀夜一家收養的女孩，與哥哥銀夜手足情深。在一次和男友阿慎約會的途中進入了地獄公寓，她在公寓裏一直受到銀夜的悉心保護，但心裏仍然掛念著已死去的男友。她智商很高，感情細膩。後來得知她的親生父母以前也是公寓的住戶。

主要人物介紹

上官眠：外表為十六歲可愛女孩，實為西方「黑色禁地」組織的頭號殺手。因得罪勢力龐大的埃利克森家族而逃亡到中國，意外進入公寓。由於從小就活在生死之間，死亡對她來說反而是最親近的事物。

卞星辰：跟隨著哥哥卞星炎從美國來到中國，一直生活在優秀哥哥的陰影下。在一次車禍中受傷導致一隻眼睛失明，開始自暴自棄。無意間救下了輕生自殺的敏。後來他得知了預知畫的事，卻受到深雨的操縱，犯下殺戮的罪行。

楚彌真：李隱大學死黨楚彌天的雙胞胎姐姐，暗戀李隱多年。楚彌真為執行十次血字的公寓住戶，然而始終還處於第十字血字的執行狀態，和弟弟同受公寓詛咒，且楚彌天目前下落不明。

蒲靡靈：惡魔的代言人，詛咒自己女兒敏在六歲的年紀懷上惡魔之子深雨。死後化身更難捉摸的亡靈，在每年五月一日，就會殺掉一個曾出現在深雨預知畫中的人。在各地留下了日記或字條預告住戶關於公寓的資料，但其用意只是惡意的樂趣。

徐　饕：當李隱自我放逐時，公寓分裂為三大派系，分別為以銀夜、銀雨為首的「夜雨盟」，以神谷小夜子為首的「神谷盟」以及以徐饕為首的「聖日派」。「聖日派」宣稱公寓是末日的前兆，唯有通過信從徐饕才有可能獲得救贖。聖日派擴散速度很快，尤其是剛進入公寓的新住戶，不少人都被吸引了，如今人數已經接近二十人，完全可以與兩大同盟平分秋色。徐饕禁止任何派內的人加入兩大同盟，一旦發現，殺無赦！

卷5

第一幕 死亡遊戲

第二幕 七日輪迴

第三幕 與鬼共舞

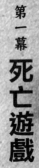

目錄
CONTENTS

第四幕 睡美人與七個殺手

第五幕 靈異片場

死亡遊戲

PART ONE

第一幕

時間：2011年6月20日23:00 ～ 6月21日03:00

地點：飛雲區洛雲山，顏玉療養院二樓

人物：嬴子夜、公孫剡、年凝憶、羅蘭
徐饕、神谷小夜子、風烈海、林天澤
蒲星淵、楓鈴織、左雅棠、黃緹

規則：十二個房間的電腦裏都有一個叫「不歸村」的遊戲。這是一個角色扮演類恐怖遊戲，每個住户的房間與扮演的角色會事先指定。住户必須在血字開始前進入遊戲，血字開始後，不能以任何形式離開房間，不能使用任何方式影響其他住户玩遊戲，違反的住户將會被影子詛咒殺死……

1 夜幽谷列車

六月九日，電視新聞中報導了暮松社區發生的慘案，公寓裏的住戶都知道皇甫壑等住戶回不來了。

公寓內不安的氣氛繼續擴散，更多的人開始為謀取地獄契約做各種準備。所有人都卯足了勁，為自己的命運做最後的掙扎。

今天的天氣有些陰沉，烏雲密佈，讓人心情很壓抑。

公寓六〇八室。

「步未。」小夜子站在落地窗前接聽著手機，「你打算來中國嗎？沒有必要吧？」手機裏一個女性用日語說道：「無論如何我都要去一次。小夜子，我大概下周就會過去，到時候就麻煩你來接我了。」

「沒有問題。我幫你介紹好的酒店。」

「是嗎？我還以為你會讓我住在你住的地方呢。難道你一直住在酒店？」

「不……不過我現在住的地方比較特殊，所以不能讓你住進來。」

「好的，那麼，下周見了。」

掛斷手機，小夜子抬頭看了看天空。似乎很快就要下雨了。

手機再度響起。她接通手機，一個男聲用日語說道：「神谷小姐嗎？你還記得我嗎？」

「你是……」

「我是神原，神原雅臣。之前你來葉神村的時候，我們見過面。」

「是嗎？有什麼事情？我們好像沒有必要繼續聯絡了吧？」小夜子的態度很冷淡，她根本就沒把和雅臣發生過關係的事情放在心上。

「我現在在天南市。今天早上剛下飛機。」神原雅臣說得很堅定，「我已經認真考慮過了，神谷小姐，你說過你被詛咒了，對吧？那件事情發生以後，我的世界觀發生了很大的改變。我想幫你，所以，我研究了很多資料。」

「你在天南市？」小夜子顯然很訝異，「你馬上給我回日本去！你幫我？我所遭遇的事情，沒有任何人可以幫得了！」

「我……想幫你。自從那一晚，我和你之間發生了……之後，我就一直想念你。雖然我對死去的美代有罪惡感，可是，我無法忘記你。」

開始下雨了。一聲悶雷炸響，傾盆大雨傾瀉而下。

「你在哪裏？」小夜子抬頭看著雨勢，「我這裏下雨了，你那邊也在下吧？」

「嗯，沒關係。我現在在酒店裏。」

「你給我回日本去！知道嗎？」小夜子激動地大喊道，「葉神村那次能夠僥倖活下來，你是不是就以為詛咒是很好玩的事情？你知道比死更痛苦的是什麼嗎？你知道什麼是生不如死的絕望嗎？我不過是和你做了一次而已，你就以為我對你有意思了嗎？那個時候我只是為了活下來，僅此而已！」

沉默了許久之後，雅臣再度開口道：「我不知道什麼是生不如死的絕望。但是，我還是來了，因為我感覺不來的話，我一定會後悔。美代的死，我至今還是很後悔，我帶了她去那個鬼屋。所以，我不想再做後悔的事情，你，是美代去世後，我第一個真正喜歡的女人。所以，我無論如何都要救你，不管要付出多大代價。」

小夜子看著越來越大的雨，說道：「哪怕會死嗎？你應該很清楚，我不是危言聳聽。」

「我說過，不管付出多大代價。」

「你到底知道不知道，我所面對的是……」

「一個受到詛咒的公寓，對不對？」

「什麼？」小夜子臉色一變，「你怎麼會知道的？」

「裘青衣小姐告訴我的。你們回國那天，我單獨和她見了面，懇求她告訴我，你們到底是在和什麼東西作戰。然後我就知道了，世界上有這麼恐怖的事情存在，就像都市怪談一樣，可是，我相信這是真的。我現在不再懷疑了。」

「夠了！我不會再和你見面的。裘青衣沒有告訴你我住在什麼地方吧？對了，順便告訴你，就在昨天晚上，她已經死了。你還打算來見我嗎？」

「是。」雅臣毫不猶豫地回答，「也許你覺得那一次沒有意義，只是一個活命的辦法，但是，我無法忘記。我已經把你看成是我的女人，我會保護好我的女人！」

「隨便你吧。再見！」

雅臣看著被掛斷的電話，編輯了一則簡訊，寫明了自己所住酒店的名字、地址和房間號，跟小夜子說，如果她改變了想法，可以隨時通知他。

目前，他和家人已經搬到了熊本市內居住。神原家的財產還是比較豐厚的，因為祖先留下了地產。晴美繼續學業，父母也開始找工作適應新生活，雅臣則來了中國，為了小夜子。即使晴美一再勸他，雅臣還是決意如此。

雖然感覺很對不起拚命救了他的美代，可是，雅臣知道，人鬼殊途，他和美代不可能再在一起了。

離開日本之前，雅臣去京都拜訪了小夜子的父母。小夜子的父親在京都一家神社擔任住持，他對女兒的事情很少過問。當初她在高中畢業後就做了偵探，他都沒有提出過反對意見。

雅臣決定等下去。如果小夜子不主動聯繫他，他也會想盡辦法找到她。他不是沒有掙扎猶豫過，但是，最終決定來中國的時候，他感到很喜悅。自從美代去世以來，一直沉浸在悲傷中的他，感到又活過來了。

接下來的日子裏，他再給小夜子打電話，要麼是關機，要麼就是不接電話。但是，雅臣心裏很清楚，小夜子是關心自己的，所以才堅持讓他回日本去。

雅臣等到第九天的晚上，忽然傳來了敲門聲。

雅臣立刻衝過去把門打開。神谷小夜子站在門外，頭髮有些凌亂，額頭有汗水。她走進門來。

「小夜子……」雅臣激動萬分地抱住她，覺得她比以前更美豔了。

「你要考慮清楚。」小夜子沉穩地說，「你選擇的是一條絕望的路。你將要經歷的一切，會比恐怖電影可怕得多，連想死都是奢望。就算如此，你還要和我在一起嗎？還要來救我嗎？」

「是。」雅臣的額頭抵住小夜子的額頭，「我已經決定了。」說完，他吻上了小夜子的嘴唇。熱烈的激吻點燃了情欲。二人倒在床上，小夜子流出了淚水。衣服一件件從床上滑落，雅臣撫摸著小夜子白嫩細膩的肌膚，拭去她的淚水。

「你好美……」雅臣的眼中滿是忘乎所以的癡情，「我愛你，小夜子。」

一個多小時之後，二人滿足地躺在床上。小夜子從脫掉的衣服裏取出一張照片，遞給雅臣：「這個女人，我想調查一下。不過，我離開公寓的時間是有限的。所以，你……」

「交給我吧。」照片上是一個清麗的女子。

「她的名字叫楚彌真。」小夜子忽然面色一變，猛地從床上坐起來，手緊緊捂住左胸。

「怎麼了？」雅臣連忙關切地問道，「你沒事吧？」

「血字，血字指示……」小夜子拿起衣服穿戴起來，「我必須回去了。晚點我再聯繫你。」

公寓發佈了新的血字指示。這一次血字的內容很長，內容也很特殊。

「六月二十日晚上十一點至六月二十一日凌晨三點，前往飛雲區洛雲山的顏玉療養院二樓，二樓共有十二個房間，每個房間的電腦裏都有一個叫『不歸村』的遊戲。這是一個角色扮演類恐怖遊戲，每個住戶的房間與扮演的角色會事先指定。住戶必須在血字開始前進入遊戲，血字開始之後，不能以任何形式離開房間，不能使用任何方式影響其他住戶玩遊戲，違反的住戶將會被影子詛咒殺死。遊戲共有七局，如果在時限之前沒有玩完遊戲，全體住戶都會被影子詛咒殺死。遊戲過程中，玩家操縱的角色受到的傷害和死亡，都會發生在玩家身上。如果遊戲角色全部死亡，住戶也會全部死亡，遊戲提前結束。

「遊戲過程中，住戶可操作出現的選擇提示，除此之外，角色的行動不受玩家控制。選項可能是生路和死路，也可能連續幾次選擇之後才會出現死路或生路。每一局結束時，會彈出是否保存當前進程的提示，如果保存，該局遊戲中死去的遊戲角色對應的玩家就會死去，如果不保存，則能重玩此局。這種選擇只能進行一次，重玩一局的結果將自動保存，不可更改。是否保存此局，由所有玩家投票決定，如果連續三次投票平局，遊戲將隨機自選。」

之後的內容，每一個參與住戶的血字都不一樣，寫明了不同住戶進入的房間號和要扮演角色的名字。這次一血字執行的住戶人數，達到了有史以來的最高值，整整十二人！這一次的血字，竟然要用投票決定遊戲進程，那就意味著……可以決定其他住戶的生死！

血字最後還有特別提示：「血字發佈之後至結束之前，不得干擾執行此次血字的住戶，也不能在遊戲過程中提供任何建議，一旦違反，住戶會被影子詛咒殺死。」這一段規則實在觸目驚心。以往的血字，都是集合了很多人的智慧，再加上運氣才能解開的，公寓從來沒有禁止過為住戶提供建議。

公寓一樓大堂內聚集了九位接到血字的住戶。這一次的特殊血字讓他們倍感不安。

這九位住戶分別是：一七〇三室的風烈海，擁有照相機一樣的視覺記憶力，看過的畫面能夠一點不差地記住；二一〇九室的蒲星淵，他和深雨沒有任何關係，他是一個富二代，因為喜歡看鬼神修仙的書，對這個有鬧鬼傳說的社區很好奇，因而成了公寓的一員；一一〇五室的林天澤是皇甫壑的鄰居，和皇甫有些交情，後來出錢幫皇甫辦了後事。他進入公寓以來，一直堅持站在小巷口阻止人們進入；二二〇八室的年凝憶是一個喜歡搜集蝴蝶標本的女子；七一〇室的徐饕自稱是預言家，可以看到過去未來，雖然有少數住戶相信他，但是大部分住戶對他不屑一顧；一〇〇七室的黃緹是廣告公司的職員，進入公寓時剛結婚一個月；一三〇九室的左雅棠是一名插畫家，個性內向怯懦，戴著一副厚厚的眼鏡；一二一二室的楓鈴纖只有十七歲，是個神經質的小女生，平時總是宅在家裏，渴望刺激的生活；一二〇五室的公孫剡是一名檢察官，為人相當正直，半年前被調到天南市，一直在暗中調查正天醫院的不法行徑。他是被公寓救下了性命的人，當黑道追殺他時，他逃進了這個社區，影子被公寓吸入，這才逃過一劫。

九名住戶開始討論起來。這時，電梯門打開，兩個人走了出來。前面一個是住戶很熟悉的外國人羅蘭，他和神谷小夜子負責進行了影子詛咒實驗。後一個人居然是嬴子夜！

「她也要執行這次血字？這下好了，說不定李隱會幫忙出謀劃策呢！」

「拉倒吧，李隱現在就跟活死人一樣，這段時間的血字討論會一直都缺席啊！」

「其實有不少人提議讓柯銀夜擔任新樓長了，他比李隱可靠多了！」

「我覺得神谷小夜子也不錯啊！」

「但是柯銀夜經驗更老道一些，我們已經決定，在下次血字討論會上，提出推選柯銀夜為新任樓長。」

住戶們並不避諱嬴子夜，開始議論紛紛。嬴子夜的表情沒有什麼變化，而羅蘭的中文水準有限，自然聽不懂。

公孫剡看著嬴子夜，感到有些不安。公孫剡疾惡如仇，他最為痛恨的就是腐敗。而嬴子夜的男朋友李隱，就是李雍的兒子！公孫剡不禁懷疑李雍是不是和這個公寓也有什麼關係。不過，在血字中活下去才是第一要務。他現在無法回去上班，因為檢察官加班是常有的事，無法保證在四十八小時內能回到公寓。他也考慮過要將公寓的存在向上級彙報，但是，這種事情誰會相信呢？

他連對未婚妻申娜也沒有告知實情，只是打電話要求解除婚約。未婚妻申娜是一名律師，在一次法庭辯論中，他在申娜的犀利辯護中敗下陣來，他就愛上了那個伶牙俐齒的女律師。現在，他的未來吉凶難測，不想耽誤了申娜。當然，申娜完全不能接受。

「大家快到齊了。」子夜看了看在場的人，點點頭說：「那麼開始討論吧，不如到我房間去坐？」

公孫剡搖搖頭說：「嬴小姐，就在這兒說吧。這個血字，你有什麼想法？」

子夜剛要說話，突然一個聲音傳來。

「請等一下！」

眾人回過頭去，立即看到了衝進公寓的神谷小夜子。

「我也是要執行這次血字的住戶……」小夜子看了看聚集的人，眉頭一皺道：「難道，大家都是要執行血字的嗎？」

大家各自報出了房間號和要扮演的角色名字。

二〇一房嬴子夜，角色名鳳舞；二〇二房公孫剡，角色名定千；二〇三房年凝憶，角色名紅夏；二〇四房羅蘭，角色名晝遲；二〇五房徐饕，角色名洛冰；二〇六房神谷小夜子，角色名阿藺；二〇七房風烈海，角色名修羅；二〇八房林天澤，角色名白虹；二〇九房蒲星淵，角色名笙海；二一〇房楓鈴纖，角色名星月；二一一房左雅棠，角色名芊芊；二一二房黃緹，角色名為鳴。

「血字明確指出，選項有生路和死路。」小夜子分析道，「而生路死路，要麼對半，要麼是在多次選擇後出現。你們知道這意味著什麼嗎？」

大家都等著小夜子的下文。小夜子是被眾人信賴的智者，也是唯一可以和銀夜並列的人。這些日子，和她攀交情、要求加入她的聯盟的人很多。這次血字，絕對是唯她馬首是瞻。

小夜子說道：「如果死路是一項，生路是三項的話，那麼選錯一次，只要不保存進程，這一局可以重新玩，就可以輕易選到生路。反過來說，生路一項、死路三項的話，那麼選錯一次，依然還有三分之二的機率選到死路。這樣就超出了血字難度的平衡，所以有了兩項生路、兩項死路的規則。也就是說，如果第一次選錯了，那麼第二次選到生路的機率就是三分之二了！」

大家頓時高興起來，畢竟大多數人都是第一次執行血字。

「但是，還記得血字最後的內容吧？不能干擾住戶玩遊戲，也不能為住戶的選擇提供意見。也就是說，我們只能自己進行選擇。而第一局有人死去後，出現是否保存的視窗時，每個人都只能自己做決定。

「有一種情況很難避免，就是該局中有一部分住戶死去，另外一部分住戶活下來。對活下來的住戶說，如果該局進程不保存，選到死路的機率是三分之一，但是沒有人願意再賭。活下來的住戶，是否會為了自己的存活而犧牲其他住戶呢？一旦保存進程，就會有住戶死去。這樣就成了人性的抉擇。

「其實，三分之二不是嚴格的機率，因為還有多項選擇，所以，第二次玩，也很難說會不會自己原本第一局活下來，第二局卻死了。一局最多能玩兩次，也就是說，第二局是決定局，死了就要真的死了。

「一旦活下來的住戶是多數派，少數派就會被拋棄。而且，這是不記名投票，可以大大削弱住戶的罪惡感。反正也沒有人知道自己選的是什麼，就算我拋棄了少數派住戶，其他多數派住戶也是同謀。所以，你們該明白了吧？這就是為什麼這一次血字要那麼多住戶執行的原因。」

公孫剡說：「神谷小姐，我明白你的意思。為了自己的存活而不得不犧牲他人，對吧？這個血字的殘酷之處在於，因為第二局一樣有生存下去的可能，所以，也不算是生死抉擇。執行血字的住戶要完全靠自己來判斷決定，犧牲他人還是犧牲自己，這一次血字，我們的敵人一半來自血字，一半來自我們自己！」

小夜子托著下巴說：「在地獄契約碎片即將集齊前發佈這個血字，恐怕是為了將住戶的團結徹底破壞。人只要犯下一個錯誤，就會犯下更多錯誤，最後猶如多米諾骨牌一樣崩潰。」

一個破敗的火車站，一列火車停靠在月台上，而月台上一個人都沒有。天空一片黑暗，沒有一點月光。

彌真和李隱走到火車站前。

「果然是這樣嗎？」彌真緊緊皺著眉頭，「雖然離開了那個建築，卻進入了新的空間？」她和李隱陷入這個空間，已經被困一個星期以上了。不過，這一個星期裏沒有遇到過鬼。這自然是因為蒲靡靈留下的日記紙的幫助，他們找到了那個建築的出口，然而出來之後，卻看到了這個火車站。這個火車站周圍是一片曠野，風一陣陣吹起地面的沙土。彌真跨上了空蕩蕩的火車，李隱也跟了上去。

他們前方的一個空位上放著一個盒子。彌真快步走過去，將盒子打開。不用問，又是一張日記紙。

彌真已經可以肯定一件事情。有不少日記紙是蒲靡靈死後才放進去的。每到五月一日，蒲靡靈的亡魂就會四處遊蕩，包括當初在雪真和皇甫壑所住的公寓畫下那幅畫。皇甫壑看到戴著帽子和手套的人，就是蒲靡靈，而樓梯間裏的畫布，就是他和雪真當時看到的東西。

日記紙上寫著：

「這列火車每天午夜零點發車，你們記住要在『夜幽谷』下車。如果在沒有到達『夜幽谷』之前下車，必死無疑！到了『夜幽谷』，前往那座山上的一個城鎮，在那裏一個姓葉人家的書店裏能找到我留下的日記紙，就能夠前往下一個地方。最後，你們就能夠觸及與魔王相關的秘密。還有……」

彌真的手頓時一顫！

「楚彌天就在你們要到達的終點。對，我知道是你，楚彌真。五十年來，成功執行到第十次血字指示的人，包括你和你弟弟，一共有七個。而你是唯一一個活著離開公寓的，其他人都死在第十次血字指示中。當然，楚彌天比較特殊。」

這個男人，他什麼都知道！

彌真沒有注意到，車窗外忽然有一隻手抓了上來，抵住窗戶，很快又縮了下去。

彌真和李隱一起坐下來。李隱看完後，將日記紙疊好放進口袋，說道：「那麼，我們只能去了吧？」

「是的，只能去了。」

彌天在那裏！想到這一點，彌真就感到無比激動。終於可以和弟弟再次見面了嗎？

她警惕地看著窗外，外面只是一大片曠野。不過，她並沒有因此而感覺到安心。

「要等到午夜零點啊。」彌真長歎了口氣，「已經過去那麼多天了，還是出不去。不過還好，有了蒲靡靈留下的日記紙，我們總算能活到現在。」她看了看李隱腳下的影子說，「你的影子詛咒……」

「我說過了，」李隱連忙說，「你別擔心。」

「嗯。」彌真從身上取出一個盒子打開，裏面有幾個三明治，是從餐廳裏取的。將三明治遞給李隱後，她自己也拿了一個：「這個旅程會持續多久？」

「不知道呢。」李隱吃了起來，「會持續很久吧。」

二人的目光都緊盯著車門，只要出現鬼影，就要立即衝出門去，進入曠野。

「李隱。」彌真微笑著說，「我感覺這樣好像旅行一樣，也蠻刺激的。」

李隱嚼著三明治，問道：「你還能笑得出來啊？」

「嗯，畢竟以前經歷過的血字比這要可怕得多了。對了，我和你說一說我經歷過的血字吧，這樣你也可以有所借鑒。」

「不用了。」李隱搖了搖頭，「我不想聽。」

「這樣啊……」三明治很快吃完了。彌真又說：「看來我們暫時應該不會有事，這段日子以來，都沒有時間和你談談。前段時間，你一直都表現得那麼冷冰冰的，我能理解你的痛苦。就像當初我父母死於事故，我和彌天相依為命，後來又進入公寓的心情一樣。」彌真的睫毛顫動著。

「你知道我和彌天為什麼可以活到第十次血字嗎？」

在一個陰暗的密室內，李雍看著地上躺著的一具男性屍體，露出了殘忍的笑容：「很好，非常好！這是第十四個人了！」

站在李雍面前的，是一個戴著黑色帽子、面相很斯文的男人。這個男人是天南市一個販毒集團的首腦，名叫嚴羅。倒在地上的屍體，臉上是恐懼至極的表情。

「還有兩個人，李院長。」嚴羅笑著說，「那麼，利用正天醫院儲存毒品的事情，可以馬上執行了吧？」

「沒問題。」李雍說道，「嚴先生真是麻利，那麼快就把第十四個人殺死了。第十五個人查得怎麼樣了？」

嚴羅叼著一根煙說：「嗯，在前兩天發現了。有人見到盧翊藍在天南市出現了，原本以為她要離開天南市，沒想到居然還躲在這兒。」

「高明。」李雍臉上露出一絲凶厲之色，「最危險的地方就是最安全的地方。第一個要殺的人就是她，沒有想到她逃走了，還一直躲在我們的眼皮底下啊。她現在在哪裏？」

「這個，還在查。不久就會有消息了。」

李雍聽到這個答案，不是很滿意。不過，也不能將對方逼得太急。

「還有……」李雍又問起一個關心的問題，「那個姓公孫的檢察官，你們還沒有找到嗎？他已經查到我們有聯繫的線索，現在卻找不到他！」

「你也知道，李院長，他畢竟是檢察官，省裏已經派人來天南市調查了，我們不能動作太大啊。」

「好吧。但是，那個檢察官，我活要見人，死要見屍！」

李雍離開了密室。他的心情越來越激動。只差那兩個人了，殺殺殺！只要能夠讓青璃復活，就一定要殺！

這幾天，他一直在操辦楊景蕙的喪事。再過三天，就要舉行葬禮了。他取出手機，給李隱打了電話。楊景蕙的葬禮，兒子總得回來。

這時候，真正的李隱正坐在公寓的天台上。自從進入這個公寓，這個天台他只來過一次。他已經知道了新血字的發佈，也知道子夜是執行血字的住戶之一。可是，他什麼都不想考慮了。這個公寓裏，誰生，誰死，都不重要了。地獄契約，誰想搶就去搶吧，自己已經不在乎了。

那一天，他沒有讓自己沉入水底是正確的嗎？回到這個公寓是正確的嗎？

手機響了，李隱拿出來一看，是父親的來電，他接通電話道：「什麼事？」

「這段時間你在哪裏？三天後來參加你母親的葬禮。你的幾位表舅舅這兩天都在問我你怎麼一直不出現，你母親的喪事都是我一手打理的。」

「我知道了。我會去的。」

掛斷電話後，李隱走下了天台。半小時之後，他就回到了家中。

家中一片縞素，李雍坐在沙發上。客廳的茶几上放置著楊景蕙的骨灰。李隱走進客廳，看了李雍一眼，就朝茶几走去。

「喂，李隱！」李雍看到李隱捧起了楊景蕙的骨灰盒。

「你要做什麼？」李雍隱隱有不好的感覺。

「你聽好了。」李隱回過頭，用冰冷的、毫無感情的眸子看向李雍，說道：「我不會把媽媽的骨灰給你的。我不允許你再碰她！」

「你瘋了嗎？」李雍大驚失色，「你憑什麼讓我不碰她？」

「媽媽愛了你一輩子！可是她最後換來了什麼？」李隱大喊道，「你以為我不知道嗎？你愛的人是子夜的母親！從子夜後來和我談到的一些事情，加上我的調查，我知道你根本就打算拋棄媽媽，拋棄我！媽媽對你而言算什麼？你回報給她的是什麼？你把正天醫院變成了什麼樣子？你這個偽君子，其實現在很高興吧？你不愛媽媽，你娶她是為了楊家的財產吧？你的心裏只有錢！」

「李隱！你胡說什麼！」李雍怒道，「你這話是什麼意思？」

「我不會再和你見面了。」李隱咆哮道，「死的人為什麼不是你？你算什麼醫生，你憑什麼開醫院救人？你是一個惡魔，一個死神，一個人渣！該死的人是你，是你！」

李雍額上青筋暴跳，就算嚴羅這樣的人都賣他幾分面子，市政府的人對他也很友好，而自己的親生兒子居然如此咒罵他？

「你反了你……」

「李雍！」李隱越說越激動，「聽好了，我李隱從今以後，和你恩斷義絕！我不再是你的兒子！我真的恨不得換掉我身上的血，和你撇清所有關係！媽媽死了，我沒有理由再回到你的身邊。你不是我父親，你不是！」

說完，李隱就捧著骨灰盒，從房門衝了出去。他不後悔說了這些話，他也不關心父親有什麼感受，他什麼都不在乎了。

「媽媽。」李隱緊緊抓著手中的骨灰盒，一邊飛奔著一邊說：「對不起，是我連累了你。從今以後，你的魂魄由我來守護，任何人都不能再傷害你了。任何人都不能！」

真正的李隱根本不知道，有另一個一模一樣的自己。那個假李隱，原本也是一個活人，不，應該是說，組成假李隱身上的每個部分，都曾經是活人。

火車上，彌真和她身旁的那個李隱，還在繼續等待著。彌真並不知道，眼前的這個李隱，只是一個空殼罷了，根本沒有心。

「其實我和彌天能夠活到第十次血字是有原因的。」彌真表情肅然地說，「我其實是……一個通靈巫女。」

「什麼？」李隱眼睛一瞪，急問道：「你說的是真的嗎？」

「當然是……假的。」

李隱頓時表情一滯，隨即就看到彌真捂著嘴笑了起來：「哈哈，你又上當了，以前也是這樣，只要我一本正經地講話，你總會被我騙……」

彌真看到李隱也笑了起來，笑得很自然。

「你終於笑了。」彌真鬆了一口氣，「這樣就好了。其實，我剛才想對你說的是，我和彌天可以活下去是因為，我沒有放棄我的笑容。就連死神，也會在笑容面前被打敗。所以，絕對不可以失去笑容。那是在父母去世之後，我對自己所說的話。因為，身為姐姐的我，有責任照顧彌天，讓他好好地活下去。」

火車上一片寂靜。李隱閉上了眼睛。「嗯，你說得對。」他重新睜開眼睛看向彌真，露出一個笑容道：「對，我們一定還有希望的，有希望！」

天色漸漸昏暗下來了。

彌真打開一個保溫瓶，往杯子裏倒了咖啡，將咖啡遞給李隱。李隱接過咖啡，他的內心很混亂，不知道為什麼，看到彌真就感到內心有什麼東西在復甦。他喝了一口咖啡。

「藍眼咖啡廳的咖啡呢。」彌真微笑道，「很熟悉的味道吧？我後來特意去那裏學習了做法。」

李隱把頭靠在椅子上，慢慢地品味著。

彌真這時不敢去看李隱臉，說道：「當年我覺得，如果無法離開公寓，我是無法和任何人擁有未來的。我那個時候把感情壓抑在心底。但是，隨著時間推移，就好像咖啡一樣，我發現對你的感情越來越醇厚……」

「李隱？」彌真看向旁邊的李隱。他沒有說一句話，但是，眼眶中有淚花在閃爍著。

李隱把臉轉向彌真，此刻，他發現自己的眼神完全被眼前的人吸引了，彷彿世間只剩下了眼前這一個人。他想說什麼，可就是說不出來。

午夜零點，這輛火車終於開始行駛了。但是，他們想不到，夜幽谷會是那麼遙遠……

這段時間以來，公寓發生了很多事情。幾天前，一七〇八室的張櫻自殺了，她一次血字也沒有執行過，在自己房間裏上吊自盡。想來是受到了皇甫壑執行血字所有住戶全滅的巨大打擊。

住戶們的暴走與日俱增。很多住戶變得暴躁易怒、陰冷狠毒，往往一語不合就大打出手，如果不是有人勸解，要鬧出很多人命了。

神谷小夜子和柯銀夜兩大同盟不斷擴張。李隱還是很頹廢，整天都待在房間裏，捧著母親的骨灰盒，任何人和他說話都不搭理，就連子夜再三苦勸也不為所動。後來，他乾脆不和任何住戶見面了。

所有人都認定，李隱已經廢了，他遲早也會走上自殺這條路。現在，公寓內最值得信賴的只剩下柯銀夜、柯銀羽和神谷小夜子了。前兩人是命運共同體，而且執行血字次數也是除了李隱之外最高的，大家已經將銀夜視為新樓長。

銀夜的同盟稱為「夜羽盟」，神谷小夜子的同盟稱為「神谷盟」。游離於兩大同盟外、卻擁有地獄契約碎片的人——李隱和子夜，自然成為眾矢之的。現在李隱完全廢了，子夜的智商被詛咒削弱，又不加入任何一個同盟，住戶們自然希望二人交出契約碎片，只是暫時還沒有對他們動武。

住戶們最為忌憚的人，就是上官眠！她沒有地獄契約碎片，但是，她個人的武力太過可怕，如果她要奪取契約，後果不堪設想，沒有一個住戶能夠與她對抗。住戶已經是全民皆兵，每個人出門都帶著刀子，很多人開始積極學習格鬥術，大家相互戒備、殺氣騰騰。

地獄契約還有兩張，「夜羽盟」和「神谷盟」之間暫時還能制衡。而兩大同盟的成員有公開的，也有秘密的，甚至有安插進另外一個同盟的間諜。所有人都密切關注著三個人，李隱、子夜和上官眠。

其實，不是沒有人考慮過，集合所有住戶之力，使用地獄契約去執行魔王級血字，但是這種做法太不現實，沒有任何人能放心將完整的地獄契約交給任何一個人，畢竟只有同一天決定執行魔王血字的住戶才能被安排到同一時間地點，一旦有偏差，後果不堪設想。誰也不敢去賭人性有多麼自私！

六月二十日清晨，在神谷小夜子家裏，「神谷盟」的幾位重要成員聚集在一起。羅蘭將一份名單放在茶几上，說道：「這是最新決定加入『神谷盟』的住戶名單。」

「你處理吧。」小夜子連看都不看那份名單就推回到羅蘭面前，「現在，所有加入的人也在不斷試探，我身上是否有地獄契約碎片，雖然我多次聲明沒有，可是，似乎沒有人相信呢。」

「不過，真的沒有問題嗎？」韓國住戶洪相佑說道，「神谷小姐，你說皇甫壑持有一張契約碎片，這一點，『夜羽盟』的卞星辰的說法和你一樣。可是，皇甫壑已經死了！雖然當時蘇小沫等人聯繫了你，得知戰天麟要用毒藥來奪取地獄契約碎片，但是，那張碎片真的……」

「我也有這個疑問，」易容高手安雪麗說道，「那張地獄契約碎片……」

「還在。」小夜子一副自信滿滿的樣子，「我不是和你們說過嗎？雖然不知道是誰，但是戰天麟應該讓他的同伴拿走了地獄契約碎片，而那個同伴就是公寓住戶。這一點我可以完全確定。」

「我還是不明白，你為何如此確定？」安雪麗問道。

「這一點你們不需要知道，我有我的情報來源。只是，那名住戶的具體身分我還不清楚。」小夜子朝凡雨琪看了一眼。

凡雨琪並沒有不自然的反應，她回憶起戰天麟死後不久，神谷小夜子就來找她了。凡雨琪完全沒有預料到，這個女人真的很可怕。

「你什麼時候在我和天麟的房間裏安裝了竊聽器？」凡雨琪緊張地問道，「你既然知道了這一切，你想怎麼做？」

小夜子冷冷地說：「我知道地獄契約碎片在你的身上，但是，這件事情，你不要告訴任何其他住戶，也不要告訴柯銀夜。我就是要告訴你這件事。」現在，只有小夜子一個人知道凡雨琪和戰天麟的關係。

小夜子隨即來到一樓大堂與其他執行血字的住戶會合。這一次血字，少數派會被拋棄，這讓十二名住戶之間的關係非常緊張。子夜很平靜地坐著，看著每個人時都沒有什麼表情，她一向如此淡然、高深莫測。

小夜子看了看子夜，說道：「大家都在地圖上確認顏玉療養院了，不過我們還是要早些出門，這座療養院已經廢棄了，一周後將被拆除，療養院裏肯定不會有人出現。你們每個人都要記住要扮演的角色。」

這時，一道視線鎖定在小夜子臉上，那是風烈海的目光。

「風烈海。」小夜子也將目光掃向他，「你的視覺記憶能力是羅蘭進行實驗後確認的。這一次，要拜託你了。」

「我知道了。」風烈海的外形很粗獷，這也讓他雖然只有二十幾歲，看起來卻像三十多歲了。

子夜始終一言不發，只是拿著手機在輸入什麼。她正在編輯發給李隱的簡訊，這段日子，她不知道和李隱談了多少次，可是，李隱只是捧著母親的骨灰盒，很勉強地吃一點東西。再這樣下去，他的徹底崩潰只是時間問題罷了。

李隱此時躺在四〇四室的地板上，抱著母親的骨灰盒。手機響起，他打開一看，是子夜發來的簡訊：你真的已經放棄了嗎？

看著一旁的骨灰盒，他喃喃自語道：「媽媽，你能給我答案嗎？我該怎麼做？」

中午時分，十二名住戶出發了。

臨行前，子夜的目光還看著電梯的方向。其他住戶都明白，她是希望李隱能夠出來送她。

「嬴子夜，你死心吧。」左雅棠說道，「我理解你的心情，但是李隱現在這個樣子……」

「快走吧。」小夜子也開口了，「還是說，你想學他，徹底放棄了，等影子詛咒啟動？」

子夜的腳步一點一點地挪動，她的目光漸漸黯淡下來。「我知道了。」她回過頭，跟上了隊伍，走出公寓的旋轉門。

十二人離開了公寓。五分鐘之後，電梯打開了，李隱從裏面走了出來。他看向公寓大門，一動不動地站著，猶如一尊雕像……

飛雲區是天南市的郊區，有許多綠化林帶和大片林區。近年來，林區的開發更受重視，已經成為天南市市政府的重點工程之一。洛雲山就是距離飛雲區一號林區最近的一座山，這一帶人跡罕至。

十二人分坐三輛車，在洛雲山山腳下的公路上行駛，這一帶大家都是第一次來。

小夜子和子夜同坐一輛車，後面還坐著風烈海和蒲星淵。風烈海這個人很沉默，一般不會主動說話，而蒲星淵較為健談。

小夜子這一次特別沉默，子夜也是一副心事重重的樣子，所以，一路上沒有人說過話。這壓抑的沉默是因為大家都感到血字越來越可怕了。

事實上，地獄契約碎片只剩下一張了，但是，由於不知道假住戶的存在，住戶們都以為還有兩張。下一張地獄契約碎片發佈以前，住戶就算是結盟，也不過是暫時利益一致，一旦搶奪地獄契約的時候，每個人都會不顧一切。現在公寓裏互相信賴的住戶已經很少了，每個人為了求得一線生機，都會不惜殺戮，如同當初的卞星辰一樣。

「嬴子夜。」蒲星淵開口了，「你有注意到嗎？最近有很多人，在你的房間門口徘徊？」

子夜看著車前方，沒有回頭，淡淡地回答：「當然。」

「我勸你，小心一點。」蒲星淵說道，「大家都認為，你們不該再持有那張地獄契約碎片了。」

子夜沒有絲毫動容，說道：「很抱歉，我不明白你在說什麼。碎片的事情，我一概不知。」

蒲星淵只好作罷。心裏卻想：不愧是嬴子夜啊，到現在還在裝傻，你和李隱有地獄契約碎片的事，早就是公開的秘密了，現在還否認，有意義嗎？

當他們來到山腹地帶時，看到了豎立在盤山公路上的路牌，標示著「顏玉療養院」。三輛車都停下了，再接近就很危險了。住戶們打算在這裏休整，他們各自抱著心事等待著。

年凝憶坐在第二輛車上的駕駛座上，她的旁邊是檢察官公孫剡。

「年小姐。」坐在後車座的黃緹說道，「我聽說，你已經加入了『神谷盟』？」

「嗯。」年凝憶輕聲回答，托住下巴看著窗外：「黃小姐，你是『夜羽盟』的吧？」

「是的。」黃緹沉默了一會兒，又說道：「你要不要考慮加入『夜羽盟』？加入同盟後，執行血字時可以得到柯銀夜和柯銀羽的全力相助，同盟內部的能人還有很多哦。」

「不用。」年凝憶用有些慵懶的聲音說，「柯銀夜這個男人，做的一切都是為了柯銀羽，甚至做出主動進入公寓這種愚不可及的事情來，這種情感超過理智的人，不是我的首選目標。相對來說，無論何時都最為冷靜的神谷小夜子，我認為才可靠。」

「是嗎？」黃緹頓時一愣，她感覺，年凝憶的話似乎也有道理。

年凝憶的頭略略轉過去，說道：「不過，我也不會完全相信神谷。說到底，在這個公寓裏，可以相信的人只有自己。黃小姐，你也為自己多做打算吧。」

黃緹緊握雙拳，她的內心也是恐懼不已。身為一名廣告策劃的她，剛和室內設計師丈夫結婚一個月，二人在附近買了房子，她卻在一次購物時，走進了那個社區的小巷，莫名其妙地成為了公寓的住戶。

最後一輛車子裏，開車的是林天澤，公寓裏公認的超級老好人。其他住戶潛意識裏都希望有更多人進入公寓，變成同病相憐的處境，以獲得心理平衡。當然，故意讓人進入公寓這種罪惡的行為是不會有人去做的，但是也不會像林天澤這樣阻止別人進入。

坐在林天澤身旁的是左雅棠，她是「夜羽盟」的人，林天澤不屬於任何一個聯盟，他一直主張，住戶可以共用契約，所有人一起被拯救。但是，沒有人理會他如此天真的想法。在地獄契約出現之前，住戶共同對抗血字的團結已經完全瓦解了。

坐在後座的羅蘭，則是一副正襟危坐的樣子。左雅棠的英文還算不錯，所以還可以和羅蘭進行交流。羅蘭旁邊坐的是徐饕，他一直宣稱二〇一二年將是世界末日，最終審判來臨，並且認為這個公寓就是末日現象之一。已經有一批住戶跟隨他進行「修煉」，以爭取在末日審判後達到彼岸。

總而言之，現在的公寓，已經混亂到了極點，幾乎沒有一個住戶能夠保持正常了。

洛雲山的山頂，在一片密林深處，有一個紅色磚瓦建築。建築很老舊了，牆體有了很多裂縫。晚上十點多時，神谷小夜子等人已經來到了顏玉療養院附近。

這種特殊的血字，不需要考慮鬼在哪裏，如何克制鬼，要考慮的只是，如何在規則中完成這個遊戲。每個人都緊張地看著密林深處的療養院，摩拳擦掌、躍躍欲試。對於首次執行血字的住戶來說，更是心情激動不已。

十點五十分到了。

「走！」神谷小夜子一聲令下。

2 不歸村迷陣

住戶們立刻爭先恐後地走過去，神情就像嗜血的鬥士一般，抱著拚死的決心。同盟的建立，讓住戶們有了明確的目標，並且通過聯盟內部的大量情報交換和經驗共用，現在已經不是單純地恐懼血字了。

療養院的大門很破敗，稍微一推就開了。裏面完全沒有燈光，他們打開了手電筒才看清了路。很快走到了二樓，大家看到了走廊兩側的房間。

「快進去！」小夜子說道，「記住，沒有特殊情況不要聯繫，否則，你們的影子馬上就會送你們入地獄！」

子夜看向離她最近的二〇一號房，逕自走過去打開門。這是一個狹小的房間，有一張床、一台電視機、一桌一椅和一台電腦。她走過去將主機打開，拉開椅子坐下，安靜地等待進入遊戲。

其他人也都進入了各自的房間，將電腦打開。他們都看著手錶的時間，因為，不敢相信電腦上的時間。

電腦的桌面上有一個很明顯的圖示，是一個黑色漩渦，寫著「不歸村」三個字。

十一點到了。大家都點擊了那個黑色漩渦圖示。整個螢幕被一片黑色占滿了，一段詭異的音樂響起。接著，螢幕上鮮血流下，組成了一行文字：「歡迎進入不歸村」。黑色背景漸漸散去，螢幕上出現了一段新文字，不同的住戶看到的不一樣。

子夜看到的內容是：「你的名字叫鳳舞，是從小嬌生慣養長大的千金小姐。在假期裏和同班同學一起前往西嶽山。遊戲過程中，按字母鍵進行選擇，不區分大小寫，確認選項按輸入鍵。」

文字說明漸漸消失，螢幕亮了起來，畫面出現。遊戲正式開始了。

遊戲的畫面效果很好，一個一頭黑髮、一對丹鳳眼的女子正坐在車子的駕駛座位上。下方出現了一行文字：「鳳舞：大家玩得開心吧？我們家的車很不錯吧？」

看起來，人物的對話是通過文字進行的，這個丹鳳眼女子就是鳳舞了。鳳舞顯然是遊戲的主角，她的容貌最豔麗，是個相當開朗的人，因為是個千金小姐，還有些自大。

汽車正在一個漆黑隧道內穿行，和住戶們來時一樣，遊戲裏的人物也是坐在三輛車上，另外十一人和鳳舞都是同班同學。而神谷小夜子的角色阿藺是鳳舞的好友，二人無話不談。阿藺長得並不漂亮，臉上有不少雀斑，戴著眼鏡，梳著兩條辮子，她很喜歡和鳳舞一起玩。

角色開始不斷進行對話，這些都是住戶無法控制的，是遊戲本身的設定。住戶們只能看著自己的角色發生的事情。

此時，鳳舞正和阿藺愉快地交談著，她們身後坐著一男一女。男的穿著一身休閒服，長相很普通，叫笙海，是蒲星淵的角色；女的有一頭捲髮和一雙紅瞳，穿著一件風衣，她叫芊芊，也是鳳舞的閨蜜之一，是左雅棠的角色。

芊芊：鳳舞，這次旅行真是愉快呢，大學畢業後，大家要各奔東西了。如果不是你，我們也沒辦法到這裏玩這麼久呢。

鳳舞：沒有關係，我爸爸很寵我的，我平日的零花錢都花不完。我請你們一起來玩，才能玩得更開心啊。芊芊，你的頭髮是新做的吧？

芊芊：是啊，就是你上次推薦給我的那家美容院，還好有你給我的優惠券，那裏的價格真的好貴哦。阿藺，你也可以去做一次啊。

阿藺：我，我還是算了吧……

笙海：阿藺，其實你如果沒有雀斑的話，也很漂亮啊，可以考慮去美容一下嘛。

阿藺：我不想花這個錢啦，我想多補貼家用，我們家的條件比較差，自從爸媽離婚以後，爸爸現在經常來鬧，媽媽很不愉快。

鳳舞：阿藺，你現在和你媽生活在一起？

阿藺：嗯，媽媽現在生活蠻辛苦的，大學畢業後，我想儘快找到工作，幫她分擔。

後面一輛車裏，坐著另外四個人。風烈海的角色叫修羅，坐在駕駛座上。這個名字讓住戶們有些在意，有人猜測，會不會十二個人中有扮演鬼。而修羅的形象和那個可怕的名字並不符合，他有著一頭披肩長髮和一雙灰眼睛，長相俊美得雌雄難辨，就算男人看到他都會動心，實在是和外表粗獷的風烈海相差了十萬八千里。

修羅旁邊坐著一個男子，一身黑衣，右手戴著一枚紅寶石戒指。這個男子雙眼很大，鷹鉤鼻，嘴唇非常厚，長得不算好看，名叫晝遲，是羅蘭的角色。

晝遲：修羅，你早上說的話是什麼意思？

修羅：就是那個意思。我算了一卦，我們今天會遭遇大凶。所以，我一直勸鳳舞，今天不要出門，可她就是不聽。

晝暹：鳳舞她認為這是迷信嘛，不過，如果你那麼擔心，為什麼還要一起出來？

修羅沒有回答。

晝暹：你是擔心鳳舞吧？我知道你很關心她。鳳舞比較逞強，因為她是個大小姐，就算馬上想吃澳洲龍蝦、神戶牛排都可以隨時讓人空運過來，性子太驕縱了啦。所以，你那麼和她說，她怎麼會買賬？

修羅：我管她……

電腦螢幕前，風烈海將看到的全部對話內容都牢牢地記住了。他看到螢幕上的晝暹似乎還想繼續說話時，後面冒出一個腦袋來。那是一個戴著眼鏡、一臉書生氣的青年，那個青年長得也很俊俏，但是和修羅比就差得遠了。這個青年名叫定千，是公孫炎的角色。

定千：這種事情我第一次聽說，修羅，能夠說得具體一些嗎？

這些對話，子夜和神谷小夜子的電腦上不會顯示出來的。只有同一輛車的人，才能夠看到這輛車上的人的對話。

第二輛車上有三男一女，是修羅、晝暹、定千和黃緹的角色嗚。嗚一頭短髮、拿著一個洋娃娃，她看起來是亞歐混血兒，雖然頭髮是黑色的，但是面容有很明顯的西方人特徵。

嗚：怎麼回事？能告訴我嗎？我也完全不明白啊。修羅，你是用塔羅牌占卜的嗎？

修羅：不是。算了，我不想多說，也許是我想多了吧。

最後一輛車裏，開車的是年凝憶的角色紅夏，紅夏是個長相很可愛的女生，瓜子臉笑起來就會泛起紅暈。紅夏旁邊是梳著兩個馬尾辮、眼神很睿智的星月，這是楓鈴纖的角色。

紅夏：都那麼晚了，不知道能不能及時趕回旅館。

星月：沒事的啦，我們跟著鳳舞就是了。有錢大小姐就是什麼都不用擔心啊。

紅夏：你很羨慕，是吧？好了，洛冰，白虹，你們兩個別老是看小說、打遊戲了，也和我們聊聊啊？

後面坐著兩個男子，一個是徐饕的角色洛冰，一個是林天澤的角色白虹。洛冰正拿著PSP打遊戲。洛冰的眉心有一顆痣，頭髮梳理得很整齊，眼睛很漂亮。白虹戴著耳釘，此時正托著下巴、看著手機，一句話也沒有說。

洛冰：唉，你們聊就是了，別扯上我。

這時，三輛車前後開出了隧道。天空一片漆黑，道路開始不平坦了。鳳舞踩下煞車，看了看四周。

鳳舞：這裏是什麼地方？

阿藺：我不記得來過啊。

住戶們的心揪了起來。他們知道，血字的生路提示隨時可能出現，這個時候，也許鬼影已經在什麼地方出現了。

芊芊：奇怪，我的手機沒有信號了！你們的手機怎麼樣？

鳳舞：我的也沒有信號了。該怎麼辦？這裏好奇怪，穿過隧道應該馬上就回到山下的旅館了啊。算了，先在這附近看看吧。

車子駛向前方，忽然被樹林分隔成了三條岔道。畫面暫停了。在三輛車的司機——鳳舞、修羅和紅夏，也就是子夜、風烈海和年凝憶——面前，出現了四個選項。

四個選項都是紅字，分別是：（A）朝左邊開；（B）朝右邊開；（C）朝中間開；（D）返回隧道。

第一次選擇出現了！而這一次，只有三個人要進行選擇。血字不允許住戶交換意見，所以，必須完全由司機來決定。意見不統一的話，三輛車就可能分開了。

子夜盯著螢幕，抓著滑鼠的手遲遲不動。年凝憶沒有經驗，就更是猶豫不決了。

一般來說，估計往哪裏走都能夠到達不歸村的，不然後面的遊戲就無法進行了。眼前的三條岔道，看起來角度相差很大，而原路返回，會出現什麼？

此時，另外九名住戶只看到了遊戲畫面定格，出現了「三名遊戲角色選項給出，遊戲暫停中」的字樣。

「三名遊戲角色？」徐饕沉思起來。房間內沒有燈光，只有電腦螢幕發出的光亮。他將一瓶水打開，喝了一口，自言自語道：「難道是三名司機？不知道另外兩輛車上司機是誰啊？可惡，交換情報都不許。」

他又猛喝了一口水，心想：得快點了，可是也不能催促他們。猶豫的時間越長越不利，萬一最後不夠時間完成遊戲，所有人都要一起死！

公孫剡也煩躁地看著電腦螢幕，自言自語道：「看來是要選擇走哪條岔路？看不出岔路上有什麼問題啊，他們會怎麼選？」

這個血字最大的難處，就是情報交換被徹底禁止，連另外兩輛車上的八個角色的長相都一無所知。比如其他兩輛車上的人，就不知道修羅占卜的事。

四個選項中，生路和死路各占一半，也就是說，選到死路的可能是二分之一。當然，接下來的一系列選擇也會出現死路。但是，第一次選擇非常重要。如果可以商量，就能讓某個住戶先選，看某條路是否安全，排除掉一個選項，再考慮其他選項。一旦選錯，那就是一死就死四個人。現在十二人被分在三輛車上，萬一另外兩組選擇的是生路，而某一組選擇的是死路的話，後果自然是選擇死路的一方被拋棄。而如果是八個人死去，四個人活下來，或者十二人全部死亡，大家才會都不保存這一局，重新玩一次。

而最讓人在意的，就是第四個選項，是否按原路返回。這個選項看起來好像是最安全的，卻最讓人警惕。

子夜也取出一瓶水喝了一口，還沒有做出選擇，風烈海的滑鼠上下移動著，年凝憶更是皺著眉頭冥思苦想。目前線索實在太少，可是考慮的時間又不能太長，現在已經過去了五分鐘。

子夜終於移動了滑鼠，選擇了「B」，走中間的岔道。她按下輸入鍵。幾乎同時，風烈海和年凝憶也做出了選擇。風烈海選擇了走左邊，年凝憶選擇了原路返回。

在按下「D」的時候，年凝憶抱著豪賭一番的心情。她也知道，如果死了，都不能指望別人來救她。但是，她只能賭一賭，原路返回也許就是生路。當然，如此天真的想法，也只有首度執行血字的住戶才會有。

電腦螢幕上，紅夏開始倒車。

星月：怎麼了？紅夏，為什麼倒車？

星月的操作者楓鈴織看到這一情景，驚愕不已道：「不是吧？要回到隧道裏嗎？這是四個選項中的一個？」楓鈴織頓時緊張起來，她怎麼也不覺得，原路返回是生路，可是她什麼也做不了。

紅夏：很抱歉，不過我感覺有些古怪，還是原路返回吧。

「年凝憶！」徐饕死死盯著螢幕，「你要做什麼？萬一這是死路，你就害死我們了！」

車子不斷向後倒，最後重新進入了隧道。而前面的兩輛車子，一輛開入了左邊岔道，一輛開進中間岔道。三輛車的選擇都不同，也就是說，必然有一隊選擇了死路。

大家都抱著一絲僥倖，畢竟遊戲剛開始，希望不是生死路各半的選項吧。這樣一想，就稍微寬心了一些。

紅夏踩下油門，朝後方開去。這時，洛冰和白虹都不再打遊戲和看小說了，都驚疑地問道：「紅夏，你這是怎麼了？為什麼開回去啊？」

紅夏：總之你們聽我的就是了！我也不知道，先回去再說吧！

星月：你到底是怎麼了啊？你倒是說說理由啊，紅夏！

車子在黑暗的隧道內前進，只有車頭燈照出前方的道路。此時，每個人都非常緊張。按理說，選擇這條路，就不會進入不歸村了。可是，每個人的內心還是很不安。

最緊張的人，莫過於年凝憶了。由於遊戲一開始就是在隧道中，沒有人知道隧道究竟有多長。

洛冰：紅夏，你這是怎麼回事，快調轉車頭啊！你聽到沒有？

這時，洛冰的操作者徐饕的螢幕上出現了四個選項：（A）要求下車；（B）尊重紅夏的意見、同意原路返回；（C）要求換成自己來開車；（D）強逼紅夏停車。

徐饕看著這四個選項，陷入了沉思。林天澤和楓鈴纖也面臨同樣的選擇。也就是說，如果這是條死路，現在還來得及給他們機會改變結果。

這一下，這三人也猶豫了起來。現在已經進入到隧道內部了，現在下車，誰知道會發生什麼事情？如果說強行停車的話，萬一出了事故怎麼辦？如果是自己一個人下車，就要步行回到原來的地方，而如果是自己開車的話，遇到鬼魂較為容易躲開。

「這……」楓鈴纖看著這些選項，A是第一個排除掉的，自己下車走在黑暗的隧道裏，想想都太可怕，而選擇C似乎最為穩妥。

徐饕考慮了一會兒，這會不會是公寓佈置的多重陷阱呢？這有可能本是條生路，但是利用住戶的多疑，讓住戶產生回頭就可以得救的想法。畢竟，從隧道原路返回，太像是一個陷阱了。徐饕是個很狡猾多慮、精於算計的人，所以，他能在公寓裏扮演高人，讓很多人信從於他。他是不會輕易賭博的，他反覆權衡，最後選擇了C。

林天澤就沒有考慮得那麼多了。他想，兩邊都可能是死路，也可能是生路，不如選擇C，自己來把握機會。

最後的結果就是，三個人都選擇了C。

洛冰：紅夏，你太亂來了，我來開車吧！

星月：我來開車！聽好了，讓我來開！

白虹：還是我來開！紅夏，聽我的，讓我來開！

紅夏：好了，別煩了，洛冰，你來開吧。

徐饕成了司機。紅夏打開了車門走下來，洛冰也打開車門走下來。

這個過程中，每個人的心都懸了起來。黑暗的隧道內，大家都害怕會不會突然冒出什麼東西來，殺死所有人。

洛冰坐到駕駛座上，關上了車門。而紅夏卻就這樣站在隧道裏！

年凝憶倒吸了一口冷氣。她忽然明白了過來，自己選擇了從隧道原路返回。那麼，現在其他人的選擇和她就不一樣了，當然要分開了！

紅夏：你們要回去就回去吧，我還是要原路返回。大不了多走點路，回山下去就是了。

紅夏繼續朝前方走去。年凝憶看得不寒而慄！她自己一個人走在黑暗的隧道裏！這下會發生什麼事情？

她開始自動腦補起以前看過的恐怖片，一個個可怕的幽魂鬼魅形象開始在腦海裏浮現。年凝憶感覺渾身冰寒，如果她就這麼死了，真的會成為少數派！

「不，不要！」年凝憶騰地站起來，頭搖得像撥浪鼓：「不要，不要！我不要！」

然而，她沒有辦法操縱遊戲角色的行動，只有給出選項的時候才可以選擇，又不能停止遊戲。

「不要，千萬不要有事！」年凝憶開始在電腦前祈禱著，她知道，如果死在遊戲中，她只有期待不保存結局，才會有生機了。千萬不要是這個結果啊！

洛冰開著車，朝隧道前方開去。沒過多久，又來到了那三條岔道前。大家心裏都打起鼓來。

新選項出現在徐饕的螢幕上：（A）朝左邊走；（B）朝中間走；（C）朝右邊走；（D）三人投票表決。如果選D，就意味著所有人都要做出選擇。

子夜直直地盯著電腦螢幕。鳳舞在黑暗的中間岔路上開著車，只有車頭燈照亮前方一小塊地方。周圍依稀可見是凋零的林木，地上似乎很多小石塊，車子不斷傳來顛簸的感覺，呼嘯的風聲掠過耳際。這個遊戲的畫面仿真度很高，怎麼看都像是真實的場景。

阿繭：鳳舞，我們和其他人好像分散了啊！

鳳舞：走這條路一定沒錯的。你放心吧，沒事的。

雖然鳳舞這麼說，阿藺的臉上仍然露出憂色。後面的笙海和芊芊看起來很不安。路越來越顛簸了。周圍的林木更加稀疏，讓人感到毛骨悚然。

芊芊打開了一張地圖，操作她的左雅棠可以清楚地看到，地圖上是西嶽山景點和山腳下旅館的分佈圖。但是，不管怎麼看，這條路和地圖都不符合。

芊芊：這到底是怎麼回事啊？

左雅棠臉上露出恐懼之色。但是，下一個選項不出現，就什麼也做不了！

笙海：我們到底會到什麼地方去？

操作笙海的蒲星淵看著電腦螢幕，也感到一陣頭皮發麻。這個遊戲就像是俄羅斯輪盤賭，選錯一步，也許就是萬劫不復。

已經過去了五分鐘，目前一切正常，並沒有什麼可怕的東西出現。但是，越是如此，反而越讓人感到害怕和緊張。周圍的寂靜讓人窒息。

道路開始變得狹窄了。路邊有一些怪異形狀的石頭疊在一起，而樹木大多枯死了，有一些甚至折斷了，一片蕭瑟之景。

接著……路到了盡頭。

前方出現了一座石橋，是拱形的，石橋下面大概三十多米是一條河流，不過已經完全結冰了。看樣子，現在的季節是隆冬。

而這條結冰的河兩旁，則是不知道延伸到哪裏的河岸。石橋有幾十米長，寬卻不到一米。對岸也是一片樹木，黑暗之中看不清有什麼東西。

鳳舞：怎麼辦？這輛車沒有辦法上石橋，橋太窄了。我們下車吧？

阿藺：沒有辦法了。

阿藺解開了安全帶。四個人一一下車。

子夜、小夜子、左雅棠和蒲星淵的電腦螢幕上，此時都出現了選項：（A）通過石橋到對岸；（B）朝左邊河岸走；（C）朝右邊河岸走；（D）待在車裏。

無論選擇哪一個選擇都無法開車，河岸也很窄小。而待在車裏，想想也很可怕，誰知道會發生什麼事情呢？

一時間，大家都猶豫起來。不管選哪一個，心裏都沒底。河岸兩邊也是一片黑暗，如果遇到鬼，在那麼狹窄的地方，一個不小心就會跌下去，撞上冰凍的河面，肯定一下就摔死了，過橋也是同樣的情況。而如果待在車內，就算有鬼來了，車子哪裏也去不了。

選擇哪一個？

子夜看著電腦螢幕，她的表情依舊波瀾不驚，手卻不斷攥緊。石橋看起來還算堅固，但是也有不少殘破的地方。最後，她按下了「A」，再按下了輸入鍵。

小夜子幾乎在同時也按下了「A」。不過，還有兩個人未做決定，所以螢幕上還是暫停狀態。現在，就看左雅棠和蒲星淵的選擇了。當然，他們無法知道子夜和小夜子選擇了什麼。

「選哪一個好呢？」蒲星淵煩躁地抓著頭髮。對岸簡直就是個明明白白的陷阱，可是怎麼敢待在車裏？萬一只有自己選了這個，後果不堪設想，而且怎麼看都是最為被動的情況。

「罷了！」蒲星淵漲紅著臉，按下了「A」：「豁出去了！反正哪裏都危險，還不如到對岸去！」

而左雅棠這時還在苦苦思索。這一選擇關係到自己的性命，不能草率啊。D，她根本就不會考慮，而前面三個，感覺都是半斤八兩。最後，她咬牙選擇了「A」。

全體都做出了這一選擇，這樣，大家就要一起過橋到對岸去了。

鳳舞：我們走。

鳳舞第一個踏上了那座石橋，三個人緊跟了上去。看起來，似乎天氣很冷，每個人一下車就抱住雙肩，發起抖來。

阿藹：這個地方好奇怪啊！鳳舞，你知道走下去會到什麼地方嗎？

芊芊：是啊，我看了一下地圖，隧道出來以後的路，和這裏根本不一樣啊！

笙海：對啊。鳳舞，你知道什麼嗎？

鳳舞停在橋中央。

鳳舞：「其實……修羅在出發前，和我說過一件事情。他說，他算了一卦，今天到這座山旅遊的話，會發生不祥的事情。」

芊芊：算卦？這，這是……

鳳舞：我當時沒有多想。對不起，也許是我連累了大家。不過，現在沒有辦法了，只有繼續前進了。也許能夠找到人家，等到天亮，我們可以下山想辦法。現在天那麼冷，我們總不能待在車上吧？

鳳舞繼續朝前走去。

阿藹：可是，也不知道這裏有沒有人家？西嶽山被開發為旅遊景點後，我聽說原住民都已經搬遷了。

芊芊：說到這裏，我記得聽人說過，西嶽山有一些很可怕的傳聞……

阿藹：別說了！你不要說出來！

遊戲裏不會發出人物說話的聲音，但是，其他音效卻很清晰，例如風呼嘯的聲音，人走路的聲音，感覺很詭異。

石橋只走了一半還不到，而四個人的步子都不算很快。每個人的心都提到了嗓子眼。

這個時候，左雅棠忽然發現，橋的一側有一樣東西，她是走近了才看到的。

那是一個面具。被一把匕首刺在面具的額頭部位，牢牢釘在石橋護欄上。那個面具是一片純白色，五官甚為詭異。面具的嘴巴在笑，那不是微笑，也不是大笑，而像是……慘笑！

芊芊蹲下了身子。她走在最後，所以，前面三個人沒有發現。子夜、小夜子和蒲星淵三個人的電腦螢幕上，也沒有看到這個面具。

那把匕首也很怪異，匕首的刀鞘是淡淡的銀白色，而刀身上則沾著鮮血，血還在朝下滴著！刺破一個面具，卻會滴下血來？

此時，電腦螢幕上又出現了四個選項：（A）將面具帶在身上；（B）將匕首帶在身上；（C）將面具和匕首都帶在身上；（D）無視面具和匕首，繼續走下去。

左雅棠看著這四個選項，一下愣住了。

這是什麼？難道這是遊戲中的外掛或者裝備？匕首和面具，這兩樣詭異的東西，難道說……其中一樣是生路，另一樣則是死路嗎？

不管選擇帶哪一樣，她都不敢。然而，要她一個都不選地離開，卻也很猶豫。任誰都不敢錯過生路，尤其是左雅棠這種第一次執行血字的住戶，更加不安。

但是，她也不能輕易選擇C。因為，如果一樣是生路，另外一樣就很可能是死路！如果兩樣都帶在身上，自己可能都不知道是怎麼死的！

左雅棠深呼吸了一下。

「生路……死路……」她從貼身口袋中取出住戶會議發的血字解析表，上面羅列了大量經典血字解析。

左雅棠對照著以前的血字，想找出一點蛛絲馬跡來，但是，這種臨時抱佛腳的做法毫無用處。公寓絕對不會給出相同的血字，雖然可能會有類似的死路，但是想要套用經驗，真是癡心妄想。說到底，只能靠變態到極限的發散性思維，外加好運氣，才有可能摸索到生路。除了智商外，大膽心細和充分的想像力，都是找到生路的關鍵。

面具看起來甚是詭異，但這並不能說明面具就是鬼，也可能是公寓刻意設置的陷阱。匕首看起來可以當武器用，但是，會不會鬼就附體在匕首上面？

雖然就算選錯了，死了，也還有一次復活的機會，可是，那是建立在自己身為多數派的前提下。一旦成為少數派，她就沒有任何機會了。

「面具……匕首……面具……匕首……」左雅棠絞盡腦汁地思考著，卻不知道該從何思考！

「罷了！」她狠狠一拍桌面：「選面具！死了的話，大不了重來一次！」

她認為，面具的詭異太明顯，太像陷阱，所以，還可能有一絲機會。

點下了輸入鍵後，左雅棠並沒有如釋重負的感覺，她的心緩緩沉了下去，但是，也無法反悔了。

電腦螢幕上的畫面立刻動了起來。

芊芊俯下身子，將匕首一下拔出，扔在地上，將面具捧在手心，收入懷中，然後站起身，跟著鳳舞、阿藺和笙海而去。

他們很快走到了石橋中心。被凍結的河流也挺寬的，要是流動的時候，只怕也是激流。只是天色太暗，所以這條河流到底有多長，實在不知道。

笙海：說起來，今天的天色還真的不是一般暗啊。雖說現在是隆冬時節，但是也太暗了吧，看不到一點星辰，也沒有月亮，如果我們手上沒有手電筒，那不是什麼都看不到了？

芊芊：大概是烏雲比較多吧。現在天氣的變化也相當混亂，我們還是小心一點。

終於，他們走過了石橋。而對岸的情況更加糟糕。根本沒有了路，全是凋零的樹木和雜亂的石塊，如果貿然前進，只怕衣服都要劃破了。

鳳舞：大家小心一點。希望能夠找到本地人家，可惜這裏手機沒有信號了，不然我就可以聯繫家裏人了。

阿繭：是呢，鳳舞你如果有事情，出動直升機搜救都沒有問題，偏偏手機沒有信號。

鳳舞：倒沒有那麼誇張。別說了，快走吧。

由於樹木太密集，而且地上有許多石塊，他們很難前進，一會兒踏上高高的岩石，一會兒又要爬下，時不時擦過樹枝，弄得狼狽不已。

鳳舞忽然被一根樹枝刮到手臂，她拿著的手電筒掉在地上，隨即滾入了一個洞穴的縫隙中。

鳳舞低下頭想去尋找，阿繭連忙蹲下身子，幫她照亮地面。然而，手電筒掉入了一個洞穴深處，洞穴口太窄小，根本無法將手伸進去。

阿繭：算了，鳳舞，你用我的手電筒吧。我和芊芊一起用就可以了。

鳳舞：這……那好吧，謝謝你，阿繭。

阿繭：不用謝，鳳舞，你平時總是幫著我，什麼地方都會帶我去玩，這點事不算什麼。

接過手電筒，鳳舞重新站起身，照著前方。阿繭靠近芊芊站著。

芊芊：說起來，鳳舞的確是對阿藺你特別好呢。雖然她是大小姐，卻一點兒架子都沒有。不過，據說她父母已經幫她安排好，一畢業就馬上讓她嫁給另外一個大財閥的獨生子。鳳舞因為這件事情，一直很苦惱呢。

笙海：鳳舞好像有喜歡的人了，她多半是因為這個原因，才不想接受父母安排的婚姻吧。唉，豪門小姐也未必就事事稱心啊。

阿藺：哦……鳳舞喜歡的人會是誰？

笙海：不知道，應該是我們班的人吧……

阿藺：被鳳舞喜歡的人真幸福，鳳舞既漂亮又體貼，而且還是千金小姐。對了，會不會是修羅？

笙海：修羅？那個不男不女的傢伙？誰知道。

不過，大家很快就沒有閒心討論這些事了。大家開始沉默起來。路越來越難走了。

鳳舞：這是什麼？

鳳舞將手電筒照向地面，她無意中看到，地面上竟然散落了一大堆紙鈔！

大家仔細一看那些紙鈔的樣子，感到心都要凍結起來了。

那是冥幣！

一張張冥幣灑落在地面上，竟然一直延伸到遠處。

阿藺：怎麼回事啊？

芊芊：不會吧？這麼多冥幣？

鳳舞：難道這附近有人在辦喪事？

子夜和小夜子都坐直了身子，仔細地看著那些冥幣。畫面靜止了，新的選項出現了。

這一次，四個人都必須做出選擇。

（A）拿五十張冥幣；（B）拿一百張冥幣；（C）不拿冥幣；（D）拿一百張冥幣然後燒毀。

這個選擇實在太突兀了！

拿冥幣？為什麼要拿冥幣？難道說，接下來就要進入陰司地獄，需要拿冥幣買東西不成？或者說，冥幣是生路？

子夜拿起礦泉水喝了一口。她看著這四個選項，沒有露出慌亂之色。小夜子則托著下巴，凝視著電腦螢幕，左手食指不斷敲擊著桌面。

現在，四名住戶陷入了僵局。這個情況怎麼看，都令人毛骨悚然。再繼續走下去，鬼的出現只是遲早罷了。

「可惡，又不能問別人的意見……」

左雅棠看了一眼手機，沒有信號！居然和遊戲裏的角色一樣，手機沒有信號！

蒲星淵和左雅棠猶如熱鍋上的螞蟻，不知所措。是拿冥幣，還是燒冥幣，還是不拿呢？第一局就如此棘手，後面那幾局該怎麼玩，光是想想就讓人腿軟。

但是，生路提示呢？公寓不是都會給出生路提示的嗎？

還是說，生路提示被他們忽略了？

左雅棠開始回憶起之前的一幕幕，思考著，究竟什麼是生路提示？如果沒有生路提示，這就是一個純粹的機率遊戲，不符合公寓平衡血字難度的風格啊。

「對，一定是有生路提示的！」左雅棠拍了拍腦袋。

但是，前面經歷的事情，都無法作為是否選擇冥幣的參考。

蒲星淵也同樣想到了這一點，他回憶起所有人說過的話，都想不出哪裏包含有生路提示。

二〇一室內，子夜的手指高懸在空中，她面容淡然，沒有絲毫懼意流露，忽然手指垂下，按在了一個字母鍵上。

這是個相當難做的選擇。一般來說，冥幣是燒給死者的錢幣，為了讓死者得以安息。拿走冥幣，或許會觸犯某種禁忌而導致死路被觸發。而燒毀冥幣，也一樣有可能導致這種結果。無法用常識來判斷什麼是死路，什麼是生路。這種反常的現象，讓住戶難以抉擇。

「可惡！」蒲星淵真恨不得砸碎眼前的電腦螢幕，他是第一次執行血字，本來就已經緊張恐懼到了極點，如今連和其他住戶交流都無法辦到。光靠他一個人想，無論如何也難以有把握地做出選擇。

「拿冥幣……還是燒冥幣……」蒲星淵眼看著時間一分一秒地流逝，卻一點辦法都沒有。他的額頭沁出汗珠，恐懼讓他的心不斷下沉，完全沒有了選擇的勇氣。

這個遊戲是有時間限定的，也就是說，越拖延也越有危險，不做選擇也不會讓自己更安全。

「選……」蒲星淵最終咬緊牙關，做出了選擇：「燒吧！燒一百張冥幣！這樣就算是超度了這裏的亡魂吧。拿著冥幣，搞不好鬼會追過來！」於是，他選了「D」。

而左雅棠比蒲星淵更加糾結。剛才選擇了面具，她心裏越來越後悔，親手觸發死路的恐懼一直控制著她。對於首度執行血字的住戶來說，心理素質本來就不過關，更難以執行這種要求極高的血字。

「算了！」左雅棠深呼吸了一下，「拿！拿一百張冥幣！燒掉了冥幣，不知道會發生什麼事情，只是拿走一百張冥幣，想來不會有事吧？這裏還有這麼多冥幣呢。」

其實，這種理由完全沒有邏輯，但是左雅棠已經被逼到快要精神崩潰了，這番話不過是自我安慰罷了。

還沒有做出選擇的，只有神谷小夜子了。她的手指在字母鍵上不斷徘徊，遲遲沒有落下。

最後，她睜大眼睛，選擇了C！選擇不拿冥幣！

終於，四個人都做出選擇。蒲星淵選擇D，燒掉一百張冥幣；左雅棠選擇B，拿一百張冥幣；小夜子選擇C，不拿一張冥幣；而子夜選擇的也是B，拿一百張冥幣。

遊戲繼續進行。

鳳舞蹲下身子，看著那些冥幣，若有所思。

鳳舞：「這些冥幣……難道說，修羅的大凶卦有道理？算了，我先拿一點吧。」

阿藺：鳳舞，你為什麼拿冥幣？好嚇人。

鳳舞：為了以防萬一吧。

芊芊：我也拿吧。

芊芊也蹲下身子，一張張撿起冥幣來。

笙海也在撿冥幣，只有阿藺一個人站著，用非常不理解的神色看著他們。

其實，其他三個角色的行為確實不合邏輯，阿藺的做法反而最正常。

「神谷小姐選了不拿冥幣嗎？」看著螢幕，蒲星淵很是驚愕：「她為什麼那麼做？她難道認為，A和B很相似，所以都是死路，C最為穩妥，所以是生路？可是，冥幣的數量也許就能構成生路和死路的差別啊！她不會沒有想到這一點吧？」

左雅棠也同樣很驚訝，她最初還以為阿藺也會來撿冥幣，可是，阿藺依舊站著一動不動，她不禁疑惑起來。

神谷小夜子智力超凡，她為什麼選擇C？莫非她看出了什麼端倪？可是，又沒有辦法詢問她。

左雅棠感到非常不安。這就好像一場考試結束後，大家核對答案，發現自己的答案和學霸的答案不一樣，內心不禁會懷疑自己做錯了，認為學霸的答案就等於正確答案。人或多或少都有這種盲從心理。

蒲星淵和左雅棠都開始懷疑起來，莫非C是正確選項？還是說，神谷小夜子只是瞎蒙了一個答案？

鳳舞：阿藺，你不知道嗎？正所謂棺材裏伸手死要錢，有錢能使鬼推磨。如果今天真的有人凶之事，帶一些冥幣在身，可以防患於未然。

阿藺：不，我不拿！這也太詭異了吧？你們要拿就拿吧。

這時候，笙海已經拿了一百張冥幣，他反覆點了數目。

笙海：我看還是做得徹底一點，這裏或許真有孤魂在徘徊，不如燒一點錢給他們，讓他們好好安息，別來找我們。

說完，笙海取出打火機，點燃了冥幣。

鳳舞和芊芊，都拿了一百張冥幣，然後收好。

鳳舞：好了，繼續走吧。

地上沒有拿的冥幣還有不少。想來，如果另外兩輛車上的人也選擇到這條路來，也可以拿到足夠數目的冥幣。

繼續朝前走去，每個人心裏都忐忑不安。

子夜認真地看著電腦螢幕上的一切細節，依舊沒有什麼表情。小夜子也差不多是同樣的淡定表情，好像只是在下一盤悠閒的棋。相比之下，蒲星淵和左雅棠就恐懼多了。

畢竟，就算有一次復活的機會，誰也不希望死掉一次。

路越來越開闊了。雖然還是很不平，但是已經沒有那麼多障礙物了。而隨著路面的拓寬，很快，他們看到前方出現一大片開闊地帶。沿著一個高坡走下去，就看見前方幾百米處有一座座房屋！

鳳舞：有人家了！

鳳舞顯得很興奮，急忙跑過去。後面的三個人也面露喜色，一起跟了上去。

這些房屋都很破舊，牆體有了明顯的裂痕。靠近一看就發現，很多房屋的門都大開著，窗戶裏沒有燈光。

鳳舞：怎麼……回事？

鳳舞臉上興奮的表情開始褪去。這個村子看起來似乎是被廢棄了，周圍的房屋似乎都沒有人住。

阿藺：這裏也沒有燈光啊。

阿藺朝附近的房子看了看，皺緊了眉頭。

阿藺：現在我們該怎麼辦？

鳳舞：再繼續走走看。

鳳舞顯然是很不甘心。

鳳舞：哪怕找到一個住家也行啊。

蒲星淵和左雅棠都感到汗毛倒豎。這個地方，應該就是那個「不歸村」了！

終於進入這裏了，即將展開這個遊戲裏最恐怖的部分！

而這一切似乎早在小夜子和子夜的意料之中，二人都沒有什麼特別的反應。左雅棠和蒲星淵有些消沉，雖然知道可能性不高，但還是抱著一線希望，希望可以繞開不歸村，成為一條生路。

但是，這個微小的希望，現在已經徹底破滅了。

這個村子看起來已經被徹底廢棄了。雖然村裏目前還沒有出現鬼，可是在住戶的想像力之下，恐懼已經大大膨脹了。事實上，人正是因為恐懼產生了想像，才陷入恐懼的情緒而無法自拔。

鬼越是不出現，反而越讓人感到可怕。住戶們的內心甚至隱隱希望，鬼能夠早一些出現，好掌握一些生路提示的線索。

阿藺走到一座房屋前，牆體已經裂開了一大半，足以讓人走進去了。她朝裏面一看，立即露出極為恐懼的表情！

阿藺：啊啊啊啊啊——

一直以來，遊戲的角色都不會發出聲音而只有文字。然而，此刻阿藺的尖叫聲卻傳了出來！不過，只有他們這四個人能夠聽到，其他八個人完全不會聽到他們的聲音。

尖叫聲傳出來的時候，蒲星淵和左雅棠嚇得魂不附體，差點鑽到桌子底下去。

小夜子站直身子，死死盯著電腦螢幕。從裂開的牆體中看進去，房子裏倒著一具戴著一個白色面具的骸骨！

骸骨出現的一瞬間，子夜臉上的淡定也有些波動。她十指相扣，直直地盯著那具骸骨。小夜子重新坐了下來，敲擊桌面的手指也停住了，雙手托住下巴。左雅棠和蒲星淵瞪大了眼睛，心臟怦怦直跳，他們畢竟都沒有見過真正的鬼。

「那是什麼？」看著倒在地上的白骨和白色面具，左雅棠嚇呆了：「面具，就是我身上的那個面具！」

這和之前選擇撿起來的面具一模一樣！

她本來就在擔心，那個面具究竟是生路還是死路，如今看著這具白骨戴著面具，更是心驚肉跳。而對其他人來說，是首次看到這個面具。那個面具看起來很古怪，咧著嘴彷彿在獰笑著。

鳳舞：白骨？那就說明，這個村子已經廢棄很久了吧。

阿藺：那個面具好古怪啊。

阿藺躲在鳳舞身後，大氣也不敢出。笙海和芊芊的表情很僵硬。

鳳舞：等等，不對啊！西嶽山被開發之後，應該就沒有這麼落敗的地方了吧？怎麼還會有這樣的村落，還有白骨……

阿藺：感覺好怪啊。我們還是走吧？這個地方，真的很可怕啊！

鳳舞：不，我們都走到這裏了，再回去又能怎麼樣？繼續走走看，也許有什麼新發現呢。

笙海：鳳舞，我也感覺太古怪了，剛才看到那麼多冥幣，現在這裏又有戴著面具的白骨。還有，這個村落在地圖上根本不存在啊！太怪了，這一切絕對不正常！

芊芊：對啊。修羅的卦說不定真是算準了啊，你考慮清楚啊！

鳳舞：這……還是再看看吧，就這麼回去，也找不到下山的路啊。天氣那麼冷，難道我們就在山上過夜嗎？

子夜拿起礦泉水，又喝了一大口。從始至終，她都非常安靜，無可挑剔的美麗臉龐恬靜而知性。

笙海和芊芊勉強同意了，而阿藺看起來心有餘悸。鳳舞也有點不安，她打著手電筒，帶頭朝前走去。

附近的幾座房屋都是門戶大開的。阿藺忽然又大叫一聲，她看向前面一座房屋，大門口前倒著又一具白骨，白骨上戴著同樣的面具！

鳳舞：喂，你們看……

鳳舞忽然注意到了什麼，走到白骨前面，蹲下身子，將手電筒照向白骨的右手。那隻手骨裏，居然緊緊地抓著十多張……冥幣！

笙海：這是……這是剛才我們撿過的冥幣啊！天啊……

笙海也走了過來，目光駭然不已。

芊芊：好，好可怕！鳳舞，我們走吧，快走！

芊芊後退了好幾步，懇求地看向鳳舞。

鳳舞：好吧，馬上走，離開這裏！

他們臉上都是急迫之色，但是，走？怎麼可能走得了？這個地方進來了，要怎麼出去呢？

四個人調轉方向，朝著來時的路跑去，然而，卻找不到剛才走過的路了。他們越是跑，周圍越是陌生，不知不覺的，他們竟然迷路了！

鳳舞：喂，這是怎麼回事？我記得之前是……不對啊，這裏是哪裏？

鳳舞停下腳步，茫然地看著周圍的破敗房屋。

芊芊：我們剛才走的路在哪裏啊？是這條路嗎？還是走錯了？

阿繭：我也不記得剛才是怎麼走的了。我們，我們接下來該怎麼辦啊？

遊戲玩到這個時候，無論接下來發生什麼事情，他們都不會感覺到突然了。

子夜在手心灑上一點水，用手指蘸著水，取出手電筒照亮著，用手指在桌面上畫出他們進入村子以後走的路線，以及剛才逃走時走過的路線。

她畫得非常確定，只用了十多秒就畫完了。她看著電腦螢幕上猶豫疑惑的幾個人，又看著自己畫出的路線圖，點了點頭。

桌面上畫出的兩條路線，明顯不一樣了！

小夜子咬著大姆指，自語道：「發生變化了。後面的路和來時的路不一樣了。不歸村，就是這個意思嗎？」

笙海：喂喂！到底怎麼回事啊？怎麼我們不管向哪個方向走，都是破房子！

芊芊：就是啊，難道是碰到鬼打牆了？

鳳舞：什麼鬼打牆！這種事情是不可能的啦！

阿藺：我，我好害怕……鳳……鳳舞，我們該怎麼辦啊，我好怕，我好怕啊！

阿藺扯著鳳舞的衣袖，眼淚都快流下來了。

鳳舞：我怎麼知道啊？我們還是繼續找路吧。

芊芊：要是修羅在就好了，他也許可以幫我們算一卦呢。聽說修羅的父親是研究風水玄學的，早知道，鳳舞你就該聽修羅的話嘛！現在我們怎麼辦！

鳳舞：什麼玄學風水！我才不相信那套東西！你們也是的，不過是白骨罷了，有什麼好怕的，人死了不都是變成白骨嗎？

芊芊：可是，你也看到了，哪兒有白骨還抓著冥幣不放的？這正常嗎？而且我們來的路上還看到那麼多冥幣。還有那個面具……

鳳舞：面具怎麼了？你知道什麼？

芊芊：不，沒什麼。算了，你當我沒說過吧。

笙海：大家冷靜一點！我們現在這個樣子也不行啊。我們先冷靜下來，再想辦法找到回去的路，從那座石橋回去，重新上車，去找修羅和紅夏他們。我看到紅夏的車是回到隧道裏去了。

鳳舞：也只有這樣了。那我們再試著找找路吧。我就不信，還真有什麼鬼打牆！

他們又走過幾座房屋，卻發現四周的環境更陌生了。他們越走，越覺得這個情況理所當然了，如果他們能夠走出去，反而會比較驚訝了。

很有可能，下一個選擇就要到來了。再這樣耗下來，只怕是要有人死了。

又走過一座房屋，他們看見，前面的路上躺著三具白骨！白骨都戴著白色面具。詭異的是，三具白骨的手都向前伸去，幾乎湊在了一起，而三隻手骨的中間，有一堆散落的冥幣！

看起來，就好像三具白骨在搶奪著那堆冥幣一般！

這時，選擇了拿冥幣的左雅棠，臉上頓失血色！看起來，鬼是要搶奪這些冥幣的，那麼，自己身上帶著冥幣，難道芊芊會先被攻擊？

「面具！」她此時還剩下最後一線希望，「那個面具，不知道有沒有用？如果那個面具是生路，我還有一線生機！對，我還有希望，還有希望！」

雖然嘴上這麼說，但她已經渾身發抖了。她看了看手錶，已經過去了三刻鐘，遊戲的第一局也許快要結束了。

「我不要死！」左雅棠喘著粗氣，「上天保佑，保佑那個面具是生路，保佑我啊！」

鳳舞倒退了好幾步，面色如土。阿藺也捂住嘴巴，嚇得哭了出來。笙海和芊芊不斷地後退。

芊芊一直後退，直到碰到了後面一座房屋的門上，她沒有站穩，跌了進去！她倒在屋裏，立刻慌張地站起來。這是個很小的屋子，她赫然發現，在離自己不遠的地上，也有一具戴面具的白骨！

而那具白骨的手上卻沒有抓著冥幣，而是抓著一張照片。

芊芊：這，這是什麼？

其他三個人聽到她的動靜，衝了進來。

那具白骨穿著一件寬鬆的長袍，腳上穿著拖鞋。手上的照片在幾束手電光的照射下，讓住戶們看得清清楚楚。

子夜盯著螢幕上的照片，上面是一個滿是霧氣的地方，有很多古怪的墓碑，還有一個若隱若現的身影。

鳳舞：這是……墳地嗎？我想起來了，十幾年前，西嶽山上的村子還是實行土葬的。

芊芊：看不清楚，照片上的人是誰？

芊芊湊上去使勁看，但是照片中的霧實在太濃，無法辨別出來。那個身影像是在低著頭。

鳳舞將那張照片從白骨手上抽出來，收到身上。

鳳舞：我們走吧。

他們走出屋子之後，畫面暫停了。四個選項出現在子夜四人的電腦螢幕上。

（A）朝前面走；（B）朝後面走；（C）朝左邊走；（D）朝右邊走。

畫面暫停的同時，每個人都看到，螢幕上出現了十字路口式的四條道路。

四個人忽然發現了一件事情。那就是……原本在地面上的三具白骨，竟然只剩下了一具！

銀夜和銀羽在一四〇四室裏進行這次血字的討論。

「雖說加入了『夜羽盟』的人執行這次血字，」銀羽揉了揉眼睛，看著眼前的紙，說道：「卻沒有一個人來問我們黃緹等人的情況。他們畢竟都是我們這個同盟的人啊，怎麼一點兒也不關心呢？」

「你認為呢？」銀夜的手轉著一支筆，「要不要我們一起去找李隱？」

銀羽搖搖頭說：「你也看到了，李隱現在這個樣子，我們怎麼去問他？就連子夜在他面前，不還是一樣……」

「我看未必啊。」銀夜不置可否地說，「你認為，李隱真的是徹底放棄了嗎？」

「難道不是嗎？」

「我不認為他是那麼容易放棄的男人。我進入公寓的時候，李隱也剛進入公寓沒有多久。他雖然一度很惶恐，但還是咬牙堅持了下來，靠著頑強的求生意志，一次次和我徹夜研究血字。和他一起執行葉山湖釣魚基地那次血字的時候，我對他的印象太深刻了。那個男人，不會輕易放棄自己執著的事。雖然和他一起執行血字只有過那一次，可是，他絕對是一個了不起的男人。」

銀羽若有所思地看了看銀夜，說道：「沒想到你那麼欣賞李隱。」

「那是當然。他是樓長嘛。」銀夜看著手中的紙，上面記載了這次血字的全部內容，他們已經進行了很多假設和分析。

「李隱如果真的沒有放棄，就應該會和我們一起討論吧。」銀羽說道，「你還記得嗎？子夜執行第四次血字的時候，李隱為她擔憂到了什麼地步，和我們一起拚命地想血字的生路。他是那麼在乎子夜啊，為了她付出了太多太多。我們走吧，一起去見見李隱。」

公寓四〇三室。書房的燈亮著。李隱正伏首在書桌上，在一張張紙上進行著推算。

「是這樣嗎？還是……不對，應該是這樣吧。」

地上散落著密密麻麻的草稿紙，上面是各種計算與分析。

「兩條生路，兩條死路，這意味著什麼呢？如果說生路提示就在這裏面的話，也太奇怪了……」

這時，傳來了門鈴聲。

李隱立即站起身，有些錯愕地快步來到客廳，把門打開。外面的人是銀夜和銀羽。

「你吃東西了嗎？」銀夜手上提著一個塑膠袋，「你還是吃一點吧，都瘦成什麼樣子了。」

「這和你們沒關係。」李隱冷冷地回答，「我說過了，這個公寓的一切都已經和我……」

「喂，李隱！」銀羽忽然盯著李隱的手說，「你手上有握筆和墨水的痕跡呢。看來寫了很多東西吧？」

「你……」李隱將手藏到後面，「我沒有……」

銀夜逕自走了進去，將客廳的燈打開，說道：「你先吃點東西吧，我知道你恨這個公寓，但是，沒必要和自己的身體過不去吧？」

「柯銀夜！這和你沒有關係！」李隱快步過來，剛要開口，銀夜卻冷厲地掃視了他一眼，說道：「李隱，別這副要死要活的樣子，我和銀羽也是這個公寓的住戶，我放棄了嗎？銀羽放棄了嗎？你認為，我們這麼辛苦地堅持到今天，是為了什麼？這一路上死的人已經夠多了，我可不希望看到你也死去！」

「是啊。」銀羽也說道，「你該為子夜著想，她和你一樣，都很恐懼、痛苦，你不該這麼對她。其實，你不是還關心著子夜嗎？你根本沒有放棄吧？」

燈打開後，李隱的臉就看得清楚了，他蓬頭垢面，臉上的鬍子沒剃，面色很蒼白，身體瘦得像竹竿一樣。

「先吃一點吧。」銀夜打開袋子，取出油條、豆漿，還有一碗皮蛋瘦肉粥，放在茶几上，說道：「吃了東西之後，思考問題也比較容易，不是嗎？」

李隱坐了下來，看著這些食物，腦海中浮現起子夜的面容。

他對子夜是付出了全部的真心和愛的。他曾經那麼深地愛過她。

他曾經後悔為她付出了三次血字的代價。但是，那個想法只是一時的衝動罷了。冷靜下來後，他還是發現，那個選擇雖然犧牲很大，但畢竟是出於他對子夜的深愛。他不想否定自己為子夜付出過的愛，如果否定了以往的一切，就等於否定了自己。

「子夜……」李隱喃喃說道，「她……她對我來說……」

「吃吧。」銀夜放了雙筷子，「你別硬撐了。你母親的事情，我很難過，但是，你還是儘早讓她的骨灰入土為安吧。你也知道，鬼是存在的，難道你想讓你的母親變成孤魂野鬼嗎？」

「我知道。」李隱拿起了筷子，怔怔地說：「我知道的。」

李隱開始吃東西了。他風捲殘雲地將桌上的食物一掃而空，擦了擦嘴，說道：「好了，你們來找我，是想問這次血字的事情吧？我到現在也沒有看出什麼來。」

「大家一起想嘛，三個臭皮匠，可以頂一個諸葛亮啊。」銀羽笑瞇瞇地說，「看到李隱你又恢復了精神，我很高興呢。我很喜歡子夜，無論如何都不希望她死。我們一起想辦法吧，無論如何都要想辦法救她。手機雖然打不通，但我們試著將想出來的生路發到子夜的電子郵箱裏吧，他們不是都用電腦嗎？」

「能用郵箱的可能性不高。」銀夜說道，「既然讓手機的通訊都中斷了……算了，就當是一個希望好了。李隱，你對這次血字怎麼看？」

「交換情報被禁止。」李隱立即開口道，「我一開始就注意到了這一點。為什麼連提供建議都不允許呢？這一點血字特別強調。第二次還詳細解釋了一番，說得那麼囉唆，看起來是為了不讓住戶有任何機會阻止別人投票。但是，為什麼連執行血字的建議都不能給呢？」

「你和我的想法一樣。」銀夜點點頭，「如果說禁止交換情報是為了製造某個陷阱的話，我只能想到，這是一個一旦交換情報就會被拆穿的陷阱。你認為呢？李隱？」

「不。」李隱卻搖搖頭，「你的看法不成立。你認為，連篡改記憶都可以輕易實現的情況下，公寓還需要用這種方式來欺騙住戶嗎？只要讓住戶分隔距離遠一點，就能夠輕易做到了，如果情報交換禁止是有必要的，根本無需通過血字來禁止，讓住戶這麼明顯地知道有這個問題。」

「也對啊。」銀夜沉吟了一下，問道：「那麼，你認為是為了什麼？」

「如果反過來考慮呢？」李隱說道，「如果住戶在允許給予建議的情況下，甚至可以在遊戲中商量著來進行選擇的話，又會怎麼樣呢？你認為在那種情況下，會發生什麼事情？」

「這……你想到什麼了嗎？」

「我有一些猜測。但是，還需要驗證，現在的情報太少了。」

「對啊，」銀羽說道，「情報不足的確很麻煩。那麼，李隱，不如你先說說你的猜測？」

「好吧。」李隱整理了一下思路，慢慢地說：「其實並不複雜。如果將這一點考慮進去的話，禁止情報交換，也許就是一條生路提示。如果我的猜測是正確的，那麼血字本身就有很多生路提示了。很多內容都是有用的資訊。」

「比如？」

「比如說……」李隱侃侃而談起來，最後，他看著二人道：「你們明白了嗎？血字中最後一段話，就有一個地方，讓人不得不注意。」

「的確。」銀夜說道，「這麼說的話，這個血字簡直就是……」

「是不可能實現的吧。」銀羽臉色慘白，「絕對不可能！只要有一個環節出錯，就會全滅啊！這樣的話，真的有人可以活下來嗎？」

「對。」李隱做出了總結，「如果這真的就是生路的話，那也太殘忍、太可怕了。只要有一個住戶死去……這個遊戲就有可能出現多米諾骨牌效應，造成另外的住戶死亡。」

「真是殘忍至極的陷阱！」

「不過。這只是我的一個猜測罷了。也許不會真的那麼可怕。正因為這樣，我沒有給子夜發電子郵件。」

三個人就這樣呆呆地坐著，再也沒有說話。

顏玉療養院內。看到電腦螢幕上的情景，大家自然明白那兩具消失的骸骨是怎麼回事了。這一次的選擇，真的會瞬間決定，誰生，誰死！

「開什麼玩笑？」左雅棠面白如紙。她想到，自己身上的冥幣和面具，就是能否保命的關鍵了。十字路口的某個方向上，必定有鬼！

「我，我該怎麼辦？」左雅棠渾身發抖地看著電腦螢幕。

本來，要是在現實中，完全可以拋棄掉冥幣，但是現在在不給出選項的情況下，她是無法左右遊戲角色的行為的！那麼，接下來要是選中了死路，身上的那些冥幣……

「不，不要！」左雅棠恨自己當初為什麼不選匕首！

然而，她並不知道，其實，在那座石橋上時，並不是只有她一個人看到了匕首和面具。其他三個人也看到了。只不過因為無法交換情報，她並不知道這件事情。

子夜選擇了拿匕首，現在匕首就在鳳舞身上。當時他們就在芊芊身後不遠處，用手電筒照得很清楚。在芊芊拿走面具後，子夜就操作鳳舞拿了匕首。

笙海選擇了面具和匕首都帶走，但是，因為他的選擇比她們慢了一步，所以他什麼都沒拿走。阿繭選擇了匕首，也因為慢了一步沒拿到。但是，這些情況，左雅棠都沒有看到。

目前這個情況下，笙海認定，拿了面具的芊芊只怕是死定了。而匕首在鳳舞身上，她可能會活下來。可是自己該怎麼辦呢？

沒有人能夠輕易做出選擇！螢幕上根本無法看出哪一條路是生路。現在只能瞎蒙了，有二分之一的機率會踏入死路。這個選擇，就算猶豫幾個小時，只怕都沒有辦法決定！

小夜子握住滑鼠，輕咬嘴唇，美眸之中滿是凝重之色。

「前，後，左，右……」

這個遊戲，怎麼看都是賭博的玩命遊戲。就算還有一次是否保存進度的機會，但是，只有一條命，這麼玩有幾個人能活下來？

而只有所有人都進行選擇後，遊戲才會繼續進行。也就是說，連遊戲進行的快慢都不掌握在自己手裏。這完全不符合血字一貫的難度平衡原則。

午夜零點到了。

血字已經過去了一個小時，而這個遊戲到凌晨三點就會結束！只剩下三個小時了，卻連第一局都沒有完成！到最後都沒有完成遊戲的話，同樣是死。真的必須要選了！

子夜纖長的手指微微彈起，最後按在了A鍵上，向前走。小夜子也按下了A。蒲星淵和左雅棠終於咬牙下定決心，一個按下了B，一個按下了C。

遊戲繼續進行了。四個人看到白骨消失的一幕，都發出了尖叫！

鳳舞：大家分開逃，快！

鳳舞敏捷地朝前方直衝，阿藺緊跟而上。笙海朝後面跑去，芊芊則朝著左邊跑去！

四個人分開了，就看誰能夠逃過這一劫了！

鳳舞繞開那具骸骨，頭也不回地向前猛衝，螢幕上兩旁的建築迅速後退。看起來鳳舞的身體素質還不錯，跑起來飛快，完全不像是一個千金小姐。當然，速度對於鬼是沒有任何意義的。

周圍的建築依舊是破敗房屋，偶爾出現幾棵樹木。即將轉彎的時候，鳳舞忽然跌了一跤！她的反應很快，馬上爬了起來。

然而，鳳舞的手電筒摔壞了。螢幕上立即變成了一片黑暗，只能大概看到她的身影。

從身影輪廓判斷，鳳舞站起來後，重新跑了起來。但是在黑暗中，就算想要判斷路的方向，也是極為困難的事情。

就在這可怕的寂靜中，傳來了一個腳步聲。那不是鳳舞的跑步聲，而是在沙礫地面上慢慢走動的腳步聲。然而螢幕上一片黑暗，根本看不清楚腳步聲的主人。

鳳舞沒有停下腳步，繼續飛快地奔跑。突然，一聲尖叫響起，鳳舞好像撞到了什麼東西，又跌倒在了地上！

那個腳步聲越來越近了。

年凝憶此時腦子裏一片混亂。

她扮演的角色紅夏沿著隧道走著。當終於走到隧道出口的時候，她無比震愕地看到的，居然是……和之前從隧道出去後看到的同樣的三條岔道！

這個隧道，竟然無論朝前還是朝後，都會回到同一個地方！

「不歸村……」年凝憶喃喃道，「還真是貼切的名字。也就是說，就算想退回去，也根本不可能了。」

這也就意味著，只能選一條路繼續前進了。不過，遊戲並沒有出現選項讓她選擇。

紅夏看著地面上車輪的痕跡，一步步朝前走去，她注意到有兩道車輪印子是朝左邊去的。自然是修羅那一輛車上的人。紅夏立即跟了上去。

更讓紅夏沒有想到的是，她居然很快就遇到了洛冰、星月和白虹的車子。因為，車子竟然拋錨了。紅夏追上他們的時候，白虹還沒有把車修好。

星月看到她，驚喜地跑了過來。

星月：紅夏！太好了，居然能遇到你……怎麼，你回來了？

紅夏：啊，這個……我的情況，說了你們也許不會相信……

白虹：我看不行了。現在是沒有辦法修好這個車子了。我們只有想辦法步行下山了。星月，你是最有主意的了，你看怎麼辦？

星月：那我們還是一起走吧。我記得，修羅他們也走了這條路，不知道會不會遇到他們。

此時，路邊還是斷木雜草和嶙峋怪石。加上猶如黑布的天穹，四個人覺得有點腳軟。

星月：車只有留在這裏了。我們走吧，看能不能趕上修羅和定千他們。老實說，我們這些人裏面，最值得信賴的人就是修羅了。

白虹：話是這麼說沒錯……

因為急著想找到大隊伍，大家的步速都不慢，可是快走了一段路之後，大家都累了，幾乎走不動了。

紅夏手扶著旁邊一棵枯樹喘氣。

紅夏：休息……休息一下吧……累，累死我了……我說，還要走多遠啊？

星月：誰知道。前面的路看不到頭啊。那……我們就休息一下吧。

洛冰：別休息了，還是快點走吧。天氣越來越冷了，再這樣下去，只怕我們都會凍出病來！手機又沒有信號，不走出去就無法求援啊。真是的！

白虹：現在說這些也沒有用了啊。我們，也許不該出來旅行的。

星月這時忽然走到紅夏面前，悄悄地問她。

星月：喂，紅夏。你能就告訴我一個人嗎？你是不是經歷了什麼事情？你的臉色一直很蒼白。你到底在那個隧道裏看到什麼了？

紅夏：不，那不是你們能想像的東西。你還是不知道的好。

星月：你這麼說不是讓人更加好奇了嗎……

紅夏還是不願意說出來。年凝憶也不感到奇怪，那個詭異的隧道很恐怖，就算說出來，也沒有人會相信的。

休息了沒有多久，四個人又開始走了。因為天氣實在是太冷，如果站著不動，只怕會變成冰棍了，繼續走動，倒還能稍微讓身體暖和起來。

紅夏看起來是一直在沉思，走著走著，就不知不覺地掉隊了。

每個人都在擔心，前方究竟有多麼可怕的事情在等待他們。而答案呼之欲出了。

凋零樹木之後，出現了……一座座墳墓！墓碑一排排立著，觸目驚心。

四個人都驚呆了，但也沒有太意外，只是更加繃緊了神經，等待接下來要發生的事情。

紅夏：墳墓？還這麼多？

洛冰：看著真是嚇人。

一座座墓碑上都沒有刻字，有不下百座墳。住戶們穿行在墓碑之間。血字的生路提示，也許就會在這裏出現。想到這裏，每個人都目射精光。

現在，他們不是怕鬼出現，而是怕鬼不出現。

然而，他們在墳墓中間走了很久，卻沒有看到任何異常情況。

星月：喂，修羅他們，也是走這條路的吧？那麼，他們也會看到這些墳墓吧？

紅夏：是啊。怎麼了？

星月：如果是這樣的話……這些有這麼多墓碑，旁邊有很多樹，車根本沒有辦法開得進去。那麼，修羅他們在哪裏呢？他們只能下車步行，但是……車在哪裏？

大家的腳步都停下了。的確，這片墳地出現得太突兀了，而且這附近根本沒有路，不可能繞開這片墳墓的。

年凝憶喃喃自語道：「風烈海、公孫剡他們怎麼樣了？」

在紅夏等人到達以前，風烈海、羅蘭、公孫剡、黃緹四個人，也就是修羅、晝遲、定千、嗚四個人，選擇了從左邊的岔道進入，自然也看到了這座墳墓。因為車子無法通行，他們不得不下車步行。

當然，這些墳墓並沒有讓他們多麼驚訝，相對來說，這次不用親身面對，而是在遊戲中經歷血字，讓首次執行血字的住戶稍稍鬆了口氣。但是，隨之而來的代價就是，很多事情沒有辦法親身親為。

晝遲：墓碑的數量很多啊。這個地方，好像以前都是實行土葬的。

定千：這倒是不奇怪。西嶽山這一帶的習俗一直都是土葬的。修羅，你父親不是風水師嗎？不如你看一下這附近的山勢是怎麼樣的？

修羅：不行……我學習的只是些皮毛，我父親才是真厲害。鳳舞的父親都對我父親很信服。

嗚：修羅，你之前不是說算卦的時候，算出我們這一行是大凶嗎？我很害怕啊。你們不擔心嗎？

就在這時候，他們發現，這裏的墓碑比他們想像中更多。之前太過黑暗所以沒有發現，仔細一看，一片片墓碑連綿相接，不知道有多少！

而且，所有的墓碑，都沒有刻字。還沒有鬼出現，新的選項就出現了。

（A）挖開從左邊數第三塊墓；（B）挖開從右邊數第四塊墓；（C）挖開從左邊數第五塊墓；（D）挖開從右邊數第七塊墓。

「什麼……」風烈海瞪大了眼睛，幾乎不敢相信。

四個選項，都必須要挖開某座墓嗎？

那不就是不管選擇哪一個，都完全要靠運氣來逃過死劫嗎？

羅蘭、黃緹、公孫剡也完全傻了眼。

這怎麼可能知道該選擇哪一個？看起來完全是扔骰子，根本無法分析判斷的。但是，純粹靠運氣的話，這個血字就算是全滅了也不奇怪。甚至第一局，都未必可以撐過去！

但是，不選是不行的。所以，每個人就算再猶豫，也只有挖了。而這很明顯，是決定生死的一個選擇！

「God！」羅蘭在胸口劃了個十字，「Which choice should I choose?」

羅蘭感覺這個血字太折磨人了。再這樣下去，後果不堪設想！

最後，風烈海選了A，公孫剡選了C，羅蘭選了A，黃緹選了C。

現在，年凝憶等人也來到了這片墳地。同樣的選項也出現了。只不過，他們是站在另外一塊墓碑前。

「不，不是吧？」

「這可怎麼選啊？」

「挖開墳墓？這多可怕啊！我們該怎麼辦啊?!」

年凝憶心裏一沉。就算是生路和死路各占兩項，也太詭異了吧？她的手指在字母鍵上不斷徘徊，遲遲不敢敲下。

「我……我該怎麼辦？我該怎麼辦？」年凝憶感到天旋地轉。一旦選錯了就會馬上死吧，這讓她感到無比絕望。

徐饕、林天澤和楓鈴纖，也是同樣不知所措，惶恐不安。竟然要掘開墳墓？那絕對是找死啊！

「該選哪一個？選哪一個都可能是死路啊……」楓鈴纖死死盯著電腦螢幕，快要發瘋了。

徐饕縱然狡詐，此時也有些絕望了。

最後，大家只好再度瞎蒙著做出了選擇。

年凝憶選擇了Ｃ。選完以後，她的頭一下垂在桌面上，都不敢去看電腦螢幕了。等她再度抬起頭時，只見螢幕上的紅夏很快來到自己選擇的墓碑前，蹲下身子開始用鏟子挖地面。

挖掘的過程中，每個住戶都感覺度秒如年。這塊土地並不硬，沒過多久，就挖出了一個大洞來。即使沒有挖出什麼，每個人都無法安心。

宣判生死的時刻到來了。可是，卻沒有任何事情發生。

「沒有寶物嘛。我還以為會有陪葬寶物的。」遊戲角色們再度聚集，說：「算了，繼續向前走吧，也許還能找到什麼線索。」

接著，遊戲畫面一下變黑，出現了一行提示。

「第一局結束。尚有四名玩家還未完成第一局，全部玩家完成後，將開始是否保存第一局進度的投票。」

鳳舞沒有死。

電腦螢幕上雖然是一片黑暗，但是，鳳舞還在繼續逃跑。那個腳步聲始終在後面緊跟著。然而，隨著時間推移，腳步聲越來越輕，最後幾乎聽不到了。

不知道過了多久，突然有一道亮光出現。

當畫面再度亮起的時候，鳳舞面前出現的人赫然是阿藺！阿藺拿著手電筒照著鳳舞，也是大吃一驚。

在阿藺出現的時候，笙海和芊芊也出現了。居然沒有人死去。

第一局就這樣結束了，每個人都純粹靠碰運氣來選擇，而居然一個人都沒有死？這簡直是虎頭蛇尾的爛結局，每個人都茫然不知所措。

大家的面前都出現了一行文字：

「第一局結束。十二名玩家全部完成。現在投票，是否進行第一局進度的保存？」

自然沒有人猶豫，都用滑鼠點擊了「保存」！

遊戲進入第二局了。

老實說，這種戲劇性的發展，實在讓人不敢相信。明明有那麼多可能致死的選擇，為什麼十二名玩家無一死亡？

其實，大家都開始察覺到，這個完全靠機率生存的遊戲，完全不是血字一貫以來的風格。也就是說，這其中必定存在著很可怕的陷阱。

而那個陷阱，到底是什麼？

無法交換情報的情況下，另外八個人不知道面具和冥幣的事情。而目前，有八個人連不歸村也還沒有進去。

此時，在洛雲山山腹地帶，雅臣正在上山途中。他手中拿著一份網上下載的洛雲山地圖，一邊走著一邊注意著手中的指南針。

小夜子已經告訴了雅臣血字的內容。她更詳細地解釋了公寓的一切，而雅臣即使知道了所有情況後，還是上山了。

就在這時候，他忽然感到好像踩到了什麼。低頭看用手電筒一照，發現地上有一些冥幣。

「這是……怎麼回事？」

雅臣感到一陣惡寒。周圍的地面上滿是冥幣。而在一塊石頭上，還有一些冥幣被焚燒過留下的痕跡。

「剛才從那個隧道出來，走了中間的岔道，經過那座石橋後，就看到了這個。」雅臣皺眉道，「這裏果然很危險。不，小夜子說既然是玩遊戲，那麼鬼應該不會在這座山上出現吧？」

雅臣繼續朝山頂前進。

「嗯……按照地圖來看，繼續朝前面走的話，就一定可以到達那個顏玉療養院了吧？」

此時的雅臣一心只想著，早一點到心愛的人身邊去。

自從擁有了小夜子的身體後，他就發誓，無論是為了盡責，還是為了那種心動，他都要好好待她。

「嗯？」又走了一段路，在他面前出現了幾座破敗的建築物。

「這裏是洛雲山上的村落吧，不過看起來好像廢棄了。」

李隱的猜測是正確的。

從一開始，遊戲角色根本就不會死。因為，如果用那種機率遊戲來決定住戶的生死，根本不可能有生路的。

「西嶽山」和「不歸村」都是不存在的。但是，洛雲山卻是真實存在的。

住戶們根本不知道，越深入那個「不歸村」，距離山頂的顏玉療養院也就越近……

洛雲山非常大，平時人很少。這座山從山腳到山頂，有很多條錯綜複雜的路線。一般人都會選擇走盤山公路上山。實際上，在這座山的西側，還有一條被廢棄了幾十年的隧道，可以進入到山頂。那條隧道因為廢棄了太久，所以沒有畫在地圖上。

顏玉療養院修建以前，在從那條隧道通往山頂的路上，要過一個小村子。村子也廢棄了很長時間。從那個廢棄的村落到達療養院，路程並不遠，但是，那段路被很多植被遮蔽了，加上山路很險，也很少有人經過。

而在那段山路上，氣候很詭異。即使在盛夏，也感覺如同隆冬一般，河水始終都結冰。大白天經過時，幾乎感覺不到陽光。那裏被視為禁忌地帶，後來在地圖上也找不到那個村落了。直到顏玉療養院倒閉，那個村子也好像從未存在過一樣。所以，這段路的資料是很難找到的。

當然，如果從盤山公路的高處朝下面看的話，能夠隱約看到村子。只是，在這沒有星月的黑夜，想要辨認出村子太困難了。因此，沒有一個住戶發現此事。

從那座廢棄村落到達山頂的療養院，垂直距離有一百米以上，如果走山路，最近的一條路也要走上三公里。這個距離並不算遠，凌晨三點以前到達那裏綽綽有餘。

這個廢棄村落並不大，如果沿著西面走，就可以到達村落週邊，看到一個樓梯台階。那台階是直接到達山頂的。再朝東邊走大約一公里，就可以到顏玉療養院了。

從一開始，「西嶽山」就只是用來掩人耳目的。四個選項，實際上都是在引誘住戶前進，朝某個方向走去。一旦十二人中有任何一個人到達了山頂，縱然那是一個虛構的、不存在的人物，也會將詛咒帶到療養院內。那個時候，十二名住戶就會全面觸發死路！

不歸村，本來就是洛雲山的一部分！

雅臣會進入這裏，也是機緣巧合。因為他看不懂中文，所以沒有上網查閱路線，只是一路問著當地人，就這麼直接上山來了，到了不歸村周圍。

當他經過那座石橋的時候也很驚訝，河水竟然結冰了，現在可是六月啊！這等詭異景象，實在是讓人難以置信。但是，他隨即想到當初在葉神村發生的離奇事情，那個公寓擁有著何等邪惡和恐怖的力量。

雅臣繼續義無反顧地前進。進入這個村落時，他馬上就看到了房屋內戴著白色面具的屍骨。

現在的遊戲畫面，是在一座破敗的房屋前。反覆對照地圖後，鳳舞等人都皺起眉頭。無論怎麼看，這個地方在西嶽山地圖上都找不到。

鳳舞：這個地方，到底是哪裏？你們……怎麼看？

芊芊：不知道。鳳舞，這個地方實在太邪門了。我們接下來該去什麼地方？

鳳舞：我也不知道……再看看吧。無論如何，都要想辦法下山去。

鳳舞：那個，其實，我剛才在逃跑的時候，聽到了一個腳步聲。

芊芊：誰的腳步聲？

鳳舞：是很詭異的，我也不知道是怎麼回事。

阿藺：這樣啊。你……沒事吧？鳳舞？

鳳舞：我倒是沒事，但是，後面追我的人，是你們中的誰嗎？

阿藺：不是啊，我剛才跑著跑著就遇到了笙海和芊芊，就是這樣。

鳳舞又回頭看了看，用手電筒照去。後方空無一物。

芊芊：總之，快決定吧，接下來怎麼走。我可不想一直待在這個地方了。無論去哪裏都好，至少決定個地方吧。剛才，那兩具骸骨消失了，感覺太恐怖了。

鳳舞：總之，要先離開這個村子再說。

這個村子的確並不大。但是，除了西面那個樓梯台階之外，朝任何一個方向走，都會陷入「鬼打牆」的境地。

事實上，如果當初在石橋前面，所有人都選擇了「留在車內」，那麼就不會再到這個村子裏來了，更不會接近顏玉療養院了。這十二個人走到哪裏，就會把詛咒帶到哪裏。即使只有一個人接近了顏玉療養院，都會帶來毀滅性的災難。

這就是這個血字的可怕之處！

而目前，還沒有任何一名住戶發現此事。

鳳舞：往那邊走走試試看。我們現在也沒有別的選擇了。

四個人越走越覺得這個村子很古怪。無論朝哪裏走，都是破敗的建築物，不時看到戴著面具的骸骨。

就在這時，前方忽然出現了一座兩層樓的房屋。

二樓的窗戶上，一具屍骨半個身子伸出窗外，戴著一個面具。而房屋的地上灑滿了冥幣。

四個新選項赫然出現了。

（A）進入這座房屋，但是不上二樓；（B）立刻朝反方向走；（C）進入房屋並且走上二樓；（D）取走地上所有冥幣。

這座房屋的反方向，正是西方，也就是可以上山的台階的方向！

對此一無所知的住戶們，都對這座房屋和屍骨很恐懼。沒有一個人敢有異動。

子夜的腳邊扔著空的礦泉水瓶，她看著螢幕上的白骨和慘笑的面具。小夜子的頭略微歪著，手指不斷在桌面上抓著，已經抓出幾道很深的痕跡。左雅棠近乎麻木了。蒲星淵則已經在手上拿著一把匕首，在最壞的情況下，他打算用這匕首了結自己。

這個遊戲隱藏的秘密，只有一個人發現是沒有用的，必須要十二個人全部發現才行。在無法交換情報的情況下，要十二人全部發現，或者運氣好到一直選擇不接近療養院的選項，才有可能逃出生天。這個血字的難度已經到了令人髮指的殘忍程度！

這時候，另外兩組人也進入了不歸村。

紅夏四個人從另外一個方向進入了不歸村。穿過一片竹林後，看到了這個破敗村落。立即映入他們眼簾的，是一具被釘在牆上的腐爛屍體。那具屍體被一把長劍貫穿腹部，整個人懸空近半米高，屍體臉上也依舊戴著白色面具。

選項出現了。

（A）拔下那把劍；（B）推倒那堵牆；（C）摘下屍體的面具；（D）沿著這堵斷牆的反方向走。

修羅那組人穿過一片叢林後，也來到了一個有一大片破敗房屋的地方。

定千：這是哪裏啊？修羅？地圖上沒有這個地方啊？嗯？

定千突然看到，前方一座木屋的窗戶，竟然透出亮光！

定千立即衝了過去，一下來到那個窗戶前。卻看見了裏面一個駭人的場景！

屋內點燃了幾百根蠟燭。而在屋子中間，躺著……一具腐屍！

腐屍戴著白色面具，身上有無數根古怪的黑針密密麻麻地插著，看起來讓人頭皮發麻！

其他人也跟過來了，看到這一幕後，立即出現了四個選項。

（A）進入屋內吹滅所有蠟燭；（B）進入屋內拔掉所有黑針；（C）進入屋內摘掉屍體戴的面具；（D）立即沿著反方向走。

電腦螢幕上，如果仔細觀察窗戶的話，就會發現，在窗戶上映照出來的修羅等人的面孔，竟然是——一具具戴著白色面具的骸骨！

而之所以不會有他們說話的聲音傳出來，是因為，他們根本就沒有說過話。電腦螢幕下方的字幕，根本就不是他們所說的話，完全是假的！

他們從頭到尾……就沒有真正地說過話！

顏玉療養院內，每一個住戶都在苦苦思索著求生之路。

年凝憶看著那堵牆壁上的屍體，插入其體內的劍上，居然還在流血！

而那四個選項更是令人崩潰。此時，住戶所面臨的境況，就像那個送信血字中，信的內容陷入暴走狀態一樣。要不是第一局全員存活了，有幾名住戶只怕已經要自行了斷了。

公孫剡看著眼前的選擇，怎麼看都是絕望。但是，他不想死。無論如何，他都希望可以逃出公寓，再次見到未婚妻申娜。

「申娜……」公孫剡抓緊滑鼠，目光堅定。既然血字有生路，那麼現在放棄還太早了。

他開始分析起來。這些選項非常奇怪，不存在任何提示，也沒有意義。這其中必定有玄機。

如果說血字要制衡難度，為何給出這些莫名其妙的選項呢？這些選項沒有生路提示，目前也沒有人觸發死路，血字卻明確說死路是存在的。

「難道……」公孫炎腦中忽然劃過一道靈感，難道……所謂死路，是另有所指嗎？

也許在這些選項中，隱藏著公寓的某個陷阱。表面上的危險根本不是真正的危險，而是引誘住戶進行某些選擇而觸發死路。血字中也提及，選項是多步驟的，也就是說，從開始到現在，這個陷阱在不斷地形成。

「那麼，死路會是什麼？」

現在，還沒有住戶發現窗戶上映照的駭人場景，一來是紅色字體的選項遮住了一部分，而且每個人都被屍體和那麼多蠟燭吸引了全部注意力。

這個擺在面前的生路提示，就被所有人忽視了。

住戶們不敢繼續拖延時間了，猶豫著不選擇也會死。

結果，有不少人都選擇了D。雖然這個選項看起來很像陷阱，但是經歷了挖掘墳墓等恐怖的陰影，就算知道這是一個陷阱，卻也只有選擇了才能稍稍安心。

而反方向……正是西面！

這一系列的選擇之後，死路終於被完全觸發了！如果這些人都來到了山頂，那麼住戶們就沒有一個人可以活下來！

「這裏面一定有問題……」公孫炎越想越確定自己的猜測是正確的。他認為，選擇的生路死路，也許並非表面上遊戲角色的死亡那麼簡單。也許某一步選擇，就會啟動一個多米諾骨牌般的連鎖效應，導致最終形成某個陷阱。

「反方向……朝反方向走……」公孫炎回憶起，最初的選擇是三條岔道和原路返回。這樣看來，和目前的情形是非常類似的。

之前岔道的選擇、掘開墳墓的選擇，這些選擇到底有什麼意義呢？掘開墳墓後，卻沒有一個人死亡，這讓人非常費解。這些選擇真正的目的是什麼？

「沒有，意義？」

公孫剡忽然想起，未婚妻申娜曾經說過：「心理陷阱中比較高明的幾種技巧，就是先入為主，還有誤前提暗示。」

申娜是個對心理學非常感興趣的人。身為一名金牌律師，她鮮有敗績，就是因為對人的心理研究透徹，在法庭辯論中很容易引導對方出錯。

公孫剡答道：「誤前提暗示的話，其實和先入為主很類似吧，都是讓人錯誤地認為……」

「不，比起先入為主，誤前提暗示是刻意地誘導欺騙。」

「誘導欺騙？」

「嗯。這是一種高超的技巧。給出虛假的已知情報，來掩蓋真正的情報。對於一般人而言，如果在一件事情的基礎認識上被給予了假情報，就會無法認識到真情報的存在。假情報本身沒有任何意義，但是，卻必須要讓人認為，它就是真情報。只要這個欺騙的手段成功，真情報就能夠完全隱藏起來。這就是誤前提暗示。」

這番話讓公孫剡印象很深刻。

眼前的這些選項，莫非就是誤前提暗示？從一開始，血字在用一種巧妙的方式，對住戶進行欺騙嗎？

「那麼，也就是說，ABC無論哪一項，都是毫無意義的內容嗎？」公孫剡自語道，「D就是在引誘我們走向某個陷阱？」

就連公孫剡也沒有發現窗戶上映出的恐怖身影。他的手指輕輕一動，放到了「A」上。

公孫剡身為檢察官，是個極其謹慎的人。他再度仔細琢磨，終於有所明悟。

「第一局，挖掘墳墓時沒有死一個人，現在又給出無法判斷的四個選項。不，不是無法判斷，而是根本沒有意義。如果真是為了讓我們被欺騙的話，那麼血字必定給我們提供了假情報！」

雖然大家都說，血字不會欺騙，但是，在血字解析表上，不乏被血字欺騙的住戶。欺騙，未必需要說假話。有的時候，說真話一樣可以進行欺騙。這就是欺騙的最高境界。

公孫剡漸漸理清了一些線索。「我們一直都被血字牽著鼻子走。無論發生什麼事情，都在不斷接近這個不歸村。」

他最終按下了「A」。

定千打開了窗戶，爬進了屋裏，走到屍體面前。他蹲下身子，將燃燒著的蠟燭一根接一根地吹滅。屋內陷入一片黑暗。

羅蘭和黃緹選擇了「D」。而風烈海也選擇了「A」。

於是，晝遲和鳴沿著反方向，逕自朝著西方一步步走去！

修羅也爬進屋裏，和定千一起吹滅蠟燭。然後，二人一起走出屋子，朝另外一個方向走去。那是和另外兩個人不同的方向。

羅蘭這時對自己的選擇完全沒有信心，他很害怕自己觸發了死路，內心惴惴不安。他的電腦顯示的選項都是英文，這是血字的照顧。

而黃緹就更加害怕了，被重重焦慮和恐懼壓迫著，此時她連頭都不敢抬，生怕看到鬼影出現，將她操作的遊戲角色殺死。

忽然，她看見前方出現了一段山崖。山崖很陡峭，有一條直通山崖頂的樓梯台階。羅蘭操作的角色晝遲也站在她的角色鳴身邊。

四個新選項出現了。

（A）走上這段樓梯，離開不歸村；（B）回頭，重新進入不歸村；（C）朝左邊走；（D）朝右邊走。

一看到A這個選項，就讓羅蘭和黃緹都呼吸急促起來！

居然可以離開不歸村？這意味著，這個遊戲可以在第二局就結束嗎？

二人眼中幾乎要放出火光來。

新婚不久便進入了公寓的黃緹，感受到了從天堂墜入地獄的極度痛苦。原本那麼多的選擇，都讓她感到希望渺茫，可是，現在只要選擇了A，就可以離開不歸村了？

當然，這很可能是陷阱。但是就算死了，也還有一次復活的機會。雖然後者要靠投票，有不確定性，但是，賭一把又有何不可？

而B這個選項，簡直就是另一個極端！任誰第一眼看到，就會生起抗拒。就算A是陷阱，B也是不能選的，頂多選擇C或者D。

謊言的最高境界，就是用說真話來欺騙對方。的確，只要走到樓梯最上方，就可以離開不歸村了。但是，那也就意味著，將更加接近顏玉療養院了！

而黃緹和羅蘭現在還沒有明白過來。他們都覺得A或許真的是生路。因為血字明確提及，生路會在多次選擇後出現。

羅蘭心中也有一絲懷疑，但是他反覆思考，前一次如果不是選擇了D，也不會到這裏來，也就是說，這真的可能是生路啊！他的手指顫抖地伸到「A」的上方。

「不，要更冷靜一點。」羅蘭撫了撫額頭，「血字解析表裏有很多住戶都被血字欺騙而丟了性命，我還是要再想想。走上去，會不會遇到一個鬼？雖說離開了不歸村，可是遊戲才進行到第二局而已，怎麼可能那麼快就可以逃出不歸村呢？可是……萬一這真的是生路，而被我錯過了，豈不是把生路拋棄掉了？可惜手機沒有信號，這台電腦也根本無法上網，否則，可以試試聯繫公寓內的其他住戶。」

但是，黃緹卻沒有羅蘭那麼冷靜。她畢竟是新加入公寓的住戶，經驗嚴重不足，在強烈的求生欲望驅使之下，終於，她的理智被衝垮了。

「就算是第二局，也許也可以退出遊戲呢！對，也許血字就是利用住戶想不到這一點，這又不是真正的網遊。對，一定是這樣！」

她終於下定決心，手指按下了「A」！

這一次選擇和以前不一樣，雖然羅蘭還沒有選，但是，鳴卻已經能動了。她伸出腳，踏在了台階上！

此時，療養院的所有住戶都不知道，死神的鐮刀已經落在每一個人的脖子上……

3 以鬼降鬼

紅夏（年凝憶）、星月（楓鈴纖）、洛冰（徐饕）和白虹（林天澤）四個人，也同樣面對著可怕的選擇。

年凝憶眉頭緊鎖地沉思著。這一次不同之前的掘墓，有著一個看起來明顯像是生路的選擇——沿著反方向走。但是，年凝憶不是天真的人，前面三個選項的干擾性都很強，可是，D卻明顯不同，因此反而很可疑。

「這一定有問題。現在進入了不歸村，問題肯定會接踵而至。不能輕易選擇，要好好考慮一下。」

年凝憶並不算是個聰明的人，她厭煩動腦子，只對搜集蝴蝶標本感興趣，由於不善交際，也沒有多少朋友。也正因為太缺乏和人的交際，她對社會上的人情世故都不懂，大學畢業後只能找到收入很低的工作，感到人生無趣，只有面對著蝴蝶標本時才能稍微有些平靜的感覺。一天下班回家的時候，她腳下不斷踢著一塊石頭，不知不覺進入了那個社區，發現自己的影子居然脫離了腳下，進入了那個公寓……

「天……我該怎麼辦啊？」年凝憶感覺眼冒金星，身體不住戰慄著。

「不，不可以！」年凝憶抓緊胸口，眼中已經有了血絲，咬著牙說：「我絕對不可以死在這裏！公寓肯定會給我們生路提示的！拔出劍，這是絕對不可以的，推倒牆也不可以，那麼摘下面具，不，那個面具肯定有很大的秘密，不能摘下來。」

最後，她發現，就算最可能是陷阱，D卻是她最可以接受的選項。

楓鈴纖看著螢幕上的破敗村落，知道這個地方十有八九就是不歸村了！那麼遊戲自然是進入了最可怕的境地！

「我該怎麼辦……」楓鈴纖感到很無力，整個身體都發軟了，如果這時候站起身，只怕會馬上昏倒在地。

林天澤一籌莫展。狡猾奸詐、懂得控制人心的徐饕，這時候已經黔驢技窮了，怎麼思考也找不到生路。如果不選擇最後一項，選擇前面任何一個，都要擔著巨大風險。最終，也只能選擇D了。

當然，不是每一個人都會這麼選擇。如果沒有一個住戶選擇D，那麼，住戶就不會有危險。但是，七局遊戲，如果一直給出這類選擇，情況就很危險了。只要有選擇D的人，這個血字就會觸發死路。

終於，徐饕選擇了C，摘下面具。他本來差一點就要選擇D的，但在最後一瞬間，忽然感到心頭一涼，一種危險的預感襲來，於是改選了C。

第二個做出選擇的人是年凝憶，她選擇了D。林天澤和楓鈴纖幾乎同時做出了選擇。前者選擇了B，後者選擇了D。

這樣，又有兩個人選擇了向相反方向走。

子夜那一輛車上的四個人也陸續做出了選擇。

子夜沒有猶豫多久，很快做出了選擇，選了D，取走地上所有冥幣。

而小夜子最終選擇了A。

蒲星淵和左雅棠思考了很久才做出選擇。蒲星淵選擇了B，朝反方向走，左雅棠則選擇了D，拿走地上所有冥幣。

所有選擇了向西邊走的人，開始向通往山頂的台階接近！而最初登上台階的鳴，已經走到了山頂！

黃緹緊張地看著螢幕，呼吸急促起來。踏上山頂後，她看到了一大片樹林。

鳴朝著樹林方向走去。走著，走著……黃緹目不轉睛地看著螢幕，鳴來到了樹林的中心地帶。

這片樹林其實掩蓋了很多東西。黃緹沒有發現，鳴在逐漸接近山頂的另一側，也就是東方，顏玉療養院所在的方向！

黃緹只看到，鳴的腳步越來越快了。鳴走到了樹林的外側。突然，前方地面上出現了許多散落的冥幣和一張白色面具！

新的選項出現在黃緹的電腦螢幕上。

（A）繼續朝前走，直接跳到終局第七局；（B）原路返回不歸村；（C）拿一百張冥幣；（D）戴上面具。

黃緹看到A選項的時候，簡直不敢相信自己的眼睛，居然可以直接跳到結局？她要不是還算冷靜，就要直接按下「A」了！

「從第二局就可以直接跳到第七局，難道這個遊戲是飛行棋不成？好奇怪，又出現了B，原路返回不歸村？開什麼玩笑，我好不容易才離開，怎麼可能還回去？」

黃緹心跳加速，手指伸到了「A」上面。只要她真的按下去，遊戲很快就徹底結束了，這個療養院內的所有住戶，一個都活不了！

「深呼吸……冷靜……我要冷靜……」

A選項是一個用真話來欺騙住戶的謊言。直接跳到結局，不管怎麼看，都是無懈可擊的捷徑。但正因為太快捷了，黃緹反而猶豫了。其實她之前就懷疑，自己是不是做了錯誤的選擇。現在看到這個選項，就更加懷疑起來。

黃緹相信，她剛才所做的選擇，絕非是不會有任何人選的。

「不對，有詐！」黃緹猛然警醒，「絕對有詐！如果我選了這個，只怕真的要觸發死路了。遊戲結局？角色全部死亡也是結局啊，我又不是遊戲主角，也沒有主角光環……不對，遊戲裏就算是主角，不也一樣可能會死嗎？」

黃緹越想越確定，這是個陷阱！

「對了，羅蘭應該也做了同樣選擇吧……不如我先觀望一下？不對，如果他們都活下來了，就肯定會保存進度，那麼我就沒有辦法再來一次了。不能這麼做。」

這時，羅蘭也在苦苦思索著。在晝遲背後，還有三個遊戲角色，笙海、星月和紅夏也走了過來。走到樓梯台階前，同樣四個選項出現在蒲星淵、楓鈴纖和年凝憶三人面前。羅蘭還沒有做出選擇。

和黃緹一樣，三人看到A選項的時候也是驚喜萬分，離開不歸村，實在是莫大的誘惑。於是，每個人的手指都在「A」鍵上徘徊。

黃緹還在緊張地思索著：「可是……也許A也可以試一試……罷了！」她緊咬牙關，「如果就這樣回不歸村去，後果難以想像。不如賭一賭！就算我過了這次血字，以後還有九次血字要過，還會有不少賭命的情況發生。既然如此，還不如現在就賭！」

黃緹的手指就要按下去的時候，忽然停下了。

「等……等等？」黃緹往電腦螢幕前湊得更近，她發現了一樣古怪的東西。

嗚前方不遠處有一棵樹，竟然是……水杉！

「是水杉？」黃緹立即移開了手指，驚疑不定地看著那棵樹！

水杉是珍貴樹種，是國家一級保護植物的稀有樹種，其歷史可以追溯到白堊紀，堪稱植物界的「活化石」。洛雲山位於天南市的林區附近，這座山其實也可以算是林區一部分，這座山上就栽種有這種極為珍貴的樹木。黃緹對植物有些瞭解，也看過市政府建設飛雲區幾大林區的報導。

一個可怕的念頭油然而生了：「這，這是巧合嗎？」

黃緹非常確定，嗚前面的那棵樹，的確是水杉！這種珍稀的樹木不會輕易看到，而洛雲山就有！這是一個遊戲，畫面裏出現一棵水杉也不是不可能的。但是，血字解析表多次提醒住戶，絕對不可以放過絲毫不自然的地方。

黃緹害怕地想到，這個地方如果是西嶽山的山頂，而西嶽山就是洛雲山的話……她差點兒尖叫出來！

「難道說，難道說，嗚就在顏玉療養院附近？」

雖然感覺這是個相當荒誕的想法，黃緹卻越來越坐立不安。遊戲裏這個地方真的就是洛雲山嗎？

「不，不對，如果這裏是林區地帶的話，那之前為什麼會有那麼多凋零的樹木？政府不可能不重視林區範圍內的綠化啊！」

實際上，那一個地帶一直都很詭異，無論栽種什麼樹木都會枯萎。當地林區的負責人考慮到洛雲山畢竟不是完全屬於林區，也就沒有再去解決這個問題。不過，山頂部分栽種的樹木還是長勢良好的。

如果沒有這棵水杉，黃緹就真的會選A了，但是，現在她卻不敢按下去了。萬一西嶽山真的就是洛雲山，那麼，讓嗚繼續前進，恐怕就會進入顏玉療養院了！

她忽然想到，就算她不選，其他人可能也會選，比如羅蘭！

但是，血字嚴格禁止住戶向其他住戶提供建議，在無法聯繫公寓住戶的情況下，就算發現了這一點，黃緹也無法告訴別人。

「那麼……」她看向BCD三項，「我該選哪一個好？」

終於有一名住戶發現了死路。但是，她卻無法警告其他人。

而羅蘭、蒲星淵、楓鈴纖和年凝憶，則還在台階前猶豫。

「選擇哪一個才好？」

忽然，羅蘭看到，靜止的畫面中，有一個人開始動了。那個人是笙海。蒲星淵選擇了A！

看到蒲星淵做出了選擇，其他人也蠢蠢欲動起來。他們甚至開始考慮，是否等待笙海到了上面，看他是否會發出慘叫聲來。

羅蘭直覺A是不能選的，如果選了，就會打開了潘朵拉魔盒。可是，難道要選擇回不歸村，或者向左向右嗎？

在羅蘭猶豫的時候，年凝憶也選擇了Ａ。紅夏也走了上去！

台階下，只剩下晝遲和星月了，也就是羅蘭和楓鈴纖。

楓鈴纖還在抱著觀望的態度，想看看蒲星淵和年凝憶走上去的結果。看到這個選項她也是頗為動心的，但是她參加了多次血字討論會，熟悉一些血字規律，絕不會有極為明顯的生路。

就在這時，螢幕突然一黑，赫然出現了一行字：

「第二局結束，本局結束還未進行選擇，選項作廢。」

第二局遊戲就這樣結束了，時間比第一局短了很多，不過住戶也沒有出乎意料。畢竟，現在已經超過午夜零點了，而凌晨三點以前必須完成這個遊戲。

接著，出現了是否保存第二局進度的選項。

羅蘭和楓鈴纖馬上按下了「不保存」。剛才那個選項還是讓他們頗為動心的，自然希望重來一次。而黃緹因為不安，也按下了「不保存」。除此之外，還有兩個人也選擇了「不保存」。

最後結果是七：五，第二局的進度被保存了下來。

「不是吧？」楓鈴纖恨恨地一捶桌面，「我剛才為什麼要猶豫啊！可惡，要是再多兩票，就可以重來一次了！現在該怎麼辦啊？」

羅蘭的心情卻和楓鈴纖不一樣，他要精明得多。子夜和神谷小夜子的表情絲毫未變。

蒲星淵和年凝憶都選擇了「保存」。老實說，看到七：五的結果，也讓二人心懸了一把。畢竟，就算再來一次，二人自問也未必有魄力再選Ａ了。如今，已經是覆水難收了。

第三局遊戲開始了。

笙海和紅夏走上了台階。他們都是第一次執行血字，面臨生死，看到這一線曙光，怎麼也要賭一賭的。但是，二人也很清楚，如果他們死了，恐怕就成為少數派了。

台階很長，二人走到頂端後，朝前面的一片樹林走去。

就在這時，二人忽然發現，樹林裏走出一個人來。是鳴！

鳴和二人擦肩而過。蒲星淵和年凝憶頓時不安起來，卻又無法去問黃緹。

走回去，就代表回不歸村。既然是從這裏走出來的，也就意味著，剛才她也選擇了走台階上來。可是她為什麼要回去？莫非真的是一個陷阱？

二人心存警惕，不敢大意，甚至開始擔憂，他們會不會錯選了死路？

黃緹在第二局結束之前，終於狠下決心，選擇了B。其實，她如果再猶豫，第二局結束時選擇自動作廢，那麼第三局開始時，鳴就會繼續朝前走去了。鳴一旦進入療養院，所有人都必死無疑。黃緹可以說是險險地撿回了一條命。

看到鳴從台階上走下去，羅蘭和楓鈴纖也很驚愕。二人的腦子迅速轉起來，已經走上去了，卻還要下來，這說明上面絕對有問題！

雖然內心一番糾結，羅蘭和楓鈴纖還是懂得取捨的。二人都選擇了B，回不歸村。

心虛不安的蒲星淵和年凝憶，在笙海和星月走到樹林邊的時候停下了，他們的前方出現了一個奇怪的洞穴。

選項是：（A）繼續前進，直接跳到終局第七局；（B）回頭，返回不歸村；（C）進入洞穴；（D）在洞穴口割傷手。

最後兩個選項完全就是湊數的干擾項罷了，怎麼寫都可以，這個洞穴裏根本沒有什麼事情會發生，但是，正因為未知，住戶根本不敢去冒險。

而在這裏，也有一棵水杉樹作為生路提示。

「可惡，又不能問黃緹……」年凝憶咬著大拇指。A這個選項太誘人了，可是，為什麼黃緹會選擇回去呢？難不成她想觀望，下一局再重來？還是說，她看到的選項內容不同？

「只是問一問她為什麼回去，並不算給她建議，也不算干擾她遊戲吧？」年凝憶隨即搖搖頭，「不行啊，她如果告訴我，必定影響我的選擇，那麼她就會被影子詛咒殺死。她必定是發現了什麼，是什麼呢？」

年凝憶根本沒有發現那棵水杉。她的知識面很窄，對植物完全不瞭解。她感覺，A這個選項看似美好，只怕是陷阱。年凝憶頓時心裏一涼。

「不，不對！」年凝憶又推翻了自己的想法，「黃緹剛加入公寓，恐怕她是太過謹慎了，所以不敢選。如果真的出事了，那我們看到的應該是嗚的屍體。對，一定是這樣的！我差一點兒錯失機會。我絕對不要回到不歸村！」

「生路就在眼前，怎麼可以放過！就算是陷阱，我也要賭一賭！回到不歸村去，死的可能性不是更大嗎？」年凝憶氣血上湧，她的手指又放在了「A」上面，也許馬上就能完成第一次血字了！

雖然是這麼想的，但是年凝憶的魄力還沒有大到可以毫不猶豫地按下「A」的程度。地獄契約碎片還有兩張，她現在是「神谷盟」的人，到時候很可能可以分一杯羹。說不定，她只要完成了這次血字，到時候只要再執行一次魔王血字，就能夠活著離開公寓了！

雖然她也不認為神谷小夜子絕對可靠，但是，她只能選擇投靠神谷小夜子了。她不是沒有想過進入「夜羽盟」，但為了心愛的義妹甚至可以進入公寓的柯銀夜，讓她感覺到的不是感人的愛情，而是一種瘋狂甚至病態的執著。這種和正常人性背道而馳的執著，讓她對於柯銀夜沒有任何信任。而任何事情都講求實際、精於算計的神谷，雖然是個外國人，但是讓年凝憶感覺至少是個有真實人性的人。

但是，年凝憶實在是不敢選擇。她感覺心像是被放進了攪拌機，被攪得七零八落。年凝憶開始流淚了。

「我，我一定要活下去，一定要，一定要！」

她看著A，又看著B，終於，手指按了下去！

紅夏沒有繼續前進，而是往回走了。

年凝憶最後還是選擇了B。就算再害怕回到不歸村會萬劫不復，但是，她還是沒有勇氣選A。因為，如果A是死路，那麼，她馬上就會死。但是回到不歸村，至少還可以緩衝一段時間。她賭對了。

羅蘭發現紅夏也回頭了。其實他一直在思考，到底要不要繼續前進。直接跳到遊戲結局，那會面對什麼呢？遊戲的終極BOSS？

羅蘭絕對不相信事情會那麼順利。上次主持影子詛咒實驗的時候，他就深深意識到，這個公寓有多麼可怕，會有那麼仁慈的選擇嗎？

嗚和紅夏的相繼回頭，讓羅蘭很受震動。他比年凝憶要冷靜得多。身為「神谷盟」的人，和神谷小夜子接觸多了，他很清楚，一旦在血字中失去冷靜，就等於在戰場上繳了械。唯有客觀冷靜地分析，大膽假設，小心求證，才有可能找到生路。

其實，羅蘭也很清楚，所謂十次血字就可以離開公寓，和買彩票中獎的機率差不多，不過是個渺茫的希望罷了。進入公寓的人，不過是被判處了死緩而已。

「不能被眼前的誘惑迷昏頭，必須腳踏實地！」羅蘭再次告誡自己，沒有輕易動搖。

最後，他也選擇了Ｂ，回到不歸村。這一選擇，讓住戶們終於暫時擺脫了死亡威脅。

除了黃緹，沒有一個人把西嶽山和洛雲山聯繫起來。不過，有一件事情，每個人都注意到了。那就是，到目前為止，還沒有任何一個遊戲角色死亡。

現在雖然有些角色分開走了，但是，沒有任何一個房間裏傳出慘叫聲。

子夜托住下巴，手指敲擊著桌面，她的手時而張開，時而緊攥。她忽然回過頭去！

後面依舊是黑暗的房間，看不到其他影子。她的頭緩緩轉回去。

鳳舞和芊芊拿了冥幣以後，就朝另外一個方向走去。除了西邊，沒有其他方向可以到達山頂。

鳳舞和芊芊走了一段路後，前方有一個古怪的聲音傳來。聽起來像是壞掉的風箱傳出的聲音一樣。

鳳舞和芊芊的腳步變快了。

操作芊芊的左雅棠暗暗心驚。莫非鬼要出來了不成？

螢幕突然一黑！芊芊嚇了一大跳，隨即，黑暗稍稍驅散了，接著，一隻完全化為骸骨的手伸出，一張戴著慘白面具的頭顱充滿了整個螢幕！

那個慘白面具不斷靠近，子夜站起身來，左雅棠則嚇得不斷後退！她明白，自己就要死了！

這時，子夜和左雅棠的螢幕上出現了四個選項。

（A）原地不動；（B）朝後面逃；（C）衝殺上去；（D）立刻自殺。

「這……這算是……」左雅棠顫抖的手捂住了自己的嘴巴。

該怎麼辦？逃？逃得掉嗎？原地不動？開玩笑！衝殺？自己如果在石橋上拿到的是匕首，也許可以拚一拚，但是那時候拿的是面具啊！

「逃……只有逃了……鳳舞在什麼地方？」

電腦螢幕上的慘白面具越來越駭人，雖然不知道面具下面是一張什麼樣的臉，但是，左雅棠可以肯定，這個鬼絕對能輕易殺死芊芊！

她的手指向「B」伸了過去……

「逃，一定要逃走！」已成驚弓之鳥的左雅棠迅速做出了這一選擇。

子夜此時也同樣選擇了B。

在按下「B」的同時，兩個人都看到，那個戴著慘白面具的骷髏突然回過頭逃走了！

鳳舞逃跑的方向，正是西方。而左雅棠如果選擇衝殺上去，也會是前往西方。這兩個選項中，必定含有一條死路。

而子夜的選擇，正是一條死路！

雅臣還在不歸村裏徘徊著。在黑暗的夜色下，他不斷地看著手機，依舊沒有信號。

他已經看到了太多屍體，包括那些倒在地上、猶如想要搶奪冥幣的骸骨。這個地方簡直就是修羅地獄！

「果然很可怕。」雅臣皺緊眉頭，匆匆走過，他只想找到小夜子。而且，他也感覺到了幾分蹊蹺。

「一定有陷阱！我必須找到了去告訴她！」

雅臣是個很守舊的人，很有責任心，對喜歡的人就會付出一切去守護。

「我既然發誓要保護小夜子，就絕對不能夠食言！不能當懦夫！」

雅臣認為，自己並非住戶，這些骸骨不會主動攻擊他。不然，他也承受不住這樣的心理壓力。雅臣停下步子，扶住一面牆壁，他的腳有些軟了，不禁雙膝跪倒在地。

他感覺自己快要達到極限了。「這個地方，太冷了……」

他撫摸著身體，搓著手掌，想讓自己暖和起來。但還是感到寒氣不斷侵入體內。

他沒有發覺，自己的臉上已經覆蓋了一層寒霜，就連眉毛都變白了。因為是夏季，他穿得並不多，此時自然是凍得牙齒直打架。

「小夜子……」他低低呼喚著愛人的名字，身體癱倒在地。溫度似乎比剛才下降了更多，周圍開始吹起陣陣陰風。

迷迷糊糊中，他好像聽到了什麼聲音。

「踏……踏……踏……」

那是什麼聲音？走路聲嗎？

已經陷入半昏迷狀態的雅臣難以分辨，他感到眼皮很沉重，就連抬手的力氣都沒有了。

「踏……踏……踏……」聲音由遠及近。

雅臣努力想睜開眼睛，眼前卻是一片迷濛。他緊咬嘴唇，稍稍動了一下身體，卻感到脖子很僵硬。眼睛拚命睜大了還是看不清楚。

聲音已經到他的身邊了。

可是，他怎麼也看不到任何影子，卻感覺身上的寒意重了很多。難道，他突然倒下，溫度驟降，都是因為這個聲音靠近了嗎？

他終於昏迷了過去。

顏玉療養院，子夜的房間裏。

電腦螢幕上的黑暗散去，子夜看到鳳舞站在一個庭院裏。

鳳舞很快穿過了庭院大門，來到一段鑿得相當平整的台階前。而這時，笙海和紅夏都已經回去了。

子夜的螢幕上出現了四個選項。自然是和其他人完全相同的四個選項。走這段台階，就可以離開不歸村。這麼大的誘惑，讓人無法不動心。

子夜靜靜地坐著。良久，她終於伸出了手指，放到了「A」的上方，輕輕按了下去。

鳳舞登上了台階。「踏……踏……踏……」

在電腦螢幕上，鳳舞是背對著子夜的。但是，如果這時候有人看到鳳舞的正臉，會嚇得魂不附體。

「踏……踏……踏……」腳步聲猶如踏在心臟上一樣。

子夜終於說出了一句話：「接下來……會怎麼樣？」

鳳舞的面前出現了一片茂密的樹林。她走了進去。

這座黑暗的森林相當幽深。不知道走了多久才來到盡頭。而在那個地方，出現了兩口棺材！字幕上，出現了一行字：啊，好恐怖！這棺材是怎麼回事？而實際上，鳳舞並沒有說任何話。此時，鳳舞依舊背對著子夜。

新的選項出現了。

（A）繼續向前走，直接跳到終局第七局；（B）打開左邊的棺材；（C）打開右邊的棺材；

（D）回到不歸村。

「A……D……」子夜喃喃念叨著，手緩緩抬起。她忽然取出了手機，看著之前給李隱發去的簡訊：你真的已經放棄了嗎？

在前往洛雲山的路上，她始終沒有收到回信。子夜看著那一行字，把手機放回身上。她似乎有所決定了。

風凜冽地吹著。雅臣的身體終於能動了。他不知道自己昏迷了多久，但是，他終於醒過來了。

他回想起剛才聽到的踏步聲，實在太可怕了。尤其是在接近自己身體的一瞬間，彷彿死神就在身邊。

「不行，我必須快一點到顏玉療養院去……」

拖著幾乎凍僵了的身體，雅臣努力邁動腳步。他忽然發現，旁邊的地面上有一個個腳印！

他很確定那不是他的腳印，比他的腳印要小很多。

「這是……」他原本就蒼白的臉色失去了更多血色，「真的有人！剛才真的有人走過去了！」

子夜的電腦螢幕上忽然又是一片黑暗，什麼也看不到了。

子夜剛才選擇了「A」，直接跳到第七局。於是，鳳舞無視那兩口棺材，繼續前進了，在她踏出樹林的一瞬間，立即出現了黑屏。

雖然只是很短暫的一瞬間，但是，如果讓風烈海來看的話，他一定可以立刻發現，他們開到顏玉療養院來的車，就停在鳳舞走出的地方的前方不遠處！

「踏……踏……」腳步聲在顏玉療養院前一百米處再度響起！

此刻是零點四十三分，距離遊戲結束還有兩小時十七分鐘！在血字結束以前，任何一名住戶都不能離開療養院！

「好奇怪。」公孫剡忽然感覺渾身一陣發冷，他站起身，感覺呼吸也有些困難起來。

顏玉療養院破敗的大門搖搖欲墜。呼嘯的風拍打著療養院的門牌，一下子被吹掉了，發出一聲巨響。住戶們全都聽到了！

「什麼聲音！」小夜子第一個出聲，「那是什麼聲音！」

「不知道啊，好像是外面的聲音！」

「難道有住戶要被鬼殺死了？」

住戶在血字結束以前是不允許離開房間的，要不然，早就有人出去看看是怎麼回事了。

這時候，最為驚恐的就是黃緹了。她已經懷疑洛雲山就是西嶽山了，現在更是害怕，難道自己的猜測是真的？

「踏……踏……踏……」這個聲音在樓道上迴響著，似乎正從樓下步步逼近二樓！

腳步聲停下了。住戶們恐懼得面容扭曲，可是，第三局還沒有結束啊！這怎麼可能？

「誰？是誰！」楓鈴纖大吼起來，「是路過這的人嗎？對不對？回答我啊！」

然而，沒有任何回應。現在，住戶們都受限於血字不能離開房間，就算知道外面有一個索命的死神，卻也連逃跑都不行！

那個腳步聲再度響起！

「啊！」忽然，有一個住戶竟然衝出了房門！

是楓鈴織！她是新進的住戶，沒有看到過羅蘭和小夜子的影子詛咒實驗，還抱著一絲僥倖，因為樓道裏很暗，不會出現影子。

她剛衝到樓道裏，雙眼頓時瞪得大大的！

「不……」只說出了一個字，她就停住不動了。

楓鈴織已經違反了血字指示。她忽然感到，無法操縱自己的身體了！可是，自己的腳下根本沒有看到影子！

影子詛咒是無法抗衡的！可以解開影子詛咒的只有公寓。

楓鈴織的手伸入口袋，取出了一把匕首，那是她用來防身的。她將匕首舉到脖子前，然後，匕首狠狠刺入了咽喉！

她的屍體倒在地上，一動不動了。

子夜的房間是距離樓梯口最近的。她看見房門的門把手開始轉動起來！

門被打開了。走進來的是一個相貌俊美的青年。他正是雅臣！剛才在療養院外的，正是他的腳步聲！

「怎麼回事？」他一進門就用日語問道，「神谷小夜子在哪裏？快告訴我！剛才外面那個自殺的女人又是誰？」

子夜看向雅臣，忽然抽出一把匕首，後退了一步，用日語說道：「你是誰？和神谷小夜子是什麼關係？」

雅臣一愣，問道：「你會說日語？」

這時，一個聲音傳來：「雅臣？是你嗎？我在這裏！二〇六號房！你快過來！」

雅臣聽到這個聲音，頓時心中一鬆，馬上衝了出去。他來到二〇六號房，敲著房門說：「小夜子，小夜子！」

小夜子將門打開，立即說道：「你瘋了嗎？給我離開這裏！你來了有什麼用啊？快走啊！」

「你聽我說……」雅臣剛開口，卻被小夜子喝住了。

「別進入這個房間！」

「啊？」

「不要進入這個房間，聽明白了嗎？站在外面，別進來，我並不能確定，你就是神原雅臣本人！」小夜子說道，「剛才楓鈴纖大喊的時候你為什麼不出聲？雖然牆壁隔音效果不錯，但是她叫那麼大聲，你還是可以聽到的吧。」

「我……我又聽不懂中文，也不知道該怎麼回答，然後就看到她忽然衝了出來，接著就莫名其妙地自殺了……這就是你說的影子詛咒嗎？你如果離開這個房間，也會這樣嗎？」

「對。你快走。」小夜子說道，「如果你不走，我不能確信你就是雅臣本人。」

「你開玩笑吧？小夜子？你已經認不出我了嗎？」雅臣愕然不已，「還是說，你以為我是鬼嗎？」

「對。這樣的事情，我碰到過太多次了。」

「我剛才在山下發現了一個奇怪的村子。」雅臣從身上取出數位相機來，遞給小夜子：「我拍了幾張照片，你看一看吧。」

小夜子接過相機，當她看到不歸村和那些戴面具骷髏的照片後，臉色頓時變得慘白！

「你……」小夜子立即追問道，「這些照片真的是在山下拍的？」

「怎麼回事？」子夜站在房間門口問道，「神谷小姐，這個人是誰？」

小夜子看著相機，手顫抖得越來越厲害，然後交還給雅臣，說道：「我明白了，謝謝你的相片。」

「好，我也給其他人看照片。我知道的，你不能提醒他們，讓我來告訴他們。」

雅臣立即跑到子夜的房門口，說道：「你會說日語，你是嬴子夜小姐吧？小夜子和我提過你。這些照片，你看一下。」

子夜本來還想說什麼，但是當她看到那些照片後，立刻後退了一步，身體劇烈地一抖！

「你……你是在哪裏拍的？」子夜臉色煞白。

雅臣說道：「我在山下一個廢棄的村子裏拍的……」

子夜差一點癱倒在地！

「不……不可能，不可能的！」她厲聲問道，「你確定嗎？是在山下的村子拍的？」

「對啊。哦，我拿給其他住戶看！」

絕望。此時大家只有絕望了。

「什麼？」

「遊戲的場景就是在山下？」

「不，不可能的！」

每個住戶都萬分震愕。

子夜回過頭一看，螢幕上已經不再黑暗。鳳舞，不，是一個戴著一個白色面具的骸骨，正朝著療養院走來！

第三局結束以前，所有人就都會被殺死！

雅臣也看到了螢幕上的這一幕！

「不……不會吧？」

然而，這是事實。雖然極為恐怖，卻是讓人極其無奈的事實。死亡越來越近，越來越近了！

「不……不……」

還有五十米……那個戴著面具的骸骨繼續前進著。療養院已經越來越清晰了。

雅臣駭然地後退，他此時也恐懼起來了。雖然他對小夜子感情很深，也沒有到待在這裏等死的地步！

電腦螢幕上，那個鬼距離療養院只有三十多米了！

「啊！」二〇一室對面的二〇三室內，年凝憶看到這一幕，她終於忍耐不住，衝出了房間！

「我不要死！我不要……啊！」

她剛衝出房間的一瞬間，就抽出了自己身上的匕首，狠狠劃過自己的脖子！鮮血如水柱般噴射而出！有不少血濺在了雅臣的衣服上！

隨後，她就這樣倒在地上，死不瞑目。

這時候，其他人都看到了年凝憶的慘狀，不禁大叫起來。

雅臣面如土色，他跌跌撞撞地來到小夜子的房門前，跪倒在地道：「對不起……我救不了你。對不起……」

「怎麼了？」小夜子也嚇得倒在地下了，問道：「發生了什麼事情？有人觸發死路了嗎？」

子夜的電腦螢幕上，白色面具鬼離療養院只有二十米了！

「完了！」子夜絕望地跪倒了。

年凝憶的屍體倒在地上，大量鮮血染紅了地面。

「怎麼了……」小夜子喃喃道，「到底是……怎麼了！」

公孫炎、左雅棠、黃緹、羅蘭、徐饕等人都打開了房門，站在房間內面面相覷，看到年凝憶在楓鈴織之後依然嚇得不禁衝出來，誰都知道會發生什麼事情。

現在沒有任何選擇了。所有人的死亡都已經進入了倒數計時！

在同一時間，彌真猛然睜開雙眼，她從一個噩夢中醒了過來。她喘著粗氣，美目中滿是驚駭，豆大的汗珠從額上淌下。

「李隱……」她一把抓住坐在身旁的人，「還好，我們沒事……」

「你做噩夢了？」他看向彌真，伸出手幫她理了理額前的瀏海，擦去汗水，說道：「都那麼多天了，還沒有到夜幽谷。」

「你睡一會兒吧，李隱。」彌真連忙說道，「你也累了。我們不可以同時睡著，不過，你跟在我身邊應該不會有事，那個雕像我隨身帶著。」

「嗯。」他點點頭，閉上了眼睛。

彌真看向窗外。火車這兩天經過了無數地方，但是，經過的地方都是灰色的，天空始終非常陰沉。沒有看到湖泊，也沒有看到任何活物。全都是蒼茫群山和平原。

這個地方，曾經是她第十次血字的執行地點，一個異空間。血字指示一般很少會進入這種異空間，由此可見第十次血字的特殊。

「彌天……」她撫摸著窗戶玻璃，回憶起和彌天經歷過的一次次血字。

「彌……真。」

「啊？」彌真連忙看向身旁的人，問道：「怎麼了？」

「沒什麼。就是想叫一叫你。」

這時，火車前方出現了一個大峽谷。火車行進的速度很快。彌真頓時神色凜然，難道……夜幽谷到了嗎？

峽谷的地勢相當險峻。火車終於在峽谷前方停下了。月台上，清晰可見「夜幽谷」三個字。

「走吧。」彌真站起身來，「要離開這個空間，沒有其他辦法了。」

「嗯。」他也站起身，而目光始終停留在彌真身上。

二人走下火車。月台上還是沒有任何人。峽谷看起來極為幽深。

彌真抬起頭來，看向那座山崖，說道：「終於到了。夜幽谷！」

洛雲山上的顏玉療養院裏，住戶們陷入了絕境。

「鬼正在接近療養院！」

「怎麼辦啊？我們不能走出去啊！」

「一定還有公寓施加的限制吧？」

「對，一定還有限制的！」

有些住戶抓著這根救命稻草不放，可是，這已經是明顯的自欺欺人了。

雅臣還在苦思冥想，但是，他已經知道，沒有希望了。

「你走吧。」小夜子眼中儘是絕望之色：「這裏應該有後門，你想辦法逃出去吧。你不是住戶，鬼應該不會追殺你的。雖然我們認識的時間很短，還是謝謝你……」

「不可以！」雅臣抓住小夜子的手，「一定還有辦法的！」

「辦法……」小夜子看向子夜的房間，淚水決堤而出。

「我，我也不想死啊！」小夜子將頭撞向地面，「我真的不想死啊！」

小夜子猛然抬起頭：「你給我走！快走啊！至少，你要活下去！你不能死！」

子夜這時癱軟地看著螢幕。面具鬼距離療養院不足十米了！

「既然你放棄了，我還堅持什麼呢？」子夜喃喃自語道，「只是，一次就選中了死路，難道這就是宿命嗎？」

在面具鬼踏入療養院的一瞬間，所有電腦頓時變成了黑屏，「GAME OVER」的提示出現了。遊戲自動退出了。

「快想辦法啊！」徐饕扯著嗓子大吼，「誰有辦法啊？一定還有生路的，對不對？神谷小夜子，你快說話啊！」

「求求你們了，想想辦法吧，我不想死啊！」黃緹號啕大哭道，「我才剛結婚，我絕對不要死在這裏！誰來救救我們啊！」

公孫剡也癱軟在地，他不敢相信，死亡那麼快就到來了。「申娜……我再也見不到你了嗎？」

他不敢踏出房間一步，楓鈴纖和年凝憶的屍體就在那裏，這就是榜樣。

「不——」風烈海發出了聲嘶力竭的怒吼。

他終於想起來了。他有著照相機式的記憶力，可以核對遊戲場景和自己在盤山公路上看到的景象，但是，他卻絲毫沒有向這個方向思考。而這本來可以是一個生路提示的。

突然，「叮」一聲。那是電梯打開的聲音！

所有人立即都關上了房門！

雅臣在最後一刻，終於還是選擇了逃離！他知道，留下來就是死路一條。他跑到走廊另外一側的樓梯時，他身旁的電梯門就打開了。

子夜的房間距離電梯是最遠的。距離電梯最近的是二一二室的黃緹和二一一室的左雅棠！這兩個人拚命縮到房間角落，流著眼淚，緊緊蜷縮著身體。電梯門打開後，所有人都聽到了腳步聲！

「踏！踏！踏！」

在黃緹的房門口，腳步聲停下了。黃緹驚恐萬分地看著門把手轉動了，然後，門打開了……

「啊啊啊啊啊啊啊啊——」黃緹慘烈的尖叫聲震耳欲聾，讓每個人都心驚膽戰！

左雅棠把電腦桌搬到房門口，死死頂住。她也聽到了黃緹的慘叫聲，淚水止不住流下。她也知道，現在的所作所為就是困獸之鬥，但她還是咬著牙繼續頂住門。

「別進來，別進來……別……」

左雅棠也發出了尖利的慘叫！

蒲星淵將匕首抽了出來：「老子……老子十八年後還是一條好漢！死也不要死在鬼的手上！」

蒲星淵將匕首狠狠刺入了心臟！他倒在了地上。

十二名住戶，已經死了五個人！而這殘忍的殺戮還在繼續！

再度聽到門被打開的聲音，林天澤心驚膽戰。他在二〇八號房，此時用身體死死地頂住門，手裏握著匕首。他流下了熱淚。

「爸，媽，兒子對不住你們，不能讓你們享福了……」

子夜靠在牆壁上。聽著每一聲慘叫，等待著死亡降臨到自己身上。

林天澤房間的門被打開了。這個硬漢沒有發出尖叫聲。他讓還在等死的住戶很佩服！但是，不是每個人都像林天澤這樣有骨氣的。

二〇七號房的風烈海很清楚，林天澤一死，就輪到他了。

「我真的活不下去了嗎？」風烈海抓著電腦，艱難地撐起身體來。

除非現在出現奇蹟。可是，奇蹟怎麼樣才能發生呢？

公寓四〇四室內，李隱將頭深深埋入雙膝。他此時感到很無力。「我們……真的可以創造奇蹟嗎？」

此時，子夜依舊癱倒在二〇一號房的地板上。她一動不動，眼中毫無光彩，猶如一潭死水。

「這裏真是個詭異的地方。」彌真感歎道。

地面上到處是古怪的石頭，一道道裂縫縱橫交錯，一根雜草都看不到。空氣很潮濕，有一些地方還有白霧。整個世界只有灰色。

根據蒲靡靈留下來的日記，在這裏可以找到新的日記紙。接下來，還能夠前往彌天所在的空間。

「彌天……」彌真的目光充滿期待，「彌天，你等著我！」

在千溝萬壑的地面上，她和身後的人一起向山上走去。經歷了很多深山老林中的血字，彌真早就沒有什麼感覺了。而他緊緊地跟隨著她。

夜幽谷裏好像只有石頭。越朝上走，石頭的形狀就越古怪。石頭縫裏都沒有任何綠色，無比荒涼。

「李隱。」彌真回過頭說，「你盡可能跟緊我，這是最好的辦法。你……很危險。」

「我知道。」他點點頭。

二人又陷入了沉默。

石頭越來越多，看起來是自然形成的，形象卻越來越奇特，開始浮現出類似人臉或人身的形態。

彌真雙眉微蹙。她知道，自從雕像缺失了一塊之後，詛咒的平衡也許已經打破了，恐怕要萬劫不復了。

在彌天背後，還有魔王這個未知謎團。魔王所在的空間，是無數第十次血字的空間重疊而成的。唐蘭炫醫生去的那個欣欣商場，莫非也是昔日第十次血字指示的地點之一？還是僅僅是一個異空間入口？異空間是最可怕的血字，第一到五次的血字絕不會進入異空間，只有六到十次的血字才有此可能。

「異空間……倉庫……」彌真猛然想起了，「那個『倉庫』也是一個奇怪的空間，還有倉庫內的各種道具也是，都不能帶進公寓。」

這其中莫非有著某種聯繫嗎？但是，現在情報太少了。

彌真突然被一塊石頭絆倒了，她一個趔趄，立刻有一隻手抓住了她！

他扶起彌真，問道：「你沒事吧？」

「啊，沒事，謝謝你。」

他的手緩緩離開了彌真的身體，退後了一步，說道：「你……小心一點。」

「嗯……我，我知道。」彌真頓時滿臉緋紅。這個男人輕微的一個舉動，就可以讓她內心起漣漪，這是她一直傾心的男人啊！

「這裏石頭還真多呢。」他掃了一眼地面，「你好好看路吧。」

他的聲音裏竟然有了一絲關懷之意。這一句話，竟然讓彌真無法抬起頭來正視他。

她還來不及回答，忽然發現，地上那塊讓她差點絆倒的石塊，竟然猶如人面一般！

那是一張恐懼的面孔，表情混雜著憤怒、不甘、悲傷、絕望，面容很扭曲，光是看著就讓她心頭顫抖。

「你看，李隱！」彌真指著那塊岩石，「這，難道是……」

「嗯……」他回答道：「這很明顯是人面岩石。要不要拍張照片參考一下？」

「不用，算了。」彌真搖搖頭，「這樣做不知道會不會觸發死路。我們現在就等於是在執行血字指示。」

如果那時候，她可以逃出公寓，和彌天一起離開，她會毫不猶豫向李隱表白吧。而如果能夠和李隱在一起，她就會和他離開這個城市，而且永遠不會回來。那麼，李隱就不會進入公寓了。

「我還是……沒有創造出奇蹟來……」

他拉住了她的手。「可以的。」他對彌真說道，「你可以創造奇蹟的。就算現在還不行，我也會一直幫你的。」

「李隱，你……」彌真深深地看著李隱，然後重重地點了點頭。她覺得，就算此刻死去，她也感到很幸福了。

他們走了很久，石塊越來越多，也越來越像人臉了。讓彌真印象最深刻的，是一塊猶如尖叫的、一隻眼睛血肉模糊的女人面孔，讓人感到這張面孔是活生生的，彷彿馬上就能夠聽到她的尖叫聲。

最後，在這無數岩石的盡頭，出現了……一個城鎮。

一排排房屋整齊地排列著。那些房屋被這麼多古怪的岩石包圍著。而在房屋群裏並沒有任何岩石。

「那就是蒲靡靈說的城鎮嗎？」彌真拿著日記紙對照著，「我們進去看看能不能找到那戶葉姓人家。」

林天澤已經死了。還活著的住戶只剩下風烈海、羅蘭、徐饕、公孫剡、神谷小夜子和嬴子夜。執行血字的住戶已經過半死亡！

風烈海用電腦桌死死地頂住門，他知道自己死定了，但是他最後也要拚上一拚！

羅蘭的頭頂在牆壁上，身體靠著牆。他看向電腦螢幕，喃喃道：「凱特，抱歉，我要辜負對你的承諾了……」

徐饕雙手抓著臉，指甲把臉抓出了一道道血痕，他極其不甘心地用頭撞擊著地板。機關算盡，居然第一次血字就要死，他怎麼能夠接受這樣的結局？他一向自視甚高，卻要死在這裏嗎！

公孫剡知道，他不可能再和申娜見面了。雖然，只要為了她，付出什麼他都願意，可是，在這個公寓面前，人命不如草芥。

最冷靜的人是……神谷小夜子。她此時沒有絲毫慌亂的表情。

「叮！」

小夜子的眉毛一掀，立刻站起身來！

電梯門打開了！

風烈海的房門沒有被打開。外面傳出了一些古怪的聲音。

「踏！踏！踏！」

「咚！咚！咚！」

兩種腳步聲一前一後，竟然……開始遠離走廊了！

死寂。二樓裏陷入了一片死寂。

風烈海驚疑不定地看著眼前的房門，過去了很久，再也沒有發生任何事情。

「難道……」風烈海慢慢露出欣喜和驚疑混雜的神情，「難道，我能夠活下來了？」

在每個人都認為必死的情況下，卻絕處逢生！

又過去了十多分鐘，風烈海終於大膽地打開門。走廊上空無一人，仔細一看，地面上散落著兩張冥幣！

「看來成功了。」小夜子打開了門，大喊道：「我們不會有事了！」

大家紛紛打開門。子夜大喊道：「神谷小夜子，難道……是你？」

「不是我是誰？」神谷小夜子的臉上露出劫後餘生的慶幸，「我在『GAME OVER』以前做了一件事情。我也和子夜一樣，讓阿繭來到了山頂樹林，如果選A就會觸發死路。就在這個時候，剛才那個人……也就是雅臣來了。接著，我從年凝憶自殺和子夜的話，判斷出有人觸發死路了。於是，我選擇了A，直接跳到第七局，也導致了『GAME OVER』。正常情況下，這應該會觸發死路，但是，如果有兩個鬼一起進入，結局就不一定了。那三個骸骨倒在地上、猶如在爭奪冥幣的場景，我還歷歷在目。從頭到尾，阿藺都沒有拿過一張冥幣，可是，鳳舞卻拿了兩次！這些鬼如果會爭奪冥幣的話，那麼在觸發死路後，一個沒有冥幣的鬼和一個有大量冥幣的鬼相見的話，會發生什麼事情呢？」

公孫剡驚喜萬分地說：「神谷小姐！救命之恩永生難忘，從今以後，我都聽你的！」這句話也等於表示，他要加入「神谷盟」。

「神谷小姐！」羅蘭用英語說道，「多謝你了！我們的命都是你救回來的！」

神谷小夜子說道：「好了，我要躺一會兒，你們也休息一會兒吧，到了凌晨三點，大家一起回公寓去。」

在千鈞一髮之際，終於發生了奇蹟！

彌真走進了房屋群。

「這些房屋都很高級啊。」她說道，「不知道葉家在不在這裏？或者在另外一個城鎮？」

「找找看吧。」他回答道，「有一線希望就不能放棄。那些怪石，你有什麼看法？」

「我不知道。」彌真唯一可以確定的就是，這裏沒有人居住。路上偶爾會看到店鋪、郵局，甚至還有警察局，但是，一個人也沒有。

二人經過一座房屋時，彌真忽然注意到，房屋的門牌上寫著一個「葉」字！

「是這裏！」彌真激動不已地看著眼前的房屋，這是最大的一座房屋。

推開搖搖欲墜的大門，他們走了進去。院子裏，枯黃的樹葉飄散在地，旁邊有一輛破舊的自行車。

「也未必是這裏。」他走過來提醒道，「葉家未必只有一家。」

「我也考慮到了這一點，不過先進去看看吧。」

「嗯……好吧。」

二人朝屋子走了過去！

七日輪迴

PART TWO

第二幕

時間：2011年7月1日一整天

地點：天南市南郊朴夏山

人物：卞星辰、封煜顯、微生涼
郎智善、林雪倩、邱希凡

規則：在朴夏山上待滿一天

地獄公寓

4 無法被預知的人

李隱在電腦上打開了彌天寫的唯一一部中篇恐怖小說《輪迴》，這是彌真剛回國和他見面時，希望他能拷貝給她的那部小說。

「你在看恐怖小說？」

李隱猛然回過頭一看，站在身後的是深雨。

「你，你怎麼進來的？」李隱立即站起身問道。

「怎麼進來……開門進來的啊。」深雨一臉很無辜的表情，「你自己沒有關門啊。我是想來問你，今天下午的血字討論會，你會不會出席。住戶們已經一致決定，如果這次會議你還缺席的話，就要正式推舉柯銀夜為新樓長。」

「這樣啊。」李隱不假思索地回答，「那麼就讓柯銀夜擔任新樓長吧。我無所謂。」

「我有所謂！」深雨衝過來抓住李隱的衣領，「你有完沒完啊？當初那個抹掉三次血字救了子夜的李隱到哪裏去了？我就是為了看到你現在這個樣子，才改變了自己嗎？當初是你，是你改變了我啊！」

「那麼，讓你失望了。」

深雨還想說什麼，但是，沒有說出口。

「算了。隨便你！」深雨忽然問道，「這是誰的小說？」

「我一個大學同學的。」

深雨走到電腦前看了看，說道：「文筆好像還不錯，你能不能發到我的郵箱？」

「你也想看？」

「用來打發時間吧。我先走了。」

深雨離開後，李隱又重新坐了下來。他忽然注意到，門口還站著一個人，正是死裏逃生的子夜！

子夜走了進來，她看著李隱，似乎想說什麼，可是又什麼都沒有說。

二人就這樣默默地凝視著對方，彷彿都想從眼神中捕捉到對方的內心一樣。

李隱依舊缺席今天的血字討論會，所以，住戶們推舉柯銀夜為新樓長。讓大家非常意外的是，柯銀夜堅決地拒絕了這一提議。其實，樓長是個虛職，象徵意義大過實際意義，所以，柯銀夜推辭後，也沒有人特別堅持。但是，李隱的樓長之職絕對是形同虛設了，現在大家都把李隱看成一個等死的人。

這次的血字討論會就近期幾個血字進行了詳細討論，研究多重生路。會議進行了五個多小時，直到下午六點多才結束。

新住戶中有一批心理素質較強的人，這和地獄契約的關係很大。目前公寓的兩大同盟可以說達到了一種平衡，基本上不再有中立的人了。對於剛進入公寓的新住戶來說，加入一個團體也可以稍稍減輕恐懼。

在這個已經分裂的公寓內，樓長這個虛職的意義的確不大了。柯銀夜也就是看清楚了這一點才拒絕擔任樓長的，他不希望因為這個虛職和「神谷盟」的衝突。

會議結束後，星辰和深雨滿臉倦容地回到房間。二人一直同居，深雨的房間就在隔壁，如果血字發佈了，過去看也非常方便。

走進房間後，深雨蹲下身檢查離開前撒在門口的麵粉。麵粉沒有被踩踏過的痕跡，應該沒有人進入過這個房間。

「神谷小夜子應該沒有佈置竊聽器了。」深雨將門關上後，「上次把她佈置的竊聽器拆除後，她就沒有再有什麼動作了。」

「嗯。」星辰脫下上衣，說道：「神谷小夜子這個女人太精明了，『神谷盟』的勢力也越來越大。」

「我倒不怎麼擔心她。」深雨搖頭道，「值得警惕的人是李隱。柯銀夜告訴過我，他當天就猜出了遊戲血字的生路。這個人現在看起來好像很頹廢，但是他並沒有放棄，一旦哪一天再度振作，只怕是要誕生一個『隱夜盟』了。」

星辰問道：「你今天去見李隱，他有說什麼嗎？」

「沒有。」深雨若有所思地回答，「只是，他很奇怪，正在看一部恐怖小說。進入這個公寓的人，難道還嫌被血字嚇得不夠，會去看恐怖小說嗎？我在想，他會不會是在謀劃什麼，所以叫他發給我看看。」

「是這樣嗎？」星辰皺緊眉頭，扶住深雨的雙肩，說道：「你還是小心一些吧，李隱不是省油的燈。你別看他以前口口聲聲說什麼要拯救住戶，和你一起執行血字時，不是也把大學同學放棄了？他只是嘴上說得好聽，根本不是什麼聖人。你小心一點，不要被他算計了。我身上也有一張契約碎片啊。」

「我知道。我會小心的，星辰。」

深雨進入電子郵箱，果然收到了李隱發來的文檔，是名為《輪迴》的恐怖小說。星辰和深雨一起看了起來。

故事講的是一個名叫藍冬美的網路女作家，在離婚後，搬到市郊的紅月鎮生活。小說的文筆很細膩，描寫絲絲入扣。

「很不錯的故事啊。」星辰評價道，「氣氛鋪陳也很不錯，作者寫得很用心。」

「但好像不是出版過的小說，也沒有在網上發表過。」深雨指著搜索的結果，「看來，要不就是小說太冷門，要不就是……李隱本人寫的小說。他不也是網路小說家嗎？」

「是啊，不過他是寫軍事小說的啊。說起來，你也是他的讀者啊。」

「不過，我看過李隱的小說很熱血，沒有這麼細膩，這本小說感覺好像是女性寫的。」

小說主角藍冬美很快注意到，紅月鎮很不尋常，人口少，老年人特別多，老人的身體都很虛弱，而且鎮上的人對紅月鎮名字的來歷和歷史都諱莫如深。鎮上有一個瘋女子，是一個老寡婦的女兒，她打扮得很古怪，總是唱著奇怪的歌謠。歌謠的大意是，當月亮變為紅色的時候，詛咒就會啟動。

深雨忽然關掉了文檔。

「怎麼不看了？」星辰轉向深雨問道。

「我有種很不舒服的感覺。算了，還是白天再看吧。如果是以前，也許還能看下去，可是住在這個公寓裏看這部小說，感覺太……」

「也對。其實我也有這種感覺。那我們明天再看吧。如果有什麼問題，再去問問李隱。」

第二日，深雨早早醒來。她揉了揉眼睛，摸向旁邊，卻發現星辰不在。

星辰坐在電腦前。他正在看那部小說！

「星辰？」深雨叫了一聲，星辰卻毫無反應。

「星辰！你怎麼了？」

這時，星辰才回過頭來。他的樣子，明顯是被驚嚇了。

「深，深雨！」星辰捂了捂胸口，「你，你嚇死我了。」

「你什麼時候起來的？」深雨問道，「看你的樣子，不會還沒有洗臉吃早飯吧？」

「我剛才在看這本書。」星辰說道，「差不多快看完了。這本書太棒了，這個作者是天才啊！一件很小的事情，都被他寫得很嚇人。」

「真的嗎？可是，你居然一大早起來就看？」

「其實，我昨天睡下後，腦子裏一直在想著後面的情節會是什麼樣子，越來越好奇。早上醒來後，就馬上打開電腦來看了。後面的情節，你想知道嗎？或者你自己來看？」

「那……好吧，我自己來看吧。」深雨雖然這麼說，臉上卻露出了一絲猶豫。

然而，還不等她坐到電腦前，星辰猛然一皺眉，手狠狠將鍵盤掀了下來，他的右手捂住心臟部位，露出痛苦之色！

血字指示發佈了！

「二〇一一年七月一日，前往天南市南郊朴夏山，待滿一天即可回歸公寓。」

這次血字的規則極為簡單。接到血字的有六個人，除了卞星辰，另外五個人是封煜顯、微生涼、郎智善、林雪倩、邱希凡。微生涼在能條沙繪血字中生還，邱希凡則是在水墨畫血字中因為上官眠而間接獲救，郎智善是一名員警，而林雪倩是第一次執行血字。

新血字依舊沒有發佈地獄契約碎片的下落，讓大家都很失望。這次的血字內容太簡單了，反而讓人很不安。像上次的遊戲血字，可以從規則中推理出很多提示來，但是這一次卻什麼都無法獲悉。未知，才是最恐怖的。

卞星辰來到一樓的時候，看到人已經到齊了。

「卞星辰？」封煜顯三步並作兩步走了上來，「你也要執行血字？」

「對。」

在公寓裏，卞星辰也算是個有些名氣的人物，這個名氣來自於他和蒲深雨堪稱畸戀的感情。事實上，很多人都不理解這兩個人為什麼會相戀。卞星辰受深雨的利誘威脅，殺死了深雨親生母親蒲敏的事情，早就是公開的秘密，在這種情況下，一般人應該會充滿憎恨才對，更何況深雨曾經殘忍地利用住戶，製造了太多殺戮。而二人見面後居然就相愛了，成為公寓中的第三對情侶，著實讓人百思不得其解。

有人說，這是卞星辰患了斯德哥爾摩綜合症，也有人說，是深雨對卞星辰進行了洗腦或催眠，讓他死心塌地愛上她。卞星辰殺害蒲敏的「前科」，讓住戶們都對他有些疏遠，很多住戶對深雨也沒有好感。

星辰掃視了一圈在場的住戶，看到郎智善時，走過去說：「郎警官，你也執行這次血字？」

郎智善是個三十多歲的員警，拳腳功夫相當厲害，當然，和上官眠沒法比。他看到星辰時，只是禮貌性地「嗯」了一聲。郎智善的正義感很強，得知卞星辰是殺人犯，自然對他沒有好感，無奈不能逮捕他。

這是卞星辰第五次執行血字，封煜顯第三次執行血字，也就是說，血字難度應該在第五次血字的程度。

大家都認為，卞星辰和封煜顯都是靠運氣才活到現在的，這六個人當中，沒有一個可以算是智者。加上沒有契約碎片發佈，沒有多少人關心這六個人的死活。當然，也有人懷疑，這次血字也許有契約碎片發佈卻被隱瞞了，畢竟，血字的內容只有這六個人看過。

因為林天澤死了，再也沒有人去阻止別人接近小巷，所以，住戶的數量又開始增長了。幾天下來，因為幾次血字銳減的住戶人數，又攀升到七十人以上。

而上官眠的武力，是所有人都畏懼的。雖然神谷盟和夜羽盟都對這個女人極為忌憚，不少人都抱有將她除之而後快的念頭，但是，沒有人有足夠的實力，只有指望她早日死在血字中了，反正她沒有持有契約碎片。

兩大同盟本來還擔心上官眠會利用武力組建自己的勢力，但是，她卻根本沒有那麼做。實際上，她根本沒有必要組建勢力，就算全體住戶都與她為敵，她一個人也能夠輕易殺死所有人。

除了兩大同盟外，還有第三個勢力日益崛起，那就是徐饕建立的「聖日派」。「聖日派」宣稱公寓是末日的前兆，唯有通過信從徐饕才有可能獲得救贖。聖日派擴散速度很快，尤其是剛進入公寓的新住戶，不少人都被吸引了，如今人數已經接近二十人，完全可以與兩大同盟平分秋色了。徐饕禁止任何派內的人加入兩大同盟，一旦發現，殺無赦！這個生殺大權，徐饕交給了副手羅謐梓負責。羅謐梓雖然年紀不大，卻是最崇拜徐饕的人，這個女孩子變得兇狠異常，成為徐饕的心腹。

公寓已經形成三足鼎立之勢，只要契約碎片完全發佈，三大勢力必定展開血戰。而且，各派勢力內部也有心思不同的人，想在形勢混亂時渾水摸魚。不屬於任何一方勢力的住戶已經很少了。

公寓一四〇四室內，銀夜將一份資料遞給星辰，說道：「大致資料都查過了，沒有什麼靈異傳聞。朴夏山很偏遠，地圖上都找不到。」

星辰苦笑一聲道：「沒辦法，只有搏一搏了。銀夜，聯盟最近會不會有什麼大動作？『聖日派』的擴張讓人很不安啊。」

「暫時不會有什麼動作。」銀夜搖頭道，「徐饕這個人，的確有一手，把很多新住戶召集在手下，如果輕易動他，會讓我們『夜羽盟』樹敵太多，那樣『神谷盟』就會趁虛而入了。」

星辰歎了口氣道：「說起來，上次血字，讓神谷小夜子很風光，住戶們完全信服她了。」

「的確。」「夜羽盟」的另一名住戶羅十三說道，「而且，不少人說，嬴子夜的風頭已經被神谷徹底搶去了，只怕以後的血字也活不久了。這就叫牆倒眾人推啊，現在沒有誰把李隱當一回事了。」

「一群鼠目寸光的人！」銀夜目光中露出一絲冷厲，「李隱這個人絕對不簡單，就因為他現在頹廢，就認為他會一蹶不振，那是大錯特錯！更何況，他心裏還是關心子夜的，我相信只要子夜還活著，他就不會徹底消沉！」

銀夜頓了頓，繼續說道：「星辰，你也知道，你和深雨在住戶中的名聲實在是不好，多少人在背地裏罵你們是殺人犯，還有罵得更難聽的……」

「說我們是狗男女，是不是？」星辰雙手一攤，「嘴長在他們身上，我能怎麼辦？是，我的確殺了人，而且，深雨也害死過一些住戶，但是，身處這個公寓，我們已經受到最殘忍的懲罰了。無論如何，我都要離開公寓，到時候，我再和深雨一起贖罪！」

「我的意思是……」銀夜深吸了一口氣，「你應該明白，正因為如此，住戶可能會比較排擠你們，尤其是這次執行血字的郎智善警官，他這個人疾惡如仇，在他看來，你以前為了獲得預知畫而殺死了敏，而且事後居然和主謀相戀，這麼荒唐的事情，他……」

「銀夜。」星辰忽然打斷了他的話，「你剛才說，『在他看來』，那麼，在你看來呢？你也覺得，我們是罪無可恕的嗎？」

「從法律的角度說，你們的確有罪。但是我們現在不是身處正常環境，要定罪，也要等到離開這個公寓再說。那時候你是想去自首，還是通過別的辦法贖罪，就隨你們了。只是，其他住戶那麼看待你們，在你執行血字的時候，萬一有需要他們幫助的地方，只怕他們不會真心幫你。而且，郎智善是『神谷盟』的人。還有一個人你也要注意，林雪倩是『聖日派』的信徒，雖然被洗腦的程度還比不上羅謐梓，但是也相當嚴重了。」

「對呢。」羅十三也說道，「在公寓裏不少人都懷疑你身上有地獄契約。這次執行血字的人裏，封煜顯和微生涼是中立的，邱希凡是我們『夜羽盟』的人，到時候，你和邱希凡好好配合，避免郎智善和林雪倩做出對你們不利的事情。」

「沒錯。」銀夜說道，「如果是在公寓內殺人，因為忌憚聯盟勢力的制衡，他們不敢做。但是如果借助鬼魂之手殺你，我們也無話可說。郎智善對你沒有好感，又是我們敵對勢力的人，加上受過訓練的身手，你要最注意他。如果你發現他有對你不利的苗頭，就先下手為強！」

與此同時，神谷小夜子也在對郎智善進行部署。

「朴夏山的資料太少了。」她理了理頭髮說，「黎焚死了真是太可惜了，要是他還活著，會省掉我們不少事。這次血字，你要小心卞星辰和林雪倩。卞星辰雖然不算聰明，但是他可能持有契約碎片，不到萬不得已，不要對他下手。」

「我知道。」郎智善點頭道，「神谷小姐，你儘管放心，我有分寸。這是我第一次執行血字，還希望神谷小姐多多幫忙，要是能生還，我沒齒難忘你的恩情！」

「不用客氣，上次的血字多虧你說了話，才讓警方願意和我合作。凡是加入我『神谷盟』的人，我都有義務保護他。當然，前提是，不能對我有所隱瞞。」小夜子最後一句話明顯加重了語氣。

郎智善連連點頭道：「當然！我怎麼可能隱瞞你呢？」

「卞星辰自從殺死蒲敏之後，殺心會比一般人更容易產生。如果他到時候對你不利，你不要手軟，但是，必須要先想辦法知道契約碎片在哪裏，否則絕對不能取他性命！至於林雪倩，別看她是個女人，但是她現在受控於徐饕，誰知道會做出什麼事情來。至於封煜顯和微生涼，他們是中立的，但也不能排除已經加入某一派勢力卻裝成獨善其身的樣子，讓我們放鬆警惕。最後強調一點，血字中第一考慮的是如何活下去！」

「明白了！」郎智善心裏對卞星辰是很憎惡的，但是，他對神谷小夜子也並未像表面這麼恭敬。他對這個日本女人有些忌憚，因為她做事果決，現在雖然是一副為大家著想的樣子，一旦契約到手，只怕會翻臉不認人。郎智善加入「神谷盟」，只是因為和公孫剡關係很好，而公孫剡加入了「神谷盟」，他也就一起加入了。

而最讓郎智善發自心底憎恨的人，就是上官眠！水墨畫血字，不少員警都死在她的手上，當街製造爆炸案，在公車裏也殺害了多名乘客，死傷近一百人，她卻沒有半分內疚和自責的樣子。被殺的員警中，就有他認識的人，他對上官眠恨之入骨！但是，她的武力實在是無人能及，就算郎智善再怎麼恨她，也無法下手。

神谷小夜子在一次密談中，也提及劇除上官眠的事情。可以說，公寓全體住戶都想讓她死，面對鬼魂已經夠恐怖了，在公寓內還要面對這麼一個人形兵器殺手，任誰都無法安眠。上官眠目前還沒有執行血字，剷除她的計畫暫時無法執行。而且她平時不離開公寓，一直待在房間裏，也不知道在做些什麼。

徐饕此時也在交代林雪倩各種事情，在場的還有羅謐梓。

「這次血字，務必要想辦法在可以存活的情況下，保住卞星辰的性命！」徐饕強調道，「這個男人殺死了蒲緻，擁有契約碎片的可能性很高。不過，考慮到他和蒲深雨之間應該不會有秘密，所以，蒲深雨應該也知道契約碎片的下落。但是，凡事不怕一萬就怕萬一，所以你盡可能謹慎行事。至於郎智善邱希凡等人，你也要警惕。這次血字，只有你一個人是我們派的人，務必小心！」

「是！」林雪倩立刻跪下，表示服從。

羅謐梓冷笑地對她說道：「你可要聽好，這次血字雖然你們都說沒有發佈地獄契約碎片，但是一旦被我們發現你隱瞞不報，我一定會讓你生不如死！」

這個聲音陰冷之極，完全不是以前那個宅女了。林雪倩心頭一顫，忙說道：「我衷心為聖日派肝腦塗地，以求跨入彼岸，終結在公寓內的殺劫因果，怎麼敢有隱瞞！」

羅謐梓點點頭道：「希望你心口如一！」

林雪倩走後，羅謐梓靠在徐饕肩膀上，說道：「我對你忠心耿耿，只要你下令，我可以……」

「不急動手。」徐饕搖搖頭道，「現在還有最後兩張契約碎片呢。在那以前，你們要儘量參悟我說的境界，才可以逃脫這一殺劫，跨越到彼岸！」

羅謐梓點點頭，她對徐饕徹底信服，內心默念道：不管是誰，只要成為聖日派的障礙，我就會成為利刃，將他們劏除殆盡！

朴夏山，是一座荒郊的偏僻小山，位於天南市和龍潭市的交界地帶。這座山很荒涼，罕有人跡。

一輛白色路虎正在一條山路上行駛，此時已經是晚上十一點多了。午夜零點一到，血字就要開始了。

開車的是郎智善，他一路上都很沉默。倒是坐在副駕駛座上的微生涼比較健談。

「你姓微生？」林雪倩面露驚訝的表情，「有這個複姓？」

「啊，你沒有聽說過也很正常。」微生涼苦笑說，「其實微生是個很古老的姓氏，在春秋戰國時期就有了。」

「原來如此。」林雪倩露出感興趣的神色，「今天倒是長見識了。」

「現在不是考慮長見識的時候吧？」郎智善插嘴了，「這次血字，我們一定要很小心。卞星辰，你是第五次執行血字了，第五次血字的難度很高吧？」

星辰沒有回答，而是取出手機，打開了小說《輪迴》。雖然他已經看過了一遍，但還是像第一次看一樣津津有味地讀了起來。

「這是什麼小說？」封煜顯也湊了過來，看著上面的文字。

「藍冬美搬入紅月鎮，已經一星期了。她雖然逐漸適應了這裏的生活，但是總感覺，這個小鎮有種很壓抑的氣氛。這裏老齡化程度很高，而且，很多老人都有了癡呆的症狀，即使有神志清醒的，生活也很難自理。這個地方相當偏僻，要不是因為租金便宜，她也不會住到這裏來。在找到工作以前，她只有先在這裏忍耐一段時間了。

住在隔壁的是一個姓趙的老人。老人的子女都已經離家，只有他一個人獨自在家。老人還算溫和，但是很沉默。他的臉上佈滿皺紋，皮膚很粗糙，雙目渾濁不清，視力應該不會太好。剛搬到這兒的時候，藍冬美記得這個老人似乎歎了口氣。好像有一瞬間，他露出了憐憫她的眼神。

『我已經說過很多次了，星輝的撫養權，我絕對不會給你的！你休想奪走他！』

這天夜裏，掛斷電話後，藍冬美坐在床上，感覺很疲憊。兒子星輝現在還太小，雖然還不理解為什麼父母要分開，但是他也明白，他只能跟著父母之中的一人生活了。而且，他對於紅月鎮這個陌生的環境，始終無法適應。

藍冬美過了好久才站起來，她忽然發現了一件事情。星輝呢？他剛才還在房間裏的啊！

藍冬美開始不安起來，她披上一件外衣，拿了手電筒，匆匆地出門去找星輝。

她先來到對門，敲了敲門，過了一會兒，趙老伯把門打開，問道：『藍小姐，什麼事情？』

『趙老伯，你，你有看到我兒子嗎？』

『沒有啊。』趙老伯搖搖頭，『我沒有看見。怎麼，孩子不見了嗎？』

藍冬美頓時急得不知所措，說道：『屋子裏裏外外都沒有看到！我，我該怎麼辦？』

『小孩子也許只是到處亂跑，不用那麼緊張吧。』

『他一個人，又不認識路，萬一到小鎮外走丟了怎麼辦？我要去找他！』

藍冬美剛回過頭，卻看見前方不遠處，一個身影正在接近。仔細一看，是那個披頭散髮的女人，一直預言要發生什麼詛咒的瘋女子。

『紅月，紅月要出現了！』瘋女子對著天空大喊，目光中有一絲厲色，在夜色下顯得很可怕。

藍冬美不去理會瘋女子，拿著手電筒飛奔而去。

趙老伯抬起頭，看著天空中的一輪圓月，身體一陣戰慄，喃喃道：『明天，就是明天了。』」

看到這裏，車子顛簸了一下，差點讓星辰的頭撞上車頂。這附近的路變得崎嶇起來，朴夏山已經近在眼前。

封煜顯看向朴夏山，輕聲道：「不知道會在那裏遭遇到什麼。前兩次血字，簡直就是噩夢，尤其是上次血字，我到現在都感覺，能活下來真是奇蹟……」

星辰沒有理會封煜顯，而是繼續看著手機螢幕。

「『星輝！星輝！』

藍冬美不斷大喊著，可是哪裏都沒有找到星輝的蹤跡。她此時已經離開了小鎮，畢竟紅月鎮也就那麼巴掌大的地方。她走進了一片山林，繼續搜尋兒子。此時，已經接近午夜零點了。

就在藍冬美幾乎要精神崩潰的時候，她忽然看見，前方有一座小木屋。小木屋的門前，赫然就是星輝！

藍冬美懸著的心放了下來，立即跑過去，只見星輝正看著小木屋，臉色卻很蒼白。藍冬美跑到他面前，一把將他抱了起來。

『星輝，你跑到哪裏去了？你跑到哪裏去了！』藍冬美抱住星輝哭道，『我不是告訴你不可以亂跑嗎？你爸爸已經不要我了，我只有你了，只有你了……』

星輝一句話都不說。

『你這個壞孩子！說了讓你不要亂跑，你還跑，你還跑！』藍冬美揮起手，打起星輝的後背。星輝一下摔倒了，將身後一大片白花都壓倒了。

藍冬美連忙扶起兒子，哭著說：『星輝，你再也別亂跑了，好嗎？你答應媽媽！』

星輝依舊沒有說話。

無論如何，總算找回了星輝。只是藍冬美很奇怪，星輝在回家的一路上還是不說話。她以為是剛才打他，把他嚇壞了，就沒有多想。晚上，她和星輝一起睡在床上，她緊緊抱著孩子，生怕他還會再跑出去。

她並不知道，可怕的事情已經降臨了。

迷迷糊糊中不知道睡了多久，藍冬美猛然醒來。她發現自己渾身都是汗，而星輝竟然也大睜著雙眼，看起來根本沒有睡著。

『星輝？』藍冬美詫異地問道，『你怎麼了？』

『媽媽……』星輝的身體忽然劇烈地顫抖起來，『我，我剛才，看到了，看到了……』

『什麼？你看到什麼了？』

『那個小木屋，牆上有個小洞，我湊過去看了，裏面，有，有好多吊死的姐姐！那些吊死的姐姐，一個個臉白得好像剪紙一樣，其中有幾個姐姐在對我笑，笑著笑著，她們的眼睛就流血了！然後，媽媽你就找到我了！』

藍冬美大吃一驚。她連忙坐起身問道：『什麼！星輝，你肯定是看錯了！不可能有這樣的事情！』

她以為星輝是怕自己責怪他亂跑，才編造了這個故事。然而，當她看向窗外，頓時身體一顫！

天空中原本銀白色的月亮，此刻居然變成了血紅色！

那一輪血紅色的月亮，看得藍冬美猶如墜入冰窖！她立即走到窗前抬頭細看，忽然想起，鎮上的人對於『紅月鎮』名字的來歷，誰都不願意說，她也想起了那個瘋女子的話。

『血紅色的月亮出現後，詛咒就會啟動，那些鬼魅就會出來了，無處不在，無處不在！』

藍冬美突然聽到星輝發出一聲慘叫！她立即扭頭看過去，只見星輝看著另外一扇窗戶，嚇得頓時拉上窗簾，說道：『媽媽，我，我看到了，從趙爺爺家的窗戶裏看到了，那個小木屋裏的死人姐姐，現在就在趙爺爺家裏！』

一連串詭異的事情讓藍冬美心慌意亂，還來不及思考，就聽到對面的屋子裏也傳來了一聲淒厲的慘叫！」

「喂喂，喂，星辰，到了！朴夏山到了！」

星辰猛然抬頭，才發現車子已經停下了，其他人都下車了。山路是大斜坡，車子開不上去。

「好，好的。」星辰將手機放回口袋，下了車。

「看什麼那麼入神呢？」郎智善皺著眉頭問，「我們是在執行血字，不是出來郊遊。卞星辰，你給我頭腦清醒一點！」他對卞星辰說話毫不客氣。

六個人開始朝山上走去。朴夏山的樹木很多，一路上，每個人都很警惕，大家湊得很近。郎智善打頭陣，他在心裏計算著，一旦發生異變，該如何逃跑。

午夜零點終於到了。血字正式開始。

郎智善忽然停下腳步。因為，周圍忽然被映得通紅。他疑惑地抬起頭來，頓時目瞪口呆！

天空中居然有一輪大大的紅色圓月！而且，那紅色猶如鮮血一般，朴夏山頓時變成了血池煉獄！

「這，這……」最為震驚的人是星辰！他的嘴巴張得很大，抬頭看著血紅之月，身體不停戰慄！

「大家別慌！」郎智善立即穩定大家的情緒，「血字既然開始了，有奇異現象發生也不奇怪！大家繼續跟著我走！」

六人加快腳步，快速向前走。那輪紅月仍然懸在空中，每個人的心都揪起來了。

星辰取出手機，撥了李隱的手機，但是，他很快就發現，手機沒有信號！

「手機打不通！」其他人也發現了這一情況。

郎智善高舉著手機，說道：「沒有信號！可惡！和上次洛雲山的血字一樣！我本來想問問公寓裏的人，幫我們找月亮變成血紅色的資料。現在沒有辦法問了。」

這時，每個人都感到很無力，比剛才發現了血紅色月亮更加害怕！

畢竟，他們當中沒有一個很聰明的人。在這種情況下，只能靠自己來挑戰第五次難度的血字！不少人近乎絕望了！

「喂，你們看，那是……」封煜顯忽然指著前方喊道。

大家停下了腳步。那是……一座叢林深處的小木屋！

星辰倒吸了一口冷氣。他清楚地看到，小木屋前面，有一片被壓倒的白花和兩排鞋印！小木屋的牆上也有一個小洞。而此時，木屋的門大敞著！

這一切，和小說中的描述……竟然分毫不差！

深雨站在公寓的門口。銀色的月光灑下，那一輪圓月勾起了心中無限憂愁。

「你在擔心卞星辰吧？」深雨的身後傳來一個聲音。

深雨立即回過頭去，只見一個短髮女子推開旋轉門走了出來。

「柯銀羽？」深雨快步走上去，「你怎麼……來了？」

「我偶然發現你在外面。」銀羽深吸了一口氣，「卞星辰，他的運氣一直很好。」

「我和他約定了，一定要活著回來。」深雨的眼角已經有了淚痕，「柯銀羽小姐，對不起……真的對不起！當初，我誣陷了你哥哥……讓你差點誤會他，是我的錯。其實，我一直都想對你親口說一聲『對不起』。不過，我也知道，我早就罪孽深重，手上沾滿了鮮血，怎麼也無法洗去。我……」

「沒關係。」銀羽卻回答道，「我曾經很恨你，但是，也是因為你，讓我知道了自己有多麼愛銀夜，就算燃盡我的生命去愛他也不夠，即使全世界都和他為敵，我也要和他在一起。因為愛他，所以我相信他。這都是你讓我明白的，所以，我已經原諒你了。而且，進入這個公寓，你已經遭受到比你犯下的罪行更加殘忍的懲罰。」

「柯銀羽小姐……」

「我們都是這個公寓的住戶。想贖罪的話，就活下去吧。畢竟，我們所有人悲劇的起源，不都是這個公寓嗎？」

深雨抹了抹眼角湧出的淚水，說道：「有件事情，我必須告訴你。有一個辦法，可以將正在執行的血字撤銷，是這個公寓一條極為特殊的規則。那條規則就是……」

銀羽卻打斷她道：「是執行血字五次以上的住戶，在牆上用自己的血畫下倒十字，可以將某個住戶正在執行的血字撤銷並將其召回公寓吧？子夜，已經告訴我了。」

深雨並沒有露出意外的神情，繼續道：「一般情況下，如果進入公寓的住戶，沒有老住戶講解規則，公寓會通過血字告知住戶各種規則。這條規則，夏淵是知道的。有一段時間，其他住戶全死了，我那時候讓他不要告訴新加入的住戶這條規則。夏淵死後，這個規則的存在就不再為住戶所知了。」

「原來如此。」銀羽追問道。「那麼，楚彌真，她也知道嗎？」

「你知道她？」

「當然了，你通過預知畫不是可以完全瞭解公寓的所有情況嗎？我從李隱的大學同學那得知了楚彌真和楚彌天姐弟的事情。他們也知道這條規則吧？」

「我想，應該是知道的。」

「你說什麼？」銀羽疑惑不解地追問道，「為什麼說『應該』知道？你不能確定嗎？」

「我不知道。」深雨搖搖頭，「當初，我可以監控公寓所有住戶的動向，但是，楚彌真和楚彌天姐弟倆，我從頭到尾都不知道他們的存在，也不知道他們幾乎完成了第十次血字。這種詭異的特殊情況，我根本不知道。」

「怎麼可能？你的預知畫有這種局限？」

「按理說，不可能有這樣的局限。我的推測是，大概是我沒有刻意去注意他們，所以沒有畫出來。但是我也覺得很不自然，因為，每一次血字我都會有感應，而他們執行了十次血字，我卻沒有感覺到他們的存在……」

「你開玩笑吧？你的預知畫一直能夠完全預知未來，雖然這是你父親的亡靈帶來的詛咒，是魔王的……」

說到這裏，銀羽忽然停住了。深雨立即脫口而出：「魔王？對了，是魔王！我所擁有的能力，是『魔王』賦予我父親的，然後我父親化身為我的手臂。至今為止，無法畫出來的，只有魔王級血字指示。而楚彌真和楚彌天是因為這樣才……」

銀羽立即有了一個結論：「那對雙胞胎，和魔王有什麼關係嗎？」

這時，一個聲音在她們身後咆哮道：「你們說什麼？彌真和彌天，他們……和公寓是什麼關係？！」

銀羽和深雨立即回過頭去，只見公寓門口，赫然站著李隱！

「回答我！」李隱衝了過來，大喊道：「快告訴我！彌天和彌真的事情！」

5 紅月傳說

朴夏山上，星辰看到了小木屋、腳印和白花時，立即打開了手機裏的小說文檔。

「不，不可能！怎麼會這樣！」星辰後退時，腳絆到了什麼，立即跌倒在地。

其他人看到他這副樣子，都跑了過來。

「你怎麼回事？」封煜顯扶起他來，說道：「我們快點走吧。」

林雪倩指向那個小木屋，說道：「我們不能放過任何不自然的事情啊。這麼偏僻的荒山，卻出現了一個小木屋，我們還是進去看看吧？也許會有生路提示呢？」

「走，快走！」星辰卻爬起來，慌亂地喊道：「我們快逃！」他向樹林深處跑去！

其他人都是一怔！微生涼立即也朝卞星辰的方向追去！卞星辰畢竟執行了四次血字，也算有經驗的人，而微生涼是只執行了一次血字的菜鳥，所以他不敢猶豫，趕緊跟了過去！

封煜顯皺了皺眉，也拔腿跑上去。而郎智善等人，最後也一起跑了過去。畢竟，誰都不希望在這座山上分開！大家就算分屬不同聯盟，至少目前利害關係是一致的，就算要爭鬥，也要等血字完成了再說！

星辰在樹林裏跑了很久才停下來。他抬起頭，看向那輪紅月，後面的微生涼差點撞上星辰。

「卞，卞先生！」微生涼扶著一棵樹，喘著氣說：「我，我們該怎麼辦？為什麼，為什麼月亮變成了紅色？」

星辰轉過身來，看到郎智善、封煜顯等人已經追了過來。

「卞星辰。」郎智善的體力顯然優於其他人，他停下來也沒有怎麼喘氣，就直截了當地問道：「你是不是注意到了什麼？」郎智善已經敏銳地觀察出來了。

「一模一樣……」星辰拿著手機說，「這裏的情況和這部小說裏的事情完全一樣！」

「啊？你在說什麼啊？」

星辰將手機交給郎智善，說道：「你自己看吧，這部叫《輪迴》的恐怖小說，和現在發生的事情完全一樣！完全一樣啊！」

郎智善一時還無法相信，但是，仔細看了文檔內容後，面色也瞬間變得煞白！

「這……怎麼可能？」

郎智善閱讀的速度非常快，而且能夠將關鍵資訊記住，這也是辦案中需要掌握的技能。

「這本小說……」郎智善驚駭萬分地問道，「你從哪裏弄來的？」

「李隱給的。深雨看到他在看這部小說，所以向他要了一份……啊，是李隱！他一定是通過什麼辦法，預知了這次血字的內容！這不是小說，是現實發生的事情啊！」

「預知？」封煜顯臉色頓時變了，「就和蒲深雨的預知畫一樣嗎？李隱，他是怎麼辦到的？這根本就不可能啊！」

「你老實說。」郎智善死死盯著星辰，一字一頓地問道：「告訴我！蒲深雨，她真的失去了畫預知畫的能力嗎？還是說，她至今都還在和李隱進行著秘密交易？」

「等，等一下！」林雪倩開口了，「星辰！你，看完這部小說了嗎？」

「是的。」星辰點點頭，「我全部看完了。」

「那……」林雪倩緊張萬分地問道，「接下來會發生什麼事情，你知道嗎？」

「知道。」星辰看向頭頂的血紅之月，他的面孔也被映照成了一片紅色：「這座山上，應該有一個叫紅月鎮的小鎮。那個小鎮，長久以來都受到一個詛咒。每隔十年，都會有某一天，月亮會變成血紅色。這只會發生在小鎮所在的山上。」

「只是在這座山的上空？」郎智善繼續翻動頁面看下去，快速閱讀著接下來的情節。

「等一下！」封煜顯大喊道，「我感覺好混亂。這是巧合吧？怎麼可能會有這樣的事情？如果真的能夠預知哪裏會有鬼的話，那麼我們不就可以避開了嗎？不是嗎？」

「對啊！」微生涼也醒悟道，「小說會提供給我們生路吧？星辰，接下來會發生的是什麼？」

「接下來……」星辰繼續說道，「就會開啟一個輪迴詛咒。在這段輪迴期間，這座山上，各種各樣的恐怖鬼魅無處不在。剛才那個小木屋，只是其中之一罷了。在輪迴期間，即使在白天，這裏依舊會是一片夜空，血紅的月亮會一直懸浮在空中！」

郎智善繼續看著《輪迴》的內容：

「藍冬美拉著星輝的手，戰戰兢兢地躲在一個閣樓上。

對面的趙老伯死了……她此時只有這一個想法。詭異的紅月出現後，詛咒就會展開，那個瘋女子的話，讓她感到心涼透了，思緒完全混亂了。

『媽，我怕，我怕……』藍冬美懷中的星輝瑟瑟發抖。

藍冬美撫摸著星輝的頭，發抖地說：『別，別怕，媽媽在，媽媽會保護星輝的……』

這個閣樓的入口就在臥室的天花板上，她已經將梯子收了上來。

藍冬美忽然聽到了什麼東西被拖動的聲音。接著，是一陣陣腳步聲！

她立即捂住嘴巴，也將星輝的小嘴捂住，此時，哪怕發出一丁點兒聲音，只怕就會遭遇不測！

藍冬美雖然沒有親眼看到兒子所說的恐怖場面，但是她知道兒子不會撒謊，更何況，天空中的紅月如此詭異。

不知道過了多久，腳步聲漸漸遠去了。可是，藍冬美不敢大意。現在她唯一要做的事，就是逃出紅月鎮！

『星輝，不要怕哦……』藍冬美附在星輝耳邊低聲道，『媽媽一定會保護你的！』

又過了一段時間，藍冬美估計樓上的確沒有人了，她慢慢將閣樓中間的一塊板掀開，看了看下方，房間裏的確沒人。於是，她把梯子放了下去，拉著星輝慢慢下去了。

藍冬美很警惕地一邊拉著星輝，一邊注意聽著房間裏的動靜，房間裏只有一盞忽明忽暗的燈。她打開門，和星輝一起衝了出去。

屋外的地面完全被血紅色的光芒覆蓋了，紅月鎮變成了一個血色世界。藍冬美從身上找出車鑰匙，朝屋後的車子跑去。只要坐上車子，就可以逃離紅月鎮了！

她將鑰匙對準車門插入。突然，從車子的後視鏡上，她看到了駭人一幕！駕駛座上，正坐著一個低著頭，披頭散髮的女人！

可是，車子內明明是空無一人的！

藍冬美嚇得後退了好幾步，她本以為自己會發出慘叫聲來，可是，在驚駭之下，她卻發不出任何聲音。她立即拉著星輝，回過頭拚命跑了起來！

此時，藍冬美想到了一個人，那個瘋女子！她一定知道些什麼！無論如何，都必須找到她！

那個瘋女子晚上經常會到小鎮東側的平原上。這個小鎮依山而建，和山林幾乎融為一體，有一些房屋是建在附近的平原上的，房屋之間距離相當遠。

藍冬美對小鎮周圍的環境不是很熟悉，此時只能試著去找路。她感覺到，紅月鎮充滿一股森森陰氣！

她必須找到那個瘋女子，否則，她真害怕自己和星輝今天就會死在這裏！

她不停飛奔著，偶爾回頭去看，但是，後面沒有任何動靜。

小鎮死寂。雖然生活在這裏的都是老人，睡得比較早，但還是安靜得有些過頭了。沒跑多久，星輝就已經跑不動了。藍冬美的體力也消耗很大，可是，還是沒有找到平原。

附近的兩排建築物前，是一片密林的入口，紅月鎮有不少房子是圍繞著這一片樹林建造的。她咬了咬牙，帶著星輝，衝進了樹林！她想，有著樹林掩護，也許情況能好一些。

藍冬美忽然停住腳步，因為，她赫然看到，眼前就是那個披頭散髮的瘋女子！

瘋女子身體扭曲地走著路，彷彿脊椎出了問題一樣。藍冬美馬上就要衝過去和她說話，這時……

後面的一條小路上，赫然出現了一輛車！那正是藍冬美的車子！而車子的駕駛座上空無一人！而那個瘋女子絲毫沒有覺察，接著……

車子重重撞上了她的身體，瘋女子立即被撞飛到半空中，隨即重重地落下，倒在一片血泊中！

而那輛車隨即迅速開走，消失不見了！

藍冬美一屁股坐在地上，臉上一片森然。她緊拉著星輝的手，不斷後退著。

然而，她忽然發覺了一件事情。那就是……那個瘋女子的手，竟然動了起來！

她還沒有死？

藍冬美剛冒出這個念頭，就看見瘋女子滿是鮮血的頭慢慢抬起，而她的右眼眼珠已經掉了，腰部有一個大大的傷口，深得駭然！

瘋女子站了起來，鮮血不斷灑下！一個成了血人的瘋女子，居然還能走動！鬼！她變成了鬼！

藍冬美立即拉起星輝，向後跑去！

「我還是無法理解。」郎智善說道，「雖然紅月、小木屋都不像是巧合。」

六個人在密林中奔跑，現在，他們遇到了一個大問題。他們不知道該怎麼才能避開紅月鎮！小說中並沒有提及紅月鎮所在的方位，而誰都能感覺到，紅月鎮是災禍的核心，必須遠離！

星辰說道：「按照後面的情節來看，就算離開紅月鎮，也無法保證安全！」

郎智善恨恨地看著手機說：「這部小說居然是開放結局，根本不知道那對母子最後是死是活！這麼一來，我們就算看完小說也不知道該怎麼辦！小說裏只能看到藍冬美看到的情況！」

的確，住戶沒有辦法從小說中獲知，什麼時候、什麼地方有鬼，什麼時候什麼地方沒有鬼！小說裏沒有描述出來的事情，只怕作者本人都不知道吧！

如果是虛構的小說，討論這個問題沒有意義。但是，血字讓這部小說真實化了！而他們卻連小說的作者是誰都無法確定！雖說現在認為是李隱，但是也不能認定這一點，畢竟現在無法聯繫上李隱。

「現在該怎麼辦？」郎智善稍稍冷靜下來，「無論如何，熟悉小說情節是我們最大的希望，一定要利用這一點。這部小說，一定就是公寓給我們的生路提示！卞星辰，我明白了，正因為這樣，所以，看了這部小說的你，成為這次血字的執行者之一！」

「可是……」微生涼說道，「我們該怎麼辦？我們和小說裏的人不一樣，我們連朴夏山都不能離開！這座山上真的有一個小鎮嗎？」

「很難說。」郎智善答道，「這裏連地圖上都沒有標出來，如果有一個我們不知道的小鎮，也不是不可能。當然，也有可能，這個小鎮根本就是因為血字才出現的。」

這時，六個人忽然都停住了腳步，大家的臉色猛然一滯！

前方忽然出現了一大片蘆葦叢。緊接著，六個人都聽到，蘆葦叢的對面傳來汽車開動的聲音，然後，有什麼東西被撞擊了，又重重摔落在地上！

在小說中，藍冬美看到瘋女子從地上站起來的詭異情景後，第一反應是馬上逃走。而且，她成功地逃脫了，這只是作者為了鋪敘恐怖的一個插曲。

六個人哪裏還會猶豫，自然是轉回頭，飛奔而逃！

主角有主角光環，不到結局不會死。可是，他們不是主角啊！就算公寓有所制衡，但是……

「等一下，我們，也許不需要逃啊……」林雪倩忽然說，「也許我們可以利用這個機會……」

「那你就待在這裏吧，我們要逃！」郎智善卻根本不理會林雪倩的話。

沒有人敢坐以待斃。跑出很遠之後，六個人體力幾乎透支時，才停下了。他們看到前後左右都沒有人，這才放下心。詭異的紅光照在每個地方，他們在一片血色的世界中！

郎智善扶著膝蓋喘氣道：「小說上說，這座山上鬼魅無處不在，但是，小說沒有說明鬧鬼的原因。」

「李隱真的獲得了預知能力？」星辰擦了擦額頭的汗水，「如果能活著回去，我一定要找李隱問個清楚！手機沒有信號，上次洛雲山血字也是這樣，這樣下去，加入聯盟不就沒有意義了嗎？」

「冷靜一點！」郎智善知道，穩住大家的心是最重要的。此時如果自亂陣腳，那就是找死了：「我們要仔細研究小說，如果血字是小說現實化了，那麼找到生路的可能性是很大的！」

「可是……」封煜顯提出疑問，「我們是不是應該考慮一個問題，這是不是血字的誤導？故意讓我們以為，這個血字和小說情節一樣，而實際上卻在關鍵點根本不一樣？」

「對對對！」微生涼附和道，「我同意！萬一是誤導呢？預防公寓的陷阱，首先就是不要先入為主地下結論！我們現在是不是就中招了呢？」

猶如一盆冷水潑下，大家本以為找到了一線希望，但是沒有想到，這個希望可能就是一個陷阱！

《輪迴》究竟是小說，還是一個預知？又或者，根本就是血字的死路陷阱呢？

「有可能。」郎智善無法否定這個假設，「的確，如果是作為生路提示，這好像太過明顯了。」

封煜顯繼續說道：「所以，不能太過相信小說。我們是針對實際情況來推測生路。即使是要根據小說來確定生路，也要以我們親眼看到的事實為依據……」

「你這只是紙上談兵罷了。」星辰說道，「封煜顯，你以為血字指示是幾何證明題那麼簡單？我們只有一條命，到時候要實驗生路是否可以成功……」

林雪倩搖搖頭道：「不，這次血字，我們並不是一條命，而是七條命吧？在小說裏，紅月亮升起的那一天，這一天會輪迴七天。即使我們今天死去，明天午夜零點，我們又會回到今天午夜零點所站的地方，就好像遊戲重玩一樣。」

也就是說，同一天會重複七次，而這一天內會發生的事情也完全一樣。唯一不同的是，只要抬頭看到了紅月的人，就能夠保留記憶，第二天就有前一天的記憶。在這一天死去，第二天就能復活，再度經歷前一天的事情。就這樣重複七次！

第七天……將會是最後一天！這一天一旦死去了，那就是真的死了，再也沒有復活機會！

「我們有六次機會！」林雪倩激動地說，「就算死了六次，也有六次機會試驗生路是否正確！」

「不是說了嗎，血字未必會按照小說……」

「無論如何，我們有了六次機會啊！」

現在，每個人心裏都沒有底，意見難以統一。

在小說裏，紅月鎮上所有人都知道這個秘密，所有只有少數寧死也不願背井離鄉的老年人才留下了。趙老伯之所以在第一天閉門不出，也是這個原因，因為死了不是真的死。而藍冬美一共死了四次。第七天，她在最後一刻即將逃出去的時候，故事戛然而止。

「聽我說！」星辰從郎智善手中一把搶過手機，「至少今天，我們就當做不會發生輪迴，按照我們一旦死去就真的死去來考慮！如果到了明天，時間真的重來了，再考慮接下來該怎麼做！」

有六次可以試驗能夠逃出去的機會，加上熟知情節，這次血字，未嘗沒有逃出生天的可能！這個想法，讓因為手機沒有信號陷入絕望的住戶們心中再度升起了希望。

「好吧。」一郎智善也支持這個折中的方案，「就這麼決定了！」他知道，如果他一味反對，因為聯盟問題就對他抱有敵意的人會更多，而他畢竟是第一次執行血字，只有團結才有活下去的希望！

藍冬美在小說中嘗試了很多逃出這座山的方法。她發現，越接近山的週邊，就越有可能死去。她第一次死去，就是在第一天試圖帶著兒子逃出這座山時發生的。

小說裏多次提及藍冬美逃跑的方向，而住戶帶著指南針，所以，藍冬美的路線，他們可以確認。她失敗的那幾條路線，自然不會再去走。

大家都看過了小說，畫出了一張地形圖，標注出哪些地方一旦接近就可能出現鬼。但是，小說並沒有說明哪一個地方是安全區。

「我們去這裏如何？藍冬美在第三天去過的地方，是一座湖泊，她在那裏安全地待了四個小時。四個小時啊！」

「可是，要到那個地方去，首先不清楚具體路線，只知道在西邊，而且去的路上，誰知道會發生些什麼事情？萬一在路上……」

大家畢竟還不能確定，時間重來是否也被現實化了，所以，不能排除死了就是真的死去的可能性。

「賭一賭吧。」一郎智善咬緊牙關，「既然鬼無處不在，那麼哪裏都是危險的。能夠找一個相對安全的方向，已經不容易了。我們到那個湖泊去！」

在紅月的籠罩下，六個人朝前走去。他們的算盤是這麼打的，要找到離開朴夏山的辦法，必須要確定一條可以安全的路線。在同一天的同一個時間段不斷試驗，就有可能找出生路，前提是，大家有命可以嘗試到最後一天。

在小說裏，藍冬美接下來碰到了紅月鎮裏的一個老人，知道了七日輪迴的事情。老人告訴她，那些逃出紅月鎮的年輕人，有不少都在七日輪迴中死去了，只有少數人找到了安全路線逃走。但是，每年安全路線的位置都不一樣。可以肯定的是，七天都是同一天，鬼出現的位置都是一樣的，除非看到了紅月而保有記憶的人刻意改變過程，才會發生變化。

可以下山的道路很多，雖然可以復活六次，但是，同一天裏只能夠死一次。也就是說，只能夠選擇嘗試六條下山的路。

而在選擇下山道路之前，還必須在山上找到一個安全的地方，不會有鬼出現的，而小說已經說明了哪些地方是絕對去不得的。小說裏的那位老人說，紅月的詛咒只在這座山上有效，一旦下山，詛咒就會消除。也就是說，離開朴夏山後，回歸公寓的路上，不需要擔心被鬼追殺了。對於這些沒有一個可以在血字終結後瞬間傳送回公寓的住戶而言，這是不幸中的萬幸。

「我還是感覺不穩妥啊。」星辰說道，「你們認為，這算是一個好辦法嗎？按照小說走才合適吧，只要跟隨主角……」

「主角是主角，我們是我們。」一郎智善搖頭反對道，「小說裏主角沒有死，但如果我們介入，也許情節就會改變。」

星辰猛然停下腳步，指著前方說：「喂，你們看……」

前面是這片樹林的出口。那裏赫然出現了許多建築物！

「紅……紅月鎮？」

每個人都臉色大變！紅月鎮原來就在西面嗎？

「遠離紅月鎮！」郎智善當機立斷道，「朴夏山最危險的地方就是這個小鎮了！」

這一點，不用郎智善說，大家也是心知肚明。藍冬美第二次死去，就是在紅月鎮內！無論如何，他們都不敢進入紅月鎮！

「可是……如果我們不進入紅月鎮，要繞道嗎？」封煜顯皺眉道，「紅月鎮雖然小，但是房屋建得稀疏，範圍比較大，如果繞道，恐怕要進入更多未知之地，那樣引出危險的不確定因素更多。畢竟，這樣要去的就是小說中藍冬美沒有去過的地方了。」

「這……」郎智善不得不承認這話有道理。繞道不確定因素太多，也不知道要繞多遠，說不定一不小心就踏入危險之地。但是，難道要回頭嗎？重新找路的話，也不知道會發生什麼事情。

「先回樹林！」郎智善說，「這裏離紅月鎮太近，我們……」

「我有一個建議！」星辰低聲說，「按照小說，再過半個小時，藍冬美就會回紅月鎮一次。那個時候，肯定能夠遇到那位老人。我們不如和那位老人談一談？紅月鎮本地居民可以活下來，應該有不少生存經驗吧？小說裏這個部分一筆帶過，完全沒有詳細寫出來。」

「的確可行！」封煜顯被說動了，「如果我們能獲得寶貴的生存經驗，這裏面也許就會有公寓給我們的生路提示！」

每個人都倒吸了一口冷氣。要進入紅月鎮這個龍潭虎穴嗎？

「不可以！」郎智善斷然否定，「現在還不確定是否真的能夠輪迴，如果我們的命只有一條，那該怎麼辦？如果生路就在紅月鎮，我們可以搏一搏。可是，只是去詢問一個老人，這也太……」

「至少可以熟悉朴夏山的地形吧？」星辰這一句話，讓每個人如醍醐灌頂一般，頓時醒悟了！

地形！這是他們最大的劣勢。沒有人敢在血字之前到朴夏山來踩點，在不瞭解地形的情況下，即使對照著小說，也只能抓瞎。但是，如果找到本地人，獲悉地形路線的話，那麼逃跑就容易多了！

郎智善也迫切希望能熟悉地形！只是，只依靠那位老人就可以了嗎？畢竟朴夏山那麼大，就算當地人也未必去過每個地方，而且老年人的記憶力也很成問題。萬一給出的資訊和實際有差別，那麼就是自尋死路了！

其實，最大的危險在於，紅月鎮必定有鬼！藍冬美在返回紅月鎮的時候，遭到了鬼的追殺，險些喪命！

「不行，風險太大了。」郎智善還是下不了決心，「我們……」

「我們只有六次機會！」星辰指向紅月鎮說，「如果到處亂闖，我們能活到最後嗎？郎警官，你不希望第一次血字就死吧？血字指示就是這樣的，時刻需要賭命。我們不能指望每一次都有很多籌碼，只要有機會，就要賭一賭！」

「卞星辰！我們的命只有一條啊！就算有六次機會復活，那麼最後一天呢？那時候我們就真的死了！明知道有危險還去闖嗎？」

「你連這種勇氣都沒有？」

「我只有一條命！除非確定存在七日輪迴，否則我不會輕易賭的！」

「去吧。」一個聲音響起，表明了態度。

「胡說什麼！」郎智善立即反駁，「我堅決反對！你們認為必須去嗎？」

「我……」封煜顯之前是支持星辰的，此時他也拿不定主意了。

「我也認為太冒險了，還是別去了吧。」林雪倩有些打退堂鼓。

邱希凡看看紅月鎮，又看了看其他人，最後也搖搖頭。

郎智善鬆了一口氣，萬一大家都附和星辰，他就被孤立了。

「微生涼，你也是那麼想吧？」郎智善看向微生涼，忽然覺得不對勁。等等……怎麼回事？

「剛才，是誰說了『去吧』？」

那個聲音，竟然不屬於在場的任何一個人！

郎智善悚然地看著四周，只有他們六人而已，沒有第七個人存在！也就是說，剛才那個聲音……

「快逃！」郎智善立即朝紅月鎮方向逃去！剛才那個方向是從背後傳來的，誰敢朝後面跑？而向兩旁跑距離根本拉不開，只有朝反方向跑才能最快逃脫！

郎智善雖然對進入紅月鎮極為抵觸，但是現在也只有這樣做了！其他人看見郎智善居然一下子飛奔起來，也迅速反應過來，立即跟上了他！

眼看距離紅月鎮越來越近，郎智善不得不停下腳步，然後回頭一看，他猛然瞪大眼睛！

血紅月光的照耀下，他的身後只有星辰、封煜顯、邱希凡和林雪倩，微生涼不見了！

星辰跑到郎智善面前，後者露出驚駭的表情問道：「微生呢？他去了什麼地方？」

星辰立即回頭一看，頓時也是一陣悚然！

「微生涼，他去哪裏了？」

「他剛才還在我後面啊！」

微生涼似乎是跑在最後面的，但是住戶平時都刻苦進行體育鍛鍊，微生涼再不濟也不會落後那麼多，更何況，除非他躲進樹林，否則在這條路上完全可以看到他！

那麼，結論就只有一個了……但是，誰都不敢說出來。

現在要不要進入紅月鎮？

郎智善狠狠一跺腳，終於決定進鎮！畢竟，目前的地勢，如果改變方向，很難找到可以躲藏的地方。除了進入紅月鎮，沒有其他辦法了。

「藍冬美終於回到了紅月鎮。她雖然知道很危險，還是回來了。畢竟，發生的一切太可怕了。她本來想找到下山的路，卻好幾次險死還生！她無論如何都想知道紅月鎮的秘密。瘋女子已經死了，但是她覺得，紅月鎮還有人可以解答她的疑惑。

現在是凌晨一點多，血紅之月依舊掛在空中，就連星辰也被紅光覆蓋，散發不出光芒。

星輝已經嚇得面無人色，藍冬美只能背著他繼續前行。她的體力消耗太大，但是，為了兒子，她只能撐下去！

進入紅月鎮後，她小心翼翼地穿行在巷道中，來到一個茶樓後面的莊老伯家，莊老伯是一個比較熱心的老人。他家門口有一棵大槐樹，比較好認。

她敲了敲莊老伯家的門，不敢敲得太響，但是，莊老伯已經九十多歲了，也不知道能否聽得到自己的敲門聲。

慶幸的是，滿頭白髮、走路有些顫巍巍的老人很快打開了門。

『藍小姐？』莊老伯驚訝地看著他們，馬上把他們拉了進去。

『老伯！』藍冬美立即跪在地上，哭訴著：『老伯，這到底是怎麼回事？』

『紅月……』莊老伯看向窗外那輪紅色圓月，搖了搖頭道：『造孽，真是造孽啊！藍小姐，你真不應該搬來啊！我真是老糊塗了，都忘記了這一天就要來了，本來要是你只住一段時間，倒也不會出事的。』

『老伯，這紅月是怎麼回事？求求你，告訴我吧，我不想死，我還有兒子，我一定要保護好他！』

藍冬美的哭訴，縱然是鐵石心腸的人，也無法不動容。

『唉，你跟我進來，我先把窗簾拉上！』莊老伯拉著藍冬美和近乎昏厥的星輝，進入了裏屋，關上了門。

『村子裏住的都是半截身子已經入土的老人，這裏畢竟是故鄉，葬在故鄉也好。每當紅月出現，這個鎮，不，這座山，就會鬧鬼！而這個日子會輪迴七次！』

『輪迴七次？什麼意思？』藍冬美大惑不解，『老伯，為什麼會鬧鬼？為什麼月亮會變成血紅色？』

『只有這座山會這樣，一整天都是晚上，月亮都是血紅色。然後一天之後，時間又會倒退回去，這一天從午夜零點重新開始。到第七天的時候，時間就不會再倒退了，那個時候，如果死了就是真的死了。真是造孽啊！要是我早點想起來，就會讓你儘快離開這裏的！』

『那……我該怎麼辦？』

『只有想辦法，在第七次輪迴的時候逃出這座山！只要逃出去，就可以擺脫紅月的詛咒！這是唯一的辦法！小鎮裏有不少年輕人都是用這個辦法逃出去的。其他人要麼死了，要麼就像張寡婦的女兒那樣發瘋了。我年紀大了，我老伴和兒子都是在紅月之日死在鎮裏的。所以，我也不離開鎮子了，等著去見他們了。不過，藍小姐你還那麼年輕，一定要想辦法逃出去！』

『那有什麼辦法嗎？』

『看到紅月後，你就能在時間倒退回去時還保持記憶。但是每年紅月之日，鬧鬼的情況都會發生變化，所以安全路線是不固定的。我和你說一下這座山的地形，你記下來。小鎮裏現在到處都在鬧鬼，你出去的時候一定要小心，我也不知道哪裏才安全！』

『好，好的，老伯，謝謝你，謝謝你！』

接下來，莊老伯說了一些生存經驗，藍冬美跪在地上，向老人重重地磕了頭，說道：「莊老伯，謝謝你的大恩！希望你也能活下來！』

這時候，星輝也醒了。藍冬美抱著兒子說：『星輝，我們有辦法逃出去了。星輝不怕。』星輝的臉上稍稍恢復了一點血色。

『老伯，我先走了。』拿著那張地形圖，藍冬美拉著星輝再三道謝後離開了。

走出去後，藍冬美非常緊張。她也不知朝哪裏走才安全。房屋建得很稀疏，很難找到可以躲藏的地方。她盡可能走在有陰影的地方，同時告誡星輝，絕對不要發出聲音。

突然，她感覺到背後有一股寒意襲來！在旁邊的牆壁，她赫然看見，自己身後有一道黑影！黑影距離她的影子不到一米！

藍冬美嚇得拔腿就跑！然而，那道黑影也飄盪而來！」

小說後面的內容，是藍冬美逃入紅月鎮裏一個倉庫的情節。現在，住戶們要先去見莊老伯。從小說後面得知，莊老伯在藍冬美離開之後就被殺死了！也就是說，要和他說話，只有趁現在了。至於藍冬美，她自己都被鬼追，自然沒有人敢向她去要地圖。和小說中的人物見面，這種荒誕的事情，讓他們有種極不真實的感覺。

進入紅月鎮後，他們開始尋找那個茶樓和大槐樹。每個人都儘量隱藏在陰影中，紅月鎮上似乎空無一人。

一直沒有出現鬼，大家稍稍放鬆了。一看錶，已經是零點三刻了！莊老伯在凌晨一點的時候和藍冬美見面的，無論如何，一定要在莊老伯被鬼殺死之前找到他家！莊老伯說是忘記了紅月之日的日期，可是其他老人明顯是記得的，卻沒有提醒藍冬美，可見其他老人非常自私，只有這位莊老伯是大家唯一的希望了。

紅月鎮本是楚彌天虛構的城鎮。此時，星辰等人卻真實地踏入了這片土地。微生涼消失之後，再沒有人失蹤。但是，大家不敢有絲毫鬆懈。

「應該朝那邊走！」封煜顯停住腳步，「小說第一章，藍冬美剛搬到紅月鎮的時候，曾經到過這裏，你們看前面！」

五個人正在一座兩層樓的房屋後面。封煜顯指著的是一棵微微垂下的楊柳樹。藍冬美沿著那棵楊柳樹走了一段路就看到了茶樓。

每個人的心都怦怦直跳！快到了！時間也不多了！已經是零點五十分了，藍冬美差不多也要回到紅月鎮了！

「大家一定要小心！」郎智善緊緊抓著胸口，又補充道：「如果鬼出現了，馬上分散開！至少要有一個人去找莊老伯，問明地形。這樣，就算馬上死了，到了第二天，記憶也能保留下來，可以告訴別人。」

星辰對郎智善說：「你現在確定可以輪迴了？」

「我是說最壞情況下。我們沒有選擇了啊。」

如果每個人都朝同一個方向跑，那就是找死！不但無法達到目的，還會白白浪費一次輪迴的機會。然而，楊柳樹所在的街道沒有陰影，即使從旁邊繞過去，也要在月光下顯露身形。那樣太危險了！可是，又不能不過去！

星辰提出一個建議：「不如這樣，我們過去兩個人，三個人留在這裏。如果我死了，臨死前我一定會發出很響的聲音，你們聽到以後，就想辦法從別的方向接近老伯家。總之不能夠全軍覆沒，既然每個人的命都可以重來一次，我們就要好好利用。」

「辦法倒是不錯。」郎智善說道，「但是，誰去？」

這麼一問，星辰也啞口無言了。誰去？很顯然，不可能有人毛遂自薦。畢竟，莊老伯家再過二十分鐘就會有鬼出現，誰有膽量去？誰都希望是留下的人，如果大家一起去冒險也就罷了，但是，有差別待遇，可就沒有人願意幹了。

「我去吧。」封煜顯出人意料地開口了，「原本我就是因為我妻子的死而進入公寓的，如果真的死在這裏，也能和我妻子團圓了。星辰，這是你提出來的，你也會陪我去吧？」

剩下的三個人都鬆了一口氣。這兩個人，一個是夜羽盟的，一個是中立的，也不需要考慮聯盟互助了。

星辰和封煜顯深呼吸了一下，走出了房屋的陰影，來到紅色月光照耀的街道上！看著那棵楊柳樹，二人以百米衝刺的速度衝了過去！

「他們還真有勇氣啊。」林雪倩歎了口氣，「可惜沒有加入我們聖日派啊。」

紅色月光下，一座古色古香的茶樓出現了！和小說的描述分毫不差！那後面就是莊老伯家了！星辰和封煜顯跑得更快了。

「加油，加油，加油啊！」邱希凡握緊拳頭道，「卞星辰，封煜顯，你們一定要成功啊！」

繞過茶樓，後面有一座小屋，不用問，這就是莊老伯家了。衝過去後，二人立即停在門口，星辰伸出手敲門！封煜顯滿臉緊張，不斷看著周圍。

郎智善三人還在陰影處等待著。「他們到底怎麼樣了？」邱希凡很不安，藍冬美看到牆壁上黑影的地方，就是在這一帶！而郎智善和林雪倩，又何嘗不知道這一點！只是，現在如果貿然出去，後果只怕會很嚴重！

邱希凡不安地說：「雖然卞星辰說，臨死前一定會發出慘叫讓我們知道，但是，前提是他能夠發出聲音啊。如果是突然被殺，他都來不及發聲呢？」

郎智善不斷看著手錶，快到凌晨一點了。藍冬美差不多就快要來到莊老伯家附近了。

「我說，差不多可以看見藍冬美了吧？」林雪倩也注意著茶樓附近。

「嗯。」郎智善點點頭：「總之，現在要更小心。」

「我說，我們還是走吧？」林雪倩待不下去了，「紅月鎮本來就很危險啊，一直待在這的話……那個鬼，畢竟也不知道是什麼時候到這附近的，也許已經來了啊！對不對？」

就在這時……

「啊——」一聲無比淒厲的慘叫聲驟然響起！那個聲音雖然聽不出是誰，但就是星辰和封煜顯的其中一人！

發出慘叫聲，也就意味著……有人死了！這意味著什麼？那個茶樓後面，已經有鬼了！

「逃……」郎智善沒有絲毫猶豫，「馬上逃！」

三個人已經跑了起來。此時，又有一個慘叫聲傳來。邱希凡在聽到第二聲慘叫時，一下跌倒在地，他顧不上手掌和膝蓋上的擦傷，馬上又重新站起來，準備追上去，卻看見郎智善和林雪倩已經跑得沒影了！

「跑得怎麼那麼快？」邱希凡剛要一步踏出，忽然……他感到一隻冰冷的手抓住了他的肩膀！

郎智善和林雪倩不顧一切地飛奔著。現在，計畫失敗了，就只有離開紅月鎮了！

「剛才有兩聲慘叫……」林雪倩面色煞白，「封煜顯和卞星辰都死了嗎？」

郎智善不斷看著手機，思索該走哪條路線。「先朝東走！」他說道，「藍冬美當時是朝東跑的，我們也向那裏……等等，邱希凡呢？邱希凡在哪裏？」

這時候，林雪倩才注意到，邱希凡不見了！難道他也死了嗎？林雪倩感到心涼了半截！

藍冬美離開莊老伯家，被鬼影追逐的時候，只說朝東邊跑，看到了一片密林，然後甩開了那個鬼。但是，就這樣跑過去，也不知道能否跑到樹林？最重要的是，在這一路上，他們能活下來嗎？

郎智善和林雪倩全力向東面衝刺，只希望可以求得一線生機！

終於跑到了小鎮的盡頭！然而，他們眼前出現的，卻是一片平原！

「是……平原？」郎智善頓時停下腳步，駭然不已。剛才瘋女子被撞死的那段路，還有一片蘆葦叢，可這裏是看不到盡頭的平原！

如果進入平原，就完全沒有可以遮擋身體的東西了！在血紅月光的照耀下，根本無所遁形！到了最危急的關頭！

「怎麼辦？」逃入平原就是找死，可是難道要跑回去嗎？

「沒有辦法了，我們走！」郎智善咬牙一搏！他拉著林雪倩，二人一起衝到平原上！現在回頭也是死路一條！

郎智善邊跑邊說：「聽我說，接下來如果發生什麼事情，我們就要兵分兩路，知道嗎？」

「分開？」

「我們聚在一起，難道要等死嗎？先暫時分開再考慮對策！只有這樣了！」

郎智善此時也是焦頭爛額了，事態的發展完全超乎他的預料，原本以為，身為神谷盟的人，他可以獲得神谷小夜子的幫助，現在看來，一切只有靠自己。卞星辰和封煜顯凶多吉少，目前的情況下，也完全想不出生路。

忽然，眼前出現了一片蘆葦叢！這裏正是剛才瘋女子被撞死的地方！

眼前的蘆葦叢是唯一可以躲避的地方了！郎智善剛跑出一步，忽然，一個東西滾落到他的腳邊。定睛一看，那赫然是……林雪倩的頭！

郎智善差點被這顆人頭絆倒，他毫不猶豫地直衝進蘆葦叢中！他慌亂地撥開蘆葦，盡力向前奔去，心中狂喊：不要……不要……不要……

接著，蘆葦叢中響起一聲淒厲的慘叫，這裏又歸於寂靜了。

6 尋找女主角

夜幽谷。把門死死地關上後，彌真才稍稍鬆了一口氣。他們被困在這個小鎮上，到現在還無法離開。

「你沒事吧？」他將彌真扶到一旁，「你看起來很疲憊。」

「還好。」彌真擺擺手，「一定可以逃出去的。只是現在還不知道該怎麼辦，還找不到蒲靡靈留下的日記紙。」

「嗯。」他點頭贊同道：「找到了就能找出生路了。」

看著眼前頭髮有些散亂，眼神卻很堅毅的彌真，他不知不覺地握住了她冰冷的小手。

「李隱……」彌真一愣，「我，我不要緊的。」

他將身體靠在彌真身旁。

二人此刻在小鎮上一座別墅的地窖裏。別墅外殺機四伏，輕易出去只怕會淪為一縷冤魂。現在，只有等待了。盡了人事，唯有聽天命了。

「李隱……」喃喃念著這個在心頭盤旋了多年的名字，彌真說道：「我重新看了我和彌天合著的那篇小說《輪迴》。我出國時很匆忙，把小說忘在電腦裏了。彌天他是那麼想成為小說家，他的夢想都寄託在那篇小說裏了。」

「嗯。」他微微點了點頭：「所以……呢？」

「我很懷念那些日子。我和彌天一起構思寫了這篇恐怖小說。我們想傳遞給讀者的是，平淡的生活是多麼幸福。我和彌天，從進入公寓的那一天起，就徹底失去了那種幸福。」對他們來說，這是在恐怖的血字外尋找的精神寄託，他們通過寫小說把恐懼感釋放了出來。

卞星辰六人，第一天全部死亡了。

時間重啟了。當六人再度產生意識的時候，就在南面山腳下，距離小木屋很近的地方。

「啊！」每個人都像做了一場噩夢，在死去的一瞬間就來到了這裏。手錶上顯示正是午夜零點。

「我，我剛才死了……」星辰看著自己的雙手，又看了看身旁的人，說道：「真的！時間真的重啟了，今天是輪迴的第二天！」

「我，我剛才不是死了嗎？」

「我活過來了？」

「是真的，果然是真的！」

他們在第一天，竟然連一個小時都沒有撐過去就死了，這完全不符合血字一貫的難度。或者，是因為有七日輪迴，住戶死去的時間間隔就沒有了嗎？

「等等！」郎智善面露警惕之色，「先等一下！」他將背包打開，從裏面拿出一個漢堡。

「果然重啟了！」他將漢堡放回背包裏，「這個漢堡我本來已經吃掉了。」

「對哦！」林雪倩一拍手掌，「我記得看到你吃漢堡了，當時我還奇怪你怎麼還有吃東西的閒情……」

「不止是這樣，我吃的時候很飽，可是現在完全沒有吃飽的感覺。」

「不需要那麼麻煩吧？」邱希凡走過來說，「看手錶不就行了嗎？」

「手錶？」郎智善冷冷地說，「手錶完全不可信，要調時間太容易了。我必須確定時間會重啟，才能制定下一步計畫。而且，我也確定，我們的確是活人。」

「你還真厲害啊。」微生涼走過來說，「居然能想得那麼周到。」

郎智善說道：「公寓連記憶都可以篡改，當然可以偽造一段記憶，讓我們被欺騙。只是這樣難度的制衡就被破壞了，不符合血字的一貫規則。所以，現在基本可以確定了。」

每個人都抬頭看向紅色月亮，確保記憶能夠繼續保持到明天。

「真是太可怕了……」林雪倩雙手抱著肩膀，「我的頭竟然掉在地上，我親眼看到自己無頭的屍體，我真的要崩潰了！」

「我是第一個死的吧？」微生涼抓了抓頭髮，「接下來該怎麼辦？紅月鎮的方位我們大致確定了，避開就是了。」

「其實……」星辰看向微生涼，「你因為是第一個死的，所以不知道，之後我們進入紅月鎮了，我和封煜顯都死在紅月鎮裏。」

「喂喂喂！」林雪倩拚命搖著頭指著星辰說，「你說話別那麼嚇人好不好，聽起來好像你們已經是鬼一樣！」

「你們死在紅月鎮？」微生涼駭然道，雖然這個結果不算很意外，但是說明了紅月鎮的確很危險。

星辰忽然想起了什麼，狠狠一跺腳：「糟糕！我忘記了！這個地方距離那個小木屋很近啊！」

每個人都臉色一變！月亮變紅就是在午夜零點，當時他們並沒有向前走多久，就看到了那個小木屋！當時，小木屋的門是大敞著的！

「逃……快逃！」

「等一下！先確定方位！」郎智善蹲下來，從背包裏取出指南針。然而，他剛把指南針拿出來，一隻手忽然從背包裏伸出，抓住了他的手臂！然後，他整個身體都被拉入了背包中！

緊接著，背包裏有什麼東西不斷衝撞著，沒多久，就再也沒有動靜了。

沒有人再說什麼，每個人都立刻撒腿奔逃！

按理說，這個地方、這個時間應該不會有鬼出現。莫非，在郎智善第一次打開背包取出漢堡的時候，那個鬼就已經鑽進背包了嗎？

也不知道逃了多久，體力都透支了的時候，五個人才停了下來。跑得最慢的是微生涼，和四個人隔了近十米，差一點就跟丟了。

「我……我……」星辰扶著一棵樹大口喘氣，「太，太可怕了。我，我們，先休息一下。不，不能休息。我們現在該怎麼辦？去什麼地方？」

上氣不接下氣的封煜顯說道：「去，去找，那個瘋女子！」

大家頓時眼睛一亮！對，瘋女子啊！

大家幾乎都忘記了這件事情！她是在蘆葦叢旁的平原被車子撞死的，但是，現在她應該還活著！

「拜託，她是個瘋子啊！」微生涼搖頭道，「一個瘋子的話，都是胡言亂語吧？」

「那我們怎麼辦？」封煜顯粗著脖子說，「難不成再去紅月鎮？我反正是不去了！小說裏提到的安全地帶只有三個，我們只能一一嘗試所有辦法啊！我們必須先瞭解地形，不然什麼都不能做啊！」

大家不得不承認封煜顯的話有道理。瘋女子被殺的時間大概在半小時之後，如果在那以前救下她，也許能從她口中獲得一些資訊。而且，最重要的是……

「那個女人真的是瘋子嗎？她所說的話，全部都是事實。只是平時披頭散髮而已……」林雪倩提出了異議。

「她肯定是瘋子！」星辰反駁道，「一個正常人會繼續住在紅月鎮嗎？說實話，我根本不理解那些老人不願意背井離鄉而等死的想法，真是太奇怪了。」

封煜顯眉毛一掀道：「這只是一部小說，當然可能有不合理的地方。作者在設定的時候構思不完善，就有一些漏洞和硬傷。」

最終，五個人決定馬上去找瘋女子。因為大致知道方位，所以要找到她應該不會很困難。

循著指南針向那個地方走的時候，每個人都忐忑不安。在樹林中，還可以靠樹影遮擋血紅月光。可是，能遮擋多久呢？

星辰說道：「我們已經知道，我們的生命是可以重啟的，只有記憶可以一直保存下來。我們在這段日子裏，要找出能平安離開朴夏山的路線和能讓我們度過二十四小時的安全地帶！我們和藍冬美不一樣，她隨時可以離開，但是我們在血字結束以前不能離開！我們每一次死亡都要獲得有價值的情報！」

然而，走了很久，都沒有看到那片蘆葦叢和平原。

「我說，方向是對的嗎？」封煜顯停下腳步，看著手錶說：「都已經零點二十分了，再不快點，瘋女子就要死了！」

大家都有點擔憂，剛才一下跑了太遠，那個時候沒有注意指南針，只怕偏離了方向。

星辰鼓勵大家道：「沒事！我們有六次機會去找生路，這已經比一般血字要好很多了。不要氣餒！大家繼續走！一定要找到那個瘋女子！」

終於，一大片蘆葦叢出現了！蘆葦叢外是平原。平原上此時空無一人。

大家都激動起來，總算找到了！

「可是……」封煜顯緊皺眉頭道，「你們還記得瘋女子死在哪裏嗎？這一帶看起來都差不多啊。」

「不管那麼多了。」星辰說，「馬上去找，估計她就在附近。」他抓起一把草，狠狠地扯起來，在泥土上用鞋子踩踏了幾下，將附近的草都踩倒：「這樣比較醒目點。我們分開找，任何人找到後，就馬上帶她到這裏來，我們最後在這裏會合！」

「分開找？」

「對啊，時間不多了，分開找效率高一點。我和微生涼一組，封煜顯、邱希凡和林雪倩一組。」

沿著蘆葦叢兩邊，兩組人的距離越來越遠。但是，還沒有人發現瘋女子的蹤跡。當然，大家都有一絲心悸，萬一在瘋女子死去以後才找到她，那時等待他們的，就是一個真正的鬼了！

星辰和微生涼在蘆葦叢裏走了五分鐘。蘆葦非常高，而二人不敢弄出太大聲響。因為還有復活的機會，他們才有膽量這麼做。現在瘋女子已經被撞死的可能性很高。但是，這次血字最重要的就是獲得情報，也就是地形。在不瞭解地形的情況下，就算有多次機會，也無法走出朴夏山，更不可能在朴夏山活到午夜零點。

「卞星辰……」微生涼一邊撥開蘆葦，一邊緊抓著星辰的衣服，雙手止不住地發抖：「我們，我們能活著執行完這次血字嗎？啊？能嗎？」

微生涼以前認為，現實生活很空虛，很無聊，所以他喜歡去尋找刺激。他一直熱衷於都市怪談、靈異傳說，在這些未知神秘現象中沉醉，為之津津樂道。

而當他真正進入公寓的時候才發現，和十次血字相比，以前被他視為無趣的人生有多麼幸福。他無比懷念從前的時光，希望能回到過去的正常生活。這就是葉公好龍的悲劇。

微生涼最初是不願相信，知道十次血字的規則後，是不敢相信。那時他才明白，其實他根本不是真的相信有鬼，與其說是相信有鬼，不如說是他想用靈異現象的神秘給平凡生活帶來刺激。

很多住戶都發現，抱著「能夠離開公寓」的希望而在公寓中生活下去，比完全放棄自暴自棄地等死，更加讓人感到恐懼。所以，徐饕組建聖日派的時候，才會有那麼多人趨之若鶩，不是因為他們真的相信他，而是因為，他們只有欺騙自己，才能讓自己好過一點。

像李隱、銀夜、神谷小夜子這樣有活到最後血字的信心的人，是極少數的。更何況，即使是李隱，也差一點兒絕望地自殺。

微生涼身體劇烈地顫抖著，他不相信自己能活下去，所以他沒有加入任何聯盟。但是，此刻他承受不住恐懼了，他下意識地開口去尋求一絲希望，只能指望眼前這個第五次執行血字的男人了。

「我不知道。」星辰苦澀地搖頭，「很抱歉，我無法給你答案。」

微生涼明知道只能得到這樣的答案。他忽然手一鬆，整個人跪倒在地上，低聲說道：「我，我不走了……星辰，算了，我就待在這兒吧，反正就算今天死了也可以復活。我，我想休息了。我太累了……」

微生涼就這樣崩潰了。

就在這裏放手吧！一切都停下來吧！就在此時此刻停下來吧！

星辰看到微生涼反常的態度，也沒有勸阻，說道：「那隨便你吧。」他絲毫沒有猶豫，繼續朝前走去，任由微生涼待在原地。

微生涼整個人呈「大」字形倒在蘆葦叢中，拿出手機看著。他已經做好等死的準備。

他繼續看著《輪迴》，他之前看得太快，有很多內容匆匆一掃而過，還沒有熟悉情節。

看著看著，他的臉色越變越白！藍冬美後來也曾經在瘋女子死之前來過這裏，和他們做過相同的事情。但是，她第一次試圖那麼做時失敗了。瘋女子依舊死了，然後她先殺死了星輝，又追殺藍冬美。

當微生涼看到藍冬美在蘆葦叢中奔跑的情節時，他猛然站起身來，嚇得面無人色。他忽然想到了一個問題。

等等……藍冬美，她應該不止一次嘗試過去找瘋女子吧？那麼，她至少有一次成功救下過瘋女子吧？她那時候會帶著瘋女子到什麼地方去吧？如果是這樣，那麼根本不需要冒著生命危險待在這個地方，完全可以等到那一天，然後去……

身旁忽然傳來汽車行駛的聲音！微生涼連忙看過去，只見一輛車子從蘆葦叢旁疾駛而過！車窗玻璃上有一大圈裂痕，還帶有一點血跡！因為月光非常亮，所以看得非常清楚！

微生涼眼看著那輛車駛過，頓時心裏「咯登」一下，那是不是瘋女子已經被撞死了？那也就意味著……

封煜顯三人的身體都被撕裂了，內臟散落在地，都混在了一起，一片血泊染紅了附近的蘆葦……而後面的蘆葦，則拖著一段長長的血跡，顯然，正朝著星辰和微生涼的方向而來！

星辰其實並沒有走出多遠，所以，微生涼很快追上了星辰。當微生涼撥開一叢叢蘆葦，終於見到星辰的時候，他發現星辰正面色蒼白地拚命逃遁。

星辰回過頭來，看到後面的來人是微生涼，才鬆了一口氣，臉上的緊張神色鬆懈下來。微生涼跑到他身旁，問道：「你，你也看到了吧？」

星辰的臉明顯抽搐了一下，他沒有回答，但是他逐漸加快的速度，已經代替語言做出了回答。

二人不斷加快速度向前跑去，他們沒有絲毫僥倖之心。就算這個鬼不一定會來，但是在這座到處是鬼的山，根本就沒有任何機會！藍冬美在小說中，一直是靠兩條腿逃跑的。但是，她有主角光環，而他們可不是主角

終於，蘆葦叢到了盡頭，平原的前方出現了一個坡。在那個坡的下方，二人赫然看到有一條鐵路隧道！二人都面露喜色！

星辰抬起手腕一看：「零點三十分！我們先通過那條隧道！藍冬美在第三天，就是在這個時間段進入那條隧道的！」

小說裏，藍冬美和星輝進入隧道後都沒有事。由此看來，此時隧道是安全的。再加上隧道內部很暗，也很適合逃走！

「快！」二人立即朝坡下跑去。

二人沿著鐵軌，快速衝入了拱形隧道的入口！

這條隧道還算寬敞，很明顯已經廢棄了，鐵軌雖然還在，但是隧道內的牆壁已經遍佈裂縫。二人不斷深入隧道，不由回頭觀察著隧道入口。

沿著鐵軌跑了很久，後面的入口都變得模糊時，二人才敢停下來休息。隧道有一公里多長，現在二人只要背對背，不管鬼從哪個方向跑來，都能及時反應。

「注意時間！」星辰看著螢光手錶，「等體力稍稍恢復就馬上繼續走！」

「嗯，我知道。」微生涼也記得，在小說裏，藍冬美在隧道裏走了二十分鐘才走出去，這是因為她的體力消耗很大，又帶著星輝。也就是說，在零點五十分以前，隧道以內是安全的。

「說到休息……」微生涼轉過頭說，「我想到了一個問題啊！」

「你回過頭去！」星辰馬上說道，「快！」

微生涼連忙回過頭，看向隧道另外一頭。這裏很黑，他們不敢打開手電筒，擔心被瘋女子變成的鬼找到。

「你剛才說想到了什麼？」星辰這才問道。

微生涼重重點頭道：「卞星辰，你想啊，我們要待上二十四小時，那麼……睡覺該怎麼辦？藍冬美是怎麼解決睡覺的問題的？」

「你沒仔細看吧？這一點有提過，看到紅月後，雖然體力會繼續消耗，但是卻完全不需要睡眠。也就是說，不斷輪迴的過程中，是不會因為睏倦而影響血字的。」

「有這一段？」

「對，我記得是在第二或第三章。」

微生涼大大地鬆了一口氣，自己暫時只能依賴卞星辰了。雖然多數住戶因為卞星辰殺過人而心生厭惡，但是，不得不承認，他的心理素質很強。自從和深雨在一起之後，他雙目都帶著精光，讓人感到此人的決心和毅力很強！

在公寓中，能夠露出這樣眼神的人，真的很少，只有那些智商超高的人，比如李隱、嬴子夜、柯銀夜、柯銀羽等人。微生涼對於卞星辰這一點，還是很佩服的，他自認做不到這一點，更不用說星辰一家人都可以說是死於公寓之手。

幾分鐘後，他們的體力有所恢復，雖然恢復的程度和消耗的體力根本不成正比，但是，他們不敢在這裏長久停留。於是，二人繼續前進，他們必須在二十分鐘內離開隧道。

五分鐘過去了，隧道還沒有看到出口。而且，越深入越黑暗。

忽然，星辰「啊」的大叫一聲，倒在了地上。

「你怎麼了？」

「不知道絆到了什麼東西……」

「你沒事吧？」

「沒事，繼續走吧，現在耽誤不得！必須儘快離開！」

二人加快腳步。只是，他們的體力消耗得太厲害了，很難走得更快了。如果要跑起來，就會感覺體力要被耗空了。

體力是在血字中活下來的最大倚仗，在沒有遇見鬼的情況下，將體力消耗盡絕對是不智的。接下來要走的路還很多，在這個還算安全的地方消耗體力毫無必要。更何況，鬼一直沒有追來的跡象。

「再休息……一會兒吧……」微生涼大大喘了口氣，「我說，卞星辰，你也停一下吧，我吃不消了，心臟都好像快跳出來了！」

星辰又抬起手腕又看了看錶，現在是零點四十分，還有十分鐘。稍稍休息一下，也可以吧。

在黑暗的隧道內，二人又坐在鐵軌上。星辰用螢光錶照了照背包，取出兩瓶運動飲料，將一瓶遞給了微生涼。

「謝謝啊。」微生涼接過飲料，擰開瓶蓋，直接對著喉嚨倒進去。星辰勸道：「喂，小心點，你這樣喝容易嗆到。」

「啊，真是解渴！」微生涼一抹嘴，「我說，你仔細回憶一下，還有沒有疏漏的細節？」

「細節？」星辰摸了摸頭，冥思苦想後還是搖頭道：「不，沒有遺漏了。」

二人默默又坐了一會兒，星辰忽然站起身來：「好了，休息一會兒就夠了，出發！」

「那……離開隧道以後，我們去哪裏？藍冬美離開隧道後就去了那個峽谷，可是在那裏她差點就被殺死……」

就在這時，星辰在螢光錶的微弱光線下忽然看到，鐵軌一旁，竟然蹲著一個穿著白衣背對著他們的女人！

當他再度用螢光錶照向那個方向的時候，那個白衣女人已經消失得無影無蹤！

二人立即後退了好幾步，然後回頭撒腿飛奔！

為什麼！為什麼會這樣！為什麼藍冬美沒有碰到而他們會碰到？

星辰抬起手腕看著手錶，赫然發現，手錶依然指向零點四十分，秒針根本沒有動！

剛才，星辰摔倒在地的時候，錶就摔壞了，指標就停在了零點四十分上，實際上，現在已經超過零點五十分了！

星辰和微生涼在隧道內飛奔，儘管體力已經快耗盡了，但是求生的意志還在支撐著他們繼續逃跑！

雖然現在還沒有任何事情發生，可是誰知道一旦停下，等待自己的是什麼！

二人終於感到一絲一毫的力氣也沒有了，身體靠在牆壁上，不斷喘著粗氣，渾身都已經被汗水浸濕了，而後方空空如也。

「好，好像沒有追來……」微生涼抹了一把從額頭的汗水，「我，我跑不動了，就算鬼現在出來，我也不跑了……」

星辰的狀態也好不到哪裏，他坐在鐵軌上，不斷拭去汗水，同時警惕地用螢光手錶照著四周，沒有發現任何異常。

「我們……難道要死在這裏，明天再輪迴嗎？」微生涼搖搖頭說，「我不要啊，我寧可就這樣死了算了，我不要再繼續下去了，我受不了了！」

「別說話。」星辰又取出運動飲料遞給微生涼，說道：「快補充水分！我們隨時有可能需要繼續跑！」他自己也打開一瓶運動飲料喝了起來。

微生涼接過飲料，擰開瓶蓋猛灌下去。他喝得太急，嗆得咳嗽起來。星辰連忙捂住他的嘴巴，不讓聲音傳出來，低聲道：「喂，你輕一點啊！」

寂靜的隧道內，二人被壓抑的氣氛包圍著。星辰又拿螢光錶照了照，手還是捂在微生涼的嘴巴上，防止他看到什麼後又發出聲音。

周圍還好沒有什麼異常。然而，最後照到後方時，星辰立刻瞪大了眼睛，不敢置信地看著那裏！

微生涼居然倒在地上，渾身血肉淋漓，皮膚全都被剝掉了！

星辰的手一顫，他現在捂住的，是誰的嘴巴?!

星辰的頭緩緩轉了過去，一個黑影衝到他眼前，緊接著他陷入了黑暗……

星辰再度睜開眼睛，他感覺腳踏到了實地。這是在樹林內，他們又重新輪迴了一天，紅月剛出現。大家都在這裏。

「啊！」郎智善剛清醒過來，就將手上的背包扔出老遠，他剛才就是死在這個背包裏的！

「快走！」星辰一聲大喊，沒有人再有猶豫，健步如飛地朝小木屋的相反方向奔去！

重新活過來後，體力也完全恢復了，所以大家都跑得很快。跑了很久之後，他們才停了下來，每個人都目光惶然！

「我，我剛才，身體被撕裂開……」林雪倩抓著自己的臉頰，聲音顫抖地說：「我，我看見了自己的內臟……」

「別說了！」封煜顯怒吼道，「你搞清楚狀況！」

「大家都冷靜一下！」郎智善問道，「有誰想辦法拿到地形圖了嗎？」

大家面面相覷。很顯然，他們還是一無所獲。

「算了。」郎智善搖搖頭說，「我想來想去，最好的辦法，還是去找藍冬美！只有找到她，或許還有找到生路！」

「找藍冬美?!」

去救瘋女子，已經沒有人敢做了，剛才那刻骨銘心的恐怖經歷令人望而卻步。

「對！」郎智善一拍大腿說，「從一開始就該那麼做的！藍冬美有莊老伯畫給她的地形圖啊！那麼，第三天，藍冬美在做什麼？」

「我記得沒錯的話，她是通過隧道進入了東南方向的峽谷。」最熟悉小說的星辰答道，「我和微生涼之前都死在了那個隧道裏。」

每個人都打開了手機，翻到小說裏藍冬美第三天的經歷，仔細看了起來。現在，這篇小說裏的每一個字，對他們都是極為重要的資訊。

「上午絕對不要去找藍冬美！」郎智善斷然說道，「那個峽谷……太危險了！」

「是啊……」星辰也贊同道，「從小說來看，是個危險性高到難以想像的地方，藍冬美九死一生才逃了出來。主角都差點死去的地方，我們要是去的話，絕對是死無葬身之地。要等到下午，她逃出那裏之後才能去找她。」

「那……上午我們怎麼辦？」封煜顯提出了一個迫切的問題，「我們必須能夠活到去見藍冬美的時候才行啊。」

「現在這個時間段的話……」翻到後面的內容，每個人都皺眉不已。要找到完全安全的地方實在是太難了！

「我在想，試試最後一天的走法吧！」星辰指著小說最後一行，「在小說的最後，作者很可能會安排一個美好的結局，只是沒有明確寫出來而已。」

「你是說要經過祭祀廣場？」郎智善說道，「那個地方也許可以離開，但是也很危險啊，我們去找其他路線吧。從祭祀廣場能否安然離開，完全無法證明啊。」

「還是賭一賭吧。如果失敗了，明天我們再去找藍冬美。如果明天要找到她，就方便得多了，她會在那個湖泊停留四個小時呢！那樣的話，找到她的可能性大得多，風險也小得多。」

「就算是那樣……」

「我認為星辰的建議可以試一試啊。」

大家開始爭論起來，最後達成了一致。他們決定去小說最後提及的祭祀廣場，看是否可以離開朴夏山！這等於是最後一天的預演。

祭祀廣場是藍冬美帶著星輝幾乎要逃離紅月鎮的地方，位於朴夏山的東偏北方向。小說裏，藍冬美的路線描述得比較模糊，只能用指南針的指示去找了。

他們向樹林週邊走去，彼此緊緊靠著，不敢分開。任何風吹草動都能夠把他們嚇得魂不附體。

根據小說，藍冬美在最後一天，先從紅月鎮出發向北方走，到達一座山峰後，再朝東走，在這個過程中也是兇險重重。

郎智善說道：「從北面的山峰去祭祀廣場最近。那座山峰是很好的參照物，可以讓我們不迷失方向。」

「不過……」星辰說道，「這段路雖然是藍冬美摸索走出來的，走得也很艱難。我們也無法完全按照藍冬美的路線走。但願我們可以安全地走到山峰那裏吧……」

郎智善清了清嗓子說：「只要有一個人可以活著離開朴夏山，明天就要告訴大家這件事情。我們目前最需要的，就是情報，情報！」

「藍冬美往手掌心吹了幾口氣，她知道，時間越來越緊迫了。一旦在今天死去，那就是真的死了。

她此時向北方前進。離開紅月鎮還沒有多久，一路上還算平靜。

現在的時間接近中午了。可是，天空依舊是一片黑暗，紅月高懸。

星輝也堅強多了，他好像也知道，這個時候不能夠再讓母親分心為他擔憂了。

『星輝，媽媽一定會帶你離開這裏！』藍冬美看了看兒子，暗暗下定了決心。她看著手裏的地形圖，一直朝北走的話，就會到達老人說的北峰。

目前只有這條路沒有走過了。這條路雖然接近這座山，可是一路上都是樹林，也很容易隱藏鬼魅。

她在廚房裏拿了不少大蒜，塗抹在自己和星輝身上，聽說這對吸血鬼是有克制作用的，但是對這座山上的鬼有沒有用就不知道了，但是，總比什麼都不做的好。

不知道走了多遠，應該已經完全離開紅月鎮了。藍冬美握緊了星輝的手，前面是一大片密林。樹林相當密集，看起來極為幽深陰森。

這是目前唯一可以選擇的路了，其他的路都有鬼。一旦進去，就是生死未卜了。

藍冬美深呼吸了一下，對星輝說：『星輝是勇敢的孩子，只要媽媽在你身邊，沒有誰可以傷害你的。星輝，只要逃出去，媽媽會給你做很多好吃的東西，讓你住在溫暖的房子裏。現在，再堅持一下，和媽媽一起進去，好嗎？』

星輝臉上的恐懼顯而易見的，但是他看到同樣極為憔悴的母親，只有點了點頭。

藍冬美蹲下身子，抱緊了兒子，抽泣著說：『好孩子，星輝真勇敢！』

藍冬美站起身來，拉著星輝進入了樹林。只要星輝可以離開這座山，她就是拚了命也在所不惜。這個孩子這幾天也是硬撐下來的，讓這麼小的孩子經歷這麼多恐怖的事情，她的心也備受煎熬。

藍冬美在樹林中走過，不時左顧右盼。樹影的深處，隱藏著什麼呢？

「媽媽！」星輝忽然叫了一聲，讓藍冬美頭皮發麻，腳步一頓，連忙看向兒子問道：「怎，怎麼了？」

星輝的小手指著：「死，死人骨頭！」

藍冬美看過去，果然發現，在一棵樹下有三個骷髏頭散落著。她連忙擋住兒子的眼睛，拉著他朝後退去。

這個地方顯然有危險！

可是，他們沒有辦法退出樹林。就算退出去，也是一樣危險。如今必須要闖一闖，才有機會逃出去！

她從另外一個方向走，繼續帶著星輝進入樹林深處！

走得越深，她就越感到心慌。雖然什麼都沒有出現，但是越平靜反而越可怕。光是想像接下來會發生的事情，就已經讓她心顫不已了。之前是可以死而復生的，但是，今天不一樣……

『星輝，你要相信媽媽哦。』藍冬美只有不停地安慰著兒子，其實是在安慰自己：『別怕，不管有什麼東西，媽媽都會保護星輝的。』

繁茂的樹葉把紅色月光遮擋了不少。對於沒有指南針的藍冬美來說，在樹林裏確實很容易迷失方向。

這時，一種古怪的聲音像聲波一般衝入她的腦海中，猶如汽笛聲一般不斷迴盪著！

那個聲音像是某種生物的啼鳴，又像是漩渦流動的聲音，真的難以形容。而且，她無法辨別那個聲音從哪個方向傳來，好像是來自四面八方！

藍冬美停下了腳步，那個聲音竟然更逼近了！

藍冬美嚇得趕緊加快腳步。她抓緊星輝的手，走得越來越快。可是，那個聲音也在腦海中擴大，不斷逼近。

星輝忽然捂住耳朵，大哭起來：『媽媽，我，我害怕！這聲音好嚇人，好嚇人啊！會，會吃掉我們，會吃掉我們的！』

『不，不會的，星輝！』

藍冬美拉著星輝朝樹林深處跑去，隨著動作加快，她的心跳得越來越厲害。那個聲音的確在不斷逼近，也越來越響，母子二人都感覺，好像自己的耳畔旁就有一個惡魔將這個聲音傳入他們腦中！

聲音開始發生了變化，變成了咒罵一般的聲音，彷彿要衝破耳膜一樣，那種聲音中帶著強烈的、化解不開的恨意，直接衝入身體，彷彿要把人化為提線木偶。

『不，不，不不不不……』

藍冬美越來越絕望，她覺得自己不可能走出這片樹林了！回頭看去，隱隱約約有個人影在追逐他們！

可是，仔細一看，根本沒有人影，只是錯覺。但是，聲音卻是越來越響，彷彿拿著號角在耳邊吹響一般。咒罵一般的聲音變成了赤裸裸的殺意，像在念著古老的咒語，就是純粹的、最惡毒的詛咒。

去死，去死，去死……

雖然根本沒有聽到這句話，可是從心底浮現而出的就是這個字眼。聽著這種聲音，人好像被催眠了一樣，動作開始緩慢下來。

終於，這個聲音停下了。可是，藍冬美和星輝還是感覺耳朵裏殘留著這個聲音，久久無法消散。

能夠發出這種聲音的東西，是多麼可怕啊！比直接出現的鬼魅更加可怕，更加讓人精神上受到衝擊！藍冬美感到渾身的力氣都被抽走了，她被那個聲音完全壓倒了。

然而，這一切還沒有結束。

那個聲音再度響起了。

這一次，那個聲音不再是從遙遠的地方傳來，竟然直接從身後響起！

藍冬美頓時感覺到血液逆流一般，她根本不敢回過頭去，就繼續跑起來。可是，雙腿卻無法動彈！那個聲音將身體的每一絲力氣都徹底抽走了。現在的她，變成了一個提線木偶，根本無法控制自己的身體，就連想叫都叫不出來。

背後的聲音陰森森地傳來，緊接著，藍冬美感到頭顱好像被掰開兩半，將聲音直接灌入其中！

這時候，她看到了身旁的星輝，終於爆發出一股力量，緊拉著兒子衝向前去！將那個聲音再一次甩在後面！」

看到這一段情節的時候，總讓人毛骨悚然。

小說通篇沒有描寫過鬼的形象，但是已經讓人聯想了很多。如果進入那片樹林中，會遭遇到這一切，住戶們很可能會萌生退意。但是，他們的條件畢竟比藍冬美好，她是在第七天去挑戰的，而他們是在第三天。更何況樹林很大，他們未必會和藍冬美遇到同樣的情況。

而且，大家已經事先準備好了耳塞，儘管耳塞有沒有用處，只有公寓知道。

小說中，藍冬美爆發了母性的力量，但是，這只是為主角光環做的一個解釋罷了，只是不想把主角寫死。如果是他們遇到同樣的事情，那麼等待他們的，絕對不會是比藍冬美更好的結局！

住戶們的眼前，也出現了一片樹林。從方位上來判斷，這應該就是藍冬美進入的樹林了。

大家站在樹林前，心裏直打鼓。

「希望我們盡可能地活下來，找到祭祀廣場，離開朴夏山！」星辰臉色堅毅地說，「為了活下去……我們走吧！」

大家都邁出腳步，走入樹林。雖然他們害怕，但是畢竟是有重生機會的，比起那些一次死亡就是真的死亡的血字，他們幸運得多了，沒有資格再抱怨了。

然而，剛走入樹林，所有人的身體就都僵住了。

只見一棵樹下，疊放著三顆森寒的骷髏頭！

「這……這是……」

每個人看到骷髏頭的一瞬間，都立即確定，這就是藍冬美和星輝在最後一天來過的地方！

「喂喂，繞開這裏吧！」林雪倩說道，「你們應該知道這有多危險吧？我們繞開吧，盡可能繞遠一點兒再進入樹林吧！」

「我也贊同！」邱希凡立即支持，「離這裏太近的話，我們可能也會遭遇同樣的事情啊。」

「知道了。」星辰並沒有反對，他朝向旁邊的樹林看去，隨即邁動步伐。其他人迅速跟緊星辰，不敢掉隊。

現在，大家不知不覺已經以星辰為首。畢竟這個男人在他們當中最為鎮定自若，郎智善雖然身為員警，但畢竟是首次執行血字，加上被殺了兩次，他現在走路時雙腿也會止不住顫抖。唯一毫不動搖的，只有星辰了，再加上他執行血字次數最多，大家對他較為認可。而且最重要的是，對小說最為熟悉的人，自然就是星辰。其他人都是血字開始後才匆忙去看小說的。

繞了大概有上百米，一行人才重新進入樹林。因為目的地是北峰，所以偏離了這些距離，問題也不是很大。只希望，在這個位置，不會遭遇和藍冬美相同的情況。

然而，只走了不到二十米，林雪倩又走不下去了。小說的情節對她的影響太大，她還在回想著那個令藍冬美近乎崩潰的魔音。

因為沒有真的聽到，只是看描述，反而會令想像不斷膨脹，到最後，單單想像就足以讓人恐懼得崩潰。未知是最大的恐怖。

「我，我們換個地方走吧？」林雪倩開始後退，臉色越來越難看，語無倫次地說：「這，這個地方太危險了，我們，我們走這個地方的話，會死的，會死的啊……」

「這裏沒有絕對安全的地方。」星辰說道，「你不是聖日派的嗎？或許你祈禱之後，就可以保護你了。」

「我，我也感覺繼續走下去不太妥當。」邱希凡也打了退堂鼓，「我說，要不還是算了吧？」

「隨便你們。」星辰看著站到一起的邱希凡和林雪倩，「我不強求你們。你們如果想走別的路，那你們就走吧。」

「喂！」郎智善連忙勸阻道：「你怎麼可以那麼說？我說，你們要考慮清楚，離開集體，只有你們兩個的話，有多麼危險？跟著我們一起走，能夠把情報帶到明天，大家掌握的情報就會多出一個！我們現在最需要的就是情報，只要有一個人可以順利到達祭祀廣場，嘗試是否可以從那裏離開朴夏山，我們就有救了！」

「可是……」林雪倩還想說些什麼，可是郎智善冰冷的目光投射過去，嚇得她不敢繼續說話了。

「雖然如此……可是，」邱希凡接口道，「真的一定可以從祭祀廣場那裏離開朴夏山嗎？藍冬美是否成功也不得而知啊！小說的最後，只是說她幾乎看到了這座山的週邊邊緣，即將要和兒子一起逃出去，小說就結束了。誰也不知道後來她是不是被鬼殺死了啊。當然，我承認，她那段路的確遭遇的鬼比較少……」

「我想，作者不是一個無情的人。」星辰說道，「小說中多次詳細描寫藍冬美和星輝的母子深情，描寫得真摯感人，作者明顯是一個很有感情的人，既然如此，他應該會在結局給這對母子留下一條生路。」

「感情？」郎智善倒是沒有從這一點去思考過，仔細回想，小說的確有不少地方描寫很有感情。但是，也不能認為作者就不會安排悲劇結局。開放式結局，就是作者既不忍心寫死主角，但是也沒有打算寫大團圓結局，在這一矛盾心態下的一種折中寫法吧。

關鍵在於，已經超出了小說情節的部分，還能夠由原作者來控制嗎？開放式結局，其實也就是意味著，作者自己也不知道結局是什麼！

7 丟失的時間

「好吧。」邱希凡妥協道，「我們走吧。」這片森林太大了，如果繞遠路，只怕變數會更多。更何況，他也不是真的想和大隊伍分開。不到萬不得已，他實在是不願意那麼做。

六個人開始深入森林。其他人不是沒有和林雪倩、邱希凡相同的想法，但是，他們也知道，就算不進入樹林，也沒有安全的地方可去。

紅色月亮依舊散發著妖異的光芒。六個人都將耳朵塞了起來。雖然從時間上來說，藍冬美應該是在一個多小時後才會聽到那個魔音，可是沒有人敢斷言現在絕對不會發生這樣的事情。在穿越森林到達北峰以前，沒有一個人可以心安。

樹林裏樹木長得很密，鬼如果要隱藏，實在太容易了。而這些樹木成了障礙，他們需要不斷改變方向，跑步速度快也沒有用。如果沒有指南針的話，在這片樹林裏很容易迷失方向。因此，他們和藍冬美走的路線不可能一致，因為藍冬美並沒有指南針。

走了大概半個小時，沒有什麼事情發生。只是，他們應該已經走了好幾公里了，樹林還沒有走到盡頭，而且也無法看到北峰。

「休息一下吧。」星辰提議道，「走了那麼長時間，大家也累了，既然目前平安無事，最好保存體力。大家可以吃點東西，或者再仔細看看小說。」

星辰的提議大家都很同意。體力的消耗確實厲害，要堅持下去，休息是絕對需要的。更何況，一路上因為害怕，沒有人吃東西，現在他們都餓腸轆轆。

他們的背包都是取自公寓的，很奇怪的是，不管往背包放多少東西，背包都很輕，背在身上對體力的影響幾乎是零。有了這種神奇的背包，很多住戶在執行血字的時候，就可以攜帶大量的照明、食物、衣服、藥品、武器、應急用品。

大家就地而坐，開始取出食物來。多數人選擇的都是公寓的食物，畢竟都是免費提供，而且比較美味，絕對是放心食品。

星辰慢慢咀嚼著一塊比薩餅。郎智善吃著一個豆沙包，同時注意著星辰的一舉一動。而其他人一邊狼吞虎嚥，一邊看著手機中的小說。

這裏太寂靜了，大家想說話，可是又害怕聲音太響會引來可怕的東西。

「如果到達祭祀廣場就可以離開，那就最好不過了。」郎智善喝了一口豆漿，「我絕對不想去接近那個峽谷。」

東方的峽谷地帶絕對是一個夢魘，也是被所有住戶公認小說裏最危險的地方。藍冬美在那個地方九死一生，虧得她居然逃了出來。但是，她能活下來是因為她是主角，其他人只要踏入那個峽谷，絕對是必死無疑！

「話說這個時候，藍冬美是去了哪裏……」封煜顯並沒有吃多少東西，他對小說情節記得並不是很清楚。

微生涼忽然問道：「我們好像沒有一個人見過藍冬美吧？她長什麼樣子啊？」

「不用擔心這個問題吧？」封煜顯不以為意地答道，「你想啊，紅月鎮裏多數是老人，而藍冬美又帶著一個五六歲的兒子，太顯眼了吧。」

「說得也對。她帶著孩子跑起來也不方便，我們只要知道她在哪裏，一定可以找到她。明天是第四天，她會待在湖泊那邊，我們明天就去找她。」

但是，沒有地形圖，進入紅月鎮幾乎是找死，而要找到藍冬美，又是困難重重，雖然目前走過的地方他們已經盡可能記錄下來了。一定有某個辦法，可以拿到一份情報，然後離開朴夏山的！

據莊老伯說，祭祀廣場是一個很古老的地方，有一個足球場那麼大，有四根圖騰柱，以前是這座山的原住民祭祀的地方。而祭祀的對象，就是山中的惡鬼，以獻祭牛羊來餵飽惡鬼，保佑太平。以前，有一個人就是從祭祀廣場成功逃離紅月鎮的。當然，因為每年都會發生變化，祭祀廣場今年未必就是安全的。而且，祭祀廣場在東北方向，距離遙遠，一路上更是要經歷很多危險的地方。藍冬美之前曾經通過的峽谷地帶，也是可以通向祭祀廣場的，然而那個地方卻是最危險的地帶。最後，她選擇了從紅月鎮後方這個樹林到北峰，就是為了繞開峽谷。

「繞遠路也繞得太遠了。」微生涼盯著手機搖頭，「我們要走多久呢？藍冬美大概走了兩個小時到達北峰。到了北峰，距離朴夏山的北面邊緣也很近了。我們是不是可以去闖一闖？」

「不。」星辰立即反駁道，「真到了那兒，就必須翻越整個北峰才能真正離開朴夏山，到時候又會橫生變故。不到萬不得已，不要那麼做。」

郎智善沉吟了片刻，說道：「這或許也是一個辦法啊。我們每次都是從南面的樹林開始走，穿過森林到達北峰，不如我們兵分兩路，都去搏一搏？」

「太危險了。」星辰皺眉道，「首先，你認為穿越森林之後，我們六個人能夠活下來幾個人？就算是樂觀估計，我認為折損一半人都是肯定的。藍冬美是有主角光環，否則她怎麼可能帶著一個孩子還能穿越森林？如果我們六個人可以全部穿越森林，那麼兵分兩路倒是可以考慮。但是如果到時候只有三個人，再分開，是否還有人能成功到達祭祀廣場呢？今天我們所做的事情到明天零點都會清零，我們要做的僅僅是確認，祭祀廣場後面的確是可以離開朴夏山的。僅此而已。」

「但是……」郎智善還在猶豫，「我們今天未必可以成功，一旦確認祭祀廣場後面是可以離開朴夏山的，我們又不知道要花費多少時間來嘗試一次次接近祭祀廣場。到了最後一天，如果我們還是只有一條可以離開朴夏山的路……」

「等等……」邱希凡忽然提出了一個之前沒有人想到過的問題，「如果兵分兩路的話，祭祀廣場後面就是離開朴夏山的路……那麼直接離開朴夏山的話，會怎麼樣？紅月的詛咒不是只在朴夏山的範圍內有效嗎？會不會，離開了這座山，到了外面，時間就不會重啟，就真的出去了？如果是這樣的話，絕對不可以兵分兩路！」

「不會的！」星辰指著手機說，「你仔細看就會發現，後來藍冬美又在時間重啟後進入過一次紅月鎮，她才知道，即使在時間重啟的時間段內離開朴夏山，時間一到，還是會回歸原地。只有在第七天才能真正離開朴夏山。當然，如果能在第七天熬到午夜零點還不死，那麼不離開朴夏山也沒事。」

「是嗎？」邱希凡又說道，「不一定啊！如果回到了公寓呢？在公寓裏任何詛咒都可以消除，如果我們在時間重啟之前回到公寓的話，公寓應該可以把紅月的詛咒消除掉吧？」

星辰搖搖頭說：「我看你真是被嚇糊塗了，你忘記了嗎？血字規定，我們必須在午夜零點之後才能離開朴夏山。這意味著什麼？也就是說，就算可以離開朴夏山，在午夜零點到來以前也是不可能的。我們必須在第七天才可以離開。」

「哦，對哦……」邱希凡這才反應過來，這段時間，他完全把自己代入到藍冬美的角色中了，忘了自己還是公寓住戶。

「是啊。」封煜顯狠狠咬了一口饅頭，「我們儘快動身吧，也休息得差不多了。」

郎智善首先站了起來：「已經休息十分鐘了，在一個地方待太久是非常危險的，大家快走！」

雖然有些不情願，可是也知道這裏不是安全休息的場所，大家都站起身來。吃了東西之後，補充了一些體力，這樣就能繼續在這座山上周旋了。這片森林實在是太大了，幾乎覆蓋了從紅月鎮到北峰的所有地方。

而無論這裏輪迴多少次，在公寓裏，其實一直都是同一天。

凌晨時分。一三〇一室內，聚集著幾名聖日派成員。

「這一次，林雪倩跟他們一起執行血字，不知道能不能活著回來啊。」陸海揉了揉眼睛說，「聽說徐饕之前對林雪倩特別指示過呢。」

「雪倩是很虔誠的人，應該不會死吧。」陸海對面坐著一個戴著眼鏡的女人，那個女人很漂亮，叫姜瓊。

住在一三〇一室的住戶叫盧兆天。他是個三十多歲、個子很高的男人，也是在聖日派中對徐饕最忠誠，被洗腦最厲害的幾個人之一。

盧兆天坐在沙發上，抽著煙說道：「雪倩應該會得到護佑的吧。我看你們也睏了，去睡吧。雪倩執行的血字要一整天呢。」盧兆天揉了揉眼睛，「你們現在待在這兒也幫不了忙。睡醒後，我們再去找徐饕吧。」

陸海和姜瓊離開後，盧兆天閉上眼睛休息了一會兒。在這個公寓裏，他從來沒有關過燈，反正公寓的水電都是完全免費使用的。想起和自己幾乎同一時間加入聖日派的林雪倩，盧兆天的心揪緊了。新住戶的死亡率很高，這讓很多住戶近乎絕望，盧兆天將希望完全寄託在了徐饕的身上。

徐饕多次展現過人智慧和推演能力，並宣稱他擁有可以渡劫到彼岸的神力。既然鬼都存在，徐饕這樣神仙一樣的人物會存在也就不奇怪了。

盧兆天將香煙掐滅了，剛打算去睡覺，忽然聽到了門鈴聲。誰會在凌晨時分來訪呢？

盧兆天雖然有些狐疑，還是走了過去，從貓眼看到門外站著一名住戶。

「嗯？這個人來做什麼？」他打開了門，說道：「請問有什麼事情嗎？已經這麼晚了，如果不是很緊急的事情，白天再說吧？」

「是很重要的事情。」那個人很簡短地回答。

盧兆天沒有多想，就讓這個人進來了。公寓內不會有鬼，是所有住戶公認的，所以，他雖然感到奇怪，但並不害怕。

讓這個人進屋後，盧兆天輕輕關上門，就在這一瞬間，走廊上的聲控燈忽然滅了。而關門後，房間裏的燈也是瞬間熄滅了！

盧兆天頓時雙腳猛地一顫！公寓的燈怎麼可能會壞？他隨即回過頭去，剛才進來的那個人已經蹤影全無！

「你……你在嗎？」盧兆天頓時感到頭皮發麻，按理說，公寓內是絕對安全的，不可能會有鬼進來，但是，現在的情況太詭異！

他連忙去拉開門，可是，不管怎麼拉，都打不開！這一下他真的害怕了！

「主啊，救我啊！」盧兆天大聲咆哮起來，可是，他卻不知道，即使他叫破喉嚨，外面也不會有任何一個人聽到他的聲音！

「不，不要，不要……」盧兆天臉色發白，滿臉儘是驚恐之色。他再一次回過頭去，依然沒有發現任何身影！

剛才那個人，到底去哪裏了？

姜瓊回到了八樓的房間，將燈打開，把衣服脫下掛在衣架上。她感到渾身痠痛，疲憊地坐在沙發上。他們一整天時間都在討論血字，越討論就越絕望。

「我該怎麼辦……我不想死啊……」

姜瓊脫下眼鏡，抽泣起來。她現在唯一可以寄予希望的，就是徐饕！雖然神谷盟和夜羽盟的人都口口聲聲說徐饕是裝神弄鬼，但是，姜瓊寧可相信徐饕。因為，想通過人力來擺脫公寓的詛咒，太過異想天開了。李隱算很厲害的了，現在還不是一副要死不活的樣子？

哭了一會兒，她擦了擦眼睛，抬起頭來戴上眼鏡，卻赫然看見，一個人正站在她面前！

「啊！」姜瓊嚇了一大跳，但是看清楚眼前的人之後，她鬆了口氣，說道：「你嚇死我了！為什麼你不敲門就進來了？嗯，等一下，我好像有把門鎖上啊？」

眼前的人一言不發。

「你說話啊，你來找我做什麼？」

對方依舊不回答，而且表情也有點奇怪，和平時相比，顯得很機械僵硬。

「你……你說話呀！」姜瓊心情很差，她站起身來說道：「如果你沒什麼事的話，那麼請你……」然而，姜瓊說不下去了。因為……

「啊，你，……你是誰！」姜瓊嚇得魂飛魄散，她退到沙發上，臉上滿是恐懼！

接下來，她就再也沒有機會發出任何聲音了。

一行六人正在走著的時候，林雪倩忽然停下了腳步。

「怎麼了？」微生涼問道，「你沒事吧？」

「嗯……沒事，沒事的。」林雪倩搖了搖頭，剛才有一瞬間，她忽然感到一絲心悸。

「你的臉色看起來不太好。」微生涼關切地說。

「我沒事的，沒事。」林雪倩連忙擺了擺手。雖然嘴上這麼說，她依舊無法定下心來。她向前又走去，走過一棵樹的時候，忽然又感覺到不對勁。

「怎麼回事？」她發現，身邊的人，竟然一個不剩，全部消失得無影無蹤！

「喂，卞星辰，郎智善，封煜顯？」林雪倩頓時嚇得面無人色，接著，前面那棵樹的後面走出一個人來。那個人是公寓的住戶。

林雪倩還來不及開口問話，那個人就朝她走過來了！

「林雪倩呢？」郎智善發現林雪倩不見了，她之前雖然走得比較落後，但是還能跟得上他們，為什麼突然消失了？

可是，不管怎麼找，他們都不可能再找到林雪倩了。而且，即使到了明天，林雪倩也不會再復活了。

公寓對倉庫侵入的鬼的限制，終於逐步解除了。和一般的血字一樣，鬼殺人需要間隔時間，只不過，這一次的限制很不同。

一個月裏，任意一天，將會有最多十名住戶被殺死，甚至包括正在執行血字的住戶。到下一個月，再有十個人會被殺死……

林雪倩的突然消失，引起了其他住戶的恐懼！他們立即得出結論，已經有鬼出現了！五個人立刻邁動腳步，飛速奔逃起來！大家都很確定，林雪倩絕不是掉隊了，因為，每個人都是時刻注意著四面八方，在這種情況下，居然沒有一個人發現林雪倩是怎麼消失的，這絕對不正常！

封煜顯健步如飛地跑過一棵樹後，赫然發現，星辰等人消失得無影無蹤了！

「不……」封煜顯頓時傻了眼！怎麼會這樣？

他頓時意識到，他也遇到鬼了！空間已經發生了變化！

還來不及進一步思考，封煜顯忽然看見，林雪倩被吊死在眼前的一棵樹上！她的身體懸掛著，臉上毫無血色！

封煜顯的目光移到林雪倩腳下，嚇得差點大喊出聲！

那個地方原本沒有任何東西存在，現在，那裏站著一個人！

「你……你怎麼會在這裏？」封煜顯大腦裏頓時一片空白！這個人，不應該出現在這裏的！不，不對……這個人為什麼會站在林雪倩的屍體下面？

緊接著，他看到了更加悚然的一幕。他的腦子裏如同響起一聲炸雷，頓時清醒了過來！這個人……原來是鬼變的！

然而，他還來不及繼續深入去想，就忽然感覺到有什麼東西將他的脖子纏繞住了。然後，他的腳離開了地面。

在空中掙扎的時候，封煜顯生前最後看到的，是眼前一張已經完全扭曲的面孔！

螢……我就要去和你相會了……

封煜顯意識到，恐怕這一次死去，他就不可能復活了。想到這裏，他反而輕鬆起來。進入公寓之後，一直生活在血字的恐怖中，如今，終於可以解脫了……

「封煜顯呢？」

跑著跑著，星辰才發現，封煜顯不見了！現在只剩下了四個人！

這四個人面面相覷！恐懼感迅速升騰而起，雖然知道可以死而復生，但是好歹都走到了這個地方，難道真的要半途而廢了嗎？

「分散開！」星辰當即作出決定，「我們沒有別的選擇了，立刻分散開！向四個方向逃走！能逃走多少是多少！」

星辰的話一出，大家立即同意了！四個人如果再聚在一起，只怕真的會一起死在這裏！只要有一個人能夠逃到祭祀廣場，就可以在午夜零點的一瞬間去嘗試可否離開朴夏山！只要有一個人在明天死而復生後，將這一重要情報告訴大家就可以了！

星辰已經選了一個方向逃去！他也不回頭地不斷加快速度，心臟怦怦直跳！他和深雨已經約定了，無論如何，他都要活著回公寓去！雖然這一承諾是那麼無力，但是，星辰還是要拚盡全力一搏！

跑了很久，星辰依舊感覺到背後有什麼東西在追逐自己。前兩天都只活了不到一個小時，這天絕對不可以這樣了！

星辰咬緊牙關，他必須盡可能活得久一點兒，才能得到進一步情報。原本以為熟知情節應該能夠成為有力武器，但是，事情的發展卻遠遠超出了他的預想。現在的做法到底是不是正確的？是不是一直和主角待在一起，才是保命的最佳手段？

星辰飛速思考著這些問題，忽然被一塊石頭絆了一下，整個人在地上翻滾著，很快就撞上了一棵參天大樹的樹根！

這一撞，星辰猛然發現，那棵參天大樹下，竟然有一個巨大的樹洞！來不及思考，星辰的身體就已經滾入了樹洞中！

這個樹洞下面是一個斜坡，星辰一路朝下滾去！不知道過了多久，他終於滾到了最下方，額頭狠狠地撞在一塊石頭上，昏迷了過去。

陷入一片黑暗的星辰，在一片混沌的意識中，感到身體飄忽著。當他有意識的時候，卻發現自己竟然站在曼哈頓的大街上，看著遠方的自由女神像。

為什麼在這兒？他再仔細一看，哥哥星炎就在附近。從小在紐約長大的兄弟二人，平日裏經常會到曼哈頓來，到百老匯去聽歌劇。那段日子，在星炎死後，是星辰最為濃重的回憶。

「哥……」星辰看見星炎站在離他不遠的地方，感到非常激動，他想跑過去抱住星炎。

「哥！」然而，不知道怎麼的，他就是邁不動腳步。星炎猶如雕塑一般佇立著，只能夠看到他的背影。

「哥，哥！」一瞬間，周圍又成為一片黑暗。而星炎回過頭來，赫然是那天在別墅中化為厲鬼時的恐怖形象，朝著星辰撲來，抓住了星辰的手！

星辰猛然睜開了眼睛。他的第一個感覺就是腦袋鑽心的疼痛。他勉強支撐起身體，感到非常口渴，連忙從背包裏取出一瓶水，大口喝了起來。

這裏似乎是一個洞穴。

「我，啊，頭好痛……」剛才的夢境，星辰記得清清楚楚。即使是夢，星辰也感到了一絲欣慰。他此時才真正意識到，自己有多麼想念死去的哥哥。

「好冷……現在我是在哪裏……啊，對了！」星辰抬起手腕看手錶。這一看，他頓時驚訝地張大了嘴巴！「什麼……一，一點半？」

他摔進來的時候，最多就是凌晨一點左右，而他居然在這個地方昏迷了十二個小時以上？虧得這段時間內沒有鬼出現！

星辰心頭一動。這個樹洞裏，竟然可以維持十二個小時的安全？這可遠遠比西面的那個湖泊更加安全啊！也就是說，只要每天逃到這個地方來，二十四小時裏就有一半的時間可以保證安全！住戶可以利用這段時間更細緻地閱讀小說，商議對策。星辰決定，索性就一直在這裏待下去，看看這裏安全時間的極限！

當然，就算這個地方可以一直安全待到午夜零點後，也不可能一直待在這兒，一到時間就會重啟時間不說，最後一天也必須要離開這兒，回歸公寓！

緊張地掐著錶，星辰開始了漫長的等待。反正那三個人中，只要有一人今天想辦法到達了祭祀廣場，就有可能獲取情報。那麼，星辰就算死在這兒，也是值得的。

就這樣，過去了一個小時，兩個小時……星辰越來越驚喜了，安全時間遠超過他的想像！

「看來……能行，能行！」星辰大喜過望，他又抬起手腕看錶。這一次，螢光手錶照到了左手手臂。因為現在是夏季，他穿的是短袖。

星辰一眼看到，自己的左手手臂上，有一隻鮮紅的手印！星辰猛然憶起，在剛才的夢境中，變成鬼的星炎抓住自己的，正是左手！

這……不是夢！抓住他的手的也不是星炎，而是這個洞穴中的一個鬼！

星辰感到好像渾身都僵硬了！他來不及多想，馬上站起身，朝洞穴深處跑去！因為樹洞上方是斜坡，根本爬不上去！

然而，在這高度還不到一米的地方，如何能跑得快呢？星辰又不可能在地上爬，那樣速度更慢。他盡力彎扭地跑著，好在長時間休息讓體力恢復了很多。幸運的是，洞越來越高了，終於可以容納一個正常身高的人了！

星辰不時回過頭去看有沒有什麼東西在追逐自己。然而，他突然看到，前方竟然是一條死路！他衝到岩壁面前不斷敲打著，可是，岩壁極為堅固！

星辰的臉色變得煞白！已經是絕境了！他轉過頭，看向那一片漆黑，伸出了螢光手錶照過去。對面什麼東西都沒有。

星辰猛然跌坐下來，喘著粗氣，低下頭……短袖衫中赫然伸出一隻手來！

在朴夏山的北面，微生涼正快速奔跑著！

他跌跌撞撞地跑了很久，前方忽然出現了一大塊空地！在空地上是被開鑿出來的光滑地面，巨大的場地上，四角有著四根十多米高的黑色柱子，柱子上雕刻著圖騰！

「就，就是這裏！祭祀廣場！」好幾次死裏逃生，微生涼沒有想到，他竟然找到了這裏！

他朝那個方向直奔而去！又在祭祀廣場上跑了一陣，他發現眼前出現了一段下坡路。在廣場最後一根柱子前面，那段下坡路並不是很長，在這下坡路的下方，赫然是一條高速公路！

只要到達了公路，就算是離開了朴夏山的範圍！但是，他還不能確定，這時候離開，是否路上還會出現鬼。

微生涼思索了一番，下定了決心。他邁開步子，直衝而下！

「就算是死也沒什麼大不了，就算是解脫了吧！」他筆直朝下坡路衝去。想到自己拚死到達這裏，心中激盪不已。

終於，微生涼衝到了高速公路前端，只要再跨出幾步，就離開朴夏山了！他咬了咬牙，踏出了一步！「就看……成不成了！」

他踏上了高速公路！一瞬間，他彷彿穿越了一道看不見的牆壁，從魔境回到了現實！

抬起頭來，微生涼赫然看到，天空中一輪驕陽高懸，紅色的月亮消失得無影無蹤！

然而，他腳下的影子也動了起來。微生涼頓時失去了身體的支配權。他走到高速公路一端，撿起了一塊大石頭，然後，整個人狠狠朝石頭撞過去！

影子詛咒是絕對的，住戶必死無疑。在石頭上撞擊了很多次，微生涼最終慘死了。

星辰恢復神智的時候，發現自己站在樹林中，身邊是郎智善、邱希凡和微生涼。而封煜顯和林雪倩不見了！

「這是怎麼回事？」星辰大驚失色！

「怎麼了？」郎智善也意識到時間重啟了。然而，他環顧四周，卻發現林雪倩和封煜顯竟然沒有出現！

這一巨大變故，讓四個人的臉色都變得煞白！

「怎，怎麼會……」郎智善都快站不穩了，斷斷續續地說：「不是一直按照小說情節來的嗎？為什麼他們兩個沒有活過來？」

「絕對不可能的！」星辰煩躁地抓著頭髮，看向四周，如果不是心有顧忌，他真想大喊一聲！

忽然，郎智善想到了什麼，連忙扔掉手上的背包，說道：「快走！無論如何都快走！」

按原定計劃，他們要在今天去找西面的湖泊，找到藍冬美，拿到地形圖。但是，現在計畫徹底被打亂了！

「聽我說！」微生涼開口了，「我到了祭祀廣場！我到達那裏後，看到廣場後方可以離開朴夏山！於是我就出去了！」

「出去了？」星辰一臉愕然，「出去的話，你會被影子詛咒殺死的！」

微生涼點頭道：「我當時的確離開了朴夏山。祭祀廣場後方的一段公路可以離開朴夏山，然後就脫離了紅月詛咒的範疇，我看到了天上有太陽！然後，我就被影子詛咒殺死了。」

在午夜零點前離開朴夏山，的確會被影子詛咒殺死。但是，現在的情況不同往常，就算被影子詛咒殺死，也可以在第二天死而復生。也就是說，只要確認了從祭祀廣場那裏可以離開，就算死在影子詛咒裏，也沒有關係了！

這是個讓人振奮的消息，也讓星辰心中再度燃起了希望。郎智善和邱希凡都在前往祭祀廣場的途中被鬼殺死了。

「到了第七天，我們就可以走這條路了……」邱希凡頗為激動，「太好了……可是，封煜顯和林雪倩到底是怎麼回事？」

為什麼他們死了卻不能復活呢？難道復活還有什麼其他玄機嗎？這兩個人的死，讓這個喜訊蒙上了一層陰霾。他們並不知道，二人之死其實和這個血字無關。

郎智善下定決心道，「我們一直向西走，如果那個湖泊很大，我們順著流域走，一定可以找到藍冬美的……可惡，如果風烈海那個傢伙執行這次血字就好了，他過目不忘，地形圖只要看一眼就可以完全記住了。」

大家都知道，即使從祭祀廣場後面可以離開，從那個森林前往祭祀廣場的路途也是危險重重。所以，即使拿到了地形圖，但是不開闢出新的路線的話，就只有按照藍冬美走過的路線了。

「還是有問題……」星辰苦思冥想起來，「一定是我們看漏了什麼。生路絕對不會是這樣的。如果要讓住戶能夠逃出生天，這條路線太危險了！一定還有一條安全路線存在的！」

「開什麼玩笑，哪裏有安全路線？」邱希凡搖頭道，「可以通過祭祀廣場離開，已經很不錯了，還能奢求什麼呢？今天已經是第四天了啊！接下來三天，是我們最後的機會。但是，封煜顯和林雪倩卻是真的死了，看來他們觸發了死路，會造成在前六天也會真的死亡……」

微生涼說道：「我認為你的想法太天真了。小說我反覆看了好幾次，藍冬美的路線沒有一條是絕對安全的。既然已經確定祭祀廣場後面是可以離開朴夏山的，這肯定就是生路了。」

星辰此時則在思索，李隱為什麼會得到這部小說？星辰並不相信小說是李隱寫的，李隱寫的軍事小說他看過，文風完全不一樣。還有一個問題就是……

這本書的結局真的就是藍冬美母子逃出去的一瞬間？會不會後面其實還有內容，但是李隱沒有發給深雨呢？這種可能性也是無法忽略的。

藍冬美到達西面湖泊是在凌晨兩點左右，在到那裏之前，她是待在另外一片樹林裏。因為湖泊是較為安全的場所，所以他們打算支撐到那時再去見藍冬美比較好。

微生涼是在白天離開朴夏山後被影子詛咒所殺的，完全可以認為，由於那段時間本來就禁止住戶離開，所以公寓並沒有在那個時間段設下死局。所以，微生涼帶來的情報，並不足以讓大家完全有信心。到了午夜零點會怎麼樣？他們還是不知道。

住戶的確無法想得明白。封煜顯和林雪倩的死，和血字本身沒有關係，也沒有受到難度的限制。正如彌真所猜測的那樣，倉庫的出現，本身就是公寓的一條血字，一條針對全體住戶的血字。任何一名住戶，如果完成了九次血字，就不會再被發佈第十次血字，因為，倉庫血字本身就算一條血字，公寓絕對不會給任何一名住戶發佈十條以上的血字，除非是魔王級血字。

換句話說，在倉庫的鬼踏入公寓的那一刻開始，要通過執行完十次血字的方法離開公寓，就幾乎是不可能完成的任務了。

倉庫血字全部原文如下：

「從本次血字開始，將提供給住戶們進入『倉庫』的通行卡片，『倉庫』將會提供給住戶們各種可以用於血字指示的道具。從今日起至二〇一一年十二月三十一日午夜零點，倉庫將會給住戶提供道具，用於血字。」

這是一條很特殊的血字。但有一點是和其他血字是一樣的，都是以能否活下來作為準則。也就是說，在二〇一二年一月一樣日凌晨零點之後，還能繼續活著，就視為完成了這次血字。否則，是不可能提前在二〇一一年離開公寓的，除非完成了魔王級血字指示。

這個血字裏也不存在影子詛咒的懲罰了，因為，標準僅僅是能否活下去。在公寓裏也好，在公寓外也好，只要在二〇一二年到來的一瞬間，住戶還活著，就算完成了血字。當然，住戶們對這一切一無所知。

「我的情報，價值不高？」微生涼很沮喪。

四個人都開始拚命回憶，當時封煜顯和林雪倩究竟是做了什麼特別的事情。然而，只能記起，他們是在走過一棵樹後突然消失的。而那些樹看起來沒有什麼特別的。也許，死去的這兩人都未必知道自己為什麼會死了。

「會不會是時間重啟遇到了某些阻礙？」星辰分析道，「比如說，時間重啟就好像是遊戲的存檔重新讀取，但是，由於某個意外，他們的檔案被刪除了？不，這個說法說不通……」

「小說裏有沒有提到這樣的先例？」郎智善心急如焚，「如果找不到真正的原因，那我們接下來所做的一切都可能很危險。」

小說中，在不同地方不同時間段有一些安全路線，但是往往分佈在不同地區，要做到形成一條可以連續行進的安全路線是不現實的。

四個人在森林的朴夏山上不斷徘徊，發現了不少山峰，但是，都沒有看到湖泊。畢竟，西面的範圍太大了，沒有確切座標，要找到那個湖泊很困難。

就在大家灰心喪氣的時候，微生涼停住腳步。他隱隱聽到了一陣水流淙淙聲！「是流水聲！」

每個人都大為振奮，疲勞頓時一掃而空。大家立即直衝向前，很快穿過前方樹林，看見了一條十多米寬的湖水！湖水的水流很急，這和小說的敘述也頗為吻合。那麼，藍冬美就在附近嗎？

看到這個湖泊時，每個人都有些心安的感覺。雖然因為紅月的照耀，湖水呈現出妖異的血紅，可是大家都知道，這個地方已經算是較為安全的地方了。

於是，他們沿著湖岸放緩了速度，在腦海中記憶著路線。因為，他們無法留下記號，到了明天，記號就會因為時間重啟消失。唯一可以保存的只有記憶。

這一點對藍冬美來說也一樣。她每一次都會失去地形圖，第二天必須靠記憶重新畫一張。到了第四天，記憶會產生多少出入而影響地形圖的準確性，都是很大的問題，何況還要考慮地形圖的原始提供人——莊老伯本人的記憶是否完全準確。然而，儘管如此，藍冬美手中的地形圖依然至關重要。

就在這時，星辰忽然感到一陣強烈的心悸，讓他的腳步都顫抖了一下。

「怎麼回事？」這種強烈的預感讓星辰感到很恐懼。這種恐懼感，是進入朴夏山到現在以來最危險的一次！

「你的臉色看起來很差？星辰？」郎智善顯然注意到了星辰的臉色，並且注意到，星辰的目光看向了血紅色的湖泊。

「喂，你們怎麼了？」微生涼也意識到了不對勁，急忙問道：「到底怎麼回事？」

「那個……是什麼？」星辰的手發抖著，艱難地抬起，指向湖泊中央的一塊石頭。順著星辰的手指，每個人都看向了那塊石頭。

他們的臉色也立刻變了！

「不，不可能！」

只見那塊石頭上，赫然掛著一小片衣角！

大家都想起了小說的一個情節，藍冬美曾經在某一天到達湖泊，橫穿而過的時候，衣服掛在了一塊凸起的石頭上，被撕裂了一角。

「這是，是巧合吧？」郎智善臉色慘白。

星辰咬緊牙關道：「走……快走！穿過森林去北峰，然後到祭祀廣場去！」

這是不可能的！因為，那是藍冬美在第七天的時候，才在那裏撕裂了衣角啊！最後一天發生的事情，為什麼會發生在第四天？

這到底是怎麼回事？難不成，今天就是第七天，最後一天？

聯想到封煜顯和林雪倩的離奇死亡，星辰開始恐懼起來。難道說，小說在這座山上的現實化，只是局部的嗎？血字對小說情節進行了一些改編嗎？

如果今天真的就是最後一天，那也就意味著，輪迴終止了！一旦今天死去，就是真的死去了！

不可能的！公寓不可能會給出這種離譜的血字啊！進行這麼徹底的欺騙，那麼生路是什麼？

會不會是，從第四天到第六天這三天，因為某種原因被抹去了？封煜顯和林雪倩，是在這被抹掉的三天裏面發生了什麼事情而死去了嗎？還是說，因為某種原因，他們實際上失去了第四天到第六天的記憶？

星辰打開手機重新翻看了一下，很快確認了，藍冬美的確是在第七天的時候撕裂衣角的！

星辰心急如焚。此刻開始，他必須要當成自己真的會死去來執行這次血字！其他人也抱著同樣的想法。今天必須當做正常的血字來執行了！

他們在森林裏穿行，用指南針指示著，朝北方而去！

現在，每個人的頭腦裏都很混亂。如果小說並不能作為絕對參照，那麼，接下來會發生的事情，將是無法預料的！這個血字的難度，豈不是毫無控制了嗎？

為什麼這一次血字會這麼反常？還是說，血字利用了小說和現實之間的差異構成死路？

太多的問號存在於每個人的心底！但是，他們能夠去問誰？沒有人可以回答他們！

三個多小時後，他們重新穿越昨天的那片森林。一路上他們討論了無數次，卻討論不出任何結果。完全無法理解！

深雨！你能告訴我嗎？星辰此刻唯一想著的，就是深雨！深雨是他唯一的精神支柱，也是他全部的希望！

他們分別的時候，在公寓門口，深雨在星辰的耳畔低聲道：「你答應過我的，死生契闊，與子成說。執子之手，與子偕老。」這是星辰心中最大的牽掛。執子之手，與子偕老！

「先按照昨天的路線走！」星辰咬緊牙關說，「找到昨天我看到的那個樹洞！然後我們就想辦法進去！」

這時，他們忽然看到了前方樹林有一個出口，直衝過去後，他們驚呆了。

因為，那是一片空曠地帶。之前他們被頭頂濃密的樹蔭籠罩，都沒有發現。

頭頂上……有由兩座懸崖峭壁！這裏，竟然是森林和峽谷的交接地帶！那個九死一生的大峽谷！

他們趕緊回過頭去，卻走不了了。因為，後方的樹林，已經消失得無影無蹤了。

「藍冬美抬起頭看向峽谷上方，她不敢相信自己的眼睛！

一個身著紅衣、頭髮散亂的女人出現在一邊懸崖的上方，接著，旁邊又出現了一個紅衣女鬼，接著是第三個、第四個、第五個……前方視線所及的懸崖上方，出現了密密麻麻的紅衣女鬼！

藍冬美立即帶著星輝飛奔起來！然而，無數紅衣女鬼猶如蜘蛛一般，從懸崖上方攀爬而下，速度快得驚人！攀爬而下的女鬼一批接著一批！這一個個長相完全相同的女鬼，數量究竟有多少？反正，視線所及之處，除了女鬼還是女鬼！」

他們抬起了頭……每個人的臉上都是深深的絕望。他們心裏都明白，很有可能，接下來，一旦死去，就是真的死了！

這一次血字，的確是彌天所寫的小說《輪迴》的徹底現實化，小說情節和血字裏發生的事情完全一樣，沒有絲毫更改。

這個輪迴，其實只有四天。這就是彌天最初的設定，「四」和「死」諧音，這樣設定顯得更有恐怖氣氛。

那天晚上，星辰只看了一部分小說就去睡覺了。他當時看到的部分，雖然有瘋女子出現，但是沒有提及輪迴有幾天。晚上，那個假住戶來到他的電腦前，對文檔進行了修改，將「四日輪迴」改為了「七日輪迴」，將藍冬美最後兩天的經歷拆分開變成了五天的經歷！藍冬美實際上只死了兩次，卻被修改為死了四次。第二天，星辰起床後，重新打開文檔所看到的，就是被大幅度修改後的《輪迴》。

這一切，星辰完全不知情！如果他們是按照真正的小說去執行血字，也許真的可以找到生路！

血紅的月光照耀著峽谷。星辰永遠也無法走出朴夏山了。

峽谷上方響徹著尖利的慘叫聲，形成了一個個回聲。那個回聲只有一個名字：「深雨！」

那個聲音太淒厲、太絕望了，就算是鐵石心腸的人也會為之動容。

至死，卞星辰都不知道，這一切到底是怎麼發生的？

可是，沒有人能給他答案。

與鬼共舞

PART THREE

第三幕

時間：2011年7月15日0:00 ～ 05:00

地點：天南市月雪路封通大廈十七層

人物：安雪麗、陸海、歐陽飛蓮
葉燭、凡雨琪、劉姓女子

規則：「封通大廈十七層有一個化裝舞會，所有接到血字的住户，必須化裝成怪物去參加舞會。但是，必須掩蓋性別特徵，化裝成其他住户無法認出的樣子。從看到血字開始，不允許以任何方式告訴任何人自己會化裝成什麼樣子。住户要分別從公寓外的不同地點出發，不能共同前往。有一個真正的鬼會來參加這個化裝舞會。如果有人發現了混入的鬼是誰，在血字完結後，能夠獲知新的地獄契約碎片下落。」

8 回不來的愛人

七月二日凌晨四點多。

公寓的大門口聚集了三十多名住戶。因為這次血字的執行人涉及三方勢力，所以三方的人都來了，尤其是三方的領袖，柯銀夜，神谷小夜子和徐饕。上官眠也在，她所站的地方，必然有一大群人閃開。

深雨一直站在旋轉門前，她站了好幾個小時，沒有一刻坐下過。她臉色蒼白，猶如蠟像一般。而李隱也出現在一樓，站在深雨身後不遠處。大家雖然議論紛紛，但是都在關注著外面的情況。目前，那六個人已經是凶多吉少了。因為，就算朴夏山聯絡隔絕，那麼長時間，也足夠進入市區範圍了吧？可是，依舊無法聯繫到這幾個人。

「算了……我們走吧。」羅十三看向深雨的背影，搖了搖頭，他很清楚，星辰恐怕是回不來了。

「蒲深雨看起來很可憐。」羅十三旁邊站著易容高手安雪麗，她是神谷盟的人，但此時看到深雨這個樣子，心裏也是一陣絞痛。她知道深雨是為了救星辰才主動進入公寓的，而如今星辰死了，那麼深雨待在公寓就完全沒有意義了。

「這就是報應吧。」安雪麗聽見身後有一個人在說，「誰讓這個女人以前害死了那麼多住戶，卞星辰不是也殺死過一個住戶嗎？我們沒有必要同情他們。」

安雪麗緊皺眉頭，剛要回過頭去說幾句，卻被羅十三拉住了。

「別做多餘的事情。」羅十三搖搖頭道，「沒有必要節外生枝。」

安雪麗狠狠瞪了羅十三一眼，對方和她是敵對聯盟的人，她和他本就沒有共同語言。而且，這個男人在公寓裏一直都很低調，然而，有情報指出，柯銀夜好像和他經常同時出現。柯銀夜是何等人物？能夠被那樣的人器重，這個叫羅十三的男人絕非等閒之輩！

說「報應」那句話的，是一個打扮得很妖豔的女人，衣著也較為暴露，言行談吐都有一種風塵味。安雪麗想不起她的名字，只記得好像是姓劉。

又過去了一個小時，又走了一半住戶。他們都認為，那六個人不可能回來了。

李隱還在等著。而子夜並沒有出現。

銀夜走到李隱身邊。李隱目光深邃，面容嚴峻，已經有了幾根白髮，滿是滄桑之感，可見最近的經歷對他的身心衝擊有多麼大。

「你又何苦呢？」銀夜歎息道，「你要我轉告子夜，除非你認為你有能力保護她離開公寓，否則，你不會再給她任何承諾。你說得沒錯，希望越大，失望越大。就像現在的深雨一樣，我知道，你是希望，她不會有一天像深雨那樣，站在公寓門口等你……」

「柯銀夜。」李隱完全沒有看向他，冷冷地說：「我現在不想和你說廢話。」

銀夜沒有生氣，只是看向深雨的背影。

「其實，發生了一件事情。」銀夜再度開口道，「柳榮不見了。他是我們夜羽盟的人，一直擔任血字資訊整理歸納的工作。我和他聯絡很頻繁，但是，我現在聯繫不到他，他一直不在房間裏。」

「所以？」李隱依舊是古井不波，似乎這世上已經沒有任何東西可以撼動他的心神。

這時候，李隱身邊的幾個住戶都感到了一陣心悸。李隱的身上散發出一種讓人心受到震動的黯然，彷彿他就是一團黑影，身上沒有絲毫生命的光芒。但是，他的雙目中，又隱隱發出一股戾氣，那股戾氣令人駭然！

此時的李隱，比上官眠更加冷酷無情！此刻的他，陌生得讓人都不認識了！現在，如果有人告訴他們，李隱可以毫無心理負擔地殺死所有住戶，他們絕對會毫不猶豫地相信！

李隱的心性，顯然發生了翻天覆地的變化！以前的李隱已經一去不復返了！這段日子裏，他已經找到了一個地方，安葬了母親的骨灰。

「聖日派好像有問題。」銀夜補充了一句，「神谷盟似乎也有動靜。但是他們互相隱瞞著。」

「故弄玄虛罷了。」李隱的目光忽然迸發出一股殺意，「你知道了吧，楚彌真的事情？」

「銀羽告訴我了，你已經知道了這件事情。」

兩個人的聲音都壓低了，所以，周圍的住戶都聽不到他們的話。當然，也沒有人敢跑過去偷聽。

「知道這件事情卻還瞞著我，你們真是好算計啊。」李隱那如同寒冰一般的面孔露出一絲殘忍，「我會想辦法找到她的。我警告你，柯銀夜，不要想利用她對我或者子夜做什麼，否則，我會讓你知道我有多可怕。現在，我沒有什麼事情是做不出來的。」

「這一點，我也一樣。」銀夜絲毫沒有膽怯，很平靜地說道：「我進入這個公寓，就是為了讓銀羽活著離開。為了達成這個目的，我也什麼都可以做。」

抬起手腕看了看錶，李隱又看了看深雨的背影，說道：「給你一個忠告，讓夜羽盟的人多監視這個女人。她以前就是個很極端的人，現在卞星辰死了，只怕會更加喪失理智。」

「我知道。」銀夜輕輕點頭，「我從來都沒有真正信任過蒲深雨。不，應當說，我從來不相信任何人。」

上官眠也離開了。此時，一樓大堂只剩下李隱、銀夜、羅十三、安雪麗和深雨五個人。

安雪麗向深雨走過去。這個只有二十歲的女子，此時絕對是感到生不如死的，安雪麗想去安慰一下她。

「蒲小姐……」安雪麗站到深雨身旁，剛想說什麼，卻看到，深雨的臉上並沒有淚痕，她只是像雕塑一般定定地站著。

安雪麗頓時內心揪緊了，這個女子，連眼淚都流不出來了嗎？她失去了星辰，這個她在世上唯一的依靠，她還有活下去的意志嗎？她會不會自殺呢？

「蒲小姐。」安雪麗更走近一步，「請你別太難過。我，我這個人嘴笨，也不知道該怎麼安慰人，可是，事已至此，我們就想辦法活下去吧。一定要活下去啊！」

深雨沒有回答。她已經一動不動地站了五個多小時。

李隱冷冷地看向深雨，大步流星地走了過去。站在深雨身後，他只是簡短地說了一句話：「你要做出任何決定，都記住一件事情。你的生命，是他深深愛著的。」說完，李隱轉身朝電梯走去。

安雪麗很驚訝，羅十三居然還留在這兒。是因為蒲深雨也是夜羽盟的人嗎？如果是這樣，那麼這個男人倒也算重情義。

安雪麗有過一個和深雨年齡相仿的妹妹。妹妹如果還活著，和深雨的年齡應該差不多。她永遠也不會忘記，妹妹因為被戀人拋棄，自殺身亡。

她不願意接受妹妹的死，學習了易容化妝的技術，將自己易容成妹妹的樣子，以至於身邊的人都以為妹妹還活著。安雪麗要代替妹妹繼續人生。直到進入這個公寓，她才停止了假扮妹妹的畸形生活，她一直只是在自欺欺人。

深雨忽然腳一軟，癱倒在地，昏迷了過去。安雪麗連忙扶起她，對一旁的銀夜和羅十三大喊道：「喂，快過來啊！她昏過去了！」

羅十三和安雪麗將深雨抬回了房間。安雪麗幫她蓋好被子後，對羅十三說道：「謝謝你。」

「你如果打算照看她，那麼我就先走了。你也不需要太同情她。」羅十三看向面色蒼白如紙的深雨，「在這個公寓裏，照顧好自己就行了。」

羅十三走出來後，發現銀夜在等他。羅十三於是快步走過去，兩個人一起走向電梯。

「接下來要安排人監視她。」銀夜按下電梯按鈕，目光冷峻地說：「你負責這件事情吧。」

「是。」

「還有……儘快找到柳榮，立即清點聯盟的所有人員，看是否還有失蹤的人。這件事情很重要，務必儘快辦好。我想，神谷小夜子現在也正在為這件事情心煩。」

「放心吧。」羅十三取出一包煙，將煙叼好，銀夜立即遞來打火機。

「謝謝。你認為，發生了什麼事情？」羅十三深吸了一口煙，看著樓層顯示幕，說道：「你認為，這和聖日派有沒有關係？我們是不是對他們太寬容了？」

「聖日派的發展規模超出了我們的想像。最初考慮到徐饕可以安撫一批住戶，所以就默許了他的作法，現在看來是我考慮不周。」銀夜也抽出一根煙點上，「三大聯盟目前還是相互制衡的，但是最後兩張地獄契約碎片發佈後，這個平衡就會徹底打破，不排除一部分不理智的激進分子已經下手的可能……」

電梯門開了。二人走入電梯，銀夜繼續說道：「加派人手，監視神谷盟和聖日派，另外，進入房間內一定要確認是否有人潛入過，探查有沒有竊聽器。」

「我會安排的。」羅十三輕輕點頭，「我會挑選最忠於聯盟的人來負責此事。你放心吧。」

銀夜輕輕靠在電梯壁上，說道：「只要你能夠為聯盟做貢獻，將來我不會讓你有事的。」

羅十三不動聲色，心裏卻在想：說的比唱的還好聽啊，我們的結盟關係比豆腐還脆弱，大家只是為了生存暫時合作罷了。你是我欣賞的人，所以我暫時幫助你，希望你別讓我失望。

安雪麗看護著深雨。看到她，就不禁想起妹妹。

「醒來後，她該怎麼生活下去呢？」安雪麗憂傷地看著她，揉了揉眼睛，說道：「在這個公寓生活本來就已經很殘酷了。」

很多住戶不理解卞星辰和蒲深雨的愛情，更無法理解，見面才幾個小時的兩個人就確定了愛情。深雨畢竟和柯銀夜不一樣，她對公寓的恐怖太瞭解了，在這種情況下居然還願意進入公寓？

但安雪麗卻很能理解深雨。對深雨而言，深愛的人就是一切。她在和星辰相遇的剎那，得到了她欠缺的所有東西。所以在星辰填補了她殘缺匱乏的人生的那一刻，她願意付出一切來守護這份愛情。

太殘忍了，實在太殘忍了，做出這麼大的犧牲，將自己的生命都幾乎付出的她，卻還是守護不住幸福。縱然以前她再有錯，現在她受到的懲罰應該也夠了吧？

安雪麗真的希望，卞星辰沒有死。也許他還活著，還有可能回到公寓來。手機也許是在山上弄丟了，他也許正在回公寓的路上。

「你要挺過去啊，蒲深雨。」安雪麗垂下頭說，「你不要放棄，也許還有希望的。」

安雪麗其實對深雨也沒有多深的感情，但是，她知道這個女子需要有一個人陪伴。現在，公寓內沒有人關心她的死活，最多是擔心她此後失去理智，對住戶不利罷了。

安雪麗偽裝成妹妹生活著，失去了自我。她完成了妹妹的學業，以妹妹的身分去職場工作。有一天，公司裏一個她一直暗戀的男人，忽然對她表白，說他一直很喜歡她。

那一刻，安雪麗陷入了迷惘。她不可能以妹妹的身分嫁給這個男人，但是，撕去偽裝的面具的話，自己會被看成一個變態吧？他是愛上了「妹妹」，而不是自己。

可悲的是，安雪麗也愛上了那個男人，卻無法接受他的愛。她在失魂落魄的散步中，踏入了這個公寓。似乎是天意，她從此可以在世間消失，不用再扮演妹妹，也不用再面對他了。

旭日東昇，公寓又開始了新的一天。三大勢力派出了代表，召開了會議。因為，現在公寓內有八名住戶失蹤了！

這八名住戶中，有三人屬於聖日派，三人屬於神谷盟，兩人屬於夜羽盟。這個大問題，終於擺到了台面上。

「這件事情必須儘快調查清楚！」柯銀夜冷冷地說，「三大聯盟都出現了失蹤者，這個問題必須解決！」

「確定是失蹤嗎？」一名住戶問道。

「確定。」神谷小夜子說道，「這八個人都是聯盟中的骨幹人員，負責的都是重要工作，不會在不聯繫我們的情況下隨便外出的。」

「我有一個猜測呢。」一個男人把玩著一支鋼筆，「會不會是這八個人都接到了一條血字，而他們沒有通知任何人，就立即趕去執行血字了？」

這句話一石激起千層浪。目前血字完全不規律了，如果發生這種事情，也不是很奇怪。

這個說話的男人，正是李隱！這是多日來他首次參加住戶會議。

李隱無視其他人的驚訝目光，繼續說道：「至於隱瞞執行血字的理由，也很簡單。因為他們需要執行的血字中，發佈了第六張地獄契約碎片。」

「你！」神谷小夜子立即從椅子上站起來，臉色變幻不定地說：「你剛才是說，他們想完全隱瞞並私吞第六張地獄契約碎片？」

住戶們議論紛紛。地獄契約對住戶來說，是和生命等同的東西，是離開這個公寓的通行證！如果第六張地獄契約碎片真的發佈而被這八個人隱瞞了，那就是一顆重磅炸彈！

「你給我住口！」坐在徐饕身旁的羅謐梓狠狠一拍桌子，「盧兆天他們三個人都是很虔誠的人，李隱，你剛才的話是在侮辱我們聖日派！」

「羅謐梓，徐饕都沒有開口，你想越俎代庖嗎？」一個冰冷的聲音傳來，說話的正是嬴子夜！

這句話一出口，李隱的臉色也發生了變化！

子夜冰冷的目光直視著羅謐梓，繼續說道：「而且，李隱的話是有依據的假設，在座的各位，難道沒有同感？」

甚至有住戶提出，會不會公寓已經鬧鬼了？但這個說法根本不被重視，因為所有住戶都完全相信，公寓裏絕對不會進鬼。

會議開始就李隱提出的假設進行了討論，最後決定，派人輪流在公寓門口值班，一旦這八個人中有任何一人回歸公寓，就進行嚴密搜身，並必須由另外兩大聯盟的人進行檢查。

雖然也有人懷疑，這是某個聯盟的陰謀，為了擺脫嫌疑才假裝他們聯盟也有人失蹤。大家完全沒有從靈異角度去考慮，畢竟，人只要在公寓裏，就是絕對安全的，除非違背影子詛咒，否則怎麼可能會死？

會議結束後，李隱要回房間時，聽到後面傳來的聲音。

「李隱。」

他回過頭去，看著身後不遠處的子夜。她看起來很憔悴，但是表情很堅定。她說道：「我會等你，直到你有能力保護我，有辦法保護你自己，那時候，你再親口對我說，可以和我一起離開公寓吧。」

李隱定定地看著她，半晌才說了一句話：「按時吃飯，早一點睡覺吧。」然後，他就轉身向電梯走去。

回到房間後，李隱鎖上門，確認房間裏沒有人進入過，才坐在客廳的沙發上。他的眼中已經滿是淚水。

「子夜……」他任憑淚水淌下，沾濕衣襟。他終於痛快地哭了一次。

在另外一片天空，沒有晴朗的陽光，只有灰濛濛的陰雲。

被無數奇怪石頭包圍的小鎮上，一座位於鎮中心的宅子裏，破爛的書房大門被推開，彌真走了進來。

「李隱，沒有人，進來吧。」彌真輕手輕腳地進入書房，眼前的一排書架上滿是塵土。

「還是沒有。」彌真在房間裏看了一圈後說道。

他也走了進去，來到彌真身旁，問道：「有什麼發現？」

彌真指著書架說道：「沒有蜘蛛網。我們去的地方大多數都有很多灰塵，可是沒有任何地方有蜘蛛網。也就是說，這個小鎮上沒有蜘蛛。如此髒亂的環境，卻連蒼蠅都沒有看到。這個小鎮上，沒有任何活物。」

他打量著房間，點了點頭說：「的確如此。這麼說起來的話……還有一個問題。這個小鎮，不，整個夜幽谷都是只有石頭，連花草都看不到，沒有任何生物……」

「我們必須很小心。」彌真輕聲道，「現在進入小鎮的鬼應該還有一個。必須儘快找到石頭打碎，不然在找到蒲靡靈留下的日記以前，我們就會先一步……」

忽然，樓下傳來了什麼東西被打碎的聲音！

彌真頓時停下腳步，緊接著，看向眼前的一張桌子！桌子上有一張鑲嵌在相框裏的照片，照片上是一家三口，一對中年夫婦和一個十幾歲的女孩。

「就在這裏！」彌真毫不猶豫地走到一面牆壁前，開始敲擊起來，發現這面牆壁是空心的！

他也跑到了牆壁前，一拳狠狠砸過去，就將牆壁砸開了！一具屍體赫然出現在牆壁裏！不，嚴格來說，這不是屍體，而是一尊石像。詭異的是，石像只有下半身，而且製作得實在太過維妙維肖。

不，不是製作……彌真很清楚，這尊石像以前曾經是活人。石像的上半身就在小鎮外面！

「弄碎它！」彌真連忙左右張望尋找趁手的工具，「必須在那個鬼上來以前弄碎石像！」

「吱呀——」他們背後傳來了書房大門被打開的聲音！

「叮咚——」正在拖地板的嚴琅聽到門鈴聲，立即放下拖把，跑到門前。他不知道，這麼酷熱的天氣裏誰會來造訪。

打開門，他看見站在防盜門外的是李隱！

「你……」嚴琅的面色頓時有些難看，他後退了一步：「李隱？」

「有些事情，我想向你確認。」李隱正色道，「是關於彌真的事情。她失蹤了，你應該也知道了。我剛才已經去和心湖見過面了。」

「彌真……」嚴琅臉色一變，雖然在上次的血字中，他和汐月險些死於正天醫院的地下停屍間，但是，彌真的確幫了他們很多忙，要不是她，自己還不知道公寓的存在。所以，他猶豫了一下，還是將門打開了。

「我先警告你。」嚴琅對李隱依舊有戒心，「我知道你母親的事情，還請你節哀。但是，希望你別把這件事情遷怒到我們身上。」

顯然，嚴琅也懷疑，楊景蕙是王紹傑的鬼魂所害。

李隱走進房間。這時，臥室的門打開，汐月走了出來，她看見李隱，也是愕然一驚。

「汐月，正好你也在。」李隱走到二人中間，忽然一下跪倒在地！

「你！」嚴琅措手不及，連忙蹲下身子，說道：「李隱，你這是在做什麼？」

「我知道，上一次血字，我把你們夫婦拋棄在地下室的做法，讓你們很怨恨我。我不會為自己辯解的。這一次我來，是要詢問一些事情，但是，首先要向你們請罪！」

李隱一向是不輕易向人低頭的。這一點，嚴琅很清楚。

李隱跪在地上，頭深深地低下，這樣的態度讓嚴琅心軟了。汐月本來就是很善良的人，也走過來說：「算了，看在彌真的份上，我就不計較了。你是彌真暗戀了那麼多年的人，她現在下落不明，我也一直在想辦法找她……」

「對不起，嚴琅，對不起，汐月！」李隱把頭重重地叩在地上，「真的很對不起！」

這對善良的夫婦原諒了李隱。他們也知道，現在的李隱和放逐到地獄沒有任何區別。一想到昔日彌真也生活在那個地獄中，卻還能夠微笑面對生命，就讓汐月感到心揪緊了。當她知道彌真失蹤的時候，感到自己彷彿也缺失了一部分。

「關於彌真的事情，我會全部告訴你的。」汐月重重歎了口氣，「不光是彌真，還有彌天，他也……」

「柯銀羽和柯銀夜來找過你們吧？」

「其實……」嚴琅回憶起當初被上官眠捉住逼供的事情。當時，上官眠放了他們，說如果他們想逃離天南市，就會立即殺了他們。她不許他們報警，也不能把這件事情告訴任何人。

上官眠表現出的恐怖武力讓嚴琅膽戰心驚，那個魔女絕對不是自己可以招惹的。她也說了，只要她離開了公寓或者她死在公寓，那麼之後他們想怎麼做就隨便了。但是，在那之前，他們必須服從她的指示。那個女人雖然威懾得很恐怖，但一想到她也是那個公寓的住戶，嚴琅不禁也有些同情。

李隱見嚴琅欲言又止，追問道：「怎麼回事？能不能告訴我？」

「不，沒什麼。」嚴琅一想起上官眠，內心就湧起一陣恐懼。

接下來，李隱詢問了不少事情，掌握了所有情報，唯獨不知道上官眠曾經綁架他們的事情。

「彌真……她不會真的出事了吧？」汐月滿臉擔憂地問，「李隱，你一定要想辦法找到她啊！」

「我會盡力的。」李隱將筆記本收好，「但是我無法承諾一定能找到她。」

神谷小夜子和凡雨琪站在醫院的觀察室前。觀察室內的病床上，躺著一名二十多歲、面容清秀的女子。女子很憔悴，臉上沒有多少血色。

「你說有辦法可以救活她？」凡雨琪驚疑不定地問道。

她實在很難相信。畢竟，靜婷中的毒，是只有特定解藥才可以解除的奇毒。

「天麟他嘗試了很多年，利用了很多人進行實驗，都無法分析出毒藥的成分啊！」凡雨琪難以置信地說，「你，你真的可以做到嗎？」

小夜子點了點頭，她取出一樣東西，說道：「這個東西可以救活她。她應該最多只有一個月的命了吧？有了這個東西，她就可以活過來。」

凡雨琪看過去，只見小夜子手中拿著的，是一把鑰匙！

「你……」她瞪大眼睛看著鑰匙，「這不是公寓的鑰匙嗎？」

「對。已經死去的一名神谷盟住戶的房間鑰匙。你應該知道吧，只要宣誓自動進入公寓，一切身體上的疾病都可以完全治癒。我問過深雨，她肯定公寓用血字的方式告知過住戶這條規則，即使身中奇毒，也可以痊癒。你自己選擇吧，讓她在一個月後死去，或者，用這把鑰匙把她變成公寓住戶而得以活下去。你已經是神谷盟的人，所以我才給你這條生路。怎麼做，你自己選，我不強迫。」

凡雨琪顫抖著伸過手，抓著鑰匙，她感覺頭都要炸開了。

讓靜婷成為公寓住戶？開什麼玩笑！那樣還不如死了好！

進入公寓的住戶都是九死一生，凡雨琪自己也是萬念俱灰。而且，戰天麟已經死了，但是，她在這個世界上還有一個牽掛，就是靜婷。

當初，如果不是戰天麟，她還會活在那群惡魔的囚籠中。所以，她很感激他，即使知道他是個殺人魔，也願意全力幫助他。後來，她知道了戰天麟長期研究毒藥的真正原因。

他為了這個女人——符靜婷。和戰天麟一樣，她也是一個研究毒藥的人。但是，和戰天麟不同，她研究毒藥的目的，是為了製作解藥。

靜婷是戰天麟的妹妹，隨母姓。從小到大，兄妹倆的感情一直很好，靜婷很崇拜哥哥的化學才華。當她無意中知道戰天麟進行殺人毒藥的研究時，就堅決反對。後來，她發現哥哥居然在活人身上進行毒藥實驗！這造成了他身邊的幾個人中毒身亡！這讓靜婷極為震動，她沒有想到，從小崇拜的哥哥會成為殺人魔，而且更可怕的是，他對於殺人沒有絲毫罪惡感！

靜婷好幾次想告發哥哥，但是在法醫無法證明哪一種藥物是死因的情況下，是無法起訴戰天麟的，而且靜婷也不知道毒藥的成分。所以，她決定也進行毒藥研究，哥哥製作出了毒藥，她就要製作解藥，解救被哥哥下毒的人。

但是，在一次毒藥合成的實驗失誤中，靜婷吸入了毒藥氣體，而靜婷自己也不知道毒藥的具體成分。戰天麟用藥物維持住妹妹的生命，同時拚命研究那種毒藥的解藥，但是一直沒有成功。現在，戰天麟死了，沒有人能夠繼續為靜婷研究解藥了。

將戰天麟視為恩人的凡雨琪，無論如何都要完成那個男人的遺願。戰天麟實在是個矛盾的人，他為了研究毒藥捨棄一切，卻又為了被他連累的妹妹製作解藥。

只要讓靜婷成為住戶，她就可以痊癒了。但是，那樣做意味著什麼，凡雨琪也非常清楚。多年來照顧靜婷，她對靜婷有了很深的感情，將她當成了自己的妹妹。

「我該怎麼辦？讓靜婷活下去是你最後的遺願，可是……我該怎麼做？」

凡雨琪的手死死抓著鑰匙，鑰匙的尖端刺破了手掌，她卻好像一點感覺也沒有。突然，凡雨琪感到心臟被烈火焚燒一般地劇痛起來！

新的血字發佈了。

「是第二次血字！」安雪麗表情抽搐地看著牆壁上逐漸浮現的血字，她搓揉著手祈禱：「拜託，拜託……一定要發佈地獄契約碎片啊！離開公寓就有希望了！」

血字不斷形成，組成了一段很長的文字：

「二〇一一年七月十五日零點到凌晨五點，天南市月雪路封通大廈十七層有一個化裝舞會，是提前的萬聖節派對。所有接到血字的住戶，必須化裝成怪物去參加舞會。規則是：第一，必須掩蓋性別特徵，化裝成其他住戶無法認出的樣子。從看到血字開始，不允許以任何方式告訴任何人自己會化裝成什麼樣子。住戶要分別從公寓外的不同地點出發，不能共同前往。第二，執行血字時不能說話，不能以任何方式要求他人卸妝、強行剝除對方的化裝或告知對方自己的身分。第三，有一個真正的鬼會來參加這個化裝舞會。這個鬼每隔一段時間就會殺死一名住戶，其他住戶不能查看死去住戶的身分。如果有人發現了混入的鬼是誰，在血字完結後，能夠獲知新的地獄契約碎片下落。」

安雪麗目瞪口呆，嘴巴大張著，好久都無法合攏。光是想想那個情景，她就感到頭皮發麻！這樣的血字從來都沒有見到過！鬼竟然會直接出現，就在他們中間！安雪麗不禁顫抖起來！

這一次血字，一共有六個人執行。

安雪麗走出電梯的時候，看到底樓大堂已經有兩個人了。她剛才就考慮過這個血字的特殊性，執行血字的住戶應該身材和體型比較接近。因為，如果身高體型相差太多，再化裝也無法改變。果不其然，執行這次血字的都是身材不高的人。

那兩個人是一男一女。女的就是那個姓劉的風塵女子，另一個是戴著眼鏡、皮膚白皙的青年，是聖日派的陸海。

電梯又打開了，疾步走出一男一女，男的是夜羽盟的，女的是神谷盟的。

「地獄契約……」神谷盟的女子激動地說著。同為神谷盟的人，自然互相認識，女子激動地上來握住安雪麗的手，說道：「雪麗！第六張地獄契約碎片終於發佈了！」

「嗯，是啊……」安雪麗和眼前這個女子也算是好友。她的身高和安雪麗差不多，名叫歐陽飛蓮，是一個京劇世家的孩子，對於化妝也有些心得，所以二人很談得來。那個男子是神谷夜羽盟成員，名叫葉燭，面容還算清秀，身材不高，和她們的體型也差不多。

這個血字有一個很可怕的規定，如果化裝做不到讓別人認不出自己的地步，就會直接被影子詛咒殺死。就算體型相差不多，要做到這點也不是容易的事。而禁止告訴任何人自己的化裝形象，也就意味著無法通過第三者傳遞情報。在什麼都不知道的情況下，很難推理出誰是鬼。而如果識破了鬼是誰，就可以獲得地獄契約碎片的下落！這裏說的識破，自然是有充足證據的情況下，確信對方是鬼。

現在到的五個人中，有聖日派的陸海，夜羽盟二人，神谷盟二人。三大聯盟中最為不利的是聖日派，而夜羽盟和神谷盟都有可能獲得第六張地獄契約碎片下落！

每個人都極度興奮！有了第六張地獄契約碎片，就快可以離開公寓了！現在，很多住戶天天燒香拜佛，希望在最後一張地獄契約碎片發佈以前，自己不要接到血字！

安雪麗輕輕拍了拍歐陽飛蓮的手，說道：「化裝方面，你沒有問題吧？」

「嗯。沒有問題！」歐陽飛蓮很緊張地說，她顯然相當忐忑不安。

當然，他們無法討論化裝方案，因為，這一次大家都必須自己獨自進行化裝。

萬聖節派對上要化裝成什麼？吸血鬼？肯定很容易被發現。如果是狼人或者木乃伊，才比較容易遮蓋自己的特徵。

過了好一會兒，凡雨琪才回到公寓。三大聯盟都派出代表，進入凡雨琪的房內確認了血字內容。

第六張地獄契約碎片！第六張了！

此時，三大聯盟都在召開緊急會議進行部署。會議的核心議題只有一個，就是一定要識破鬼的身分，帶回地獄契約碎片的下落！而這一次神谷盟有三名成員執行，安雪麗，歐陽飛蓮和凡雨琪，自然是最具優勢的。

公寓裏暗流湧動，住戶們都通過各種管道購置武器。當然，三大聯盟都把上官眠視為眼中釘，肉中刺！在她面前，三大聯盟不過是個笑話！三大聯盟都在等著上官眠去執行血字！只要她去了，就一定要讓她觸發死路身亡！

瘋狂，只能用瘋狂形容！三大聯盟的每個人都暗藏殺機，鎖定監控每一個可能持有地獄契約碎片的人！公寓各處都藏著竊聽器，偵察與反偵察戰在公寓裏展開。

戰爭，一觸即發！只要最後一張地獄契約碎片發佈，就是三大聯盟全面戰爭的開始！這一戰，不死不休！唯有拿到了全部七張碎片的人才能成為勝者！

在如此緊張的氣氛中，李隱卻沒有任何動作，彷彿發生的一切都和他無關。誰也不知道這個男人到底在謀劃什麼。越是這樣，大家就越對他忌憚。

9 美杜莎擲了骰子

七月十四日到來了。

安雪麗準備出門了。她戴著一個煞白煞白的魔女面具，表情猙獰。戴著這樣的面具，安雪麗出門的時候要戴上墨鏡和口罩，否則肯定會嚇到路人。

前往血字執行地點的路上，她很緊張，血字執行時間內是不能說話的，她從現在就要進入狀態。她走出地鐵站，就看到了前方不遠處的封通大廈。根據調查，第十七層是一個酒吧，今天被包場了，酒吧內除了住戶，沒有別人來了。

安雪麗深呼吸了一下，走進燈光很暗的大廈。住戶們都不會去坐電梯的，所以，她要走到十七層。樓道內極為黑暗，她只好打開手電筒。

一樓，二樓，三樓……終於到了十七層的時候，她感到背後已經濕透了。輕輕推開門，來到走廊上，她就看到了一個「魔鬼酒吧」。

輕輕推開酒吧的門，安雪麗立即看到了吧台。周圍的桌椅放得很整齊，吧台上有一只只玻璃杯，裏面有各種酒供取用。

安雪麗看到，在一張桌子旁邊，已經坐了一個人！那個人也看到了安雪麗，抬起頭來。那是一張什麼面孔？竟然是一張被大火燒得稀爛的男人的臉，一片赤紅！

雖然安雪麗已經做好了心理準備，但她還是被嚇到了。因為，眼前這個人……很可能是真正的鬼！

六個住戶的身高體型都差不多，只要穿較為寬鬆的衣服，就可以遮擋住女性的身體特徵。男性只要將衣領扣上，也可以遮住喉結。每個人手的大小也差不多，沒有疤痕或者痣這類明顯特徵，就算有，只要戴上手套就可以了。安雪麗選擇了一件復古的黑色長袍，下擺到膝蓋處，因為很寬鬆，所以不會凸顯胸部。

安雪麗和那個臉燒爛的人隔了五張桌子坐下。每張桌子上都放著一份菜單，她拿起菜單，將臉遮住，偷偷地盯著那個人。

他是誰……或者說，她是誰？對方似乎也在注視她。

這時候，安雪麗忽然看到，桌子上放著一疊活頁便條紙，旁邊有一支鋼筆。血字中明確規定禁止筆談，為什麼這裏……

不，不是禁止筆談。安雪麗想到，嚴格說，是禁止用筆談告訴對方自己的身分，要通過其他方式來判斷誰是鬼。她認為，看出誰是鬼，肯定也和生路有關。也許，知道這一點後，就能找到生路了！

要不要和這個人筆談呢？可以通過筆談的語氣來判斷對方的身分，如果能夠一一確定身分，就能鎖定誰不是住戶。只是，這一點恐怕很不容易。

想清楚這一點，安雪麗拿起鋼筆，剛打算寫些什麼，忽然，酒吧的門又打開了！

這個酒吧並沒有佔據整個十七層，只有七十多平方米。還有舞池。走進來的人，一開始就看向舞池，隨後注意到了安雪麗和那個面孔燒爛的人。這個人被一身黑衣牢牢包裹住，就連手也戴上了手套，頭上是一個面部極為猙獰的南瓜頭頭套！南瓜頭是萬聖節極為常見的打扮。

南瓜頭快步走過來，竟然在安雪麗身旁坐下！這個人莫非對自己的化裝很有信心？要知道，化裝如果被住戶直接識破，影子詛咒就會啟動啊！

不過，這個南瓜頭套做得很不錯，眼睛部位挖出很小的兩個口，不會露出多餘的部位。所以，安雪麗根本沒有認出這個人是誰。

這個人走路的時候，明顯加快了步伐，顯然是不希望從步伐的快慢來被別人判斷出性別，也不容易從腳步聲的輕重判斷體重。雖然大家的體重都差不多，但是小心一點總是沒有錯的。

這種做法，看起來應該是住戶所為。但是，安雪麗沒有輕易下結論，因為，公寓完全可能利用住戶這樣的認知來進行欺騙。

安雪麗對自己的化裝很有信心。她故意把面具製作得略微粗糙，要是做得太逼真，別人馬上就會懷疑她是安雪麗。她拿著的鋼筆停在紙條上，一時不知道該寫什麼。

不可以告訴對方自己的身分，和公寓有關的事情也不能問。目前三大聯盟搜集了每個住戶的資料，只要稍微答錯，就可能察覺到。但是，為了地獄契約碎片，每個人都希望知曉對方的身分，互相試探是無法避免的。

如果最後只剩下兩個人，那麼就能夠知道對方是鬼了。那麼，最後的那名住戶，就會成為知道地獄契約碎片下落的人。不過，鬼很有可能會殺死所有住戶，那時，就算識破了也毫無意義。

安雪麗在便條紙上寫下：「玩不玩撲克？我剛才看到吧台旁有撲克。」她故意寫得歪歪扭扭，讓別人無法看出筆跡。

她將便條紙和鋼筆推過去。南瓜頭看了看，沒有去拿鋼筆。

過了好一會兒，門又打開，走進來一個人。三個人都抬起頭看向來人。

來人戴著一個頭套，頭套上盤著一條條維妙維肖的蛇！這個人裝扮成了蛇髮魔女美杜莎！在希臘神話中，人們一旦看到了美杜莎的雙眼，就會化為石像。她的蛇髮垂下，好像隨時會吐出信子，臉上則是綠色和黑色，雙目一片灰色，有可能是戴了隱形眼鏡，但也有可能是……

南瓜頭立即站了起來，盯著那個人。

安雪麗心想，南瓜頭難道是害怕被變成石像？這個人如果是鬼，也許就是真正的美杜莎！不過，如果真是美杜莎，那麼所有人都會被立即殺死，根本不符合血字的難度規定，過一段時間才殺一個人。

安雪麗這才想起，這個血字存在著一個問題——鬼會如何殺人呢？

如果七個人全部聚集在一起，無時無刻不分開，那麼，除非將六個人全部殺死，不然，倖存者必定能夠知道鬼是誰。還是說，鬼能夠用某種詛咒的方式殺人而導致其他人無法察覺兇手是誰？或者，鬼要在殺人後篡改他們的記憶？可能性實在太多了，看來不能指望通過這個方式去判斷誰是鬼。

美杜莎很快走到吧台前坐了下來，看向場中另外三人。

緊接著，門又被打開了，走進來一個渾身纏滿繃帶的人！這個人裏面有一身黑色西裝，腳上穿著皮鞋，還戴著墨鏡。是個木乃伊！

木乃伊走進來後，快速走到一張桌子前坐下，不時看向安雪麗和南瓜頭的桌子。

安雪麗忽然想到，她和南瓜頭坐得太近了。不知道南瓜頭是否真的是住戶，離得那麼近，說不定她會第一個被殺害！她立即站起身，走到另外一邊。

看著場中這些人，她忽然產生了一個恐怖的念頭。他們……真的是住戶裝扮的嗎？會不會，全部都是鬼魂呢？如果住戶實際上已經全部被殺害了，然後鬼魂來代替他們參加這個化裝舞會……

不……不會的！她連忙搖搖頭，要將這個念頭從腦子裏晃走。

又有一個人走了進來！這個人戴著一個煞白煞白的獨眼怪物頭套，頭套上沒有一根頭髮，一隻巨大的獨眼佔據了頭套的絕大部分。

每個人都在座位上坐著，沉默不語。

門，再次打開了！第七個人，走進來了！

安雪麗感到呼吸一窒，不自覺地將椅子挪後了許多。

門被打開後，最先映入眼簾的，是一隻枯瘦、遍佈皺紋、猶如被吸乾了水分的手，隨即，一張令人毛骨悚然的臉出現在眾人面前！

那是一張滿是皺紋、千溝萬壑的面孔，膚色極為灰暗，一隻眼睛深深凹陷、沒有瞳孔，另外一隻眼睛的眼珠被挖出來了，鮮血直淌，像一具蒼老的殭屍！他選了一張桌子坐下，將另外一隻手拄著的拐杖放在一邊，然後掃視著周圍。

安雪麗的心臟狂跳著。這個人……難道就是鬼？如果這個人是住戶，化妝技巧也太厲害了，就聯手部都化妝得如此逼真，鮮血看起來也絕不是番茄醬。安雪麗自問，要是自己來化妝，也絕對達不到這種程度。另外五個人的化裝沒有一個達到這樣的水準！

不……仔細想想也難說。也許那五個人中有一個專業化妝師，或者身邊有專業化妝師的朋友，又或者花了大價錢請了專業化妝師來化妝。

此時，所有人的視線都集中在那個殭屍老者身上。大家也注意到了那根拐杖，不知道是否有什麼玄機。他身上穿著一件民國時期的衣服，更顯得滄桑。

現在，殭屍老者已經被列為最大嫌疑人。安雪麗確信，其他住戶也絕對是那麼想的。但是，大家都刻意拉開了距離。

安雪麗之前對南瓜頭提出的打撲克牌建議，也是在試探。就算南瓜頭願意，她也不會肯。南瓜頭一開始就坐在她旁邊，是非常可疑的。一般的住戶，哪裏敢離別人這麼近坐下？

時間到了！血字正式開始了！

每個人都開始仔細觀察其他六個人！雖然多數人都懷疑殭屍老者，但也不敢對其他人放鬆警惕。臉被燒爛的人托著下巴，看向殭屍老者，又不時看向坐得離他最近的南瓜頭。過了一會兒，又看向安雪麗！

注意安雪麗的人也不少，她的化裝也極為逼真，那個頭套雖然不比真的皮膚，但質地也不錯，那緊鎖眉頭、露出怒容的魔女之相，讓人退避三舍。

每個人都沒有做什麼動作，大家都不願意筆談。因為，一旦筆談中不慎洩露了自己的身分，影子詛咒就可能啟動！

安雪麗覺得，必須做點什麼，否則無法避免死亡！這次除了她以外，其他住戶都是第一次執行血字，就算難度有提升，也不至於太離譜吧？

就在這時候，獨眼惡魔站起身來到吧台前，大家的視線都集中在他身上。只見吧台上，赫然出現了一張黑色卡片！

大家記得清清楚楚，這張黑色卡片，之前肯定是沒有的！是血字開始之後才出現的！

黑色卡片的正面只有一個黑框，背面有一行字：

「將進入房間者的次序數字寫在本卡片上，此人將會消失。本卡片只能使用一次。如果寫上的是人類，寫上數字的人也會消失。」

所有人都圍上來看到了這一行字！安雪麗激動萬分，也就是說，只要將鬼認出來並且寫在卡片上，就可以終結這個血字！

安雪麗立即衝回桌子邊，寫了一張便條紙，拿到吧台上給大家看，上面寫著：「卡片必須要大家都商量同意後才能寫！」

這一提議得到了一致贊同，大家立即遠離了卡片。因為，如果寫錯了，一來會有某個住戶成為犧牲品，二來這個生路將會消失！

當然，這張卡片也可能是個陷阱。畢竟，血字完全沒有提及這張卡片！這張作用堪比死亡筆記的卡片，究竟真的是生路，還是死路？

大家都坐回了原位。安雪麗很清楚，住戶的考慮，肯定是要先確認進入這個房間的次序！而且必須準確無誤！尤其是最後進入的殭屍老者，他不知道其他人進入的次序！

於是，接下來大家要做的事情就是在紙上寫下自己所知的次序，然後一一進行對照。這樣一來，就可以知道所有人的次序，如果出現矛盾，就可以立即鎖定誰不是住戶。

很快，所有紙片都湊在一起，次序確定了！

第一個進來的是臉部燒爛的男人，第二個是魔女，第三個是南瓜頭，第四個是美杜莎，第五個是木乃伊，第六個是獨眼惡魔，第七個是殭屍老者。

只要將次序數字寫在卡片上，就可以消滅掉鬼！書寫這張卡片成功的住戶，就可以獲得第六張地獄契約碎片的下落！這是一舉兩得！

但是，安雪麗仔細一想，且不說這張卡片是不是生路，即使確定是生路，也很難寫上去！雖然可以瞎猜，但是如果猜錯，後果不堪設想！機率只有六分之一。

每個人都盯著吧台，只要有人準備去寫，就會被阻攔下來！卡片本身真的很可疑，如果住戶不是被逼到絕境，是不會動用這張黑色卡片的！

安雪麗估計，有不少人想將「七」寫上卡片，因為殭屍老者實在太可疑了。事實上，如果在鬼要殺死自己的那一瞬間，是可以確定誰是鬼的。但是，那時鬼不可能給住戶機會去寫數字。

不少人在座位上按捺不住了。他們在想，將卡片放到自己身上，可作防身之用。當然這是無法做到的，因為每個人都希望拿到卡片，那樣必然會產生衝突，說不定在衝突之中最積極奪取卡片的人會第一個被殺。

至於鬼會不會毀掉卡片，安雪麗倒是不擔心。如果這真的是生路，公寓肯定不會讓鬼毀掉卡片。同樣的，因為擔心卡片落入鬼手中，大家都不會允許任何人單獨持有卡片。因為寫錯就會死，住戶也不會抱著碰運氣的想法去輕易嘗試。

安雪麗很緊張，雙手緊緊環抱，絞盡腦汁地冥思苦想起來。但不管怎麼想，她都發現，血字封死了所有可以做出判斷的路！難道要去殺死其他人？但如果殺到的是鬼，恐怕立即會被殺死！根本連寫卡片的時間都沒有！

時間！重要的是一個緩衝時間！還有，就是必須絕對確定，哪一個是真正的鬼！

直接接觸對方的身體呢？這行不通。化裝連身上的衣服也要包括進去，像殭屍老者也有在身體上化裝。一個不小心，就會觸發影子詛咒。

之前神谷盟有人提議，在某些人身上暗暗裝上發信器。但研究血字後發現不可行，因為血字禁止的是「任何方式」，這就封死了所有方法。

利用其他人來剝除偽裝呢？如果不是住戶，讓他來那麼做的話，能否成功？這個辦法或許可行！

安雪麗想到就做，她立即取出手機。這個手機是她另外準備，無法說話，自然只能夠發簡訊。然而，她忽然停了手。

不……不對！三大聯盟對住戶的資料都調查得一清二楚，就連身邊的朋友都不會放過。如果派來自己認識的人，結合自己發簡訊的事情，那麼等於公佈了身分，會導致影子詛咒觸發！那麼，找不認識的人？可是哪個正常人會來做這樣的事情？

然而，安雪麗並不知道，她這個想法是無法實現的。因為，此時此刻，沒有任何人能進入第十七層！即使有人想強行進入，其下場絕對是死無葬身之地！不僅如此，甚至無法製造火災、毒氣等可以用來鑒別是否是正常人類的事故，這並非公寓的限制，所以，並沒有寫在血字中，這實際上是那第七個「人」的存在導致的……

就在安雪麗猶豫的時候，她注意到，其他六個人都比較平靜。她儘量讓自己冷靜下來，不要慌亂。每個人都距離別人至少兩三米遠，誰都不敢輕易接近其他人。

酒吧內一片寂靜！

到目前為止，只有安雪麗使用過筆談。剛才因為發現卡片引起的波動很快平息了。但是，如果就這樣一動不動，血字時限到了之後，所有住戶都會死在這裏。安雪麗並不知道凡雨琪和戰天麟的關係，如果她知道了，此時絕對會嚇出一身冷汗來。

凡雨琪掌握了戰天麟製作的所有毒藥。如果她在這裏釋放出毒氣，並且自己事先服用解藥，那麼沒有死的那個自然就是鬼了。但是，這是不可能使用的方法，這當然不是因為道德觀的束縛，而是有更深層的原因。血字本身的規定，並不是封死住戶互相探查對方身分的最根本原因。

此時，在大廈的第十一層，兩個穿著白色襯衫的男子在走廊上朝電梯走去。加班到凌晨時分還無法回家，這讓他們頗為惱火。

「對了，」其中一個人說，「等一會兒我們去一下十七層吧？我記得那裏的酒吧二十四小時營業，有賣咖啡的吧？就算沒有咖啡，有香煙也好啊。」

說話的是一個高個子男青年，他身旁是一個戴眼鏡的小夥子。這兩個人看起來一個是老員工，一個是剛畢業的大學生，他們供職於十一層的一家小公司。

「好吧……」大學生模樣的眼鏡青年說道，「希望能買到煙吧。真是可惡，居然讓我們加班到那麼晚！」

「沒辦法，老闆的脾氣你又不是不知道。」

二人走到電梯前，正好一部電梯下來了。走進去後，高個子男青年按下了十七層的按鍵，電梯開始緩緩上升。

「大廈裏不會只有我們了吧？」眼鏡青年打了個呵欠，「那樣的話有點恐怖啊。」

「你小說看多了吧。」高個子男青年不以為然地說，「有那個工夫，還不如多熟悉一下業務。下半年能不能加薪，就看接下來的努力了……」

「呵呵，反正明年就是世界末日了，加不加薪也無所謂了……」眼鏡青年忽然感到眼睛有些酸癢，於是他摘下了眼鏡，揉了揉眼睛。當他再度戴上眼鏡時……

電梯內一片血泊。地上倒著一個個身上鮮血淋漓的人，其中竟然也包括那個高個子男青年！

眼鏡青年沒有反應過來，足足愣了好幾秒鐘，恐懼感才終於爆發出來。

那些倒在地上的屍體，都是這座大廈裏的人！他們全都是想去十七層，才死在這裏的！電梯到達了第十七層，電梯門打開了。

電梯裏完全是空的。剛才那一具具屍體倒在血泊中的恐怖景象，此時完全看不到了。電梯門又緩緩關上了……

對這一切一無所知的安雪麗，依舊在盤算著是否能想辦法找個人來到十七層，剝掉大家的化妝。不過，她又考慮到一點，在場的住戶有沒有已經將這個想法付諸行動的呢？如果有，那麼，說不定那個人找來的人正在趕來的途中！

安雪麗只關心是否有人獲得第六張地獄契約碎片的下落，至於是不是自己得到，她並不是太在意，因為她很信任神谷小夜子。

此時，她感到很口渴，同時也很想去上廁所。剛才她已經發現，不遠處就是廁所。但是，她忽然想到了一件事情。

血字規定性別特徵是必須要掩蓋的。那麼，上廁所的時候，她如果去了女廁所，不就等於告訴其他人她是女人嗎？只要有一名住戶跟著她進入廁所，那麼，自己的性別立即就會被知道了！

可是，她無法幾個小時不去上廁所。怎麼辦?!

安雪麗感到後背不斷滲出冷汗，恐懼不斷在心裏放大。違背了血字就會觸動影子詛咒，她現在不能去上廁所！她的異狀開始引起了一些人的注意，因為她的身體明顯在扭動。

她的手死死抓著桌子，看向周圍的人。想到那個真正的鬼也在看著她，她感覺自己似乎隨時都會失禁。這種緊張讓她更加忍不住了。

安雪麗將椅子朝後挪了挪，她害怕自己第一個被大家鎖定，她不安地摸著自己的魔女面具。別看我……別看著我……

這時候她發現，殭屍老者也在注意她。他那極為逼真的恐怖面孔讓她膽寒，想到他也許真的就是鬼，安雪麗壓抑不住地想逃走。尿意和恐懼交織著，讓安雪麗的控制力不斷下降。冷靜……冷靜啊……

就在這時，美杜莎從座位上站了起來！

她想做什麼？安雪麗在心中想像著，恐懼的念頭產生了，莫非要開始殺人了嗎？不，不要！

安雪麗第一個站起身要逃，她起身太快，被椅子絆倒了，隨即雙手支撐著地面，不斷朝後挪去。

美杜莎朝安雪麗看了看，就把頭轉過去，只見她緩步走到獨眼惡魔的桌前。獨眼惡魔立即站起，和美杜莎保持著距離。

美杜莎又上前了一步。此時幾乎所有住戶都動了起來，遠離二人。只有殭屍老者一動不動。

美杜莎將右手抬起，正當安雪麗以為她要開始殺人的時候，美杜莎張開了手心，手心上放著一顆骰子，然後將骰子放在桌上。

安雪麗從地上站了起來，狐疑不已。那個骰子是怎麼回事？看起來是她自己帶來的。

美杜莎從獨眼惡魔的桌子上拿過便條紙，用鋼筆寫下了一段文字：「骰子扔出的點數，對應進入酒吧次序的人，那個人就要寫下一件和自己有關的事情。怎麼樣？」

大家都走過去看到了這些字。

安雪麗也寫了一張紙：「可是我們一共有七個人啊？」

「最後進入的那位先不參加。直到我們中出現第一名死者，死者的數字就由第七個人用。」這是目前最好的辦法了。殭屍老者還是沒動，也沒有走過來看看的意思。

安雪麗明白，如果什麼事都不做，最後大家都要死。與其這樣等死，不如賭一賭。而要寫出多少自己的事情，完全看骰子扔到幾次，這很公平，大家無法抱怨。

當然，也可能有人因為擔憂自己寫出的事情會成為直接的線索，而故意寫出假的事情。但是，目前沒有更好的辦法了。

於是，六個人都同意了。六個人拉來一張大桌子，然後大家分散到酒吧的角落。第一個扔骰子的是美杜莎，根據她的提議，接下來扔骰子的人是之前被扔出對應點數的人。雖然距離比較遠，但是大家已經檢查過，骰子沒有問題，無法做手腳。

美杜莎扔出了骰子。骰子在桌上滾動了幾下，停住了。美杜莎做出了一個「二」的手勢！

安雪麗大吃一驚，但是沒有辦法，她只有硬著頭皮走過去。走到桌子前，她清楚地看到，骰子朝上的一面的確是「二」。

她拿起鋼筆，恐懼地看著美杜莎，感覺一條條蛇彷彿隨時都會衝過來咬她！還好，美杜莎很快走開了。

安雪麗開始思考可以寫什麼。只有自己才知道的事情？那樣寫出來也沒有意義。生日、星座等能被住戶打探到的情報都不可以寫。

安雪麗最後終於想到了一件事情，在便條紙上寫下：「我希望二〇一二年不是世界末日。」她將便條紙放在桌上。

五個人都過來看過後，安雪麗拿起了骰子。她感覺剛才寫下的話很傻，這幾乎不能夠推理出任何線索，最多能分析出一點她的性格，但這也不是很獨特的東西。

骰子出現的點數是「一」！安雪麗立即看向那個臉燒爛的人！那個人正靠在牆角，也在看向她。她深呼吸了一下，做出了一個「一」的手勢，然後立即走開，回到之前自己所待的角落。

臉燒爛的男人一步步慢慢走向桌子，確認骰子點數後，拿過便條紙，開始寫了起來。他寫完就離開了桌子。

第一個走過去看的是木乃伊。看的次序是隨意的，實際上大家也考慮過，真的鬼也許會調換便條紙而讓大家沒有辦法發現線索，不過那麼考慮的話，鬼也同樣可以改變骰子點數而讓人無法發現的。只有希望不會發生這樣的事情了。

安雪麗是第五個過去看的。她此時很緊張，看到便條紙上寫著的是……

之前，安雪麗曾經和神谷小夜子多次討論這次血字。因為她的化妝本領最高，因此她在神谷盟中最被看好。血字的一句「任何方式」就封死了所有退路。

安雪麗特意就「筆談」一事和小夜子進行討論，小夜子給她的建議是：「如果有可能，最好不要寫任何東西。筆談本身就是一個陷阱。對任何人都是。」

「可是……」安雪麗有些不甘地問，「飛蓮曾經和我提過一個想法，比如，所有住戶都在紙上寫下『我不是某某某』，否定自己是某位住戶，而那位住戶就不用否定了，那麼一來的話，最後肯定只有兩個人不會寫任何東西，一個是那位住戶，還有一個就是鬼，接下來再換成另外一名住戶，同樣什麼也不寫的就是鬼……這不是個好辦法嗎？」

小夜子面無表情地回答：「筆談本身就是陷阱，聰明人根本不會用這個辦法。如果有住戶在那種情況下不寫下否定的話，他本身就會被影子詛咒殺死。因為在那種情況下，『不否定』就是『肯定』，和承認自己就是住戶沒有區別。住戶可以積極去探查其他人是住戶還是鬼，但自己絕對不能通過筆談洩露任何資訊。」

「那，如果分別否定不同的人呢？到時候，也許可以從集合、排列組合的方式來推理……」

「你以為這是數學課嗎？血字不是機率論，不可能通過數學方法推理出來的。無論用什麼辦法，只要你積極地做出有揭曉身分意圖的行為，當這一行為導致你的身分被人知曉的同時，影子詛咒就會啟動。血字絕對不允許住戶通過『任何方式』來將自己的身分揭露出來！如果有人那麼做，你就等著他被影子詛咒殺害吧！」

「那，你有什麼想法呢？神谷小姐？」

「記住，不要將任何可以被判斷出身分的資訊說出去，甚至都不要在便條紙上承認你自己是住戶。在此基礎上，你必須觀察每個人的行為。如果我沒猜錯的話，公寓應該會在鬼和住戶之間製造出一個差別，而那個差別就是決定性的。」

安雪麗看到那張紙條上赫然寫著：「我不是歐陽飛蓮。」

安雪麗看向那個臉燒爛的人，隨即注意到了他的影子！那個影子竟然開始一點點地碎裂開了！那個臉燒爛的人，面部也開始一點點地碎裂，然後整個身體出現了無數裂縫！然後，那個人發出一聲慘叫，倒在地上，化為一大堆碎片！那些碎片很快隨著影子消失了……

這是羅蘭在以前的影子詛咒實驗中，記錄過的影子分解導致住戶死亡的情景！影子的分解，顯然是從寫下那句話後就開始了，這個過程持續了十幾秒。和一般的影子詛咒不同，這段時間人依舊可以自如行動，可是當影子徹底分解，肉體也會完全崩潰，從這個世界上徹底消失！

酒吧內鴉雀無聲。安雪麗幾乎要癱倒在地上。

我不是歐陽飛蓮，可是寫下了這句話的，只怕就是歐陽飛蓮本人吧！她是在做實驗！她是在想試試，如果每個人都在紙上寫「我不是某某（自己的名字）」，是否可以在不觸動影子詛咒的情況下揭露鬼的身分。

但是顯然這個方法失敗了。只要這種做法會導致身分暴露，那麼影子詛咒一定會觸發。

大家無法說話，但是行動代替了他們的回答。再也沒有人走向放著骰子的桌子，也沒有人再去寫便條紙了。筆談毫無意義。

這時候，安雪麗不禁看向殭屍老者！莫非……他早就知道了嗎？他早就知道會有這樣的結果嗎？

大家都坐了下來，繼續和其他人拉開距離。事已至此，每個人的打算都不一樣了。殭屍老者還是一動不動。

安雪麗原本該為歐陽飛蓮的死而哀悼的，但是，她卻有些慶幸減少了一個人。這種心情實在是非常矛盾。

半個小時過去了。六個人就這樣坐著一動不動。

被恐懼充斥的安雪麗，繼續思索著對策。小夜子說過，公寓會讓鬼和住戶有一個差別。差別在哪裏呢？

如果在一大堆黑豆中混入一顆紅豆，自然是非常顯眼的。但是如果將一棵塗黑的紅豆丟入黑豆中，就很難輕易找出了。這個時候，只有倒一桶水，才能洗掉黑色，讓紅豆清晰可見。

安雪麗認為，這不是在殺人的一瞬間才產生的差別，要對所有住戶都公平的話，應該是在第一個人被殺以前就可以被發現的。那才是生路提示。

當然，公寓給出的提示都非常隱晦，需要很高的智商才有可能考慮到，而且很難進行驗證。

忽然，美杜莎站起身來，她一步步朝那張黑色卡片走去！大家立即開始聚集過來，不知道她要做什麼！

只見美杜莎加快了腳步，衝到吧台前，一把抓過了那張黑色卡片！

其他人都立刻直衝過去，最前面的南瓜頭一把抽出了匕首！從另一個方向衝過去的獨眼惡魔也抓起了一把椅子！

當然，因為害怕美杜莎就是鬼，大家都小心翼翼的。可是，既然有人奪取卡片，那麼拚殺自然是開始了！

南瓜頭握著匕首朝美杜莎衝殺過去！就算對鬼魂恐懼，可是當死亡威脅來時，已經無法再去考慮後果了。更何況，一旦卡片在手，鬼如果露出真面目，就可以用卡片瞬間殺敵！每個人手中最大的武器，就是那支鋼筆！

安雪麗意識到，這一情況的發生是必然的。因為只要有了卡片，當鬼要殺人的時候，就可以在確定對方身分的瞬間下筆！對於沒有卡片的人而言，只能任人宰割，無法還擊！

美杜莎避開了匕首，身體一晃，就朝酒吧門口逃去！

血字只規定要待在第十七層，所以，就算離開酒吧也沒有關係。

酒吧門口現在已經被堵住了。堵在門口的赫然是殭屍老者！老者手持拐杖，瞪視著美杜莎！

南瓜頭和獨眼惡魔緊追在後，木乃伊也衝了過去！

安雪麗知道，她已經別無選擇了。她立即抓過桌子，狠狠地朝美杜莎的背影推了過去！

殺！全武行上演！無論如何非要奪得卡片不可！

如果沒有那張黑色卡片，住戶是萬萬不敢這樣做的。如果向真的鬼揮刀，住戶就是找死。但是，有卡片就不一樣了。冒這個險，還有可能消滅鬼並且獲得第六張地獄契約碎片的下落。而在已經有一名住戶被影子詛咒殺死的情況下，不冒一點險，是什麼事都做不到的！

現在，不能坐以待斃了，拚一拚，或許可以殺出一條生路來！

拚了！這兩個字在安雪麗腦海中浮現出來，她立即衝了上去！

美杜莎的身體被桌子狠狠撞到後腰，她頓時一個踉蹌。安雪麗撲過去抓住了她！

這是安雪麗第一次真正接觸到這個化裝舞會的參加者！抓住美杜莎的一瞬間，她的心猛地一顫，但是做都做了，只有繼續做下去了！她一把抓住美杜莎右手，狠狠地朝著地板上撞去！

一撞之下，卡片頓時脫手！安雪麗立即去抓卡片，然而，另一隻戴著手套的手已經抓住了卡片！

安雪麗抬頭看去，抓住卡片的是南瓜頭！

南瓜頭立即撒開腳步，朝酒吧另外一頭逃去！

原本，酒吧門口有殭屍老者擋著，安雪麗認為南瓜頭就算想逃出去，也必然要糾纏一番。可是，沒有想到他卻放棄大門朝旁邊跑！他到底要做什麼？

南瓜頭正逃向舞池方向，而在舞池方向還有一扇門！本來，安雪麗以為那是廁所的門，但是，現在想來，那也可能是通向其他房間的門！

安雪麗猛然感到頭皮都要炸開了！她立即鬆開美杜莎的手，緊跟著南瓜頭追了過去！

南瓜頭飛快衝到那扇門前，打開門衝了進去，隨後關上了門！

這座大廈的第十七層除了這個酒吧，還有一家餐廳、一個檯球室和一個健身房，健身房裏還有一個游泳池。

血字中明確提到，十七層已經被包下了。住戶其實可以去十七層的任何地方，只是這家酒吧離樓梯口最近，所以所有人都到了這裏。

安雪麗衝到那扇門前，一打開便看見了對面的餐廳！而南瓜頭已經不知道跑到什麼地方去了！當然，他不可以離開十七層，所以，只要地毯式搜索，一定可以找出他來！

安雪麗衝進了那家餐廳！餐廳比酒吧大很多，沒有一扇窗戶。餐廳裏的桌椅是仿古的，還有捲簾放下，將桌椅都遮擋住了。南瓜頭要躲藏起來是很容易的。

這時，餐廳的門又被打開了。安雪麗回頭一看，進來的是其他四個人。她立即加快速度，一拉開捲簾！必須要儘快奪回卡片！誰也不知道，會被殺的人是誰！

捲簾被一一拉開，獨眼惡魔、殭屍老者、木乃伊和美杜莎也在做同樣的事情。而每個人都刻意和殭屍老者拉開了距離，不敢靠近他。

拉開所有捲簾，都沒有發現南瓜頭。安雪麗恨恨地一腳踢翻了椅子，她感覺到尿意沒有剛才那麼強烈了，似乎是注意力分散的結果。

她的心跳得很快，血字已經進行快一個小時了。第一名死者根本不算是鬼殺的，所以，接下來鬼必然會殺死住戶！安雪麗倒是希望南瓜頭是第一個被鬼襲擊的。現在南瓜頭肯定是一手拿著鋼筆一手拿著卡片，只等著鬼出現來殺他，他好立刻下筆。

安雪麗也在考慮，那張卡片一定要用筆寫嗎？關鍵時刻，如果用血或者其他東西是否可以呢？畢竟筆在爭搶中很容易損壞，要是因為寫不出字而萬劫不復，那也太冤枉了。

這時，安雪麗來到餐廳的幾個包廂旁邊。她一個箭步衝過去，將一個包廂的門打開！

裏面是一張可以容十幾人吃飯的大桌子，整齊地擺放著椅子。安雪麗剛要走過去看桌子底下是否藏著南瓜頭，忽然，身後又進來了一個人。

她嚇得立即回頭一看，進來的是獨眼惡魔！

那張陰白如紙的臉上，一隻邪異的獨目看著安雪麗，一點也不像是面具。雖然安雪麗先入為主地認為那是頭套，但是，仔細看就會發現，那隻獨眼明明應該是靜態的，可是竟然感覺獨眼在轉動。如果這是頭套，應該是利用了某種視錯覺。對於化妝很有心得的安雪麗，對於視錯覺也有所瞭解，但是，這種程度的頭套，她絕對不相信其他人能做得出來。或許……這個獨眼惡魔就是真正的鬼！

安雪麗的視線不敢離開獨眼惡魔，她拉開了距離，移到桌子的另外一邊，她不知不覺地已經移到了牆角。

忽然，風猛地一吹，竟然將包廂的門關上了！房間裏只有安雪麗和獨眼惡魔！

獨眼惡魔一步步走過來。安雪麗一時間感到手腳冰涼，連動都不敢動一下。那隻邪異的眼睛彷彿真的在轉動。

獨眼惡魔抓住桌布，然後將整張桌布狠狠抽走！安雪麗立即向下面看去，可是，什麼也沒有。她看到獨眼惡魔也朝下看了看，接著就走了出去。

安雪麗鬆了一口氣，獨眼惡魔走出去時將門帶上了。她感覺渾身癱軟，卻突發奇想，不如在這兒就把上廁所的事情解決了吧？反正桌子底下也沒有人看到，包廂裏暫時不會有人進來的。

她馬上過去把門鎖上，把桌布重新鋪好，迅速鑽到桌子底下，脫下褲子開始方便。她此時顧不得考慮羞不羞人了，她考慮的只是如何活下去。

她的內心很恐懼。如果南瓜頭被誰先一步找到，將卡片奪走了怎麼辦？

「登！」她頭頂的桌面忽然發出了響聲！

再接著又是「登！登！登！」整張桌子都搖晃起來！

安雪麗一瞬間感覺跌進了冰窖！有個「人」正站在桌面上跳動！當然，那肯定不是人！安雪麗剛才鎖好了門，而房間裏根本沒有人！

「登！登！登！」跳動聲過了好一會兒才停下來。

安雪麗臉色煞白，她已經方便結束了，但是，手緊緊攥著褲子，不敢有動作。她現在只有一個念頭：鬼第一個選擇要殺的，是她！

她現在也不能開口求救，因為，那樣鬼就會知道她在桌子底下了！不，我不要死，不要死！

安雪麗渾身顫抖。桌子上面忽然又傳來「咚」一聲巨響！她立刻捂住了嘴巴，因為她害怕自己會忍不住慘叫起來！

她的腦子在飛速運轉著，想著有沒有辦法可以逃過這一劫！

對了……南瓜頭！南瓜頭有卡片！也許他就在附近，如果自己衝出去看到了那個鬼的臉，馬上喊「南瓜頭，鬼是某某某」，他就可以馬上寫卡片了！

但是，有可能嗎？只怕在那之前，她就會死了！但是，這是目前唯一有可能生存下去的辦法了！

她能做到嗎？能夠活下去嗎？不，不對！我不可以說話啊！

安雪麗感到徹底絕望了。不能說話！那豈不是死局？她鎖了門，其他住戶一時之間也進不來啊！

那麼，唯一的希望就是，鬼無法感知到她現在正躲在桌子底下！那或許還可能躲過去！

就在這時，安雪麗忽然看到，在她的眼前……

10 滅魂卡

此時，公寓內沒有一個住戶在睡覺。

因為這關係到第六張地獄契約碎片的下落問題，幾乎所有住戶都聚集在各大聯盟的會議上進行商討。

不過，讓夜羽盟住戶比較奇怪的是，平日裏經常跟在柯銀夜身後的新住戶羅十三，此刻卻沒有出席會議。

深雨並沒有在會議上出現，這是很多人意料之中的事情。住戶們不會同情她，心中都是幸災樂禍地想著報應。尤其是夜羽盟的人，他們都知道以前深雨算計過柯銀夜兄妹，差一點將他們都害死，讓銀夜不得不殺死夏小美。所以，他們也都很奇怪柯銀夜居然願意接納深雨進入夜羽盟。

「柯先生。」一名夜羽盟住戶問道，「羅十三呢？他平日從不缺席會議的啊。」

「他有點事情要去辦。」銀夜淡然答道，「所以暫時無法出席會議了。我們繼續討論吧，目前的狀況是……」

此時，羅十三正開著一輛悍馬，在一個高檔別墅住宅區內行駛。此時是凌晨時分，他卻毫無睡意。他的手機是二十四小時開機的，安雪麗等人的血字有任何情況，銀夜都會立即聯繫他。而且，這件事情著急也是沒用的。

終於，他看到了那座湖心別墅。停下車後，羅十三深呼吸了一下，對自己說：「沒事的，沒事的……」

羅十三來到別墅門口，一個女人已經等候他很長時間了。

那是一個美得無與倫比的女人，看到她，就會讓人感到，這世上真的有一笑傾城、再笑傾國的女人。只要看了她一眼，就沒有人可以挪開視線。

羅十三忙說道：「你怎麼出來了？快進去吧。」

「十三……」那個女子淚眼盈盈，衝過來抱住了羅十三，說道：「我，我好怕，一個人住在這個地方，我現在該怎麼辦？有人已經發現了……」

「快進去。」

進入別墅內後，來到一個富麗堂皇的大廳，二人都坐下了。羅十三愛憐地撫摸著這個絕色女子，說道：「也就是說，那一天有人目擊到，趙雪她……」

「是啊，警方最新找到的目擊者，今天已經有兩個員警來問我了，我好不容易才應付過去。可是，這樣下去不是辦法……」

「我知道。我也在想辦法。」羅十三將她額前的瀏海撩開，「目前還沒有到最危險境地。等一會兒我再和你說該怎麼應付。無論如何，都不能讓他們發現破綻，心戀！還有，你之前說的異常現象，我也在竭力地尋找！」

「十三……」女子連忙抓住他的手，「你現在太危險了，進入那個公寓，不是九死一生嗎？都是因為我，不是我的話，你不會變成現在這樣……」

「不，現在地獄契約碎片已經出現第六張了，我很快就能夠出來了。柯銀夜倒還是個可以信賴的人，暫時我還要借助他的能力。無論如何，我都會想辦法救你的！」

接下來，羅十三說了一些如何應對員警的策略，然後說道：「伯父伯母最近的狀況都不太好。畢竟……你已經死了。」

「爸，媽……」心繼頓時悲傷起來，「他們該怎麼辦呢？是啊，我已經死了，他們是白髮人送黑髮人。現在他們是什麼狀況，我都不敢去想。可是，我真的很想去見他們……」

「不行！如果你去見他們，員警會立即注意到的。再說，就算見面了又能怎麼樣？你不再是他們的女兒了啊。」

「為什麼……為什麼會發生這樣的事情？如果沒有發生這件事情，我們現在已經結婚了，過上幸福的生活了。可是現在，該怎麼辦？」

「你還能夠站在我面前，可以哭，可以笑，這就足夠了。我已經很感謝上天，沒有完全把你從我身邊奪走。」

「但是……你進了那個公寓啊！因為我，進了那個公寓！」

心繼知道那個公寓有多麼恐怖，所以她很清楚，羅十三面臨著比她更危險的境地。但是，那個公寓，卻是可以解決目前問題的唯一方法。

「日後我會好好侍奉兩位老人的，對我來說，他們就是我的親生父母。不提這個了，心繼，如果沒有什麼事情，我就先回去了。現在住戶執行的這個血字很關鍵，我想儘快回公寓去和大家一起討論。」

心戀連忙站起來抓住他，說道：「十三……我，我真的好怕……」

「對不起，心戀。我也不能一直過來陪你，如果被警方注意到你的話就麻煩了，也許會對你進行監視。你再忍耐一段時間吧，這一切一定會結束的。」

安雪麗躲在餐廳包廂的桌子底下，她忽然看到，眼前的桌布竟然已經被染紅了！而且染紅的面積越來越大。

「咚！」一聲巨響，一個身影從桌子上翻下來，嚇得安雪麗朝後退去。接著，竟然整張桌子都撞翻了！安雪麗整個人都恐懼地蜷縮起來，睜大了眼睛看著那倒在地上的身體，那居然是……美杜莎！美杜莎的頭顱和身體已經徹底分離了，斷開的脖子上灑出的血將地毯都染紅了！那麼，剛才重重落在桌子上的，就是美杜莎嗎？

安雪麗嚇得魂不附體，立即站起來衝向門口，將鎖打開了就跑到外面！過了好半天，才想起把褲子提起來！

她必須馬上逃離，否則的話，被其他住戶看見，只怕會以為是她殺了美杜莎！尤其是被南瓜頭看到的話，她更是九死一生！而且還沒有辦法說話來辯解！

好在這時餐廳裏沒有人。她立即衝出餐廳，跑到走廊上。她忽然聽到附近傳來很大的響聲。聲音應該來自健身房！難道說，他們已經找到南瓜頭了？

安雪麗來到健身房門口，衝進去就立即看到，在一個跑步機旁邊，南瓜頭被獨眼惡魔騎在身下，獨眼惡魔正伸手去搶奪卡片！而木乃伊和殭屍老者都不在這裏。

她立即衝過去，從身上取出鋼筆，在便條紙上匆匆寫下幾個字，伸到獨眼惡魔和南瓜頭的前方讓他們看！

紙上寫著：「美杜莎已經死了！」

這一下，獨眼惡魔和南瓜頭的動作都停下了。

不久後，所有人都聚集到了那個包廂。身首分離的美杜莎死相慘烈，頭顱上還戴著美杜莎的頭套，也無法判斷出究竟是誰。

既然鬼是隔一段時間才殺人，那麼接下來可以暫時放鬆一下了。

現在，自然要搞清楚美杜莎是怎麼死的！

所有人聚集在餐廳裏，在紙上一一寫下自己最後見到美杜莎是什麼時候。最後見到美杜莎的是獨眼惡魔。當時他和美杜莎一起在健身房內尋找南瓜頭，忽然看到了他躲在跑步機後面，然後就衝過去揪出了他，但是美杜莎沒有上來幫忙，回過頭去看時，就發現美杜莎不見了。

獨眼惡魔寫著，他認為美杜莎是去搬救兵的，但是沒有想到她已經死了。

而其他人的證詞也基本相同。南瓜頭也沒有注意到美杜莎是什麼時候消失的。

大家都把視線集中在獨眼惡魔和南瓜頭身上。二人的證詞相同，應該都沒有撒謊。但是，他們是美杜莎死的時候最接近的人，所以，嫌疑自然不小。

安雪麗想到，當時情況下，南瓜頭第一個要殺的，應該是撲過來搶奪卡片的獨眼惡魔才對，然而死的卻是在其身後的美杜莎。而其他人的證詞中，都說在美杜莎死的時候，自己不在餐廳。

當然，安雪麗的證詞是假的。如果她如實寫出來，肯定會被第一個懷疑。萬一南瓜頭一時衝動，取出卡片寫下自己的序號，那豈不是死得很冤枉嗎？不過，推己及人，撒謊的未必只有她一個人。這樣一想，就不能完全相信證詞了。

他們用新買的手機將資訊發給了公寓裏的人。為了不顯露出自己是哪個聯盟的人，統一發給李隱，再由李隱匯總後告訴各大聯盟的人，回信也是李隱負責的。這次血字關係到第六張地獄契約碎片，所以，李隱和所有人的利害關係都一致，也不擔心他做手腳。

目前，卡片還在南瓜頭手上！

局面很微妙。血字明確說明鬼會隔一段時間再殺人，那麼，縱然南瓜頭的確是鬼，其震懾力也下降了。所有人的目光都集中到了南瓜頭身上。

如果南瓜頭是鬼的話，卡片在他的身上就太可怕了。一定要搶奪過來！這段時間鬼不能再殺人，是下手的絕好時機！而且，也沒有人會相讓！

劍拔弩張的氣氛悄然升起。安雪麗也將手伸入黑色長袍內，緩緩抽出匕首來。此時，大家的目標一致是南瓜頭！

只要卡片在手，下一次鬼展開殺戮的時候，就有了這個自保工具！

住戶中只有兩個是男性，而且都是身材不高大的，已經死了兩個住戶了，說不定其中之一就是男性，甚至可能都是男性。在這種情況下，女性也有很大的機會。現在，就看誰先動手了！

獨眼惡魔忽然一把抓住南瓜頭的肩膀，隨即一把明晃晃的匕首亮出，其他人也都站起身來，只有殭屍老者還沒有動作。

南瓜頭猛然躲開匕首，迅速起身踢倒了桌子，然後抓起椅子就朝獨眼惡魔扔過去！

安雪麗手持匕首朝南瓜頭衝過去，她只想著要奪得卡片！然而，她身旁的木乃伊卻比她動作更快，明晃晃的匕首也朝南瓜頭刺去了！

南瓜頭立即跳開，又扔了一把椅子，朝後逃去！餐廳內立即開始了追逐戰！

南瓜頭跑得很快，沒多久就衝出了餐廳，大家也馬上追了出去！安雪麗跑在最後面，她此時根本沒有注意到，殭屍老者依舊坐在桌子旁，完全沒有追出去的打算。

衝出餐廳後，南瓜頭又衝進了健身房。健身房的面積相當大，一旦他跑進去東躲西藏，那也需要耗費一些時間才能再找出來。於是，衝進健身房後，大家自覺分開了，沿著走廊兩側分別追去！

安雪麗和獨眼惡魔跑在一起。剛才獨眼惡魔被椅子扔到了肩膀上，看來是受了傷，跑步的速度減慢了很多。

健身房內看不到南瓜頭了。安雪麗緊攥著匕首，警惕地看著身旁的獨眼惡魔。畢竟他也有可能是鬼！安雪麗對他很忌憚！

血字並沒有說明鬼要隔多久才能再次殺人，如果間隔的時間很短，自己也不是絕對安全的。無論如何，要萬分小心。

安雪麗咬緊牙關繼續搜索著，忽然聽到了一聲巨響，她和獨眼惡魔立即朝聲音傳來的方向衝去。只見前方南瓜頭倒在地上，木乃伊壓住他的身體，而木乃伊的手上，赫然已經拿著一張黑色卡片！

卡片到了木乃伊的手上！木乃伊立即回過頭逃走了！

安雪麗大驚失色，卡片易主了！再這樣發展下去，會變成什麼樣子？無論誰拿到卡片都會遭到圍攻，十七層就那麼大，總會被找到的，這樣下去，只怕會鬧出人命來的！

安雪麗這才注意到殭屍老者沒有出來，忽然想到，莫非，這個人就是洞悉了這一點，所以放任他們爭鬥，要等到最後來個漁翁得利？

想到這一點，安雪麗就沒有再追過去。她仔細考慮了一下，任何人奪得了卡片都毫無意義。畢竟現在鬼暫時不殺人，這樣耗費體力還有可能搭上性命，是不值得的。就算要爭奪，也要再等一段時間。

安雪麗有心想阻止大家，可是又不能說話，寫字又太耗費時間，該怎麼辦？

最後，她深呼吸了一下，心想：算了！讓他們鬥去吧！就算真出了人命，也不是我的責任。執行血字，自身都難保，反正沒人可以離開這個樓層，我索性就學那個殭屍老者，等到最後吧。

離開健身房，安雪麗拖著疲憊的身體回到餐廳。然而，她卻發現，殭屍老者已不在座位上了！

她原本以為那個人會一直坐著等到最後呢，現在他去哪裏了？

又深呼吸了一下，安雪麗決定選一個中間的座位坐下。聽到健身房裏不時傳出響聲，她皺著眉頭，不知道自己現在的策略是不是妥當。

獨自一人坐在這個偌大的餐廳裏，讓安雪麗感到絲絲寒意湧上心頭。她朝後面看看，又朝上面看看，心裏很不安。後來，她再也無法忍耐一個人待著的恐懼，只好又跑回健身房去。

然而，她進入了健身房，卻沒有看到那些人。轉過一個個健身器械後，她忽然停住腳步。一張極為恐怖的面孔出現在拐角處！

那個拄著拐杖的殭屍老者，出現在她的面前！那張能令人晚上做噩夢的駭然面孔，嚇得安雪麗立即倒退了一步！

殭屍老者緩緩走過來，安雪麗則不斷後退。最後，她一個踉蹌，整個人跌倒在地！還好地面上鋪著地毯，這一摔並不是很疼。而殭屍老者從她身旁直接走過去了，看都不看她一眼。

這時，幾個人走了出來。正是木乃伊等人。

原來，一番打鬥後，大家都意識到，卡片不可能專屬一個人。大家回到了酒吧，每個人各自待在角落裏，卡片放在最中間的桌子上。一旦有人遭到襲擊，就會立即衝過去寫卡片。

南瓜頭和木乃伊好像都受了很重的刀傷，只能簡單處理了一下。安雪麗不時看看其他人，感到腦子裏非常混亂。

從美杜莎被殺，已經過去了四十五分鐘。還是沒有任何事情發生。安雪麗計算著自己到桌子的距離，盡力飛奔的話，應該只需要兩秒。寫下數字，一秒都不用。

只是，鬼真的要殺人，很可能是你死了都沒有意識到自己已經死了。一兩秒鐘，實在太漫長了。但是，眼下沒有更好的辦法了。

不管怎麼推理，都無法確定哪一個是真正的住戶。雖然南瓜頭和木乃伊流了血，但是這也不能證明什麼。

安雪麗的神經已經緊繃到了極點。忽然，她感到身體一陣麻木，神志也模糊起來。雖然只是一瞬間，但是她恢復過來的時候，卻看到，南瓜頭的右手已經斷開，掉在了地上！緊接著，是左手、右腿、左腿，然後是腹部，最後是脖子……

鮮血噴湧而出，那個大大的南瓜頭掉在地上，滾了幾下，就滾到了安雪麗的腳邊！

南瓜頭的殘肢散落在地上，大量的鮮血已經將天花板、牆壁和地面都染成一片血紅！南瓜頭就只是那樣坐著，竟然就被徹底地肢解了！

所有住戶都立即跳了起來！安雪麗瞪大雙目看向地上那些斷肢殘臂和灑落的內臟，她馬上奪路而逃，衝出了酒吧！

安雪麗在走廊上跌跌撞撞地跑著，最後一個趔趄倒在地上。她回頭看去，只見木乃伊、獨眼惡魔和殭屍老者也出來了。

安雪麗駭然地不斷後退，這三個人中有一個真正的鬼！她雖然知道住戶可能無法保有全屍，可還是沒有想到南瓜頭居然死得那麼慘！

南瓜頭死的消息，很快傳回了公寓。

「還有四個人……」小夜子喃喃道，「是誰？是哪一個？」

神谷盟的大會議廳是一個無人居住的房間，會議期間還有兩名住戶在外望風。公寓裏所有的外國住戶都集中在神谷盟裏，很大程度是因為神谷小夜子精通六國語言。

「我認為……」羅蘭開口道，「殭屍老者應該是安雪麗吧？殭屍老者的化裝是最高明的，如果不是鬼，就很可能是安雪麗。」

小夜子將這段話翻譯之後，有不少住戶都贊同。

「我也那麼想啊，殭屍老者如果是鬼的話，會不會太過明顯？」

「也不一定，根據李隱傳遞的情報，美杜莎的化裝也很不錯，也許安雪麗是美杜莎呢。不過她已經死了，對我們很不利。」

羅蘭身旁一頭金髮的美國女人凱特也開口了：「其實我有個想法，鬼有沒有可能裝死呢？」

洪相佑驚訝地用韓語說：「那麼，也許已經死掉的住戶裏，有一個是鬼偽裝的？」

血字中規定，就算住戶死去，也不可以將面具拿掉，也就是說，如果鬼裝死，很有可能就被住戶排除了懷疑，也就不會再寫在黑色卡片上了。

「第一個人可以排除。」小夜子說道，「那個人是死於影子詛咒的。」

「我看未必，」凱特繼續說道，「要考慮到，影子詛咒其實也可能是鬼偽裝而出的。我們不能輕易縮小懷疑範圍。」

「嗯，也對。」小夜子看向筆記本說，「總之先將這個意見告訴李隱吧。目前，一定要保證這個血字有人存活下來，無論付出多少代價！」

這句話是每個人都贊同的。關係到第六張地獄契約碎片，必須有人拿到，距離離開這座公寓的日子，將不再遙遠！

夜羽盟的會議廳裏，羅十三已經回來了。他也接到了美杜莎和南瓜頭身亡的消息。

羅十三有些意外：「我本來還懷疑南瓜頭呢。他剛進來就坐到魔女身邊，相當可疑。不過，魔女也給南瓜頭寫了便條。」

銀羽附和道：「對，魔女比較可疑，魔女沒有馬上換座位，卻寫了便條，之後是南瓜頭主動換座位的。現在看來，是南瓜頭害怕魔女是鬼吧。」

「南瓜頭可能是想試探。」羅十三說道，「居然被分屍肢解？還是當著所有人的面？」

銀夜的臉色很不好看：「目前沒什麼進展，對於住戶而言，嫌疑人只剩三個了，只要再死一個，就是二選一。到了那時，為了不讓住戶寫卡片，鬼肯定會動手同時殺死兩名住戶。那就意味著……」

大家自然都清楚這話是什麼意思了。再死一個人，就會陷入極為危險的境地！

「老殭屍的行動很詭異。」羅十三說道，「大家都在爭奪卡片的時候，他完全不積極。這種異常……」

「也不算太異常。」銀夜卻搖搖頭，「換了是我，也不會去爭奪卡片，因為沒有意義。這些住戶是被逼得神志不清了，自相殘殺只會被公寓坐收漁翁之利。」

銀夜平息了住戶們的不安，隨後說道：「看來，就算聚集在一起，也無法判定誰是鬼。但是，公寓肯定會給住戶一個能判定鬼身分的途徑。只是這個途徑卻沒有被找出來。」柯銀夜也極為苦惱。

「我有一個辦法！」門被推開了。一個人出現在會議廳門口，正是面容憔悴的深雨！

「她，她怎麼來了？」

「她什麼辦法？」

深雨艱難地走了幾步，羅十三連忙過去攙扶她，他知道她這段時間基本沒有吃過什麼東西，再這樣下去，身體遲早會垮掉。

「深雨！」銀羽也立即走過去，扶著她說：「快坐下吧。你不要緊吧？」

深雨看向銀夜銀羽，深吸一口氣道：「我有一個辦法，可以知道誰是鬼。利用公寓的規則，可以實現這一點。」

「公寓的哪條規則？」銀夜皺眉問道。

「抹掉血字執行記錄，取消正在執行的血字。」深雨喘著氣說，「柯銀夜，柯銀羽，你們兩個都有資格可以取消一次自己的血字指示記錄。被取消掉血字的住戶，就可以不再受血字約束，能夠去掉自己的化裝身分！現在還有三個住戶活著，取消掉兩個住戶，那麼剩下的一個住戶，自然能夠知道誰是鬼！那個住戶就可以用卡片寫下鬼的序號！」

「為了第六張地獄契約碎片，你們各自犧牲掉一次血字，還是很值得的，不是嗎？」深雨慘笑著，她的臉上毫無血色，說完這句話，整個人就倒了下去。

「深雨！」銀羽連忙扶住她。深雨喘著氣說：「柯銀夜，柯銀羽，欠你們的，我就算還給你們了……」說完，她昏厥了過去。

夜羽盟頓時炸開了鍋。

「什麼公寓的規則？」

「天啊，這種事情我們怎麼不知道？」

「蒲深雨說的是真的嗎？」

二四〇五室的慕顏慧暗暗心驚，心想：必須馬上把這個情報告訴神谷小姐！慕顏慧實際上是神谷盟的人，被派入夜羽盟擔任臥底來偷取情報！

公寓的這條規則，羅十三之前也不知道。他驚駭地看向銀夜，從銀夜的表情立即判斷出，深雨的話是真的！

犧牲掉兩次血字指示？難道說，已經執行過的血字記錄就不算數了？羅十三立即想起一件事情，嬴子夜在送信血字裏，明明是必死的情況，卻莫名其妙地回歸了公寓！難道和這件事情有關係嗎？

看著已經昏厥過去的蒲深雨，羅十三又想道：蒲深雨，她到底還知道這個公寓多少秘密？她所知道的秘密，能不能救得了心纞呢？

神谷盟此時已經獲悉了此事。

「這是怎麼一回事！」公孫剡訝異地站起身，「神谷小姐，居然可以消除掉血字指示的記錄？」

「蒲深雨，快去找她問清楚！」

「對啊，我們要……」

而聖日派潛入神谷盟的臥底，也立即將這一情報傳了過去。徐饕得知此事後也是非常震驚，仰頭歎道：「蒲深雨，她居然還握有這個底牌……我總算明白嬴子夜當初為什麼能夠回到公寓來了，這個謎團終於解開了！」

一大批住戶湧向二十五層。他們已經不介意讓夜羽盟知道有臥底混進他們之中了，現在這個時候，就算犧牲掉一兩個臥底也無所謂了！他們必須知道這個情報的詳細情況！

深雨被帶回房間後，一群夜羽盟的人在看著她。這些平時根本不理會蒲深雨死活的人，此時卻希望她早點醒過來。

「你們早就知道嗎？」羅十三冷冷看向銀夜和銀羽，「你們一直隱瞞這件事，還談什麼聯盟？」

「換了是你，你會說出來嗎？」銀夜低聲說道，「更何況，這個規則，必須要執行了五次以上血字的住戶才能使用。」

「我不明白。」羅十三問道，「取消掉兩個住戶的血字，是說發佈的血字等於沒有發佈嗎？但是，我們不知道已經死去的住戶是誰，你們又怎麼知道現在誰還活著？」

「這個我來解釋。」銀羽幫深雨蓋好被子，回過頭說：「這個規則就是，在牆壁上用自己的血畫一個倒十字，就會出現讓我們選擇將公寓哪個房間的住戶的血字取消，而付出的代價就是自己執行血字的記錄消掉一次。深雨說過，如果是已經死去的住戶，那麼寫上那個住戶的房間號也會馬上消失。這樣就可以知道死去的住戶是誰。我們只要確定還活著的三名住戶，並消除掉其中兩名住戶的血字就行了。」

羅十三這才完全明白，又問道：「那為什麼不做得徹底一點？索性再犧牲一次血字，將三個住戶全部……」

「不行。」銀夜搖頭道，「如果沒有執行血字的住戶留下來，就算識破了鬼是誰，也沒有辦法獲悉地獄契約碎片的下落。」

「嗯，這樣啊。」羅十三心裏想到：如果不是這次血字關係到第六張地獄契約碎片，銀夜根本不會考慮去用這個規則。如果是我，我也絕不可能為了一個感情不是很深的住戶，將自己執行血字的記錄抹掉。

這個計畫有很大可行性。南瓜頭剛死，這段間隔時間正是下手的最佳時機。那名剩下的住戶可以利用這段時間，在卡片上立即寫下鬼的序號！血字就可以馬上結束！

當然，仍舊有變數存在。如果鬼先一步奪過卡片，那麼就萬事皆休了。而這一切都要有一個大前提。那就是，卡片的確是生路。如果不是，這一切努力仍然會付諸東流。

「讓我們進去！」

「你們不要攔著，這是對全體住戶都很重要的事情！」

「我們要親口質問蒲深雨！」

門口傳來騷亂的聲音。銀夜、銀羽和羅十三回過頭去，只見一大堆人在門口推推搡搡，來的人有神谷盟的，也有聖日派的。

銀夜立即走到門口，走廊上已經擠滿了人。當先一人是聖日派的羅謐梓，她雖然身材瘦小，卻在拚命地往裏衝，大喊道：「把蒲深雨交給我們聖日派！這個女人必須說出她知道的全部秘密！」

羅謐梓身後還有神谷盟的羅蘭、洪相佑等人。

「你們要做什麼！」銀夜大聲吼道，「蒲深雨是我們夜羽盟的人！羅謐梓，你剛才的話是代表聖日派說的嗎？」

「是又怎麼樣？」羅謐梓陰冷地說，「難道說我們聖日派不能這麼做？蒲深雨原本就是屠殺公寓住戶的罪人，現在又知道她藏了那麼重要的秘密，絕對不能夠輕易放過她！柯銀夜，立即把蒲深雨交給我們！」

「住口！」凱特從旁邊閃出來，用蹩腳的中文說：「應該由我們神谷盟來調查蒲深雨的事情！」

突然，一個聲音響起：「統統都給我住口！」

這個聲音一出，所有人真的住口了，他們的目光齊刷刷地看向走廊另外一頭的來人。嬴子夜！

嬴子夜快步走來，冰冷的視線掃過眼前一個個人，站定說道：「你們口口聲聲說蒲深雨是罪人，你們的目的不就是為了知道公寓隱藏的規則嗎？在她失去愛人陷入絕望的時候，你們哪一個不是把她當做死人？柯銀夜，你不也是一樣嗎？她是你夜羽盟的人，可是，你早就放棄她了吧？」

羅十三立即站出來，擋在銀夜身前。「嬴小姐。」羅十三搖頭道，「這件事情，你沒有必要插手。你不是三大聯盟的人……」

「要說仇恨的話……」子夜完全沒有理會羅十三，「最恨蒲深雨的人應該是我。我的母親是被她父親的鬼魂殺死的。我也一直想知道這一切背後隱藏的真相，直到和蒲深雨見面為止……」

子夜又走近了一步，目光中的冷意更甚。許多人不禁開始後退了。

「就算進入了這個公寓，你們就能夠把人性拋棄了嗎？蒲深雨對你們做過什麼？她對你們有造成任何傷害嗎？在你們眼中，她不過是一個工具罷了，不，連工具都不如！就算她真有千錯萬錯，她遭受的痛苦也夠了吧？」

「嬴子夜……」銀夜似乎想說什麼，但是，還是沒有說出來。

「不錯，我就是靠這個規則救活的。那次送信的血字，我本來是會死在那裏的，李隱放棄了三次血字記錄，換回了我的命。這樣的事情，你們這些人可以做到嗎？你們能夠做到嗎！」

子夜的視線掃過的地方，大家都別開了臉。唯有羅謐梓毫不動容，她面容陰毒得猶如吐著信子的蛇，上前一步說道：「我說的是派主的指示！只有遵從派主，才能脫離這個公寓！」

子夜看向羅謐梓，語氣冰冷地說道：「你們不過是不願意面對現實，活在自己虛構的世界裏罷了。不付出是不會有回報的，你以為這樣活著，就可以逃脫公寓的恐怖嗎？」

「你……」羅謐梓一下拔出了一把匕首，朝著子夜衝了過來！

一道刀光一閃！羅謐梓拿著匕首的手掌忽然齊生生地斷了，飛到空中！鮮血立即噴灑而出，周圍的人身上都被鮮血染紅了！

「啊啊啊啊啊啊啊啊——」羅謐梓倒在地上翻滾著，慘痛地號叫著。

砍斷她右手掌的人，正是上官眠！她緩緩走到羅謐梓面前，臉上毫無表情，說道：「這次是警告。下一次，如果你敢動手，我就會讓你的頭顱永遠擻離你的脖子。」她一腳踩在那隻手掌上，「想死的人，就來我這裏拿她的手掌！」

不少人都變了臉色，只有聖日派的人沒有後退，怒氣沖沖地看著她。這些人對於上官眠並沒有多少恐懼之心，因為他們相信自己受到了護佑，是絕對不會出事的。

「居然敢傷害我們聖日派的人！」

「大家上！」

一個聲音大喝道：「住手！」發出命令的人正是徐饕。

徐饕看著倒在地上的羅謐梓，又看了看上官眠，說道：「很抱歉，上官小姐，她做了不妥當的事情。今天的事情，就到此為止吧。」

上官眠根本沒有理會徐饕，回過頭看向嬴子夜，說道：「我救你，是因為你可能有地獄契約碎片的下落。否則，我不會管你的死活。」

猶如死神一般的上官眠，令每個人都心底發寒。

大家又回到餐廳。南瓜頭陳屍的酒吧，沒有人敢再進去了。現在，卡片放在中間的圓桌上。每個人手上都拿著鋼筆，坐在同樣距離的座位上。

安雪麗咬緊牙關。現在已經無計可施了。只有賭一把了嗎？考慮了很長時間，她終於下定了決心。她腳步飛快地衝向放著卡片的桌子，另外三人立即圍攏過來！

安雪麗接近桌子的時候，狠狠朝前面一撲，抓到了桌子上的卡片！終於搶奪到卡片了！她立即飛快逃跑，身後三人也緊緊追來！

安雪麗的心狂跳著，不時看向身後。她已經下定決心，就是拚上性命，也不能把卡片交給他們中的任何一人！她在走廊上轉了一會兒，就衝入了健身房！

她對自己的體力還是有信心的，而且她學過防身術。只要拚到最後，就是她贏了！她不想等死！南瓜頭剛死，可以放手一搏！

安雪麗漸漸甩開了後面三個人，不時轉換方向，推開一扇門後，發現有一個很大的游泳池。她連忙繞著泳池跑。游泳池裏的水很清澈，目測水深超過五米，而她是一個游泳健將，所以絲毫不擔心。

在泳池的另一端，沒有可以上岸的護欄，安雪麗跑到這裏鬆了一口氣。現在反正也不能離開，索性利用這個泳池一拚！就算有人落水，因為害怕對方是鬼，只怕也不敢輕易下水吧？

其他幾個住戶會不會游泳？安雪麗回憶了一下，對這一點很難確定。這個地方距離最近的護欄有三十米遠，不會游泳的人是很難游過去的。

安雪麗取出兩把匕首。她這次準備得很充分，身上帶了五把匕首。而且她站的地方有點暗，配合著猙獰魔女的恐怖面相，安雪麗自認為可以讓進來的人有些忌憚，認為她也許就是真正的鬼。

門被重重推開了，走進來的是獨眼惡魔和木乃伊！他們一眼就看到了安雪麗！安雪麗的計算似乎沒有出錯，他們腳步一滯，並沒有立即過來。

當然，這種忌憚也無法維持多久。木乃伊和獨眼惡魔還是跑了過來。他們一左一右地包抄過來，沒有給安雪麗留下退路！

安雪麗本來就沒有打算逃，而是決定盡情一博！她發現，獨眼惡魔跑得比木乃伊快一些，他已經逼近了自己！

安雪麗立即迎戰，將手中的鋒利匕首舞動了幾下。獨眼惡魔已經衝到了她的面前！安雪麗一刀狠狠刺向獨眼惡魔，同時想將他推入游泳池。她此時心裏很緊張：上天啊，一定要讓我成功！這傢伙千萬別會游泳啊！

獨眼惡魔卻避開了她的進攻，而木乃伊也逼近她了！腹背受敵，對安雪麗來說極為不利！她看準機會，先是一刀刺去吸引獨眼惡魔的注意力，同時腳從下面一勾，想將獨眼惡魔絆倒！

然而，這招卻失敗了，下擺過長的黑色長袍令她動作很不利索。她感覺到，身體被狠狠抓住了！木乃伊從背後抱住了她！兩把匕首頓時沒有用武之地了！一旦被制住，卡片就會被奪走！

安雪麗發了狠，她朝泳池方向狠狠摔了過去，連帶著把木乃伊一起拖入了泳池！她也知道，木乃伊有可能是鬼，但是現在容不得她多想了！卡片一旦被拿走，她就沒有機會再拿回來了！

跌入水中後，安雪麗死命掙扎，終於掙脫了木乃伊。而這時候，獨眼惡魔也跳下了游泳池！最糟糕的情況出現了。木乃伊和獨眼惡魔都會游泳！

就在這時，門又一次打開了。殭屍老者拄著拐杖，一步步走到泳池邊。

安雪麗心頭一沉。計畫徹底被打亂了，她不知道現在該怎麼辦才好。突然，整個游泳館裏的燈都熄滅了！

安雪麗頓時感到心涼了！她聽到「撲通」一聲，有人下水了。殭屍老者也下來了？

似乎門外的燈光也熄滅了。安雪麗在黑暗的游泳池內飛快游動著，她恐懼起來，三個人都會想辦法接近她，就算看不見，還是可以聽見她游動的聲音……

不，不對，有四個人在游動呢，一時間也未必能發現我。這裏沒有窗戶，現在是伸手不見五指。也許我可以趁機渾水摸魚！等等……好像有什麼不對勁……

安雪麗猛然一個激靈！她想起了一件很重要的事情！凡雨琪！就算在極度黑暗的環境下，她也可以輕鬆視物！如果凡雨琪還沒有死，那麼現在就是對她最有利的情況！

安雪麗想到這裏，加快了游泳的速度，卻和一個人撞在了一起。是誰？她撞到了誰？

對方一把抓住了她！安雪麗嚇得魂飛魄散，抓住她的是鬼？或者是凡雨琪？她隨即安慰自己：沒關係的，現在鬼還不可以殺人！

但是，對方的力氣相當大，安雪麗不斷掙扎也沒有掙脫。她揮起匕首，狠狠地刺向對方的身體！然而，匕首刺空了！她又一次刺、刺、刺，還是沒有刺中。

這時，她的另外一隻腳也被抓住了。安雪麗越來越恐懼，對方會不會就這樣殺了她？現在她根本沒有辦法寫卡片，就算可以寫，她根本就不知道對方是誰啊！

她忽然想到，不會是凡雨琪！如果對方顯露出有黑暗視覺能力，就等於告訴別人自己是凡雨琪了，就會觸發影子詛咒。既然不是凡雨琪，那麼……抓住自己的真的就是……鬼嗎？

11 鬼若有情

就在安雪麗經歷著生死歷險的時候，在住戶無法到達的另外一個地方，一間黑暗狹小的閣樓上，一個面容清秀的女子正翻找著什麼東西，過了許久，她的臉上露出失望的表情。

「李隱……你不要有事啊……」彌真現在一籌莫展。在夜幽谷已經待了這麼久，卻還是找不到蒲靡靈的日記。

這個小鎮的人似乎由於某個詛咒，死後全部變成了石像。屍體變成的石像一部分留在這個小鎮上，另一部分在小鎮外面。將一部分石像弄碎，就可以讓另外一部分石像所化的惡靈消失。但是，進入這個小鎮後，惡靈越來越多了。

「和李隱失散已經快十個小時了，手機也無法聯繫上，他現在到底怎麼樣了？」彌真最後確定，這個閣樓上沒有自己要找的東西。

「蒲靡靈到底把日記紙放到哪裏了？」之前，為防萬一，她一路上把所有石像都拍了照。只要翻看手機裏的照片，彌真就能夠知道哪些石像變成了鬼，根據這些線索在小鎮裏尋找另一部分石像。

但這是一件很辛苦的事。她一直東躲西藏，猶如回到了當年執行血字的時候。她不敢輕易離開這個閣樓，鬼魂很可能在小鎮外徘徊。她以前有那個雕像可以擋煞，但是，自從上次雕像缺掉一塊之後，平衡就被打破了。彌真很清楚，現在，她很有可能會和彌天一樣，被拉入那個地下遺跡塔中去。那個地下遺跡想來也和這個夜幽谷小鎮一樣，也是公寓第十次血字指示的地點。魔王級血字，是這些特殊空間完全連在一起，兇險程度自然大了許多。

根據彌真的計算和分析，鬼魂是無法感知她的位置的，活動的範圍也受到限制，不能夠一直待在小鎮，必須在一定時間後離開小鎮回歸原地變回石像。所以，她必須把小鎮裏殘留的石像全部打破。可是，相當不利的一點是，這個間隔時間並不是很長。

利用這段時間，她開始考慮生路提示。目前自己最大的優勢就在於這個小鎮範圍很大，進入小鎮的鬼的數量和時間都受到限制，加上房屋很多，躲藏起來是很容易的。但不利之處是，這不是血字，沒有時間限制。雖然她可以離開這個小鎮，但是沒有蒲靡靈的日記，就不可能離開這個空間。

這一切都在那個男人的算計之中，絲毫沒有脫離他的掌控。即使死了，甚至亡魂都已經不存在了，那個男人依舊可以玩弄他人，彌真也不得不對他有了幾分佩服。

彌真藏在書桌後，緊貼牆壁，看著手錶計算時間。只要時間到了，就可以出去。彌真取出了一張紙，是這段時間在小鎮各處畫下來的地圖。地圖中記錄著小鎮各處的人家，找到過三個葉家，卻沒有一家符合條件。這個小鎮的範圍遠遠超出彌真的預估，所以，接下來要更加辛苦。

「李隱，彌天，你們再忍耐一下吧。」彌真又拿出了一個望遠鏡，從閣樓的窗戶看出去。這是在一座屋子裏找到的，現在可以派上大用場。

她猛然一個激靈！她看到，直線距離大概五百米的一座房屋窗戶內，有個只有一半頭顱的石像！

「追殺李隱的那個鬼，就是那個石像的一半頭顱！要毀掉它！不能再等了，現在李隱都生死不明。」

目前小鎮內活動的鬼大概有三個，現在距離鬼離開小鎮變回石像，還有三個小時以上，但是彌真決定賭一賭。如果運氣好，沒有碰到鬼，她很快就可以衝進那座房屋。彌真一向是個謀定而後動的人，但是，為了李隱，她就不會那麼理智了。

把刀子拿在手中，身體貼著牆壁，彌真小心地來到門口，輕輕轉動門把手，迅速走了出去。她從樓梯上緩緩走下去，刀子緊貼在胸口，那個雕像就放在她貼身的口袋裏。

閣樓非常老舊，不管再怎麼小心，走上去總會發出「嘎吱嘎吱」的聲音，但現在也只能冒險了。

彌真走到樓下，看著凌亂的房間，拿出手機仔細比對照片，傢俱沒有挪動過。彌真長久以來練就的觀察力很敏銳，哪怕只移動了幾釐米，她都會發覺。

「沒有變化……」她鬆了口氣，但仍不敢有絲毫大意。樓下有窗戶的地方，她都拉上了窗簾。從這個房間出去，再朝前走了幾步，來到拐角處，彌真緊貼牆壁，將頭探出去一點，看著拐角處後面直通樓梯的地方。地上是斑駁紛雜的血跡，還有一個被砸碎的古董花瓶。她再次打開手機比照之前的照片，碎片有沒有少，間距有沒有發生變化。花瓶的碎片到處都是，反而給彌真帶來很大便利。碎片一旦有移動，就證明鬼進來過。

彌真頓時放心了許多。她輕輕下樓，繼續比對照片。樓下是一個大餐廳，有幾張倒下的椅子和一張掀翻的桌子。外面的院落連一根雜草都沒有。

彌真來到大門口，從貓眼看出去。外面的街道半點變化也沒有。她咬緊牙關，剛要擰動門把手，但是，她還是決定再觀察一下外面。之前在閣樓上的窗戶並沒有看到外面有人，不過，那是在這座房屋的背面，還沒有看到正面。

她輕輕來到窗戶前，將窗簾拉開了一道非常小的縫隙。只見一張慘白的面孔正緊貼著窗戶，幽深的眼瞳注視著彌真！

彌真頓時整個人朝後一摔，窗簾被她完全拉了下來！她立即轉過身就逃！聽到後面傳來窗戶打開的聲音！她拉過一張地上的椅子，朝後面狠狠摔去！

但是，她自己也被地上的另外一把椅子絆倒了，摔倒在地！她趕緊支撐著身體站起，卻看見，那個慘白面孔的鬼魂已經消失了。

但是，彌真很清楚，這個鬼現在絕對已經進入這座房屋了！也許，下一刻就會從什麼地方現身出來，將她殺死！她再也不猶豫，直接撲向大門，將門打開，筆直衝了出去！

只有毀掉這些鬼對應的石像才能讓它們徹底消失！這個鬼有頭，那麼石像肯定是下半身！但是，彌真一時間沒有辦法找到那個鬼的石像。

彌真以最快的速度向五百米開外的房屋衝刺！她下定決心，就算死了，至少也要先毀掉威脅李隱生命的那個鬼的石像！

彌真沒有回過頭去看鬼是否追來，現在她只求在最短時間內毀掉那個石像！至於自己的生死，只能希望雕像還能發揮一定作用。

彌真忽然停住了，看到旁邊屋子的一扇窗戶開著，她立即跑過去，迅疾一跳就進入屋內！她落地後緩緩移動著，這時，牆外響起猶如刀片在玻璃上切割的怪聲。她真是慶幸，剛才在拐角處看到了影子，否則她就不能及時逃開了。

看起來，好像不是同一個鬼……為什麼鬼都集中到了這裏？發生了什麼事情？彌真思索著新的對策。如果鬼無法感知位置的話，那麼她現在安全了……前提是那個鬼沒有在她身邊。

彌真從口袋裏摸出一塊石頭。她輕輕地走進這座房屋的一個房間，貼著牆壁，躲在從窗戶看不到的死角。然後，把石頭狠狠扔出窗戶！

只要能夠爭取哪怕一點點時間，也是好的！彌真猛地衝出房間，直奔大門跑去。

現在有兩個鬼在附近，彌真當機立斷地用石塊吸引了鬼的注意力。這扇門正好背對之前她進來的窗戶，所以，雖然到達那座有石像的房屋距離遠了，但是安全有保障了。當然，鬼很快就會重新回來，時間不多了。

轉過一個彎，彌真衝向那座目標房屋。每次當有鬼進入小鎮，天空就會變得極暗，比沒鬼時的灰色天空更駭人，這給了她明確的信號。

衝！衝！衝！此時，彌真心裏只牽掛著李隱的生死！她絕對不會讓李隱死！就算要付出她的靈魂，甚至被打入十八層地獄，她都不會讓他死！

目露瘋狂之色的彌真終於衝到了那座房屋的大門，狠狠將門一腳踹開！已經不需要輕聲輕腳了。她手裏緊握著雕像，感到身後有一股陰冷至極的邪惡力量。「彌天，請你幫我，幫我！」

彌真迅速朝樓梯方向奔去，一步跨上三個台階！衝！衝！衝啊！

就要上到三樓的時候，她斜眼瞥見一樓的扶手上有一隻手！她衝上三樓，快步朝那個房間奔去！必須要快，快啊！

彌真推開了那個房間的門！只見書桌上有半顆頭顱的石像！她抄起一把錘子直奔石像而去！然而，書桌旁的窗戶外忽然伸出一隻毫無血色的手，一把抓住了那半顆頭顱的石像！

「不——」彌真真是睚眥俱裂，這石像代表的，是比她的生命還重要的東西啊！她怎麼能夠看著它在自己面前被搶走！絕對不可以！

彌真一個箭步飛撲過去，死死地抓住了那個石像，而那隻鬼手也不肯放手！彌真揮舞起錘子就朝石像狠狠砸下去！

但是，彌真又怎麼可能和鬼比？錘子剛敲上去，產生了一條裂縫，她就聽到房間外的樓梯處傳來了猶如刀片在玻璃上切割的聲音！一旦那個鬼也進來了，後果不堪設想！

彌真一手抓著石像，一手掄著錘子不斷砸下，她急紅了眼，咆哮道：「全都給我滾！給我滾！滾啊啊啊啊啊啊啊啊啊啊啊啊啊啊——」她的虎口都被震裂了，卻絲毫沒有感覺。

終於，整個石像都被砸碎了！身後那個刀片切割玻璃般的怪聲也越來越近！

彌真欣慰地鬆了一口氣。她終於做到了！她又一次創造了奇蹟！

這時，那隻窗戶外的鬼手一把抓住了彌真，接著，把她從三層樓高的窗戶拉了出去！

彌真感到靈魂在墜落。她一直以為，死亡來臨的那一刻，她會感到解脫。但是，此刻，她卻發現自己還有強烈的求生欲。她不想死，不想再也無法看見李隱。她想活下去！

「咚！」一聲重重的巨響，彌真感到暈眩，身上很痛，但是，自己的身體卻被一個身影托起了，是一個她魂牽夢縈的身影！

「李……隱？」她還沒明白是怎麼回事，就感到被托著直朝前衝去！

他衝過來抱起她的一瞬間，腦子裏忘卻了所有。明明是沒有心的軀殼，明明不會有感情，但是，他就是無法坐視這個女人在他面前死去。於是，他撲了過來，將她抱起。

「彌真……」他呼喚著她的名字。

不知道過了多久，彌真感覺到身體周圍溫暖起來，她微微睜開眼睛，發現身上蓋著一床被子，前面是一扇拉上了窗簾的窗戶。房間裏一片黑暗，有一個身影坐在身旁。

「李隱？」彌真想支撐起身體，這才發現，身上不少地方都纏上了繃帶。她感到渾身都是汗。

面前的人立即開口了：「你醒了？」

「真的是你，李隱……」彌真喜極而泣，抱住了眼前的人。她流著淚說：「你沒事就太好了，你還活著，你還活著……」

他拍了拍彌真的肩膀，卻無法說出想說的話。「你，繼續休息吧。你到底遭遇了什麼……」

「我以為你會死了。我發現了追殺你的那個鬼的石像，我就撲過去，把石像打碎了……」

他的手顫動了一下，輕輕撫摸著她傷痕累累的身體，說道：「你不用那麼做的，我不會死的……」

彌真點點頭道：「是的，你不會死的。你怎麼會死呢？你也是創造了無數奇蹟的人。你沒有受傷吧？後來發生了什麼事情？你怎麼正好跑到那兒接住了我呢？」

「你先休息吧。」他淡淡地說，「現在，恢復體力是最重要的。鬼已經離開了小鎮，等你的傷好了，我們再去找葉家吧。」

彌真心裏有一個懷疑，要找的那個葉家可能是掉了門牌的。如果找不到蒲靡靈的日記紙，在這個夜幽谷裏只能等死，永遠也離不開這個異空間，更沒有辦法把彌天給救出來。在彌真的心中，彌天和李隱同樣重要。這兩個人，都是她在這個世上最愛的人。

「既然如此，那麼我們快去找吧！」彌真想立即下床，一分一秒都是寶貴的。

「你沒事嗎？」

「我沒事。」彌真走到窗戶前，將窗簾微微拉開看了看，天空是灰暗的，並沒有徹底黑暗。

「彌真。」

「嗯？」彌真回過頭來。

「謝謝你。還有……以後不要為了我那麼拚命了。因為……我不值得。」他說完就轉過了身。

彌真看著他的背影，胸中湧起一股暖流。

對照著手中的地圖，彌真說道：「嗯，我們沒有看過的地方還有這幾個。門牌缺失的房屋比我們預想的多。」

他說道：「主要還是因為鬼不進入小鎮的時間實在太短了，我們也走不了多少路。」

「其實我們還要考慮一個問題。」彌真說道，「那些門牌不是葉家的房屋，也要進去看一看。鬼也可能故意更換掉了門牌，這種陷阱在血字中經常遭遇。」

「對，有可能。」他點了點頭，「那麼，接下來怎麼做？」

「我們分頭找吧。」彌真下了決定。現在是鬼不在小鎮的關鍵時刻，如果這時候還在一起行動，效率會低得多。分開找的話，能夠砸碎的石像也會更多一些。

「這……沒有關係嗎？」

「沒關係，反正就算聚在一起，也不會更有戰鬥力。只是，你務必小心，天一旦黑下來，就立即回到這裏會合！」

「好吧。」他又說道，「彌真，你一定要活下去。不要再為我犧牲了，為了你自己活下去吧。」

彌真呆呆地站立在原地，心情很難平復。好在她的理智還在，知道現在時間寶貴，馬上邁步朝後走去。

「不過……」彌真又開始考慮到其他問題，「這個空間，真的是第十次血字的空間嗎？日記紙裏並沒有明確提及。如果是第十次血字，只要砸碎掉擺放得如此明顯的石像就可以讓一個鬼消失，這樣的難度很不可思議。」

這個夜幽谷是怎麼回事？這裏的人似乎真的在現實世界中生活過，只是生活的時代較為久遠。那麼，為什麼這個小鎮會到這個空間來？為什麼他們都死了並且變成了石像？這是公寓的詛咒造成的嗎？還是受到魔王的影響？這一切都是謎。只能希望，找到日記紙後可以將真相揭開，希望日記紙不會藏得太隱秘吧。

距離鬼下一次進入小鎮，只有一個小時了。彌真剛轉過一個拐角，就停住了腳步！她睜大雙眼，不敢置信地看著前方！

「這……這是什麼？」只見眼前有一棵大柳樹，樹上竟然懸掛著一個上吊自殺的女人！女人的面部已經完全腐爛了，而她的下半身有一部分已經變成了石頭！

彌真完全無法理解。一半是石頭，一半是屍體，難道說，這是一個還在詛咒過程中的鬼嗎？吊死的女人忽然睜開雙眼，怨毒地看向彌真！與此同時，她的身體開始像盪鞦韆一樣晃了起來！彌真毫不猶豫地轉過身，立即飛奔而逃！這是怎麼回事？這個小鎮裏應該沒有活人了。那個女人也明顯死了很久！難道說，死去一定時間之後才會變為石像？或者從石像變成鬼？這個詛咒的規律是什麼？

就在這時，彌真又發現了一件極為恐怖的事情！

她發現，自己右手的大拇指和食指，竟然已經化為了石頭！而且還在向手掌和旁邊的手指蔓延！

安雪麗在游泳池中被抓住了雙腳。是鬼要殺自己嗎？她膽戰心驚，鬼現在會殺了自己嗎？南瓜頭不是剛剛才死嗎？對，不會的！

她拚命向後游去，同時手中的匕首向前刺去。但根本碰不到對方！然而，那雙手忽然鬆開了！

安雪麗相當驚愕，這是怎麼回事？但是，她來不及多想了，現在必須儘快離開泳池！她想找到手電筒，不然，就算鬼要殺她，她都不知道對方是誰！

終於游上了泳池，她摸了摸胸口，擔心起來：卡片弄濕了，不會影響效果吧？現在也不能取出卡片來看，她只好摸著牆壁走路。她已經適應了一點黑暗，但還是看不清楚泳池裏的三個人，只能聽到不斷傳來水聲。她也不知道自己會不會是朝反方向走的，只有根據感覺賭一賭了。

就在這時，安雪麗忽然聽見，似乎有一個人在她身後不遠處也上了岸！她悚然心驚！難道是鬼？在後面跟著她？

她立即加快步伐，可是又怕腳步聲反而把自己所在的位置暴露了。身後傳來了腳步聲，雖然很輕，但的確在跟著她！

安雪麗回過頭去拚命睜大眼睛看，卻還是看不清。忽然，她腳下一滑，頭狠狠撞在了地上，昏死了過去。

當安雪麗醒過來的時候，眼前有了光亮。她仔細一看，竟然是在餐廳裏！接著，她就看到了殭屍老者正死死地盯著她！

安雪麗嚇得頓時從桌子上滾下來！她這才發現，自己是躺在兩張靠在一起的桌子上。而木乃伊和獨眼惡魔不在這裏。

她好不容易站定，身上的衣服還是濕漉漉的。她連忙抬起手腕看錶，發現距離她進入泳池已經過去三十多分鐘了！也就是說，很可能快到下一個人被殺的時間了！她摸了摸身上，卡片沒有了！

她拿起桌上的鋼筆，在便條紙上匆匆寫下一行字：「誰拿了我的卡片？卡片現在在哪裏？」

殭屍老者也拿起鋼筆，在下面寫下回答：「找不到了。」

安雪麗的腦子頓時當機了。這話是什麼意思？怎麼會找不到了？

殭屍老者繼續寫道：「不知道被誰拿了。包括你，我們都互相搜過身了，但是都沒有。我們已經找了半個多小時。」

安雪麗這才明白意識到，木乃伊和獨眼惡魔是去找卡片了。而殭屍老者居然待在這裏等著她醒過來？難道他是鬼？

安雪麗立即和殭屍老者拉開了距離，然後狂奔出餐廳！她有一種直覺，在泳池裏抓住她腳的，也許就是殭屍老者！

衝出餐廳後，她腦子裏只有一個念頭：找到卡片！如果卡片是被鬼藏了起來，後果不堪設想。會不會是有人已經找到了，卻裝作沒有找到呢？比如殭屍老者？

安雪麗不得不承認，如果是她，一旦找到了卡片，絕對會私藏起來，作為保命之用！公寓在這一點上，應該有很大限制，就是不能毀掉卡片。但是，是否會限制藏匿卡片，就無法確定了。

她此刻也很怕碰上獨眼惡魔和木乃伊。那兩個人也可能是鬼，遇到誰都有可能死無葬身之地！

好在，走了一路，還沒有看到他們。但是……他們不會都被殺了吧？也許，現在只有自己和殭屍老者還活著？不，鬼不可能那麼短時間內就殺掉兩個人……

安雪麗的思路混亂了。她不知不覺又走到了健身房門口，推開門進去了。

木乃伊出現在她的視線裏，她嚇得後退了一步。只見木乃伊手裏拿著匕首，從安雪麗身旁走了過去。

她忽然看到，獨眼惡魔在不遠處站著。他正看向安雪麗，那隻獨眼顯得更加陰森了。安雪麗立即繞開他，急匆匆地奔向其他地方。

十分鐘後，搜索依舊一無所獲。安雪麗的恐懼越來越大。下一個死的人不知道是誰，但是，肯定會有人死！突然，她的腦子裏閃過一絲靈光。對了，是死人！

此時大家還在各處尋找著。獨眼惡魔在健身房裏，將一個個健身器推倒在地，掀起一張張地毯搜尋著。就在這時，開門聲傳來。

獨眼惡魔回頭一看，走進來的是殭屍老者。他沒有停下動作，開始敲擊地面，但還是一無所獲。獨眼惡魔站起身，和殭屍老者拉開了距離，才重新去翻動尋找。

安雪麗此時走進了酒吧。南瓜頭被分屍的下場實在是太慘了，所以，大家都避開了。但是，如果有人利用這一點，把卡片藏在屍塊下面呢？那些屍塊實在讓人看了想吐，而戴著面具和頭套又讓人無法嘔吐。安雪麗向南瓜頭的屍塊一步步走近……

獨眼惡魔忽然站起身，他死死地盯住眼前的殭屍老者！

只見殭屍老者突然出現在離他不到半米的地方，原本拄著拐杖的手，此刻抓著一顆血淋淋的心臟！

這時，獨眼惡魔才發現，自己的左胸上已經破了一個大洞，撕裂身體的痛感這才潮湧而來！

臨死的一瞬間，獨眼惡魔怨毒地看向殭屍老者，張口咆哮道：「鬼是殭屍——」反正自己是必死無疑了，他就不再顧慮影子詛咒了。

他的聲音響徹這一層樓！正在接近南瓜頭屍塊的安雪麗猛然一驚。這個聲音……不是葉燭嗎？

血字指示的規則，在某一住戶違背指示、導致難度失衡時，限制也隨之減弱了，就不會再像之前那樣，要間隔一段時間才能殺人了。

安雪麗只愣了一下，就迅速跑到南瓜頭的屍塊旁翻找起黑色卡片來！她很清楚，現在再找不到卡片，那麼接下來自己就要步葉燭的後塵了！

「快，快啊！」一豆大的汗珠不斷從她的額頭上滲出，再也沒有比這種接近生路卻又面臨死亡威脅的感覺更恐怖了。她此時哪裏還去管那些屍塊噁心不噁心，拚命地翻找著，可是，依舊一無所獲！

安雪麗嚇得面無人色，如果沒有卡片的話，接下來自己該怎麼辦？

血字規定不可以說話，既然葉燭說話了，就是臨死前說出了真相？還是說，那個聲音是鬼發出的，故意誤導我們？

種種可能性在安雪麗腦海中一一閃過，卻又都不敢肯定。剛才的聲音聽起來相當慘烈，實在不像偽裝的。安雪麗一陣陣心悸，不知道葉燭的死，還能不能幫她拖延一點時間。如果不能……

她來到酒吧門口，微微拉開一條門縫朝外面看。走廊上沒有人影。

還有一個人很可能持有卡片。就是木乃伊！木乃伊的繃帶是可以藏卡片的。血字規定住戶自己也不可以卸妝，那麼也就不能夠拆開繃帶放入卡片。但是，如果木乃伊就是鬼，那就另當別論了。雖然葉燭大喊鬼是殭屍老者，可是，不能排除那個聲音是木乃伊故意喊出來誤導的。

安雪麗的雙腿在發抖。她現在還有一件事可以做，就是到餐廳去，進入那個包廂，看看美杜莎的屍體下面是否藏著卡片！

她深呼吸了一下，猛然拉開門，以最快的速度奔向餐廳！這段路其實很短，但是，對於執行血字的人而言，實在太漫長，漫長到足以成為生死的分界線！只是，眼下她沒有別的選擇了！

她衝出酒吧，朝著餐廳的方向飛奔而去！跑進餐廳後，她筆直朝那個包廂奔去！

衝到包廂門口，她剛打開門，忽然感覺到了什麼，立即回過頭去，只見木乃伊就在她的身後！

這一下頓時把安雪麗嚇得不輕，然而木乃伊立即將一張紙舉到她面前，紙上赫然寫著：「殭屍正在過來！」

安雪麗神色一凝，立即衝入包廂，木乃伊也跟了進去。

她知道，葉燭的聲音，木乃伊肯定也聽見了。那麼，木乃伊自然也恐懼起來了，莫非木乃伊也想到了同樣的可能性？

安雪麗將門輕輕關上，並沒有關死。因為，她對木乃伊也不是完全相信。但是，如果殭屍真的是鬼，後果不堪設想。現在，要先找到卡片，再決定接下來該怎麼做！

然而，安雪麗看到，木乃伊一個箭步朝美杜莎的頭顱衝過去，將那顆頭拿起來，在下面找到了一張卡片！

這時候，安雪麗立即想到了一個可能性。莫非……卡片根本就是木乃伊藏在這裏的？

木乃伊此時手上拿著鋼筆，但是，並沒有立即在卡片上寫下數字。安雪麗知道，木乃伊肯定還不能確定殭屍真的是鬼，他必然在懷疑安雪麗也有可能是鬼。

這時，門外傳來了……拄著拐杖的聲音！一陣風將沒有關死的門一下吹開了！只見殭屍老者正一步步朝包廂走過來！

安雪麗雙腳發抖，她看了看木乃伊，又看了看殭屍老者。她真的不敢確定，究竟哪一個是鬼，然而，時間不等人！沒有選擇了！

安雪麗看向木乃伊，希望他馬上寫下數字，可是，對方還在猶豫不決。安雪麗忽然想到，難道木乃伊是想等自己被殭屍老者殺死後，才能確定？

安雪麗雖然也懷疑木乃伊是鬼，可是，殭屍老者在不斷逼近，讓她越來越害怕。有什麼辦法可以證明誰是鬼呢？

這時候，木乃伊從包廂裏衝出去逃跑了，安雪麗緊隨其後。她感覺得出，木乃伊應該是想繼續觀察一下。可是，現在還有時間嗎？安雪麗也不能寫一句「我不是鬼」給他看。且不說寫了就會被影子詛咒，就算寫出來了，木乃伊會相信嗎？

然而，如果木乃伊是鬼，那麼卡片握在木乃伊手裏，後果不堪設想。

安雪麗忽然明白過來了，木乃伊是想去確定葉燭的生死！葉燭雖然在喊出話的一瞬間就被殺死了，但是，至少要確認葉燭是獨眼惡魔！

現在只有獨眼惡魔不在，很容易推理出獨眼惡魔是葉燭這個結論。

然而，就在木乃伊即將跑到餐廳門口的時候，殭屍老者竟然站在了那裏！

安雪麗的腳步馬上停下來，她立即回過頭去，殭屍老者竟然出現在她身後十米處！

殭屍老者真的是鬼！

這一刻，安雪麗再也沒有絲毫猶豫，她拿著鋼筆，朝木乃伊衝過去！只見木乃伊也將卡片放在桌上，立即就要下筆！

就在這時候，殭屍老者……不，那個鬼從她的背後走了過來，雙手伸向木乃伊！

情急之下，安雪麗不知道哪裏來的勇氣，抽出匕首，狠狠地向殭屍老者撲了過去！

撲過去的時候，安雪麗感覺全身的血液好像都逆流了。但是，她顧不上了，只要「七」這個數字被寫上去，她就可以活下來了！不然，她的性命今天就會交代在這裏！

這時，她感覺腳似乎被什麼東西纏住了，整個人倒在地上！然而，她還是拚命將匕首扔了出去！

匕首扔出去後，竟然奇準無比地刺中了殭屍老者的右手！這讓殭屍老者的動作停滯了下！

木乃伊就在這一瞬間寫下了「七」這個數字！

成功了嗎？終於完成這個血字了嗎？安雪麗激動萬分地期待著。

只見殭屍老者的身體晃了幾下，然後，倒在了地上！

成功了！鬼被消滅了！

要不是現在不能說話，安雪麗真是興奮得想要大喊大叫。木乃伊似乎也渾身虛脫，差點要跌倒在地上。

安雪麗的淚水開始湧出，九死一生，終於完成了這個血字。接下來，就是第六張地獄契約碎片的下落了！

咦？安雪麗感覺到奇怪，怎麼沒有出現地獄契約碎片的下落？

她看著眼前的情景，雙眼幾乎要瞪出來！怎麼可能！

那個鬼，雖然倒下了，卻還在！而木乃伊的身體，竟然開始變得若隱若現起來！

安雪麗感到腦子裏一團糨糊。怎麼可能？殭屍老者明明就是鬼啊！而且就算他不是鬼而是住戶，序號被寫上卡片的話，應該也會消失啊！

不……再仔細一看，安雪麗發現，殭屍老者的頭部和木乃伊一樣，也若隱若現起來！

安雪麗忽然意識到了一件事情。

剛才纏住她腳的東西，還在！她戰戰兢兢地回過頭去，嚇得魂飛魄散！

纏住她腳的，竟然是美杜莎頭上的蛇髮！美杜莎的頭顱正在自己的腳後！

在這一瞬間，安雪麗再笨也明白過來了……

鬼不是殭屍老者，而是美杜莎！

這個血字中的鬼，從一開始就是美杜莎。提出扔骰子的，就是這個鬼。而這是血字的第一個死路陷阱，於是，立即就出現了犧牲者。

而第二個死路陷阱，就是卡片的第一次爭奪！當時，這個鬼去拿卡片，引起了大家爭奪，然後卡片到了南瓜頭手中。

從結果來看，卡片是在爭奪中被南瓜頭搶走的，但是，被誰取走都一樣。因為，在這個血字裏，鬼存在著「禁止長時間持有卡片」的限制。

當時這麼做的後果，引發了第二個死路。大家因此分散了，所以鬼有足夠時間殺死一個住戶，並且和這個住戶交換身分。

被選中的人就是殭屍老者。殭屍老者是凡雨琪裝扮的，她使用一種毒藥毀了容，所以妝容才如此逼真。她當時的想法是，如果可以活下來，就能回到公寓完全治癒，她是個對自己也能如此狠的人。

在餐廳裏，美杜莎和殭屍老者一起進入包廂後，美杜莎立即殺了殭屍老者。

安雪麗躲在餐桌下小解時，聽到桌子上發出的聲音，是美杜莎殺死了殭屍老者後，與殭屍老者互換了衣服，也讓殭屍老者戴上了手套。

為了讓大家相信那具屍體是美杜莎，鬼將自己的頭顱拿下，並且讓安雪麗親眼見證了美杜莎的頭顱和殭屍老者的身體掉在地上。這個鬼把殭屍老者的頭顱裝在自己脖子上，拄著拐杖，就以殭屍老者的形象出現在大家面前。

這個調包可以說是完美無缺。因為不能說話，不能將化裝剝掉，而且殭屍老者的化裝很完美，和真正的鬼的手差不多。因此，沒有人發現美杜莎和殭屍老者互換了。

而第三個死路陷阱，就是現在。木乃伊的身體最後化為虛無。卡片已經徹底燒成了灰燼。

安雪麗感到恐懼不斷湧上心頭。美杜莎的頭顱被蛇髮在地上拖行，朝著自己的身體移動，殭屍老者的頭顱已經完全消失了。

最後，鬼的頭顱和脖子完全接合到了一起。鬼站了起來，無數猶如真正毒蛇的蛇髮盤繞著，猙獰地吐出信子。鬼的頭晃動了幾下，開始朝安雪麗走過來。

安雪麗在這一刻，真正知道了鬼的身分。於是，她的腦海中出現了一段資訊：地獄契約碎片的下落在……

安雪麗的身體不斷朝後挪動著，她已經無處可躲了。

在深雨的房間裏，子夜正坐在她的床頭，身後是一些夜羽盟的人，其中也有羅十三。

深雨放在桌子上的手機響了。羅十三拿起手機點開，是一條簡訊。簡訊的內容是……

「契約碎片在夜幽谷葉鈴鈴家！」

最後，安雪麗將這條資訊發給了她當成自己妹妹看待的深雨。

餐廳的燈光驟然熄滅。鬼向安雪麗走過去，越來越近，越來越近。

安雪麗把已經發出了簡訊的手機扔到一邊。她已經放棄了求生的希望。

鬼向安雪麗撲了過去……

這個血字其實是有生路提示的。

第一個生路提示是卡片。鬼無法長時間持有卡片，所以，只要將卡片一一放到身上實驗，誰持有的時間最短，誰就是鬼。

第二個生路提示，是在殭屍老者被殺後出現的。雖然頭和身體分開了，讓人很容易先入為主地把屍身當成是美杜莎的，但是如果將頭顱和脖子合到一起就會發現，斷面根本不符合。

可惜，沒有一個住戶注意到這兩點。這次血字，無人生還。

不過，他們還是獲得了「夜幽谷」這個線索，而且夜羽盟內都有其他聯盟的臥底，所以，情報立即被三大聯盟獲悉。

夜幽谷，葉鈴鈴。這個情報肯定是沒有問題的，來電號碼是那些住戶使用的新號碼之一，但是是誰發來的，就不知道了。這次血字因為所有人都死了，所以直到最後，公寓裏的住戶也不知道鬼究竟是哪一個。

然而，大家經過網路搜索和各種方式的尋找，卻發現……根本找不到夜幽谷！至於葉鈴鈴這個名字，全國不知道有多少同名同姓的人，根本毫無用處。

小夜子和慕顏慧站在符靜婷的病床前。毒性已經擴散到全身，什麼方法都沒用了。

「神谷小姐……」慕顏慧搖了搖頭說，「符靜婷真是可憐。還有什麼辦法可以救她呢？我是醫生，可是也研究不出她體內到底是什麼毒藥。我本來想完成凡雨琪的最後心願，卻做不到。我和她的關係一直很不錯，真是難過……」

「顏慧……」小夜子說道，「你是神谷盟中唯一一個知道凡雨琪和戰天麟關係的人，也是唯一一個知道……我接手了凡雨琪手中地獄契約碎片的人。你是我最信任的人，你繼續待在夜羽盟裏套出線索吧。」

「好的。」慕顏慧看著面頰消瘦的符靜婷，內心一陣絞痛。她和凡雨琪的關係很好，如今凡雨琪卻死在第一次血字裏，聯想到自己的未來，慕顏慧心中一片冰寒。

「好了。走吧。」小夜子回過頭說，「我們已經盡力了。」

「神谷小姐……」慕顏慧忽然說道，「讓符靜婷進入公寓吧！這樣她就能活下來了。我們不是已經有第六張地獄契約碎片的下落了嗎？而且，你手上現在持有凡雨琪的地獄契約碎片啊！讓靜婷加入我們神谷盟不就行了嗎？靜婷是個很好的女孩子，我在治療她的過程中，也感受到她想活下去的強大意志力。」

慕顏慧是符靜婷的主治醫生，凡雨琪也是因為信任她，才讓靜婷轉入這家醫院的。凡雨琪出於對戰天麟的報恩之心，一直竭盡心力想治好靜婷。

「不用了。」小夜子卻搖頭道，「進入公寓的話，還不如就這麼死了比較幸福。難道你不這樣認為嗎？」

慕顏慧呆住了。

「既然有鬼魂，也許就有輪迴。」小夜子繼續慢慢地說，「那麼，只能祝福她可以轉世重生了。我們沒有別的辦法了。」

慕顏慧還要在這家醫院繼續工作，因為她的父母都健在，即使進入了公寓，她還是需要工作來補貼家用的。

小夜子走出醫院後，一眼看到，在醫院外不遠處，有一個打著陽傘的捲髮女子，看到小夜子走出來，馬上就用日語打著招呼：「小夜子！我在這裏！」

小夜子快步走了過去，那個女子搶先說道：「你來醫院探病，其實可以也帶我去啊，你的朋友就是我的朋友啊。」

「憐呢？」小夜子左右看了看，問道：「怎麼沒有看到憐？」

「喂喂喂，你不用對我那麼無視吧……好了好了，上次你拜託的事情，憐很盡心在做呢。我倒是沒有想到，你居然會拜託憐。」

「我有些事情耽擱了，不能回日本去。那麼，結果如何？」

「我帶你去見憐吧。那個叫楚彌真的女人在日本的生活經歷，憐基本都查出來了。不過，她和你是什麼關係？你好像對這件事情非常上心？」

「這件事情對我很重要，無論如何都必須儘快解決。」

「你和憐都是高中畢業後就成為了偵探，只是你的名氣比她大，所以她一直想和你平分秋色。我這個妹妹比較任性，請你別太介意了。」

「沒什麼。競爭只是憐的一廂情願罷了，我可從來沒有想過要壓她一頭。」

就在公寓住戶費盡心思搜尋夜幽谷所在的時候，在夜幽谷中……

彌真一頭栽倒在了地上！她的整個右手已經徹底變成了石頭。不僅如此，她發現，自己左腳的膝蓋部分也開始化為石頭了。

「這個小鎮裏的人，都是這樣變成了石頭嗎？怎麼會這樣……」

天空開始變暗了。但是按照時間，鬼是不會在這個時候進入小鎮的，那麼，這就意味著詛咒規律改變了。

彌真喘著粗氣，現在身體增加了這些石頭的負重，她根本跑不快。而且，一旦左腳完全變成石頭，她就不能跑了。她又開始擔憂起來，李隱呢？李隱會怎麼樣？

自己身上有那個雕像，尚且變成這樣，李隱不是更加危險嗎？他會被殺死的！

一想到這裏，彌真就繼續拖動著身體，如履薄冰地前進著。

這時，眼前出現了一個大開著房門的屋子，彌真立即走了過去，她感到左腳石化的部分增加了。神經一旦完全石化，她就只能用右腳來走路了。

衝進屋子，她立即將門關上。她不知道鬼什麼時候會出現，而現在她已經受到了詛咒，也就是說，她的生命猶如風中殘燭了。

「彌天……如果我死了，彌天也會死的……」

彌真很清楚這一點。她支撐到今天，就是為了李隱和彌天。現在，真的做不到了嗎？不！彌真發過誓，無論面對何等絕境，都絕不放棄！她要親手創造奇蹟！她怎麼可能放棄！

「哈……哈哈，哈哈哈哈哈哈……」彌真支撐起身體，忽然大笑起來：「真是的，我大概是太久沒有執行血字了，腦子變遲鈍了。這種絕境，我又不是第一次遇到，沒有了手腳又怎麼樣？我的頭腦不是還在嗎？」

這時，彌真忽然注意到，眼前不遠處，有一個掉落在地上碎裂的相框，裏面有一張照片。她走過去拿起照片來。

「這是……」照片上有兩個可愛的女孩子，一個梳著雙馬尾，一個是齊瀏海。兩個女孩子身後是一個庭院，彌真之前曾經走過這個庭院，不過門牌號是「呂」。

把照片翻過來後，彌真赫然看到一行字：「葉鈴鈴家拍照留影」。

葉鈴鈴！葉家！

彌真馬上出了門，朝那個庭院的方向走去！現在她左腳的石化已經很嚴重了。只能咬緊牙關，用右腳走路。

轉過這條街……又拐到那條路……彌真終於看到，那座房屋就在眼前！

她拚命跑過去，好幾次差點摔倒，好在腿上的石頭還沒有出現裂縫。彌真知道，石頭如果碎裂了，她恐怕也會立即死去，就和那些鬼一樣。

將搖搖欲墜的大門狠狠推開，彌真迅速一個個房間找過去。最後，在一個書房裏，她看到一張茶几上放著一個盒子！

蒲靡靈的日記！而且，盒子旁邊還有一張碎紙片，看上去寫滿了字。

彌真一步步地走過去！

然而，茶几下方突然伸出了一隻近乎潰爛的手，朝那個盒子和碎紙片抓去！

彌真一個箭步撲過去，將整個茶几撞翻在地，盒子和碎紙片都摔到了地上！彌真一把抓住了盒子和碎紙片！

接著，她支撐著身體要站起來，卻發現……她站不起來！

難道……難道右腳也開始石化了嗎？

然後，彌真就感到雙腳被一雙手抓住了，開始朝後面拖去！化為石頭的雙腳無法動彈掙扎！

就在這時，窗戶玻璃猛然碎裂，一個身影衝了進來！

看向那個身影，彌真雙目頓時放出光芒：「李……李隱！」

她還看到，他的手上還拿著一個燈籠！燈籠的火光很耀眼，竟然讓她有些睜不開眼睛。

「引……引路燈！」

睡美人與七個殺手

PART FOUR

第四幕

時間：2011年7月25日18:30 ～ 7月26日5:30

地點：法國里昂市區

人物：上官眠、李隱、羅謐梓、羅蘭、洪相佑

規則：血字執行期間，住户不能易容，也不能離開其他人身邊超過十米。住户將會遭到七名殺手的追殺，這七名殺手中有一個是鬼。

12 異國凶劫

七月十六日，歐洲，法國某城市。

一座摩天高樓內，一名身著西裝、大約四十多歲的西方男子，正在一群黑西裝男子的簇擁下，坐在一張真皮沙發上，點著一根古巴雪茄。男子右手的衣袖，裏面是空蕩蕩的。

房間的另外三面坐了三個人。獨臂男子正對面坐著一個滿頭銀髮、有一些鬍渣的中年男人，左邊坐著一個滿臉橫肉的壯年男人，右邊坐著一個一頭栗色頭髮、淡藍色眼眸的美貌女子。

「阿蒙雷尼小姐。」抽著雪茄的獨臂男子兇狠地看向藍眸女子，說道：「至今為止，我都沒有看到睡美人的人頭！你還有什麼話可說嗎？」

「尊敬的埃利克森先生。」女子雖然有些害怕，還是不卑不亢地說：「我們已經盡力了。家兄被殺後，我立即重整黑色禁地組織……」

「我只問結果，不關心過程。」獨臂男子狠狠抽了一口雪茄，「邪神和墮天使組織，這一次也損失慘重吧？你們不可能容忍這種恥辱吧？」

銀髮男子頓時露出猙獰的神色，說道：「琳斯洛的死，是我們組織的奇恥大辱！她這樣的超級天才，居然也死在睡美人手上！」

「是啊！」滿臉橫肉的壯年男人恨恨地說，「我們墮天使組織損失了地獄王之後，好不容易培養了金眼惡魔，卻葬送在睡美人手上！而且，我們重金請來的冥王，竟然也沒有成功！睡美人才十六歲啊，這樣的年紀已經這麼可怕，放任她橫行下去，將來必成大患！」他狠狠地捶了一下沙發，「我們在世界各地搜尋能和冥王媲美的殺手，現在已經找到了一些人才。」

銀髮男子說道：「我也在網羅世界各地隱世的高手，在歐洲之外，我們的情報網都在搜集情報。無論來自哪一國，無論以前是否有名聲，只要有能力殺了她，怎麼重賞都可以！埃利克森先生，你是否找到了能夠殺死睡美人的殺手？」

「當然。你們不用擔心。」抽著雪茄的獨臂男子此時平靜下來，「無論如何，我都一定要殺了睡美人！我身後就是一位真正的高手。」

獨臂男子冷笑了一下，回過頭，對其中一名黑衣男子說：「戈多雷先生，你給我們展示一下你的才能吧。」

那名黑衣男子有一雙灰色眸子，目光很冷，一頭白髮，臉上毫無表情，看起來還不到三十歲。

「他叫沙羅・戈多雷，是來自美國的殺手。在美國的殺手排行榜上連續九年都是排名第一。」

沙羅聽到獨臂男子的指示後，緩緩走到房間中央。然而，過了很長時間，他都一動不動。

「這是什麼意思？」銀髮男子不解地問道。

藍眼女子大氣都不敢出，甚至不敢去看那個男人的眼睛。

獨臂男子問道：「已經，好了？」

沙羅看向獨臂男子，微微頷首道：「可以了。」

「什麼意思啊？」銀髮男子站起身來，滿臉橫肉的男人也疑惑不解。

「哈哈。」埃利克森家主說道，「各位，你們靜靜等候就是了。」

十分鐘後，對面一座大廈的樓下停滿了警車。隨後他們得知，這座辦公樓十五層的一名職員，突然被一把小刀刺中了脖子死去。

那座大廈距離這座摩天樓，足足有五百米以上距離！用肉眼幾乎看不清楚對面大樓窗戶的人，而沙羅，竟然在眾目睽睽下用刀子正中一個人的脖子！而且還沒有人看到他什麼時候出手的！

如果是用狙擊槍狙擊，這倒不算什麼。但是，單單用手扔刀子，連望遠鏡都沒有用，甚至扔出刀子的一瞬間，根本看不到他出刀的動作！

這一刻，其他三人都張大了嘴巴，難以置信。而且前來報告的人說，當時辦公室內十幾個人，沒有人注意到刀子是何時出現的。似乎刀子是在刺入職員的脖子的一瞬間，才魔術般地出現的！這已經接近神的奇蹟了！

而且，埃利克森家主保證，沙羅絕對沒有打過禁藥！這一下，那三人都倒吸一口冷氣，看向沙羅的目光中滿是恐懼。他們並不認為這是埃利克森家主在玩什麼魔術，以他的身分，絕對不屑於那麼做。

為了殺死上官眠，三大組織和埃利克森家族已經是不惜一切代價了！上官眠殺死他們那麼多殺手，導致他們接到的委託大大減少，唯有殺了上官眠，才能重振聲威！

在天南市，公寓發佈了新的血字。接到血字指示的一共有五個人。

血字的內容是：「二〇一一年七月廿五日十八點三十分到七月廿六日五點三十分（此時間為當地

時間），待在法國城市里昂市區。血字執行期間，住戶不能易容，也不能離開其他人身邊超過十米。住戶將會遭到七名殺手的追殺，這七名殺手中有一個是鬼。」

這是繼日本的血字之後，又一個在國外執行的血字。法國里昂，七名殺手中有一個是鬼。又是一個人類中混雜著鬼的血字。

讓所有人都在意的是，這次的血字執行者有上官眠。白癡也應該猜到了，七名殺手，除了那個鬼，都是衝著上官眠來的！當然，沒有一個人敢對上官眠有絲毫抱怨。

這次血字的執行人，除了上官眠之外，其他的四個人分別是李隱、羅謐梓、羅蘭和洪相佑，有兩個是外國人。

當在一樓大堂看到上官眠的身影時，羅謐梓眼中露出怨毒至極的目光，自從上次被上官眠砍斷手掌，她就在心中詛咒了這個女人無數次，然而徐饕告誡她，這是她命定的劫數，不能強行逆天改命。

而李隱看向上官眠時，臉上沒有任何神色變化，是住戶中最鎮定的人，這個前樓長再次執行血字，自然成為住戶關注的焦點！

「你們給我聽著。」上官眠看向眼前的四人，「執行血字期間，任何人敢離開我身邊半步，我就會親手將他送入地獄。」

這句話說得很平靜，卻煞氣十足，絕對是最大的威脅。當然，不會有人違背她的話，因為，比起她，還有更可怕的影子詛咒在束縛著他們。

「另外，不能坐飛機。」上官眠冷冷地說，「一來我要攜帶武器，二來我根本沒有護照。所以，我們必須用偷渡的方法進入法國境內。」

羅謐梓驚愕地問：「你……我們要偷渡？」

「不會有問題吧？」羅蘭疑惑地問道，「這樣做的話……」

「當初我就是偷渡到國內來的。我能找到做這些事的人，所以這些事情我來安排。明白了嗎？」

李隱忽然問道：「以防萬一，我提個問題，你不會貿然和那七個殺手動手吧？」

上官眠的頭緩緩轉向李隱，說道：「這種事情，我自然知道。」

這時所有人都捏了一把汗，心中都很佩服李隱的膽量，居然敢和上官眠說話，還如此鎮定？

住戶們心中也達成了一個共識——這是殺死上官眠的最好機會！

在這些住戶心目中，上官眠的恐怖程度不下於鬼魂。而且，除了鬼，那另外六名殺手也是很恐怖的威脅。試想，可以和上官眠交手的，肯定是同等水準的高手，而且對方肯定有很強大的狙擊武器，得罪了這種龐大犯罪組織，就算將來能離開公寓，只怕也要被追殺吧？

「不對啊。」羅謐梓想了想說道，「就算要待在市區，但是我們如果隨便找個地方躲起來，他們怎麼找到我們？他們的耳目還能遍佈整個里昂？」

「他們或許不能，但是公寓能。」李隱卻說道，「公寓可以創造出讓我們必然遭遇到追殺的種種情況，所以，這是無法避免的。重點就是，如何逃脫他們的追殺。這個過程中，不能貿然交手。原則上能躲就躲，實在躲不了……」

接著李隱的目光看向了上官眠。大家都明白了他的意思。

上官眠是他們唯一的救星。沒有她在，那些殺手中的任何一個都可以輕易斷送他們的性命。

「我會給你們每人發放武器。」上官眠冷冷地說，「之前追殺我的人，給我送來了不少武器，不過這段時間你們必須立即進行射擊練習，我可不想到時候背著屍體逃！」

「開槍的話，」羅蘭說道，「我有一點經驗，而且我之前在美國的時候，射擊成績還不錯。」

「跟我來。」上官眠說完就朝電梯方向走去，「待會兒你們進入我的房間，不要亂碰任何東西，否則，我保證你們連死都不知道是怎麼死的。」

七〇九室，上官眠的房間，是公寓的絕對禁區。沒有任何人敢靠近，就是住在這個樓層的人，也會搬到別的樓層和其他人一起住。沒有人敢和這個凶神住在同一樓層！

歐洲的夜晚，七個人在一個密室裏聚集。

「殺死這個叫上官眠的女人，就是任務吧？」一個低沉的嗓音響起，一個滿臉鬍鬚的中年男子用手指夾著一張照片，照片上是一個十幾歲梳著馬尾辮的少女。男子看起來剛睡醒的樣子：「她還真是個厲害人物啊，居然能殺了歐洲排名第一的殺手，冥王路菲斯。」

「也不過如此，歐洲殺手榜是一幫爭名逐利的傢伙自己排的，怎麼可能代表整個歐洲的水準。」一個十八歲左右的白人女子，頭總是歪著緊貼肩膀，任何時候都是這個姿勢。

「總之，我們一周後啟程前往中國。」一個滿臉皺紋的白鬍鬚老者不停咳嗽著，「我還從來沒有去過。」

「我剛才就想問了，你在幹嗎？」歪頭女子看向眼前的一個人，那個人正倒立懸空。他是一個三十多歲的長著鷹鉤鼻的男子，臉長得醜陋，可以說到了讓人一看到就反胃的程度。

倒立的醜陋男子一言不發。他的身旁還坐著一個紅衣年輕女人，女人一頭紫色長髮，有一張宛如維納斯一般美麗的臉。然而，和維納斯一樣，她也有一個缺陷，她的雙目是失明的。當然，她能夠坐在這兒，就說明雙目失明對她的實力並沒有任何影響。

「好了，談正事吧。」說話的是一個抽煙的中年女子，這個女子是他們中唯一一個亞裔。她風韻猶存，穿著一件漢服式樣的衣服，手中拿著一本《周易》。

「我們在一起的時候，你總是拿著這本書。」歪頭女子嗤笑道，「你說是吧？沙羅？」

沙羅正襟危坐，猶如雕塑一般，沒有說話。

「對了，我們好像還沒正式介紹過。」歪頭女子說，「從我開始吧。卡蘭．維斯特。對了，你們不用擔心我這樣歪著頭會傷到脊椎。拿著《周易》的那位女士，你穿著漢服，是中國人嗎？」

拿著《周易》的女人微微抬起頭，說道：「嗯，我的名字叫阿加娜．白，至於是哪國人，你們就隨便想吧。」

似乎半睡不醒、滿臉鬍鬚的中年男人說道：「我叫諾里依．貝羅，我最喜歡年輕女性的屍體，我接受這個任務，沒有索取任何報酬，只是要求殺死上官眠後，她頭部以下的部分要全部給我。」

這種變態的話說出來，在場卻沒有一個人露出恐懼的表情，大家都認為這是理所當然的。這時候，滿臉皺紋的老者說道：「屍體太無趣了。我喜歡折磨活生生的人，讓一個人痛苦到極致，生不如死，聽著那絕望痛苦的慘叫，欣賞那扭曲恐懼的表情，才是我最享受的！啊，我叫蒙德羅．休利斯。」

一直在倒立的醜陋男人這時也開口了：「我叫烏羅．米頓，我最喜歡看著上下顛倒的世界，彷彿有一種克服了地心引力的感覺。我其實並不怎麼喜歡殺人，但是，如果有空閒，偶爾殺一兩個人，換換心情也是不錯的。」

長得很美卻雙目失明的女人淡淡地說了一句：「莉莉．洛維斯。」

歪頭女人問道：「你是真的看不見嗎？」

「我是天生看不見的。」失明女人答道，「當然，這不會影響我的戰力，如果不相信，你們中任何一個人都可以和我試著過招，使用的武器也可以由你們選擇。」

「不用了。」亞裔女人說道，「我感覺得出來，你身上的殺氣很可怕。」

所有人都齊刷刷地看向始終一言不發的沙羅。他終於開口了：「沙羅·戈多雷。這次的計畫，由我全權負責。」

「我聽說過這件事，不過……」老者說道，「莉莉小姐也就算了，你既然擔任我們的領頭人物，那麼自然有令我們信服的實力吧？我知道你在美國聲名顯赫，但我們也是被挑選出的頂尖殺手。」

「那麼……」沙羅看向老者，「你想怎麼做？」

老者直視著沙羅：「呵呵……看來我年紀大了，大家都把我的凶名忘了，你這種不知天高地厚的毛頭小子，也能在美國殺手榜上佔據首位？我和你比試一場吧。五分鐘內，你只要能在我身上留下一道傷口，就算你贏。」

沙羅輕輕點點頭，說道：「沒有問題。」

半小時後，二人在一片樹林內對峙著。三大組織的人都在幾百米外才敢觀看。本來他們是不希望在去殺上官眠之前，這七個人有損傷的，但是他們也想看看他們的實際戰力有多強，所以批准了這次比試。

老者蒙德羅站定後，看著手錶，時間一到，他的手指微微一彈，緊接著，沙羅的身影就消失在他面前。沙羅背後的一棵要三人才能合抱的大樹，被一塊石頭攔腰砸斷！

老者的身體也迅速閃開，而他原先所在的一棵大樹也被插上了一把匕首！

兩道身影迅速移動，肉眼幾乎無法看清楚他們的樣子！

「怎麼可能……」銀髮的邪神組織首領瞠目結舌地看著這一幕，「他們，真的是人類嗎？人的速度總該有一個極限吧？」

滿臉橫肉的墮天使首領說：「人類的極限，遠遠超出我們的想像啊。世界太大了。」

五分鐘後，勝負已分。

沙羅站定，他的身上沒有一點兒傷口。而老者的手臂上劃出了一道傷口，但是並不深。

「有點意思。」老者看了看手臂上的傷口，舔了一下滲出的血，說道：「好吧，這次行動由你指揮，我沒有意見。」

沙羅沒有說話，只是轉過身，緩緩離去。

「我敢肯定……」銀髮男子咬著牙說，「這兩個人中任何一個，都可以殺了路菲斯！看來，歐洲殺手榜根本不可靠啊！那個老人也是歐洲人啊！」

「我可以肯定，沙羅絕對沒有用出所有本事。」亞裔女人阿加娜．白說，「他的真正實力，遠比我們想像的更可怕。」

露出得意獰笑的埃利克森家主說道：「睡美人，這一次，我就不信你不死！」

「把戰天麟的毒藥配方交給我。」

慕顏慧有些驚訝地看著眼前突然出現的上官眠，後者冷冷地說：「他的房間我找過了，沒有看到毒藥配方。你和戰天麟的關係還不錯，毒藥配方，你有一份吧？」

「那種東西我怎麼可能有……」慕顏慧驚恐地說，「上官小姐……」

當然，慕顏慧不可能是不怕死的人，配方最後還是交出去了。

上官眠在接下來的幾天裏，一直待在七〇九室，還差遣了不少住戶去購買各種藥品。上官眠的吩咐，誰敢不從？所以，一批批的藥品都送了進去。

這幾天，李隱等人苦練射擊。只要在公寓旁邊，開槍也不怕被人聽到。李隱選擇的是左輪手槍，他很快就練上了手，幾天下來，射擊成績突飛猛進。

七月廿二日，上官眠終於從七〇九室走了出來。聚集在外面的不少住戶一看到她，臉色頓時變得煞白，一個個朝後退。

「叫李隱他們過來。」上官眠冷冷地說，「我還需要一些藥品，你、你、你，去幫我買。」

李隱等人再度聚集到七〇九室。

一踏入房間，李隱就注意到，房間裏瀰漫著許多藥物的味道。一個房間的門縫裏還在不斷飄出煙霧。上官眠站在客廳中間，說道：「李隱，根據你的計策，我已經將大部分毒藥製作出來了。」

李隱之前提出了可以利用毒藥的想法，畢竟，那六個人類殺手是需要提防的。

上官眠攤開手心，有一個裝著褐色液體的試管，她說道：「這種毒藥只要在空氣中揮發，就可以釋放出致死性很強的毒氣。我還製作出了解毒劑。解毒劑由我保管，毒藥分配給你們。」

李隱很佩服上官眠，本以為她只是戰鬥力可怕，沒想到化學知識竟不弱於戰天麟。而且只將有解藥的毒藥交給他們，顯然她也在提防著。這個女人心機很深，智商高超，而且殺伐果斷，狠毒無情。

當晚深夜，符靜婷醒來了。醫生為她做了全面檢查，發現體內的不知名毒物已經完全清除了。

上官眠站在觀察室窗外，對身旁的小夜子和慕顏慧說：「解藥的作用得到驗證了。最後一種毒藥，也已經製作出解藥了。」

「你……」慕顏慧看向上官眠，目光中滿是恐懼。這個女人也可怕了吧？戰天麟那麼多年都研究不出的解藥，她怎麼可能……

「你還能自行開發毒藥嗎？」小夜子忽然問了一句。

上官眠冷冷地答道：「花點時間的話應該可以。我接觸過的毒藥太多了。戰天麟合成的毒藥，在你們看來或許已經很難想像了，但是在地下世界，早就有很多走在他前面的人了。」

「是，是嗎？」慕顏慧的嘴角有些抽搐。

上官眠接著說道：「要我告訴你們現今世界的毒藥師排行榜嗎？戰天麟只能排到二十左右。」

慕顏慧的臉都綠了。上官眠，她到底生活在怎樣一個世界裏啊！

「給你們一個忠告吧。」上官眠看向慕顏慧和小夜子，「你們看到的，只是這個世界最表面的現象，所以覺得生活充滿光明和希望。但是，如果你們知道這個世界最深層的黑暗是什麼，你就會明白所生活的世界是一個活生生的地獄。這個公寓，至少還給我們平等對抗死亡的機會。所以，不要感覺活在這個公寓就是絕對的黑暗和絕望，你們比起很多連活下去的機會都沒有的人，要幸福得多了。」

深夜，七個殺手在深山中。

「我想試一下你們每個人的實力，以便進行戰力分配。」沙羅對六人說，「熱武器就不使用了，我相信你們每個人在這方面不弱。為了不受傷，大家都要點到為止。如果出手不慎誤傷乃至誤殺，誰也無法怨誰。蒙德羅先生的實力我已經確認過了，速度和力量都不錯，我認為適合遠程作戰。你們誰先來？」

烏羅依舊在倒立，卡蘭仍然歪著頭，諾里依還是一副睡不醒的樣子，莉莉則盤坐在地上，竟然在玩一副拼圖，阿加娜仍然捧著《周易》，蒙德羅則靠在樹上。

沙羅看了看，指著莉莉，說道：「就你先來吧。」

莉莉身為盲人，竟然已經把拼圖完成了一半！她每次只要用手摩擦一下拼圖的碎塊，很快就能夠找到拼圖的位置！而且這是普通的拼圖，並不是盲人用的拼圖！

莉莉抬起頭來。她的眼睛明明看不見，視線卻死死鎖定了沙羅。她站起身來，一步步走過去。

莉莉將手猛然一招，沙羅立即退開！接著，他出現在莉莉身後十多米外，然而，他的右手衣袖已經破損了一部分！

「你是……毒藥師？」沙羅問道。

莉莉回過頭說道：「我沒有否認過我是毒藥師。難道毒藥師不算殺手嗎？」

「不，我不是那個意思……」

「我在目前世界毒藥師榜上排名第三。剛才沾到你袖子上的毒液，是最難解的七大奇毒之一的『德蕾莎毒液』，僅僅一滴就可以將一個人的身體融化到連骨頭都不剩。」

「我認可你的戰力。」沙羅將上衣脫去，說道：「那麼，接下來，你吧，烏羅先生。」

一直倒立的烏羅站起身來：「我真是討厭站著時候的感覺。」

沙羅開始朝他走過去，烏羅漫不經心地摸了摸那無比醜陋的面孔。當二人之間的距離不到五米時，其他人都退開了。

忽然，烏羅的右腿化為一道殘影，向前面飛踢而去！沙羅的身體也瞬間化為殘影，然而，還是聽到了「砰」的一聲！

沙羅退後了好幾步，他的雙手交叉成十字保護著面部，只見手臂上出現了擦傷。

烏羅面露驚訝之色：「我的腿功，剛才雖然只用了三成力量，不過一般人絕對是會腦袋爆開的，你居然只有一點擦傷？」

「我訓練過每一寸身體。」沙羅將身上最後一件衣服撕開，露出完美的肌肉。他揮舞了一下手臂，正是他這異於常人的肌肉，才能承受高速度扔出匕首的強大負荷。

烏羅笑了笑：「看來你果然很厲害。」

「能夠在我身上留下擦傷的，你是第一個。」沙羅看向另外幾個人，「一個個來太麻煩了，阿加娜小姐，卡蘭小姐，諾里依先生，你們一起來吧。」

三個人漸漸接近沙羅。沙羅注視著離他越來越近的三人，右手朝前一拳揮去，竟然發出了音爆之聲！這一拳出現在諾里依面門前方！

諾里依在這一瞬間，血紅凶瞳露出獰色，張開嘴巴，猛然大吼一聲！這一吼用震耳欲聾來形容都不夠，這超高分貝的恐怖咆哮，哪怕是老虎獅子，也會被嚇得不敢動彈！音波攻擊！

一瞬間，沙羅的右邊肋骨下方已經劃出一道血痕來！接著整個人倒飛出去！周圍幾塊岩石也出現了好幾條裂痕！

沙羅站定的時候，嘴角已經有了一抹血跡。就在此時，一把劍赫然從他身後刺來！沙羅的身影已然化為殘影，劍只是刺中了殘影而已！

剛才的音波攻擊，似乎也對出劍之人造成了影響。那個聲音讓每個人都暫時失聰，腦子裏迴盪著那咆哮聲，頭痛欲裂！

出劍的人是阿加娜。她這把劍能夠自由伸縮，藏於周易當中，一直被她當書籤來用！劍身極薄，猶如冰雪所鑄。劍的速度快到讓人眼花繚亂，幾下舞動，竟然猶如數千把劍！

漫天劍影瞬間凝固了，化為實形。只見沙羅用食指和中指夾住了劍，此時他已經恢復視力，嘴角的血都已經抹去了。

「好劍。」沙羅稱讚道，「你很適合近戰。」

沙羅忽然又伸出左手，抓住了一隻手臂。卡蘭已經出現在沙羅身旁。然而，沙羅立即發現，他抓住的手猶如沒有氣的氣球一樣癟了下去，卡蘭立即掙脫了，又飛起一腳踢向沙羅，沙羅抓住那隻腳後，腳也癟了下去！

卡蘭已經修煉到可以讓骨頭自由伸縮的程度！她的身體猶如沒有骨頭一般，所以，她整天歪著脖子，也不用擔心脊椎問題。

沙羅只能用一隻手和她較量，即使如此，依舊不落下風！他甚至沒有看卡蘭一眼！

最後，他說道：「可以了……你雖然無法打敗我，但我也無法打敗你。你是怎麼做到的？」

「我對中國武學很感興趣，可以運用內功來控制人體骨骼。」卡蘭收招後說，「如何？我很適合近戰吧？」

「很好。」沙羅鬆開手，看向周圍六人道：「我根據你們的各自戰力和特長，會安排獵殺睡美人的具體計畫。」

七名殺手分開了。

其中一名殺手回到所住的秘密別墅，走進房間後，打開了燈，關上了門。

接著，殺手冷冷地說：「給我出來。」

房間裏沒有絲毫動靜。

隨即，一把刀飛過去，刺中了衣櫥大門！殺手向衣櫥走去，說道：「還不出來嗎？」

他將衣櫥大門狠狠打開！一雙煞白的手從裏面伸出！

房間立即陷入一片黑暗！

過了許久，燈才重新亮起。衣櫥前倒著一具無頭屍體。從衣櫥裏走出一個人，其面孔竟然和死去的殺手完全一樣！這個人手中提著那個殺手的頭！

公寓七〇九室。上官眠房裏擺滿了各種裝著毒藥的器皿。她搖晃著試管，頭也不回地對李隱說：「差不多了，這是最後一次實驗。只要這個毒藥可以成功，也許可以超越『德蕾莎毒液』。」

「你加了什麼？」李隱皺著眉頭問道。

「你最好不要知道。人類太瘋狂，沒有什麼東西是做不出來的。」

「是嗎？」李隱淡淡地說，「但沒有這種瘋狂，也就沒有我們現在的世界。人類一直在進步。」

李隱等人登上了前往法國的偷渡船。他們將在馬賽下船，再前往里昂。因為偷渡有很多不確定因素，他們提前了很多時間出發，決定在血字開始前，先到臨近里昂的格勒諾布爾。法國雖然不是埃利克森家族的大本營，但也是危險重重。

「我們目前需要借勢。」上官眠說道，「情報網上我們無法和他們相比，但是我對歐洲各個地下勢力都有所瞭解。既然血字必然會讓殺手注意到我們，那就只能渾水摸魚。我索性讓所有人的目光都集中到里昂。」

羅蘭緊張地問道：「你，你想怎麼做？」

「埃利克森家族樹敵很多。現在大家都認為是我殺了冥王路菲斯和幻魔女琳斯洛，以及三大組織的精英殺手。那麼，肯定有賞識我的才能的家族和組織。所以，我已經通過網路發佈了消息，說我願意投入任何一個組織，只要該組織願意在我遭受到埃利克森家族以及其他組織的追殺時施以援手！」

「強……」羅謐梓愕然道，「你太強了……」

「里昂交通很便利，因為臨近地中海，而且離義大利、西班牙、瑞士都很近，各方勢力都能很快趕來。各方勢力雲集於此的話，就能夠借用他們的勢力，給我們提供掩護。」上官眠繼續說道，「你們還有問題嗎？槍械的使用，我不指望你們完全熟練，不過至少毒藥要小心保管。我先聲明，解藥只有我身上有，不能離開我身邊太遠。有些毒藥，不到十分之一秒就可以讓人死無葬身之地。」

「你配製的那個毒藥……」李隱小心翼翼地問，「進展如何？」

「還沒有成功。」上官眠說道，「符靜婷負責繼續進行研究，一旦成功，她會將配方告訴我，我們可以去黑市購買藥品。」

符靜婷痊癒後，立即被上官眠強迫著和她一起進行毒藥研究。

「還有武器……」羅蘭心有餘悸地說，「準備充足了嗎？雖然你上次繳獲了不少重武器，這一次我們的敵人可是……」

「我會再去黑市購買。」上官眠輕飄飄地說。

「你確定那些組織會幫助你？」李隱謹慎地說，「按照你的說法，我們的敵人可是三個殺手組織，以及擁有龐大財富和權勢的埃利克森家族。」

「在歐洲，敢和埃利克森家族叫板的，雖然少，但不是沒有。而且，我有足夠讓他們動心的另外一個條件。那就是公寓。」

「什麼?!」

「我錄製了公寓靈異影像的資料，和斷頭魔案件一起發給了這些組織。我告訴他們，想知道那個公寓在什麼地方，就要答應我的條件。只要他們相信此事，就會來見我。」

「你……」羅謐梓快說不出話來了，「你開玩笑吧？他們不會以為那是特效攝影嗎？」

「他們當然辨別真偽。歐洲很多地下組織從中世紀開始，就在收集和靈異現象有關的資料，研究神秘恐怖的超自然現象。」

上官眠的決定，沒有人可以推翻。在里昂遭到追殺時，那些收到上官眠發出資訊的組織或許真的可以扭轉乾坤。

腳步聲從身後傳來，李隱回過頭去，走過來的是上官眠。一罐咖啡從她手中扔了出來，李隱接住了。她走到李隱身旁，擰開了手上的一罐咖啡，喝了一大口。

「她是個好女孩。」上官眠忽然沒頭沒尾地說，「明知道是單戀，依舊對你死心塌地。這種單純的女孩子已經不多了。」

「你……」李隱忽然明白了，「你是說彌真嗎？」

「因為我救了她，她就來幫我解血字。」上官眠冰冷的容顏此刻也好像有了感情，「我第一次遇到她那樣的人。」

「因為她比較單純。」李隱說道，「她只是覺得，有些事情值得去做，就去做了。和她弟弟一樣，都是認定了就不會半途而廢的人。」

上官眠看著眼前的海浪，說道：「我當年在組織作為訓練生的時候，曾經親手殺死了我最好的朋友。組織在孩子極小的時候就灌輸靠殺戮才能生存的觀念，絕對不能有作為人的感情。」

「我能理解你的心情。」李隱也打開了咖啡罐，「我也為了生存，將大學同學的生命捨棄了。以前曾經想拯救所有人的想法，在那一刻瓦解了。」

上官眠的手搭在扶欄上，說道：「你很幸運。深愛你的兩個女人，都願意為了你付出所有。」

「我承諾不了她們任何一個人。」李隱緊緊捏著咖啡罐，「在這個恐怖的公寓裏，我能做的事情太有限了。」

「可以做就行了。」上官眠卻說道，「我原本是希望死在公寓的。我不想死在人類的手上。但是，我最近的想法有一點改變了。我想試著在這個地獄公寓中活下去。」

將咖啡罐狠狠扔進了大海，上官眠走回船艙時留下了一句話：「好好保護嬴子夜。那個女人，是你墜入這個地獄裏獲得的最珍貴的瑰寶。」

當晚，他們接近了科西嘉島，很快就要到馬賽了。上官眠發出的資訊已經引起了軒然大波。敢同時得罪埃利克森家族和三大組織的，只有兩個勢力。一個是和埃利克森家族實力不相上下的亞倫家族。第二個是名為「科倫斯會」的組織，這是一個由許多大財閥聯合，在政經界都極有影響力的組織。

七月廿五日晚上，上官眠等人終於進入了里昂市區！埃利克森家族立刻獲悉了這一情報！

13 認親

里昂市中心，夜幕已經降臨。

一個亞裔女子坐在一家餐廳內。她面前是一個筆記型電腦，電腦螢幕上，是上官眠的照片。女子看起來有三十多歲，有一頭柔順的黑色長髮，五官竟然和上官眠極為酷似！

「自由……」女子喃喃自語著，雙眼溢滿淚水：「終於找到你了……終於找到你了！」

血字已經開始了。

一輛白色轎車在馬路上行駛，開車的是上官眠。

「我……我好害怕！」羅謐梓瑟瑟發抖，她把槍拿在手上。

韓國住戶洪相佑的手也不住地發抖，他注意到，大街上行人並不多。周圍都是一些建造於中世紀的建築和教堂，讓人有一種時光交錯的感覺。此時，天空非常陰沉，讓人感到心上壓著一塊沉甸甸的石頭。

「我們進入里昂的情報已經到了各大組織手上。」上官眠鎮定地說，「不過這裏是市中心，如果爆發大規模槍戰，必定會有政府介入。」

「你別說得那麼輕巧！」羅謐梓吼道，「你要知道，我們要面對的最可怕的敵人是鬼啊！那七個殺手中有一個是鬼啊！」

七名殺手站在埃利克森家主面前。沙羅聽到了最新情報後，點頭道：「明白了。」

「亞倫家族和科倫斯會似乎也開始行動了。」埃利克森家族家主說道，「哼，睡美人還在垂死掙扎，想借勢來對付我？」

七個人經過一條黑暗通道，坐上專車前往里昂。

黑暗中，某一名殺手面露獰笑，整個面部完全扭曲了，猶如地獄中的撒旦！

「他們正在接近里昂市中心的白萊果廣場。」沙羅看著車子上的ＧＰＳ定位說。

白萊果廣場又稱為皇家廣場，周圍大多數是十九世紀的建築，那裏自然有很多外國遊客。如果發生大規模槍戰，後果不堪設想。

「想讓我們投鼠忌器嗎？」莉莉在車子上依舊在玩拼圖，而她的衣袖、領口不時鑽出一些毒蟲。

莉莉身體的每一寸都有強大毒性，她一直用自己的血液餵養這些毒蟲，而通過大量毒物中和，她還能活下來。這些毒物在戰鬥中都能夠讓對手迅速斃命。

莉莉摸著下巴說：「不知道在殺死睡美人以前，我能不能拼完這個拼圖呢？」

「那你恐怕要失望了。」卡蘭搖頭說，「我可以和你打賭，這副拼圖還沒有拼完以前，上官眠的人頭就已經到我們手中了。」

這七名殺手中的某一個人，眼睛死死盯著ＧＰＳ導航儀，雙目幾乎要凸出。因為車內光線暗，並沒有人看到，那張面孔非常慘白，雙目已經完全化為一團黑色，嘴巴大張著，手伸向ＧＰＳ導航儀！

十分鐘後，即將接近白萊果廣場的時候，上官眠突然踩下了煞車！

「怎麼了？」李隱立即看向她問道，「出什麼事情了？」

「那是……」上官眠看向前面的十字路口，開始迅速倒車。一輛加長林肯正從馬路對面駛來。

「這麼豪華的車子絕對不會是普通人乘坐的！」

上官眠的車子開始調頭，迅速開入了一個轉彎！在這一瞬間，一塊石頭飛速從車尾險險砸過！石頭砸到了對面馬路上一名金髮女子的面門，女子的頭立即徹底爆裂，鮮血和腦漿濺射開來！一具無頭屍體轟然倒下！而沒有一個人看到那塊石頭！直到其砸到後面一座大樓的牆壁上，將整座牆面徹底砸碎！

「封鎖附近所有路口！」埃利克森家主正在他的豪華別墅內觀看視頻，指揮道：「所有人馬在各個路口攔截！只要能夠減慢他們的速度就可以！」

上官眠踩下油門，掏出槍來，說道：「沒有我的命令不要輕易開槍！」

那輛加長林肯追來了！兩輛車子目前距離還比較遠，但是，這個距離對殺手們而言，太近了！

「蒙德羅先生，麻煩你了。」沙羅鎖定著前方的白色轎車，「不要打爆頭，委託人再三要求，要保留頭顱！」

「明白。」蒙德羅又拿著一塊石頭，伸出車窗，又是狠狠扔出！

石頭飛快射出，一下就砸到白色轎車的後輪胎，輪胎被瞬間打爆，車子立即失去平衡，在原地旋轉起來！

上官眠抓著方向盤，緊接著毒針迅疾從車窗射出！

毒針射出的瞬間，諾里依立即睜開雙目，將頭伸出車窗，隨即發出一聲咆哮！而大家也馬上戴上耳塞！

咆哮聲在這條街響徹！附近許多商店的櫥窗、汽車的車窗玻璃都瞬間碎裂！那幾根毒針也在半空中全部化為碎屑！而那輛加長林肯的車窗，全都是合金強化玻璃，才能抗住這恐怖的聲波！大街上許多人都立即昏倒，甚至有人吐出鮮血。

白色轎車和加長林肯有兩百米以上的距離，縱然如此，上官眠也是身體一顫，耳朵甚至流出血來！上官眠一腳踢開車門，和其他人一起跳下車子！然後朝前方飛奔！

七名殺手中的那個黑影，雙目不斷睜大，看向那輛兩百米外的車子……

蒙德羅再度將手伸出車窗！但是，他這次扔的，不是石頭！

一聲震耳欲聾的大爆炸響起！地面都被炸碎了，許多路人被炸得粉身碎骨！這是超高爆彈！這種炸彈的威力強到不可思議的地步，如果近距離被炸傷，就算是沙羅那堪比少林寺十八銅人的身體也是必死無疑！

幸好這時上官眠等人已經穿過一條街道左拐，然而爆炸氣浪噴湧而來，燃燒著火焰的無數石塊以及碎玻璃都在天空亂飛，上官眠的左邊臉頰被劃出了一道很深的口子。

「你……」卡蘭看著前方的沖天火柱，街道被夷為平地，地面被炸得塌陷下去成了一個深坑！

「委託人要求要上官眠的完整人頭！」沙羅回過頭，對蒙德羅冷冷地說：「而且在市中心製造爆炸案，你想讓政府出動軍隊嗎？」

「反正殺了上官眠就可以了。」諾里依說道，「我倒是覺得蒙德羅做得沒錯。剛才她轉過街道了，可能還沒有死。不過，這也只是垂死掙扎罷了。」

「我去殺掉她。」沙羅打開車門，「現在趕過去，應該來得及。你們從另外一條路出發。」說完，沙羅的身體就化為一道殘影，衝入旁邊一家破損的店鋪。

上官眠等人飛速奔跑著，其他人都被注射了禁藥，所以，才能跟得上上官眠的速度。此時，他們每個人手上都拿著槍，路人看到都嚇得立刻逃開了。

大家在複雜的巷道中穿行，李隱感覺到了一股恐怖的心悸，彷彿被一個厲鬼盯著一般！

上官眠咬著牙，忽然停住腳步！大家也停住了，李隱怒吼道：「為什麼停下來？」

上官眠迅速抽出一把長刀，這是冥王的刀！她把刀狠狠地朝前方扔去！然後繼續奔跑！

「轟隆」！巷道的牆壁上空忽然躍下一個人影，人影站定的一瞬間，那把長刀就直逼他而去！

然而，那個人影極為輕鬆地偏開頭，躲過了長刀，然後，身影猶如流星一般衝出去！前方拐角處，等待這個身影的，是兩個炸彈。

聽到爆炸聲，上官眠看向後方，目光中依舊是凜冽的冷意：「這樣應該可以阻礙……」

然而，她忽然又停住了腳步！

冰冷，邪惡……明明那爆炸聲剛剛響起，耳邊卻沒有了聲息。

上官眠等人正對的巷子左邊拐角處，有一個人影走過來。

「咚！咚！咚！」全世界好像只剩這麼一個聲音了。

李隱也發現，自己無法動彈，也無法發出聲音來！

「咚！」終於，上官眠動了起來，把一顆手榴彈狠狠朝前方扔過去！

爆炸聲再度將寂靜打破。他們頓時聽到人聲、警車聲、消防車的聲音不絕於耳。

上官眠等人已經進入了下水道！踏著地面的污水，他們飛速前進。剛才那一瞬間，地上正好有一個下水道孔蓋，只有通過下水道才能逃遁！

在他們身後，七個身影也快速跟隨著。

上官眠在下水道內放置了一根根密封的特製試管。然後，她喝下了一種液體。接著將試管打碎。一種綠色的霧氣逸散而出！這是戰天麟製作的最可怕毒氣！

「喝下解藥就沒事了。」上官眠說道，「不過，你們的速度還是不夠！必須加大禁藥的劑量！」

「可是……副作用……」羅蘭擔憂地問，「不要緊嗎？」

上官眠一把掐住他的脖子，將他按在牆壁上：「等你死了，就什麼副作用都不會有了！」

李隱也贊同道：「我們的速度的確還是跟不上上官眠，還是注射禁藥吧。反正就算有副作用，回到公寓也可以恢復的。」

又打了禁藥，大家立即感到疲勞一掃而空，身體裏似乎有使不完的勁！十多米的距離，竟然一瞬間就飛奔而過！

李隱說道：「上官小姐，那些綠色霧氣應該能夠殺掉那些殺手吧？」

「可能性很低。」上官眠迅速答道，「能殺死他們中一兩個人就很不錯了。我的戰力屬於A級，路菲斯屬於S級，而追殺我們的都是SS級高手，這類殺手的內功已經出神入化，就算中毒，也能夠輕易排出體外！」

忽然，後面有一個聲音響起：「睡美人！」這句話是用中文喊出的。

上官眠立即回過頭，迅速抽出一把沙漠之鷹，然而她沒有開槍。因為對方穿的衣服上繡著亞倫家族的家徽！

那是一個看起來三十好幾的女人，有一張亞裔面孔。她在眾人身後大概三十多米外疾奔而來。當她跑到上官眠面前，凝視著上官眠，激動得渾身顫抖。

好在她沒有完全失態，恢復了理智說道：「睡美人，我是亞倫家族派來救你的。」

「邊跑邊說！」上官眠重新跑了起來。

亞裔女子說道：「家族認為，我是亞裔，可能和你比較親近，所以派我來援助你。我叫韓未若。」

「只有你一個人嗎？」

「不，還有其他人和我一起接應。但是情況緊急，我發現你們進入了下水道，所以立即來幫助你們！」

然而，上官眠忽然飛起一腳狠狠踢在那個女人的肋骨上，她頓時措手不及，重心失穩倒在水中，緊接著上官眠就準備扣動扳機。

「等等，你為什麼要殺我？」亞裔女人驚愕地問，「我是來救你的！」

「你怎麼活下來的？」上官眠冷冷地問道，「你沒有戴防毒面具，怎麼可能穿越那個綠色霧氣瀰漫的地方！」

「當然可以活下來啊！我服用了你用郵件發來的配方製作的解藥啊！」亞裔女子驚訝地說。

上官眠收起了手槍，說道：「沒錯。你是亞倫家族的人。繼續跑！」

亞裔女子這才驚魂稍定，明白過來道：「不愧是睡美人，果然很謹慎啊。也對，亞倫家族的家徽很多人都見過，偽造也不難。而你發來的配方是家族高層機密，不會輕易洩露出去。」

李隱心中也對上官眠很欽佩，她恐怕從一開始，就想好了用這個辦法來鑒別對方是否真的是來救她的。

「不過……」上官眠繼續說道，「你的實力太弱了吧？我剛才的攻擊，你居然都沒有辦法躲開？」

「抱歉……」亞裔女子說道，「這次來殺你的，都是非常可怕的人物。你一定要小心，再小心！」

「喂，上官眠。」李隱忽然提出了一個新想法，「就算她不是來殺我們的殺手，但是，你能確定她是人類嗎？」

上官眠的腳步一滯。她看向亞裔女子，說道：「我還是不能信任你。站在這裏不要動，直到我們的身影看不見為止。否則我就馬上對你開槍！」

「為什麼？」亞裔女子驚訝地問，「你剛才不是證明了嗎？」

「你幫我牽制住那些殺手就可以了，不用貼身陪伴在我身邊。從現在起，你接近我身邊十米範圍內，我就立即殺你！」說完，上官眠繼續飛奔！

亞裔女子呆呆地看著上官眠就這樣消失不見了，她索性回過了頭。

「好吧……既然如此，那麼就由我來幫你吧。自由……」她朝和上官眠相反的方向走去，「既然你那麼說，我也只有照做了。這是我欠你的。」

她很快聽到前方有水聲傳來，那七名殺手出現在她的視線中。那七個人沒有一個人戴防毒面具，就這樣穿過了綠霧逸散的地帶！

「給我站住。」亞裔女子上前一步，用英語說道：「現在這裏禁止通行。」她的身體還是止不住地顫抖，恐懼讓她的額頭不斷冒出冷汗來。

當先一人是沙羅。他問道：「你是誰？亞倫家族的人？」

「只有她一個人吧？」卡蘭嘲諷不屑地看著她，「不過，既然是亞倫家族的人，我來殺了她吧。」

「不，我來。」阿加娜卻走到最前面，「她也是亞裔，就由我來動手吧。」她從手中的《周易》中取出一把小巧的劍鞘，拔掉劍鞘後猛然一揚，一把寒光閃閃的冰劍赫然亮出！

亞裔女子冷笑道：「現在是什麼時代了？還用劍？」她迅速拔出手槍來，剛要開槍，只見一道劍影閃過！手槍的槍管已經斷裂！

「劍用得好，未必不如槍。」阿加娜已然收劍，「你太弱了。而且，根據我來看，你今天有大凶之相。看在同為亞裔的份上，我饒你一命。」

「廢話真多啊，阿加娜。」卡蘭喊道，「直接殺掉她就是了，還要去追睡美人呢！」

諾里依走了過來，說道：「等一下，雖然她年紀稍微大了一點，但是她的屍體也一定很美味。阿加娜，讓我來殺她吧。」

「辦正事要緊。」沙羅開口道，「不能讓睡美人跑了。」

「一會兒就好。」諾里依更加逼近了亞裔女子。後者不斷後退著，她的雙腿不住地發抖，臉上寫滿了恐懼。

「你……你們……」她一想到上官眠在身後，就無法再繼續後退了！「自由……這是我唯一能為你做的……媽媽唯一能為你做的……」

這個名叫韓未若的女人，並不是亞倫家族的殺手。她是上官眠的親生母親。她是一個殺手，但是只會殺她認為該殺的人，絕對不會傷害無辜。但是，她知道，生活在黑暗世界裏，遲早有一天會自取滅亡。尤其是……當她懷孕的那一刻。

上官眠的父親只是一個和她發生了一夜情的人，連名字都不知道，當時僅僅是為了在刀口舔血的生活中尋求刺激罷了。

發現懷孕的時候，連她自己都無法相信。那時候她只有二十歲。她原本是打算打掉這個孩子的，因為她根本不可能再找到孩子的父親，而身為殺手的自己，怎麼可能撫養一個孩子長大？

但是，隨著孩子一天天在她體內成長，當她感受著這孩子的胎動，韓未若就無法再決定打掉孩子了。為了這個孩子，什麼都可以捨棄，什麼都能夠為她做到。韓未若決定結束她的殺手生涯。

韓未若生下了雙胞胎，是兩個女孩子。她給姐姐取名為「自由」，妹妹取名為「真實」。兩個孩子成為她心中唯一的牽掛。

然而，厄運還是降臨了。

她遭到了黑色禁地組織的追殺。而被追殺的時候，她甚至都不知道追殺自己的是哪個組織，她暗殺過的人太多了。而在逃跑過程中，她把自由弄丟了，最後只帶著真實逃離了。而她沒有想到的是，自由被黑色禁地組織的人找到後，就將她帶回組織，成為了組織的訓練生，也就是現在的「睡美人」上官眠。

韓未若的心頭在滴血，她無法親口告訴女兒，她有多麼愛她、多麼思念她。十六年來，她一直都不知道女兒的下落。為了不讓真實也遭遇不測，她雖然萬般不忍心，還是將她交給了一對香港夫婦，讓他們收養那個孩子。

她雖然也算是很有能力的殺手，可是和上官眠比，絕對是天淵之別，而和這七個人更是沒法比。要不是她精通駭客技術，截獲了亞倫家族的情報，她是沒有辦法到這裏來的。

韓末若為女兒取名自由，原本是希望她可以獲得自由，不用像自己一樣生活在黑暗世界裏。可是，沒有想到，女兒最終還是踏入了這個世界，並且被推到風口浪尖。而她能為女兒做什麼呢？她連自己的女兒都打不過！

諾里依看著韓末若依舊不退，露出一絲獰笑道：「這個女人還真是有意思啊！各位，你們去殺睡美人吧，我忍不住了，要在這裏和她好好玩一玩！」

沙羅點點頭，隨即六人從韓末若身邊直接穿過！以這些人的速度，她根本阻擋不了他們一秒時間！

韓末若只感到渾身都在打寒戰，恐懼已經快把她壓倒了。可是，比起無法保護女兒的痛苦，這些根本不算什麼！

諾里依說道：「我只喜歡死人。所以，不需要你配合。」他向前踏出一步，接著張開了嘴巴。

韓末若立即回過身逃跑！

吼！一聲恐怖的咆哮從身後傳來！韓末若頓時感到耳膜被瞬間震破，耳朵立即滲出血來！頭似乎被撕裂了一般！一大口鮮血噴出，韓末若的雙眼溢滿淚水。

「居然還沒有昏死過去？」諾里依晃了晃頭，「一定要弄死你才可以啊。」

韓末若連站起身的力氣都沒有了。頭痛讓她不斷發出慘叫，在水中翻滾著。鮮血還在不斷從嘴中吐出，她怨毒地看向諾里依，只恨自己身上沒有炸彈，否則一定會殺了他！

諾里依一把掐住她的脖子，將她整個人抓起。

「自由……」韓未若在臨死之際，還是看向女兒跑走的方向，手伸向那裏，喃喃地念著女兒的名字。

諾里依聽不懂，但是他沒有當一回事。他右手抓住韓未若的天靈蓋，左手抓住她的脖子，說：「好了，現在就讓我把你的頭擰動一下吧……」

忽然，一道身影飛速閃過，諾里依只看到，手中的韓未若已經消失！

一道黑影將韓未若扛在肩膀上，在下水道內飛奔。韓未若本來以為自己必死無疑，此刻卻驚駭不已，剛才那是什麼速度？

黑影終於逼近了那六個殺手，隨即，沙羅發現了逼近的黑影，回手就射出一把匕首！黑影立即避開，隨後穩穩地落在六人前面。

此時，韓未若才看清楚，那個黑影是一個渾身穿著黑色喪服、腰肢非常纖細、臉罩黑紗的女人，看起來猶如葬禮上的喪主。

沙羅看清這個人的時候，也是腳步一滯。

「你是……」卡蘭那一直歪著的頭，竟然也直起來，說道：「黑寡婦！居然是你？」

黑寡婦凶名滔天，是世界排名第二的毒藥師！她也是科倫斯會三巨頭的貼身保鏢之一！

黑寡婦將韓未若放下，說道：「你走吧，既然是亞倫家族的，那麼我們暫時是同一陣線。」

韓未若驚魂未定，立即點頭道：「好，謝謝你！」

韓未若根本不知道黑寡婦這等身分的人物。但是，好不容易能夠活下來，她自然是忙不迭地向後逃去！

「麻煩了。」莉莉走上前一步，「這個人交給我對付吧。」

「洛維斯小姐。」黑寡婦看向她，抬起右手手臂，只見一隻黑蜘蛛爬在她的手掌上，她繼續說道：「如果你能夠賣給科倫斯會一個面子，日後對你絕對很有利的。你應該清楚，科倫斯會的背後是什麼勢力吧？」

從莉莉的衣服中爬出了密密麻麻的毒蟲！很快，幾乎將她的身體完全覆蓋了！莉莉那張絕美的面孔，此時爬滿了形狀各異的毒蟲，這絕美和恐怖的結合，實在是令人毛骨悚然。

「我再重複一遍。」黑寡婦冷冷地說，「如果你們再不退回去，後果自負。」

「不要開玩笑了。」莉莉冷笑道，「能夠毒死我的毒，我倒是很想見識見識。就是『幻加羅香』，我也聞過。你難道還有比『幻加羅香』更強的毒藥嗎？」

黑寡婦走上前一步，忽然，一把匕首突兀地在她左胸口出現！

黑寡婦的身體一震，隨即頭轉向沙羅。因為黑紗遮臉，根本看不清她的表情。

「戈多雷先生，」黑寡婦的聲音依舊很平靜，「你做了錯誤的選擇。」

那把匕首幾乎已經完全沒入了身體，然而黑寡婦卻半點受傷的跡象也沒有！隨即，那把匕首居然掉出來了！刀身超過三分之二的部分已經被腐蝕得一丁點兒不剩！而黑寡婦沒有流出半滴血！

沙羅見黑寡婦毫不避讓，又見到諾里依追上來了，於是說道：「洛維斯小姐，休利斯老先生，麻煩你們了。她的毒很厲害，所以適合遠程攻擊的人最適合對付她。」

「沒有辦法了。」滿臉皺紋的老者看向黑寡婦，「也只有我才能對付她了。」

黑寡婦再度曉以利害：「我承認我一個人留不下你們所有人。但科倫斯會這次會傾巢而出，考慮好得罪科倫斯三巨頭的下場吧。」她獰笑道，「到時候就看埃利克森家族敢不敢保你們七個！」

沙羅毫無懼色，緊接著身體猛地一蹬，就從黑寡婦頭頂飛過！

黑寡婦剛要動作，蒙德羅卻閃到她面前，莉莉也出現了，二人聯合圍堵，她也沒有辦法繼續去追。

「只牽制住兩個人……算了，都是ＳＳ級高手，要對付也不容易。」黑寡婦停下腳步，也將身體擋住後方。

「你殺不了我的，黑寡婦。」莉莉冷笑道，「快讓我們過去吧。蒙德羅先生，千萬不要碰她。一旦讓她將寄生毒蟲鑽入你體內，你就算不死，也沒有辦法戰鬥了。」

「不行，還不夠快！」上官眠忽然說道，「他們在逼近！我們的距離在不斷被拉近！」就算是打了禁藥，住戶的身體素質也遠遠比不上沙羅等人。這時，眼前出現了三條岔道。上官眠看了看，說道：「左邊！快！」

大約三分鐘後，韓未若終於趕到了！

「自由……她去了哪一邊？」看了看三條岔道，韓未若一時難以決定，最後決定賭一賭，於是走向中間的岔道！

就在她衝入中間岔道三十秒後，那五個人已經趕到了！

「麻煩了！」諾里依朝著三個岔道看了看，「我們該走哪一邊？」

沙羅沒有回答，他走到牆壁前，狠狠一拳砸去，整面牆壁頓時徹底坍塌！接著他隨手撿起三塊石頭，走到三條岔道前，計算了一下，幾乎同時將三塊石頭扔向三條岔道！

韓未若感覺後面一陣勁風襲來，嚇得立即趴倒在地，那塊石頭從她頭頂飛過，雖然沒有擊中，也將她後背的衣服掀起，長長的血痕立即浮現而出！僅僅是劃過的風力道就已經如此恐怖！

而在上官眠那邊，她立即拉開一旁的羅謐梓。石頭立刻從羅謐梓的右肩迅速劃過，衣袖迅速被劃成碎片。

「怎麼樣？」卡蘭看著沙羅問道，「是哪一邊？」

「都沒有劇烈聲響。」沙羅閉上眼睛側耳傾聽，「那麼兵分三路吧。烏羅和卡蘭走左邊，阿加娜和諾里依走右邊，中間由我來。一旦發現任何一人就進行聯絡。」話音剛落，他的身體就飛速衝往中間岔道，視覺還殘留著他的影像時，他已經在二十多米外了！

李隱一邊跑一邊進行著分析：「這個鬼受到的限制看來很大，必須用眼睛定位我們的方向，也無法瞬間移動。但是，只要接近我們，必定可以殺死我們！也就是說，不能讓鬼接近我們！」

「可是，就算只是那些殺手，也夠可怕了！」羅蘭心有餘悸地說，「我們的速度已經到極限了吧？可還是不夠啊！」

「這我知道！」上官眠將視線掃向後方，「好快的速度！距離在不斷被拉近！」

下水道的路線不是完全直線的，否則就會被用狙擊槍直接攻擊了。

「上官眠，你能打得過他們嗎？」羅謐梓恐懼得臉都扭曲了，原本對上官眠的滿腔怨毒已經煙消雲散，現在，這個少女是她心目中的保護神！沒有了她，他們就死定了！

「我說過了，他們是ＳＳ級殺手，這個級別，如果是專門煉體的，就是子彈都射不穿他們的胸膛！」

烏羅說道：「看來接近了呢，我都聽到急促的呼吸聲了。哈哈，終於可以殺掉睡美人了。」

「還不確定，」卡蘭歪著腦袋說，「也許是那個亞倫家族的女殺手。」

「距離還在拉近！」上官眠額頭上沁出汗珠來，身體微微發顫，緊咬著嘴唇，雙眼佈滿血絲！一向鎮定自若的上官眠，竟然第一次在住戶面前現出惶恐之色！

「用炸彈怎麼樣？」洪相佑忽然開口道，「用炸彈丟過去……」

「這裏如果塌方，我們也會死的！」上官眠立即否定了這個辦法，「而且，如果他們中有鬼，炸彈能殺死嗎？」

此時，這五個人已經進入了烏羅和卡蘭的視線範圍！

「沙羅！」卡蘭通過耳邊的聯絡器說，「已經確認！是左邊岔道！馬上過來！」

烏羅進入亢奮狀態，腳下健步如飛！距離被迅速拉近！三百米，兩百米，一百米……終於，只有五十米了！

「不，不要！」羅謐梓嚇得哭出來了，她大喊著：「救救我們，上官眠，求你救我們！有什麼可以殺他們的毒藥嗎?!」

上官眠回過頭去，只見烏羅正以恐怖的速度衝來！她的嘴唇已經咬出了血，手一抖，又抽出了冥王的另一把長刀！這把刀可以自由伸縮長短，刀刃鋒利無比，一旦被砍中，就算是沙羅的身體強度，也會受輕傷！她將長刀朝烏羅的腿部狠狠扔過去！

長刀猶如飛鏢一般旋轉，刀身森森發寒，速度極快！然而，烏羅竟然抬起腳，狠狠地朝旁邊的牆壁踢去！

「轟！」那面牆壁立即倒塌了，無數石塊頓時朝上官眠等人飛來！長刀砍碎了一塊又一塊石塊，連綿不斷的碎石不斷將長刀的速度減緩！

最終，刀子到了烏羅腳前的時候，他狠狠地一踢刀柄，就拿住了長刀：「居然敢砍我的腿……居然敢砍我的腿！」

與此同時，上官眠立即按下了手上的一個按鈕！

「轟隆！」卡蘭在千鈞一髮的時候，衝到烏羅面前奪過那把長刀扔了出去，繼而長刀就爆炸了！這是個很小的炸彈，威力並不強。但是如果貼近身體爆炸，那麼廢掉烏羅一隻手還是可以的。

長刀爆炸的一瞬間，氣浪猛然掀起，這一下烏羅被徹底激怒了！

「居然還要炸我的手！我以後還怎麼倒立啊！睡美人，我要把你碎屍萬段！」一直很優哉的烏羅，就像突然變了臉一樣，那原本就極為醜陋的面孔，此時佈滿青筋。

不過，這麼一折騰，雙方的距離再度被拉大到了一百米以上。卡蘭正準備繼續追上去，忽然一道身影穿梭而來！沙羅竟然已經到了！

「我看到他們了。」沙羅冷峻的目光掠過殺機，「結束了。睡美人！」話音剛落，他的身體再度化為殘影，以遠遠超越烏羅的速度，直逼上官眠等人！

上官眠最後的垂死掙扎創造的唯一生機，此刻完全瓦解！

沙羅的加速，也讓卡蘭雙目一凝：「他之前展示的，還不是他的極限速度！」

全世界只有不到兩百名SS級高手！沙羅的實力最強，絕對毋庸置疑！

一股破風聲從身後傳來，五個人都回過頭去看，沙羅猶如一道光影射來！這等速度，完全令人絕望！

「不，不要——」羅謐梓慘叫起來，「主啊，救我啊！」

羅蘭和洪相佑面色鐵青，而李隱的目光也黯淡下去，他無論計謀如何厲害，但是實力的差距太大了。這個白髮男人無論是不是鬼，一旦接近，他們必死無疑！

然而李隱低估了沙羅。這個距離，已經足夠他進行狙擊了！雙方現在相距不到一百米！沙羅目光一凝，匕首已經飛出！

幾乎在同一瞬間，一道影子突然從旁邊的牆壁破體而出，一把抓住了那把匕首！

那是一個兩米多高的黑人，他赤裸著上身，身上的肌肉可以媲美健美冠軍。匕首被黑人抓住後，他雙目鎖定眼前的沙羅等人，說道：「睡美人，記住你和我們組織的約定！我是科倫斯會的人！」

沙羅卻不停下，直衝黑人而去。黑人怒吼一聲，身體一橫，一拳狠狠轟向沙羅的胸口！然而沙羅完全不閃不避，拳頭打在他的身上，竟然發出金鐵交加之聲！沙羅一把抓住黑人的手臂，迎上對方的目光時，繼而……一把森寒的匕首，頓時穿過黑人的咽喉，從他的後頸穿出！

瞬殺！這個黑人才出現不到十秒鐘，就被沙羅瞬殺！

黑人的目光中滿是驚悚，他在來之前已經知道沙羅是美國第一殺手，但他自己也是SS級高手，自認為不會輸給他，但是，絕對沒有想到，只打了一個照面，對方就輕鬆地殺死了自己！

沙羅一把拔出匕首，冷冷地說：「煉體的人，很少有連咽喉也能夠修煉成功的。你就算再強，脖子被刺穿了也不可能活得了吧。」

這時，烏羅忽然衝過來，一腳狠狠地踏到黑人的頭顱上！這個黑人也是煉體高手，頭顱的硬度至少也比得上普通鋼鐵，然而烏羅這一踏，竟然將頭顱踏得粉碎！而且，地面也深深凹陷下去！

沙羅殺死了黑人後，再度移動！不過，黑人總算爭取了十秒時間。這段時間，距離又拉到了一百米以上！而且，出現了轉機！

前面出現了一段向上的橫梯！上面出口是一個下水道孔蓋！五個人立即上去，掀開蓋，來到了地上。沒有星辰的夜幕下，周圍一片淒清！

這裏是里昂市中心的一個遊樂園，面積相當大，設施很多，其中也有不少風格古舊的建築。此時，埃利克森家族，三大組織，亞倫家族，科倫斯會已經完全封鎖了這個遊樂場！遊樂場提前關閉，幾個組織的人都派人把守。

從那段下水道，最終會到達這個遊樂場，必然會在遊樂場裏展開生死大戰！一個A級殺手和七個ＳＳ級殺手的對戰，原本看起來是毫無懸念的。但是，亞倫家族和科倫斯會雙雙介入，局勢變得複雜了！各大組織都不會讓Ｓ級以下的殺手進入遊樂場！

然而，除了那五個住戶外，誰都不知道，這場戰爭不過是公寓發佈的一項血字指示罷了！強如埃利克森家主，乃至科倫斯三巨頭，都不過是血字中的配角罷了！

出現在住戶面前的，是一個海盜船。附近還有一個巨大的摩天輪和一座大城堡。

不久後，沙羅也從下水道衝出，隨即發生了大爆炸！沙羅一躍就是數十米高，繼而利用海盜船在空中借力，等他落地的時候，卻看不到上官眠等人的蹤跡了！

14 終極逐殺令

上官眠等人終於鬆了口氣。

「居然逃出來了……」上官眠扶住圍欄，看了看周圍的幾座城堡，說道：「大家補充一點水分！你們就祈禱禁藥不要失效吧，否則你們都會因為體力耗盡，一步也走不動！」

眾人立即取出運動飲料，不斷灌入口中。此時，他們的確渴得厲害。

上官眠注意著左右，取出了一個塑膠炸彈，安裝在地面上，說道：「好，接下來我們向反方向跑，到時候引爆炸彈，吸引他們的注意力！」

她看到前面有一個旋轉木馬，就將一個更大的炸彈安裝在一個旋轉木馬下面。這個炸彈的威力很強，一旦近距離爆炸，絕對可以殺了沙羅！上官眠設計的雙重殺局實在可怕！

五個人再度在遊樂場中奔跑起來！從手中一個電子設備中，上官眠調出了遊樂場的地圖，說道：「我們的位置在這裏，他們應該會分頭出面。」

羅謐梓渾身瑟瑟發抖地說：「我們，還有救嗎？」

上官眠看向頭頂的夜空，說道：「那個白髮男子，他的實力在ＳＳ級中是最高的。我觀察過他的表情，始終很自然，如果是注射了禁藥，應該會表現得很亢奮才對。當然，還有一個解釋……」

「他就是鬼，對吧？」李隱說出了這個猜測。

沙羅自然成為了所有人心目中的頭號嫌疑人！

李隱看向上官眠，問道：「如果單打獨鬥，那些殺手，你能打敗哪一個？」

「一個都沒有。」上官眠打破了大家全部的希望，「SS級高手，他們本身已經足夠抵抗普通的熱武器。」也就是說，對方就算不是鬼，他們也死定了。

「不過，剛才那個黑人的出現，讓我稍稍安心了一點，」上官眠恢復了冷酷的面容，「科倫斯會開始行動了。科倫斯三巨頭，就算埃利克森家族也有幾分忌憚。所以，現在是我們最好的機會！」

「那……這些勢力裏有沒有SS級高手？」李隱問道，「SS級高手不會很多吧？」

「就算不多，也不至於沒有。何況科倫斯三巨頭有通天之能，想來，應該能夠牽制住那七個殺手。」

「不。」李隱糾正道，「確切地說，是六個。」

各大勢力的人已經紛至遝來！

黑寡婦進入遊樂場，走到了一個旋轉咖啡杯前，看到那裏正站著一個拿著扇子、有著一張亞裔面孔的女子。

「夢可雲。」黑寡婦用有些陰冷的聲音說，「你好像來晚了。」

「呵呵，重要人物總要晚點出場嘛。」那個女子看起來還不到十八歲，身上穿著一件絲綢紅衫，裙擺都垂到了地面，她嬉笑著回答：「反正有你黑寡婦在，我多半是派不上用場的吧。」

「亞洲第一殺手家族夢家的三小姐居然對我示弱？」黑寡婦冷笑道，「你手上這把扇子染過的血，也不會比我少吧？」

叫夢可雲的女子看上去完全是一副天真無邪的樣子，但是，認識她的人，無不對她感覺到萬分膽寒！死在她手上的人數不勝數！

夢可雲忽然將扇子收起，說道：「那個情報，是真的嗎？我老爹對我說，你們似乎是因為某個特殊原因才答應救睡美人的？」

黑寡婦的脖子後面忽然爬出好幾隻蜘蛛來。

「夢可雲。」黑寡婦稍稍抬起手，讓一隻蜘蛛順著她的手臂爬下來，漫不經心地說：「何必這樣試探，你以為我看不出來夢家答應介入此事的真正原因嗎？想從科倫斯會的獵物中分一杯羹，想要白拿，可沒有這個道理。」

夢可雲哈哈大笑道：「看你緊張的……我不就是隨口說說嘛。反正，一切等救下上官眠再說。總是跟在你身邊的那個黑人呢？」

「溫斯特？」黑寡婦皺著眉說，「他恐怕死了。對手是那個沙羅・戈多雷。」

夢可雲微微蹙眉道：「嗯，好麻煩的，這種人物，我也打不過啊。」

「沒有時間廢話了，快去找睡美人！『女皇』給我下的命令是，必須讓上官眠活著！」「女皇」是科倫斯三巨頭之一，一句話可以操控無數大財閥的命運，是令人聞風喪膽的人物！

黑寡婦和夢可雲立即身影如箭矢一般，在遊樂場裏四處搜尋！

而沙羅等七人重聚後，沙羅重新部署道：「我們分散開，找到上官眠就立即發信號彈！相信你們任何一個人都可以輕易殺死她，但是，絕對不能輕視她。如果她臨死反撲，要用炸彈和我們同歸於盡，也會非常棘手，同時，要小心亞倫家族和科倫斯會的人！」

此時，上官眠等人正躲在一座雕像後面。上官眠檢查了所有的武器，說道：「毒藥儘量節省使用。雖然不能殺死他們，但是要用內力逼出毒也是要花費一定時間的，所以關鍵時刻不要絕望。」她看向李隱，目光中似乎有某種信任：「當前的局面，你應該很清楚吧？」

「是。」李隱點頭道，「目前已經確定亞倫家族和科倫斯會的人會幫我們，但是具體有多少勢力介入還是未知數。」

「有這兩方已經足夠了。」上官眠重新裝填好彈藥，「先考慮和他們會合。炸彈等會合後再做不遲。」上官眠明顯是擔心，炸彈會把這兩方陣營也吸引過去。

「天越來越暗了，這對我們很有利。」上官眠的頭微微伸出去看了看，「可以躲避的場所非常多，他們即使地毯式搜索也要花不少工夫。而且，在各方勢力的牽制下，只有SS級殺手才能介入。」

李隱有些不安地說：「你能確定會合的人中不會有鬼假扮的嗎？」

「現在的情況是，一旦我們單獨遇到那七個人裏的任何一個，我們都會死，除非和那些陣營的人會合。當然，這只能保證我們面對人類殺手的時候是安全的。」

「有辦法讓他們主動來見我們嗎？」李隱又想了想，「比如那些人的聯絡方式？」

「如果有我早就做了。」上官眠冷靜地說，「現在，就賭一賭哪一方先遇到我們了。當然我也做好了最壞的準備，我的身上已經綁了炸彈，如果他們將我擒住，我就引爆炸彈，和他們同歸於盡！就是死，也不讓他們得到我的屍體！」

上官眠這番話一出，大家都嚇得魂飛魄散。然而，受限於血字，又無法離開她身邊！

「你……」羅謐梓指著上官眠，結結巴巴地說：「你，你這個炸彈不會提前引爆吧？」

李隱卻沒有露出意外的神色，他似乎很瞭解上官眠的心態。接著，五個人在一片綠蔭中繼續穿行！

黑寡婦則正在聯絡其他趕來的人：「貝瑞，怎麼樣？看到摩天輪了嗎？我就在那下面。和基斯多立即趕過來。我等你們！」她看了看一旁用扇子捂住嘴笑的夢可雲，冷冷地說：「有什麼好笑的？」

「沒什麼……就是想笑。老爹說讓我來歐洲開開眼界，歷練歷練，沒有想到還真是很刺激。你們居然派出了那麼強大的陣容啊。」

一公里以外的地方，正有兩名白人男子迅疾朝摩天輪趕去。此時，天空猶如被一塊黑布覆蓋著。其中一個白人男子說著：「你說，為什麼『女皇』居然連黑寡婦都派出去了？黑寡婦一直都是二十四小時負責保護『女皇』安危的啊。」

另一個白人男子忽然停下，他反手舉起一把槍，對著後面一棵樹木，冷冷地說：「是哪位朋友？亞倫家族的？還是七大殺手？」

樹木後方沒有任何反應。白人男子立即扣動扳機，隨後立即衝到那棵樹後面，然而，樹後沒有人。這一槍消了音，所以不會引起注意。

「貝瑞！」另一個人跟了上來，「怎麼了？後面有人？」

貝瑞也感覺有點奇怪，說道：「剛才，我感覺好像有一個人在後面看我……」

「你想多了吧？我們快去和黑寡婦會合吧，好像夢家三小姐也在。」

「不……還是稍等。」貝瑞繼續舉著槍，眼中滿是警惕之色。這附近還有不少樹木，可以躲藏的地方很多。

貝瑞感到一種從未有過的心悸感。按理說，就算對方是SS級殺手，也不該讓他如此不安。他雖然不是SS級，但是他身旁這個男子基斯多和他是配合得非常好的搭檔，二人都是S級殺手，一旦聯合，要殺冥王都是輕而易舉。而如果對方是SS級殺手，就算不敵，全身而退還是沒有問題的。更何況他們身上還有生化武器，就算是SS級殺手，也未必能夠應對，除非對方是毒藥師。

貝瑞緊皺著眉頭，心悸感越來越強。作為殺手，對危險的感知都很敏銳。貝瑞相當緊張，他的手心裏全是汗水！他慢慢逼近眼前的綠蔭，他隱約感覺那裏有一個人！

終於，他無法再忍耐，對著眼前就是一槍！

在黑暗中，一個身影輪廓開始漸漸浮現。然後出現了一張蒼白的面孔。貝瑞簡直覺得時間都停止了，他手裏的槍掉在了地上。

「怎麼還不來？」摩天輪下，黑寡婦和夢可雲都皺起眉來。貝瑞和基斯多的速度很快，按理說幾分鐘就應該到了，可是現在過去十分鐘了，卻音訊全無！

正搖著扇子的夢可雲忽然對著眼前說：「給我出來。到了就給本小姐出來！」

黑寡婦則是伸出手，她脫掉了一隻黑色手套，從她的袖子裏爬出了密密麻麻的蠕蟲！黑寡婦沒有馬上放出蟲子，說道：「你這點隱匿本事，別說SS級，就是C級也沒有那麼差。你這麼低級的殺手也敢進入這裏，是腦子不正常，還是想自殺？」

眼前的黑暗中，走出了一個女子，正是韓未若。

「這就對了。」黑寡婦重新戴上了手套，問道：「你不是亞倫家族的人。你到底是誰？」

「我……」韓未若緊緊抿著嘴唇，忽然跪倒在地上：「求求二位……帶上我吧！我要見我的女兒，我一定要保護她！求你們……求求你們了……」

夢可雲將扇子展開，處於完全戒備的狀態。她手中這把扇子是非常恐怖的武器，只要將扇子劃過對方的脖子，能瞬間殺死對方！只因為她的速度太可怕！ＳＳ級殺手夢可雲的速度，就算不敵，要逃跑也絕對沒有人可以攔住她！而且，她身上幾乎每個地方都藏了致命武器。不過，有黑寡婦在，這個問題就更不用擔心了。能殺死黑寡婦的人，在整個歐洲也是鳳毛麟角。

「冒充亞倫家族的人……」夢可雲一步上前，猛然用扇子抬起跪倒在地上的韓未若的下巴，看著她已經哭得滿臉淚痕的臉，說道：「比你演技更好的人我見得多了。說，誰派你來的？不要高估我的耐心。你聽得懂漢語嗎？」

「聽得懂。」

於是夢可雲說出標準的普通話來：「你這種身手居然也敢跑到這裏來，你女兒又是誰？」

韓未若立即說道：「我女兒就是『睡美人』上官眠！」

「上……」夢可雲冷笑著剛想反駁，卻是一愣。作為殺手，夢可雲有著很強的黑暗視覺，所以，她把韓未若的面孔看得一清二楚，仔細分辨，竟然和上官眠真的很相似！

「難道真的是……」夢可雲心中起了波瀾。夢家派她前來，就是因為據傳上官眠擁有一個存在於亞洲的靈異建築物的資料，地獄公寓如果真的存在，那麼掌控它並加以利用，必將獲得滔天權勢！

當然，這是不可能的。公寓如果那麼容易可以被掌控，也不會到現在都沒有組織知道其存在。現在只不過是血字放開了限制，才會讓那麼多勢力聚集於此。等這個血字結束，任何一個勢力都會被公寓影響和迷惑，將這件事情忘得乾乾淨淨。

「怎麼辦？」夢可雲將目光移向黑寡婦，眼神中明顯帶著一絲猶豫。

「不管真假，帶著她吧。」黑寡婦說道，「而且我可以確認她沒有易容。」這句話剛說完，只見韓未若左耳耳垂後面，竟然爬出一隻血紅色的蠕蟲來！韓未若也嚇了一跳！

然而，下一刻，黑寡婦已經在她面前一手抓去，那血紅蠕蟲就到了她的手上。

「你應該慶幸你沒有易容。」黑寡婦冷冷地說，「這隻蟲子可以分辨出你現在的臉是否真的是人的皮膚。如果不是，我會馬上殺了你。」黑寡婦殺人時，對方往往在死的那一刻，也不知道她是怎麼下毒的！

「你說你是睡美人的母親？把詳細的情況告訴我。」黑寡婦忽然抬起韓未若的手腕，搭住她的脈搏，同時觀察著她的表情，說道：「你可以說了。如果讓我覺察出你在撒謊，我會讓你生不如死！」

韓未若此時倒也冷靜下來。她知道，自己的實力太弱，根本保護不了自由。既然如此，只有求助於眼前二人！說出事情原委後，她懇求道：「二位，如果你們能救我的女兒，這個大恩，我萬死也不能報！就算你們要我的命，我也可以給你們！十六年來我都沒有能夠照顧女兒，沒有讓她享受過一點母愛，我想好好補償她，我想……」

「你是怎麼知道上官眠是你女兒的？」夢可雲輕搖著扇子問道。

「是當初她被通緝的時候……原本她這樣的超級殺手，我這個級別是根本看不到她的照片的。但是，埃利克森家族下達誅殺令後，地下世界發佈了懸賞通緝令，她的照片鋪天蓋地，她的臉和我年輕時一模一樣，年齡也吻合，更是黑色禁地的殺手！這還能有錯嗎？」

「你怎麼截獲她來里昂的情報的？」

「我……我比較精通駭客技術，所以……」

「原來如此。」夢可雲又問黑寡婦，「你認為她說的是真是假？」

「三成是真，七成是假。」黑寡婦答道，「回答的時候倒是沒有破綻，不過也可能訓練過反測謊。她的故事太戲劇化了，可信度不高。不過她根本沒有修煉內力，這種實力，就算耍詭計也沒有用。」她站起身說，「好，你跟著我們。如果你真是上官眠的生母，倒是可以省去我們科倫斯會很多麻煩。」

夢可雲此時抿嘴露出一絲陰冷的笑容，她其實根本不相信韓未若的話。

遊樂園裏忽然響起一聲驚天巨響！眾人都是一怔！隨即，幾乎所有人都趕往爆炸所在地！而那裏，就是上官眠設置的殺局！她要引這些殺手聚集，一舉殲滅！

要將ＳＳ級殺手殺死，使用毒藥和冷兵器都不現實，即使是熱武器，也必須是威力極強的狙擊槍，而且，對於那些速度已經快到恐怖的殺手而言，只要目測出彈道，就能輕易避開！更何況，他們自身也有著可怕的武器，包括殺傷力極強的炸彈！

在旋轉木馬的尾巴上，上官眠已經安置了一個竊聽器。此時，五個住戶進入了遊樂場內的一座古堡。

夢可雲收起扇子，對韓未若說：「抱住我的後背！快！」

韓未若立即抱住夢可雲，後者迅速朝前飛奔而去！其速度竟然足以媲美沙羅！

各大勢力紛紛聚集，而沙羅等人來得最快。

上官眠此時站在古堡內的一面牆壁前，聽著竊聽器內傳來的聲音：「找到睡美人沒有？」

「沒有看見，這是怎麼回事？」

「逃走了嗎？是誰在和睡美人交戰？」

「沙羅，我們快去追吧，否則來不及了！」

上官眠的嘴角露出一抹冷笑，她隨即拿出一個遙控器，剛要按下上面的按鈕，竊聽器裏一個冰冷的聲音傳來：「睡美人，你聽得到吧？」聲音的主人，赫然就是沙羅！

「你設計的這個陷阱非常高明。」沙羅先是讚歎了一番，「你安裝的這個炸彈威力很強，至少可以波及方圓五百米。這種超強威力的炸彈，你身上應該也不多。根據這一點推測，你的方位就在相反方向五百米以外。」

上官眠立即按下了遙控器！

「沒用的。我在拆彈方面也不輸給任何人。我絕不會讓你看到明天的太陽！」說完，沙羅捏碎了手中的竊聽器，對身後六名殺手說：「立即動身。五百米，你們每個人都可以在一分鐘內到達，現在分頭向七個方向行動！我相信她不會距離這裏太遠。這種炸彈進行遙控的精度很高，距離不能太遠。」

話音剛落，七個人就化為了七道殘影，朝七個方向而去！

里昂發生的一系列事件的新聞報導，已經傳到了天南市。公寓裏許多人都圍坐在電視機前，緊張地看著新聞。

「此次里昂的恐怖襲擊事件已經引起法國政府的重視，目前還沒有任何組織宣稱對此次襲擊事件負責……」

每個住戶都捏了一把汗。他們擔心的並不是那五個住戶的生死。他們擔心的，是上官眠不死！李隱的生死，大家也並不特別關心。和上官眠的恐怖威脅比，李隱的智慧也不是不可替代的，他的契約碎片多半交給了嬴子夜保管。抱著這一想法，住戶們內心都在祈禱這次血字團滅！

而子夜一直盯著電視機，恨不能鑽進電視機裏去！誰都看得出，她現在有多麼煎熬！

上官眠聽到竊聽器被毀之後，立即大喊：「逃！」

誰還敢停下？在禁藥的刺激下，大家再一次飛奔起來！剛才，他們已經第三次注射了禁藥。這種禁藥，可以令他們的速度達到堪比A級殺手的程度！當然，等藥效過去，肌肉和內臟的負擔都相當大，嚴重的會當場死亡，也只有上官眠這種貨真價實的A級殺手才能反覆使用。

七個ＳＳ級殺手，殺一個A級殺手，這種本來毫無懸念的戰鬥，上官眠能硬生生地拖到現在，這本身就是個奇蹟了。一旦這次血字過去，她還可以活下來，必定成為歐洲地下世界的永恆傳奇！

韓未若此時心如刀絞，只能祈禱著：自由，你千萬不要出事……求求你，不要死，不要死……

就在這時，前方忽然出現了一道身影，攔在黑寡婦和夢可雲面前！

「不用去了。」那個身影站定，是一個金髮俊美青年，他說道：「那是睡美人設的局，想一舉滅殺那七個ＳＳ級殺手。不過，沙羅・戈多雷察覺了這個局，睡美人的計畫失敗了。」

「他是誰？」夢可雲疑惑地問黑寡婦，「是你們科倫斯會的殺手嗎？」

「他是『妖匠』。」黑寡婦卻說出了一個名震歐洲的名字，「第七代妖匠，羅比斯都・昆多雷！」

這個名字，就連夢可雲也是震愕不已！妖匠是一個鑄造武器的超級家族，每一代只有一位傳人能獲得「妖匠」之名。他們所鑄造的武器，無一不是神兵利器，冥王的那兩把長刀便是妖匠的傑作！

雖然現在是熱兵器時代，但是ＳＳ級強者裏還是有不少人喜歡使用冷兵器的。妖匠靠著為大勢力鑄造兵器，而獲得了不少人情。妖匠本身實力或許不強，但是誰也不敢輕易招惹這個家族。

「第七代妖匠？居然這麼年輕！」夢可雲說道，「真是難以置信，我本來以為會是個老頭子呢。」

羅比斯都看向夢可雲和她身後的韓未若，又看了看黑寡婦，問道：「這兩個是誰？都是夢家的人？」

「不是。」黑寡婦說道，「這位是夢可雲小姐，而後面這個女人，自稱是睡美人的生母。」

「哦？有趣。看來走這一趟是正確的。」金髮青年忽然看了看錶，皺眉道：「奇怪了，布洛克怎麼還沒有來？」

「你在等人？」

「對，是我的僕從，有Ｓ級殺手的實力。」

「Ｓ級殺手？在這個戰場上只怕很難自保吧。那七個人，都是ＳＳ級殺手啊。」

「錯。」金髮青年搖搖頭說，「你們的情報有誤。那七個人裏面，諾里依‧貝羅和阿加娜‧白並不是ＳＳ級殺手，他們的真正戰力只有Ｓ級，不過一個擁有聲波攻擊的罕見能力，另一個則有很高的劍術造詣，但是要擊殺ＳＳ級，還是比較困難的。」

「原來如此……這兩個人都不算很有名聲，所以搜集的情報有誤差了。也好，這樣對我們的威脅就少多了。妖匠，有你在，加上夢小姐，面對那七個人，總算可以不落下風了。」

金髮青年看向夢可雲，說道：「你剛才說妖匠在你印象中是個老頭子？我的確是個老頭子。我今年六十七歲了。」

夢可雲頓時震愕不已。她聽說過修煉武學的人能延緩衰老，但是六十七歲高齡竟然還能擁有三十歲的外貌，這也太驚世駭俗了！

妖匠忽然看了看周圍，鎖定了某個方向，笑著說：「我的僕從來了。」

只見不遠處，一個駝背老者漸漸走近。老者一臉煞白，眼睛幾乎睜不開的樣子，手拄著一根拐杖，走路都顫巍巍的。

「他……就是你的僕從？」夢可雲很意外。

駝背老者囁嚅著說道：「少爺，抱歉了。我來晚了。」

「沒關係，不算太晚。」

韓末若看著這一個個奇人，心中悚然不已。對於她這個普通殺手來說，這些人中的任何一個都可以輕易弄死她。這些人，還能算是正常人類嗎？

「等一下……」妖匠看向韓末若的衣服，問道：「這個女人，是亞倫家族的人？」

「不是。」夢可雲搖頭道，「她是冒充的。自稱是為了救她的女兒。」

「說到亞倫家族……很奇怪啊，他們到現在都沒有出現。難道是不打算插手了？不過，這不符合亞倫家族張揚的風格啊。」

亞倫家族的人的確到目前都沒有出現。這一點，就連埃利克森家族家主也非常不解。之前，科倫斯會和亞倫家族都和他進行過接洽，希望他放棄追殺睡美人，但是他不屑一顧。就算得罪了這兩大勢力又如何？難道還敢和埃利克森家族全面開戰不成？這種損失，兩大勢力都是承受不起的！

亞倫家族以張揚跋扈而聞名，一向睚眥必報，根本不會輕易隱忍。如果沒有發生什麼劇變，亞倫家族斷然不可能輕易收手。亞倫家族，究竟在盤算些什麼？還是說，他們正在伺機而動，安排了一招暗手嗎？

「轟」一聲巨響，上官眠一腳將城堡後門踹開，五個人迅速衝了出去！

「我說……為什麼不放置炸彈？」羅謐梓急匆匆地問，「如果在城堡裏放炸彈，也許可以炸死一兩個殺手啊！」

「不需要。」上官眠依舊很冷靜，「如果那麼做，就讓他們確定了我們就在城堡附近，殺手們就會迅速趕來，而那樣最好的情況也只能殺了一兩個SS級殺手，沒有意義。」

李隱越來越佩服上官眠的智謀，在如此危機的境地，還能如此鎮定地分析，她也算是公寓的一大智者！只是，她平時幾乎不會在血字討論會上發表任何意見，再加上其武力值太強，大家都無視了她的智力。

五道身影在夜幕下的遊樂場跑了很久，才終於停下。

李隱在心裏冷靜分析著，感覺這個血字有點奇怪。為什麼要有這七個殺手存在？有意義嗎？確切地說，為什麼要有另外六個殺手存在？直接讓這個鬼來殺他們不就行了嗎？這一次不是化裝舞會，猜中誰是鬼可以用那張卡片來構成生路。現在那七個人基本是一起行動的，知道誰是鬼，誰不是鬼，根本沒有意義。而血字絕對不會無故捲入這些人來。而且，殺手們的武力值太強，就算沒有鬼，今天他們也很難逃生。

在這種情況下，生路是什麼？血字到底以什麼來平衡難度呢？一路上，住戶很少去考慮那七個人誰是鬼。因為，不是鬼的殺手一樣很恐怖！而在一般血字中，只有鬼魂才會構成最大的威脅。

那麼，另外六個殺手的存在究竟有什麼意義？隱藏鬼的身分嗎？子夜執行的第一次血字，猜中鬼可以提前離開別墅；午夜巴士的血字，猜中鬼是誰可以知道持有地獄契約碎片的是誰；化裝舞會的血字也是可以知道地獄契約碎片的下落。然而這一次血字呢？猜出誰是鬼有何意義？

目前還沒有住戶死亡。李隱不由得開始考慮，公寓是不是從一開始就在進行制衡，保證了住戶不會被人類殺手殺死？這的確很有可能，但比起這個，從一開始就沒有其他六名殺手的存在不是更徹底嗎？

那麼，只能得出一個結論：那六個殺手的存在是有意義的。

李隱產生了一個想法。在追殺過程中沒有死一個住戶，難道這是公寓給出的生路提示嗎？提示住戶觀察那些殺手的殺人方式和手段？

李隱印象最深的，自然是一頭白髮的沙羅。他的速度絕不像人類所能達到的，而所謂ＳＳ級殺手就是超越人體極限嗎？還是說，因為超越了人體極限，所以在物理上不可能再是人類的，就是鬼？但是，這麼說的話，那七個人都不像人類。

大多數時間裏，殺手距離都比較遠，李隱不能細緻地觀察所有殺手。現階段可能還沒有給出真正的生路提示。但是，一旦有提示給出，鬼也將真的開始殺人！

「想辦法和科倫斯會、亞倫家族的人會合！」李隱終於考慮清楚了，「他們也許會有那七個殺手的具體資料！或許能從那些資料中獲得生路提示！」

在激烈的逃亡中，羅謐梓、羅蘭和洪相佑幾乎都快忘了這是在執行血字，而更像是在演一部好萊塢動作大片。現在，他們才想起，最大的敵人，是那個鬼！

「你想從資料當中推測出鬼的身分？」上官眠看出了李隱的心思。

「必須先考慮生路提示是什麼，然後進行謀劃！我想，公寓不會讓我們死在人類殺手的手上，這也是我們能活到現在的最大原因！」

「這個血字真的很奇怪。非要到歐洲來，而且還面對那麼多恐怖的殺手。」羅蘭皺緊眉頭說，「這到底是為什麼呢？」

上官眠在這次血字中負責進行中文、英語和韓語的翻譯，她究竟掌握了多少種語言，誰也不知道，只怕不比神谷小夜子差。

「我認為，血字的目的是為了隱藏某種東西。」李隱正色道，「為了隱藏某種東西，不得不增加六個殺手。而當另外六個人類殺手表現出種種非人類的戰力，我們就會忽略那個真正的鬼的不自然。這是我的初步推測。」

「對啊！」洪相佑點頭道，「有道理！比如那個白頭髮的，如果單獨遇到他，我們肯定會以為他是鬼！但是現在卻不一樣了，我們反而會感覺很自然……」

上官眠反駁道：「就算我們因此無法分辨出誰是鬼，這又有什麼不一樣？我們還是必須要逃，情況沒有絲毫改變。」

這也正是李隱心中的最大疑惑。那麼，公寓究竟想要隱藏什麼呢？如果不是七個殺手，而是七個盟友，那麼在其中安排一個鬼，反而比較合理。但是現在……

李隱猛然一個激靈！

「難道……難道說……」李隱產生了一個恐怖的想法！

「那個鬼，並不在那七個殺手裏面？雖然同樣都是『七』這個數字，讓我們先入為主，但是，那七個人也許並不都是殺手，而是有一個人是某個殺手的僕從之類的，表面上看起來也是殺手之一。換言之，那個鬼……是另外一個要殺我們的殺手！」

「僕從？」上官眠問道，「你是說，實際上追殺我們的，是六個殺手和一個僕從？真正的鬼會以盟友的身分接近我們，比如……亞倫家族或者科倫斯會的殺手？」

「對。比如……那個叫韓未若的女人，她就有很大的嫌疑。」李隱說道，「當然，甚至有可能是那個黑人。總之，這種可能性是無法忽視的。」

「這麼說來……」上官眠考慮道，「的確，如果鬼殺死了亞倫家族或者科倫斯會的某個人，然後調包，一樣能夠讓我們措手不及，不加防備，讓他跟隨我們一起行動。鬼甚至有可能直接篡改所有人的記憶，以一個無中生有的身分出現！」

大家越想越感覺有可能！而且，這很符合血字一貫的欺騙風格！

但是，如果承認這個推論，也就意味著，不能接近亞倫家族和科倫斯會的人！萬一他們身上有生路提示的話，那怎麼辦？

「其實還有一個可能性。」上官眠忽然掃視了一下在場另外四人，一字一頓地說：「那個鬼，就在我們當中！凡是要殺我們的，人也好鬼也好，都可以被公寓視為『殺手』，不是嗎？」

「不，我想應該不會。」李隱反駁道，「血字規定我們不能夠離開任何一名住戶超過十米範圍，直到血字終結。那也就意味著，即使猜到了這個可能性，我們也沒有辦法遠離鬼，這樣不符合血字的制衡難度。」

「確切地說，是『住戶』的十米範圍內。」上官眠反唇相譏道，「如果是鬼而不是住戶，那就不需要考慮這個問題了。」

李隱隱隱感到不妙。上官眠莫非想嘗試殺死在場的人，看看是否都是真正的活人？還好，她最後並沒有那麼做。上官眠取出手機，聯絡了符靜婷。

「怎麼樣？」上官眠冷冷地問，「實驗進行得如何？」

「三號小白鼠的觀察還在進行中……」正在實驗室的符靜婷說道，「穩定性還是不夠。我想，是比例的問題，配方本身是沒有錯的。」

「儘快！我的時間不多了！」

掛斷電話後，上官眠忽然跳起來，將槍口對準了前方！

「站住！」上官眠又取出一顆手榴彈，「再走一步，我就開槍！」

然而，一把紙扇，突兀地出現在上官眠的下巴下方！

「睡美人，別這麼冷冰冰的嘛，我們好歹是來幫你的。」一個妙齡女子居然出現在上官眠的身旁，住戶中沒有一個人看到她是怎麼出現的！

上官眠立即抬起手槍，然而那個女子的手一揮，槍就到了她手中，對準了上官眠的面門，而上官眠拿的那顆手榴彈竟然也到了她手中！

「睡美人，自我介紹一下。」樹蔭中走出了一個渾身喪服、黑紗遮面、身材極好的女人，她說道：「我是代表科倫斯會三巨頭之一的『女皇』殿下而來的，我是『黑寡婦』。」

上官眠聽到這個稱號，就沒有再動了。

黑寡婦指了指拿扇子的妙齡女子，說道：「這一位是亞洲第一殺手家族夢家的三小姐，夢可雲。」

「自由！」一道身影從黑寡婦身後衝出，激動地看著上官眠。正是韓未若！

此時，五名住戶全都放棄了抵抗。

黑寡婦自然不用說，她成名早於沙羅，是ＳＳ級殺手中極為令人聞風喪膽的一位！而夢可雲成名雖晚，卻轟動了整個亞洲殺手界！不到二十歲的ＳＳ級強者，在全世界只有兩三位！夢可雲很滿意地看到，上官眠很合作，於是放下了扇子。

而衝出來的韓未若卻被黑寡婦攔住，後者明顯不打算讓母女相認。在關鍵時刻，她是要脅睡美人的重要籌碼。

「睡美人。」黑寡婦繼續說道，「接下來，你的安全交給我們負責。另外，七代妖匠也會保護你，他在附近望風。關於那個公寓，可否給我們進一步的資料呢？要知道，你帶來的情報價值夠高，你才有被保護的價值。」

上官眠卻很直接地回答：「等到我徹底安全了，自然會給你們進一步的情報。」

「睡美人……」黑寡婦靠近了一步，話語中也帶了幾分殺意：「你以為我就不能活捉了你回去嚴刑逼供嗎？」

「就算要把我帶走嚴刑逼供，前提也要讓我能夠離開這裏吧？」上官眠卻寸步不讓，「反正，我必須要安全離開里昂。」

「自……」韓未若還想繼續說話，卻感覺到背後有一股冰冷的感覺，她回過頭去一看，悚然發現，一隻黑蜘蛛竟然爬在她的後頸上！這意味著，她只要再多說一句，這隻毒蜘蛛就會立即要了她的命！

上官眠和黑寡婦對峙著，過了一會兒，黑寡婦獰笑道：「算你走運。『女皇』希望你盡可能愉快地與我們合作。不過，我對你的容忍僅此一次。如果離開了里昂後你還要找藉口，我會讓你永生後悔這個決定，連求死都做不到！」

夢可雲皺眉看向黑寡婦，她心裏對這個變態魔女其實也很反感，她認為殺人是一種藝術，要體現出美感，而這個女人卻只是折磨人，違背了她的美學。

「黑寡婦。」夢可雲搖著扇子說，「儘快動身，想辦法突圍吧！走下水道是不可能了，那裏肯定有人把守。」

上官眠看向夢可雲，問道：「夢家也想要獲得我持有的情報？」這簡單的一句話，卻包含了無窮殺機！意在分化夢家和科倫斯會！

夢家最近十年也不怎麼把科倫斯會等勢力放在眼裏，一旦夢家和科倫斯會因此對立，上官眠自然可以漁翁得利。無論哪一方發難，上官眠所處的立場都是安全的。

夢可雲卻似乎沒有聽出這句話隱含的意思，答道：「那是當然！」

「夢小姐……」黑寡婦已有了幾分不悅，「夢家介入的時候，似乎沒有明確提及過這一點吧？」

「這是族祖的意思。族祖明確交代我，要將上官眠帶回亞洲宗家總部，族祖出關後，會親自過問此事。」

「你拿夢家族祖壓我？」黑寡婦明顯動怒了，「這種話，你現在才說？」說是這麼說，黑寡婦也不敢對夢家族祖不敬。

就在這時，黑寡婦看向前方，有兩道身影赫然現出，正是第七代妖匠和那位名叫布洛克的老僕。

「他們正在接近這裏。」妖匠緊鎖眉頭，「你們先走，我來攔住他們！布洛克，跟著他們，保護好睡美人！」

「明白！」顫巍巍的駝背老者立即應聲，緊接著九道身影立即飛快逃竄！

妖匠猛然狠狠地砸向地面，手深入其中，然後，竟然從地裏挖出一塊巨大石塊，舉重若輕地拋到空中，然後縱身躍起，手掌狠狠拍到石塊上，朝前方的黑暗處砸去！

15 殺局，破！

九道身影如疾風一般地飛奔。在這些人中，最具有威懾力的並非是黑寡婦，而是夢可雲！畢竟她代表著夢家族祖，必定讓沙羅等人很是忌憚，如果重傷了夢可雲，那麼來自夢家的報復是極為可怕的。

「速度不夠！」黑寡婦不滿起來，「上官眠，你的速度不夠！你身邊這幾個人，實在太慢了！這樣下去，我們遲早會被追上！他們是誰？」

「他們是我的情報中的關鍵人物，必須跟在我的身邊，絕對不可以離開我身邊十米範圍！」上官眠冷冷答道，「慢也沒有辦法，我又何嘗不想快！」

好在汽車已經近在眼前了，還是一輛加長銀色雪佛萊，而且這輛車是經過改造的，足夠承受SS級強者全力一擊！這輛加長雪佛萊有七米多長，四米多寬。幾個人上車後，負責開車的是黑寡婦。

就在這時，黑寡婦的手猛地一抖，即將插入的車鑰匙，竟然滾落在地！她立即偏過頭，看向前方的黑暗！

那是什麼？黑寡婦感覺前方有什麼很恐怖的東西正在接近！這個世界上竟然有能讓黑寡婦恐懼的

事物？她簡直難以置信！這是她的自尊心無法容許的！

黑寡婦緊咬著下唇，將鑰匙遞給副駕駛座的夢可雲，說道：「夢小姐，你來開車吧。從這裏朝南開，就能夠離開，我們的人會在那裏接應你們。」

「哦？你有什麼事情要去做？」

黑寡婦點點頭，走出了加長雪佛萊，說道：「我就不信這個邪！我倒要看看，那是什麼東西！」說完黑寡婦朝前方的黑暗猛然衝去！

夢可雲感到很疑惑，但還是關上車門，發動了引擎。

這時，韓未若發現，脖子後面那隻黑蜘蛛不見了！

夢可雲踩下油門，說道：「各位，坐穩了。睡美人，你放心吧，有我和布洛克老先生在，你不會有事的。我就不信，那些人敢殺我！」

韓未若和上官眠只隔了一個座位。她看向自己的女兒，淚水溢滿眼眶，她再也無法壓抑多年的思念之情，動情地呼喚道：「自由……我會保護你的，媽媽會保護你的！」

黑寡婦沒入黑暗中，朝之前妖匠所在的地方趕去。才跑了一半路，她就看見，妖匠居然倒在她面前不遠處！他的左右手都已經斷了，滿臉都是血！

黑寡婦立刻跑過去，她感覺不可思議，是誰能把妖匠打成這樣？就算是沙羅也斷然不可能啊。SS級殺手彼此廝殺，也不可能那麼快就分出勝負。更何況妖匠的實力和沙羅很接近了！再者，妖匠背後有無數人脈，對方膽子竟然那麼大，完全無視這等背景，居然直接下殺手？

黑寡婦昂然揚起頭，看向前方。她的心臟劇烈跳動起來，腦海中不斷亮起危險信號。

那是……那是……什麼？

無數毒物從她身上鑽出，飛快地朝前方的黑暗爬動過去！這在黑寡婦眼中絕對必殺的殺招，如今卻讓她感到無力！然而，作為世界第二毒藥師的自尊，卻讓她不能後退！

「你殺不了我的，沒有人殺得了我！沒有人！」

然而，正在尖利咆哮的黑寡婦卻沒有發現，她周圍的世界已經完全化為黑暗。妖匠的屍體，還有她自己，都已經消失了……

唯有那黑暗，永久覆蓋著她的視線，並把她引入永恆的沉眠中……

雪佛萊飛馳著，韓未若也在飛速思索著對策。她的身手實在太差，就算拿身體做肉盾，也保護不了女兒。但是，明知不可為而為之！韓未若無法想像，女兒自由落入殺手組織後，經歷了多少痛苦，沾染了多少鮮血，才活到今天。她絕對不能讓女兒死在這裏！

「媽媽？」當上官眠聽到韓未若動情的呼喚，表情並沒有多大變化，手卻一抖，毒針已經出現在手心上。「你不是亞倫家族的人吧？」

韓未若內心一驚，還來不及反應，毒針即將刺入她的腦門，卻被一隻手緊緊抓住！那隻手赫然是妖匠的僕人布洛克的！

布洛克抓住毒針後，隨即將毒針狠狠捏碎，說道：「上官小姐這樣做，可是弒母啊。」他竟然說得一口流利的中文！布洛克雖然看上去弱不禁風的樣子，但來自妖匠家族之人，怎麼可能是等閒人物？

「弒母？」上官眠漠然地說，「我沒有母親。」

這時，其他住戶也看過來。李隱仔細看了韓末若之後，發現她和上官眠確實太像！

布洛克說道：「我看你們應該就是母女，不如相認了吧。」

上官眠不再出聲。韓末若驚疑不定地看著她，她知道女兒不會那麼輕易地認自己，只要女兒能好好地活下去，對自己而言就是最大的幸福。韓末若唯一的安慰是，真實的生活比自由好很多。韓末若並不奢求和女兒相認，她擔心自己的出現會破壞掉真實平靜的生活。真實現在名叫葉汝蘭，是收養她的那對香港夫婦起的名字。

布洛克忽然開口道：「夢小姐，請停車！」

夢可雲很不解，但還是踩下了煞車。布洛克說道：「下車吧。速度實在是太慢了。」

「你……你說什麼？」夢可雲瞪大了雙眼，「你說慢？」

「嗯，太慢了。」說話間，布洛克的身上竟然散發出一股讓人震顫的氣息！

「你……」夢可雲忽然警惕起來，「你不是什麼S級殺手！你也不是七代妖匠的老僕吧？」

布洛克微笑道：「那七個殺手現在走了岔路，暫時找不到我們了。先下車吧。」他下了車。

夢可雲驚疑不定地也下了車。她想知道，這個傢伙究竟在打什麼算盤。莫非他是妖匠家族裏某個隱藏的高手？

下車後，布洛克看向上官眠，說道：「上官小姐，我觀察過了，你的天資很高，只要幫你打通經脈，我可以助你一舉突破，成為SS級殺手！」

這句話一出，所有人的表情都變得極為精彩！

上官眠冷著臉，走下車子，說道：「你知道我已經成為S級殺手了？」

「什麼！」夢可雲嘴巴張大，「根據我們的情報，你當時是被冥王完全壓制的啊！」

「是在那一戰之後。」上官眠說道，「我是在大概一個月前，終於跨入了S級殺手的行列。你們的情報過時了。」

李隱心裏不禁感歎，上官眠果然對任何人都留一手。韓末若也難以置信地看著女兒。

夢可雲很清楚，世界上超過百分之八十的SS級強者，都集中在中國！中國的很多古老宗派都有S級強者乃至SS級強者坐鎮！夢可雲此時心中也有幾分驕傲，上官眠這樣的武學奇才，自然應該帶回中國，讓她進入夢家。

「好啊！」夢可雲激動起來，「上官眠，做得好！可惜那個叫阿加娜的，怎麼可以幫著埃利克森家族追殺同胞！」

「現在還有時間。」布洛克說道，「我也有四分之一的中國血統。我幫你打通經脈，你自然可以修煉出內力，以你的悟性，一般的SS級殺手絕對不是你的對手！」

上官眠看向布洛克，說道：「我先問清楚，你要我做什麼？」黑暗世界一向是利益往來，上官眠對於布洛克那番用血統套關係的說法根本不相信。

「我不要你為我做任何事情。」布洛克轉頭看了看韓末若，說道：「你別忘記善待你的母親就是了。」

上官眠盤膝坐下，說道：「請前輩為我打通經脈！大恩不言謝！」

上官眠極為乾脆，沒有一點廢話。布洛克滿是皺紋和老繭的手伸出，按在上官眠的天靈蓋上，雄渾的內力開始灌輸到上官眠體內的經脈，上官眠的身體發生著驚人的變化！

夢可雲展開扇子，注意著四周。布洛克說道：「你放心，只要他們進入距離我們一公里範圍內，我就會發現的。」

上官眠體內開始散發出強大的氣場。住戶們都在想，如果上官眠也成為SS級殺手，那麼能否殺死鬼以外的六個殺手？李隱看向布洛克的眼神更是帶了幾分警惕。

一旦上官眠有了更強實力，被動的局面就可以扭轉很多。只是，布洛克可以輕易將一個S級殺手提升為SS級，這是何等恐怖的能力？

過了半個小時，布洛克終於將手放開。上官眠雙目圓睜，騰空而起，身輕如燕！

「你的內力已經很強了。」布洛克笑道，「武學一脈又有一位後起之秀了。」

上官眠落在地上，緊握雙拳。顯然，布洛克的實力絕對是SS級，而且是巔峰的！只怕七代妖匠根本是他的晚輩！

夢可雲此時也對布洛克充滿忌憚，她打定主意，眼前這個人，一定要好好結交！

「前輩！」夢可雲恭謙地一抱拳說，「前輩的實力實在是太強了！不知道是否有空到夢家做客？我家族祖一向喜歡以武會友，必定盛情招待！」

布洛克剛要回答，忽然手一抖，猛然看向前方某處，視線似乎突破了重重障礙一般，說道：「麻煩了。快走！那七個傢伙正在趕過來！」他看向上官眠，說道：「你現在有SS級的速度，應該沒有問題了吧？」

李隱立即說道：「老前輩，我們必須時刻跟隨在上官小姐身邊的！否則……」

「你算什麼東西，敢在我面前插嘴！」布洛克掃了李隱一眼，李隱頓時被壓倒在地上，一口鮮血噴灑而出，身體內翻江倒海一般痛苦！李隱的內心卻是慶幸，以對方的實力，殺他不比殺一隻蚊子費勁，現在只是警告一下。

「速度……好快！」布洛克眉頭皺得越來越緊，「快！快走！」

上官眠說道：「我必須和他們四個人一直同行。前輩恩德，來日必報。」

布洛克的臉上也露出一絲緊張，他雙拳緊握道：「罷了！上車吧！」

眾人回到雪佛萊上，發動了車子！

「不行……還是太慢了！」布洛克的神情越來越悚然，「他們的速度太快了……太快了！越來越近了！」

巴黎的亞倫家族總部。

「我要見家主！」一名紅髮青年怒氣沖沖地推開攔著他的幾個人，「你們也不看我是誰？讓我過去！」

「少主！」兩名白人男子面露難色，「家主說這次的事情由他全權決策……」

「我們亞倫家族是歐洲的超級大家族！埃利克森家族不就是聯合了三大殺手組織嗎？難道我們就怕了他們？如果我們再不出手派人去里昂，豈不是讓別人看我們的笑話！」

後面長廊的一個房間裏傳出一個聲音：「讓約特進來。」

兩名男子立刻放開了紅髮青年，紅髮青年隨即穿過走廊，推開一扇大門。這是一個富麗堂皇的房間，一個中年男子正坐在中間一張真皮沙發上。

「約特，你總是沉不住氣。」中年男子歎息道，「你想知道我為什麼不派人去里昂嗎？」

「父親！」名為約特的紅髮青年衝上前來，「你不會是怕了那些SS級殺手吧？」

「怎麼可能！我之所以不那麼做，是為了家族著想。如果牽涉進去，後果不堪設想！你知道那個地獄公寓的情報吧？我現在完全確定，那是真的情報。」

「什麼？既然如此，父親你為什麼……」

「正因為如此，才不能過去。」亞倫家族家主法斯特站起身，「既然你堅持，我就給你看一些東西。但是你必須保證，看完就徹底忘記！」

「好的！父親，我想知道，你的理由是什麼！」

法斯特拿出遙控器，打開了眼前的一個壁掛電視。一幕場景開始播放。

雪佛萊竟然熄火了！

「怎麼會……」夢可雲不敢置信，這輛車是科倫斯會提供的，怎麼可能這麼容易就熄火了呢？沒有辦法，眾人只有棄車而逃。李隱等人再一次注射了禁藥，這一次已經是置之死地而後生了，因為禁藥藥效一過，他們必死無疑！好在有李隱，可以瞬間轉移回公寓。只有回歸公寓，他們才能活下來！而韓未若為了跟上他們，也打了禁藥。

「果然……是鬼。」布洛克面露忌憚神色，他看向後方，終究緊攥拳頭。緊接著，他的面部忽然發生了劇變！

原本滿是皺紋的皮膚竟然變得光滑起來，蒼老的面孔一下子年輕了許多！面容也變得不一樣了！短短時間內，他竟然變成了一個四五十歲的亞裔中年男子！他的雙眸深如大海，強大氣息的發散，讓雪佛萊的車身都顫抖起來！

「你……」夢可雲忽然覺得這張面孔很眼熟。頓時，一個恐怖的想法躍上心頭！

在飛奔中，夢可雲試探著問布洛克：「您……您莫非是世界最強殺手，『巫』？」

布洛克看向夢可雲，說道：「對了，十年前你見過我一次，那時候你才七八歲吧，已經跟隨在夢天魔的身邊了。」

「巫」這個名字，李隱等人沒有多大反應，但在夢可雲心中掀起了滔天巨浪！「巫」是來自中國的一名強者，據說他一直在崑崙山苦修，怎麼會跑到法國來？

在巴黎，紅髮青年約特看著電視機裏的影像，嘴巴張得很大。

法斯特在一旁補充道：「這是前幾天拍攝的影像。」

螢幕上是一個滿目瘡痍的房間，房間中央倒著一個男人，男人的脖子部位有一道極深的口子，很明顯已經死了。這個男人……就是沙羅！

緊接著，畫面切換，變成了另外一個房間。這個房間沒有明顯的打鬥痕跡，一個亞裔女子的屍體倒在地板上，面如死灰，滿臉都是血！正是阿加娜！

畫面又切換為一個相貌極為醜陋的男人，左臉頰竟然被打得凹陷進去，整張面孔都變形了，正是一直倒立的烏羅！緊接著，又出現了諾里依、蒙德羅、莉莉、卡蘭的屍體！而其中，諾里依沒有了頭！

「這……」約特面色慘白，跌倒在地說：「不……不可能的！你說這是前幾天拍攝的？」

「他們的屍體，我都確認過了。」法斯特抓著遙控器的手也在微微顫抖著，「當時我已經查到了埃利克森家族請到的七個殺手的資料。和埃利克森家主接洽失敗後，我就決心，索性殺掉他要派去殺上官眠的殺手，一勞永逸！但畢竟是七個ＳＳ級殺手，不能不謹慎。於是，我請了世界最強殺手——巫！」

與此同時，巫也說出了真相：「亞倫家族聯繫我，說他們手上有東方古代武學秘笈，只要我殺了那七個來殺你的ＳＳ級殺手，我就能得到秘笈。那七個殺手的住址都查出來了，我第一個殺的是諾里依，我進入他的房間，藏進衣櫃，他回來後就發現我藏匿著，用飛刀扔向我，同時打開衣櫃，在那一瞬間我用內力震碎電燈，同時砍掉了他的頭。然後我就將容貌改變為諾里依的樣子，去殺第二個人，易容的目的是為了不讓他們產生戒心而聯絡其他人。我易容後接近對方輕易瞬殺，對方根本沒有聯絡的機會。我殺一個人就變成那個人的樣子，除了最後殺的沙羅稍微費了我一點力氣，其他人我都很輕鬆就幹掉了。」

此時，除了上官眠，其他住戶都嚇得魂不附體！也就是說……那七個殺手，其實全部都是……

「不可能的！」羅謐梓絕望地大喊，「血字中明明是說『這七名殺手中有一個是鬼』，怎麼會七個都是……」

李隱糾正道：「是『有一個是鬼』，而不是『只有一個是鬼』。這句話並沒有說謊。有一個是鬼，還有六個，也一樣是鬼！」

這就是血字要隱藏的東西。如果沒有這句話，住戶很可能會把所有接近他們的殺手都當成鬼，但是，說明了「有一個是鬼」，他們就會想當然地認為，其他都是人類！

巫繼續說道：「當我聽說那七個殺手出現了，我簡直不敢相信。我這才知道……這個世界上，果真有鬼！既然一切是我造成的，我也要來看一看！所以，我才變為妖匠家族的僕人，進入這個遊樂場！」

李隱此時想到了，這個血字的唯一生路提示就是「為什麼出現可以輕易殺死住戶的人類殺手」。因為，那根本就不是「人類」！這個血字中，凡是真正可以輕易殺死住戶的人類殺手，全部都是住戶的盟友！因為鬼能夠輕易殺死住戶是必然的，和其是不是超級殺手毫無關係！

「前輩，你是如何確定那七個……的方位的？」上官眠忽然問道。

巫不假思索地答道：「我的真氣已經覆蓋了方圓三公里地帶，現在我明顯感覺到，我散發出去的氣自動消散了……在接近，還在接近！」

「距離我們有多遠？」

「兩公里多一點……還在接近！」

眾人悚然回過頭去，不過後面障礙物太多，加上夜色深沉，沒有人能看得清楚。但是，大家都相信巫的話，他這樣的絕世強者，有必要撒謊嗎？

李隱此時又想到，殺死了那七個殺手的，是巫。莫非，冤有頭，債有主，要讓冤魂索命，才能終結這個血字嗎？上官眠是不可能殺死巫的，這個世界上能殺巫的人只怕寥寥無幾。那麼，難道坐等巫被鬼殺死？不，巫的速度不比他們慢，等到他被追上，李隱等人只怕早就死了。

然而，仔細想想實在是荒唐，當初上官眠因為這個血字，為了防範埃利克森家族請到很強的殺手，選擇了借勢，卻因此直接導致了這一悲劇惡果。如果對方是人，或許還可以靠強大的重武器博取生機，然而，現在卻……究竟是血字導致了鬼的產生，還是因為會有這七個鬼產生才發佈了那條血字？

就在這時，看到一旁的韓末若，李隱猛然一個激靈！

難不成！韓末若的容貌，和上官眠太相似了！如果在黑暗中乍一看，很容易將二人搞混。難道，生路是讓韓末若成為誘餌，引開那七個殺手的注意力？

仔細想想，這完全有可能。只要讓她穿上上官眠的衣服，主動去引開鬼，完全有可能以假亂真！而她現在也注射了禁藥，如果能夠拖延到血字結束，那麼或許就是一線生機！

但是，韓未若剛才聲稱自己是上官眠的生母。上官眠再怎麼冷酷，會讓自己的親生母親為她而死嗎？李隱自問，如果是他，也斷然不會做這樣的事情！母親的死，至今對他而言仍然是錐心之痛，刻骨銘心！

這時，韓未若開口了：「不管他們是人是鬼，既然是為了殺自由你……就由我來引開他們！自由，我換上你的衣服，把他們都遠遠地引開！」

韓未若實際上並不相信巫的話，但是，那七個殺手會對自由構成生命威脅卻是不爭的事實。既然如此，她只有拚死為女兒爭取一線生機了！

上官眠卻冷冷地說：「這和你有什麼關係？」

「我……」韓未若疾聲說道，「我和你的容貌很像，現在天很黑，他們一定會認錯的！讓我來引開他們，否則，你會死的，自由，我不能看著你死！」

韓未若只要一想到女兒會死，心中就是一陣絞痛。十六年了，無論是自由還是真實，她都沒能為她們做什麼，只因為她生活在一個充滿殺戮和殘忍的黑暗世界。當初如果不是因為她殺了黑色禁地的人，也不會讓自由活在那個地獄一般的地方，成為一個殺人機器。她能為女兒做的，只有這件事了。

「住口！」上官眠怒吼道，「你憑什麼為我去死！」

「我是你媽媽啊，自由！我是你的親生母親，當初我生下你和你妹妹，因為被黑色禁地組織追殺，不慎讓你落到了他們手上……我太無能了，才讓你一直活得那麼痛苦。我，我只能為你做這件事……」她絕對不是不怕死的人，但是，如果自己的死可以換來女兒的平安，她願意去做！即使她知道實力差距有多大！

此時，他們離遊樂場的大門已經很近了。但是，巫感覺到，那七個人也更加近了！

韓未若咬緊牙關，忽然將後面的頭髮飛快束起，紮成一個馬尾，接著，她朝另外一個方向跑去！她撕開了身上的大衣，露出裏面一身黑色緊身衣！而上官眠也是一身黑衣！

然而，她的手臂卻被上官眠一把拉住，狠狠拉了回來！

「如果你是我母親，那就聽我的！」上官眠死死拉住韓未若，不讓她有絲毫機會掙脫，腳下繼續加快了速度！

李隱等人畢竟沒有武學基礎，身體已經接近極限了。只要藥效一過，他們會立即血管爆裂身亡，絕對沒有倖存的可能！剛才被巫強行用雄渾真氣壓迫的李隱，已經有了內傷，加上注射禁藥，他的身體狀況是最糟的。李隱只感覺喉嚨一甜，又一口鮮血吐出！不僅如此，他的皮膚下，一根根血管都開始膨脹起來！

李隱頓時意識到，內傷導致副作用顯現了。再這樣下去，他真的會死在這裏！

「子夜……」李隱的手緊攥成拳，他的視線開始模糊起來。

而其他人的情況也好不到哪裏。體質最差的羅謐梓已經快要不行了。

「啊！」羅謐梓噴出一大口血來，身體摔倒在地上！

上官眠一把抓起羅謐梓，將她扛在肩膀上，繼續前行！羅謐梓吐血不止，已經神志不清了。

「啊！」羅蘭也漲紅了臉，他幾乎要承受不住了，他的身上不斷迸裂開傷口，腦海中響起嚴重的耳鳴。

這些人中，除了上官眠遊刃有餘，其他人都已經命在旦夕！

「上官眠……」羅謐梓又吐出一口血來，「你，你讓她去引開鬼吧，反正，反正她是自願的……」

上官眠卻沒有回答。沒有任何辦法可以阻止對方的，是人還可以想辦法，但是……現在的情況下，沒有任何辦法可以想！被追上，就是死路一條！只有逃，逃，逃！

夢可雲此時真的害怕起來。她實在不想再和這些人在一起了，可是族祖嚴令她一定要帶上官眠回去，她該怎麼辦？除非她打算背叛家族。如果回到家族，族祖他會相信她的話嗎？巫會去幫她作證嗎？

夢可雲還是想和這些人分道揚鑣。她說道：「上官小姐，夢家不會再插手和你有關的任何事情，你保重吧，後會無期！」

然而，巫卻冷冷地說：「你如果敢走，我就馬上動手殺了你。反正，我也不怕夢天魔那個老不死的。」

夢可雲嚇得渾身一顫，只好服從。

「自由……」韓未若對上官眠喊道，「快放手吧，這樣下去，你會死的……你真的會死的……」她已經泣不成聲了。身為母親，看著女兒面臨死亡威脅卻什麼都不能做，這是何等絕望痛苦的事情？

「誰說我會死的？」上官眠仍然抓緊韓未若的手，「我不會死的！」

「自由！讓我去吧！媽媽只能為你做這些了！」

「我沒有母親。我從來都沒有母親。殺死麗娜之後，我就發誓不會再愛任何人了，沒有值得我去保護的人，也沒有可以保護我的人，我只有不斷殺戮……」

「什麼……麗娜，誰是麗娜？」

「你給我聽好，我不許你死。」上官眠咆哮道，「有我在，我不准你死！」

「自由……剛才你不是要殺我嗎，你不是不相信我是你母親嗎？」

「你給我住口！」上官眠一邊扛著羅謐梓，一邊抓著韓末若，絲毫不肯鬆手！

李隱看著這一幕，也明白了，果然是母女之情感召，上官眠從韓末若願意對她的付出，終於意識到她的確是自己的生母！

此時，天空的月光全部被遮擋了，遊樂場裏所有的燈光竟然也全都熄滅了！一時之間，所有人眼前都是伸手不見五指！巫立即從身上取出一個小型手電筒，卻發現無法打開！

「五百米！」巫感覺到了，他的真氣在身後五百米處就徹底消散了，再也無法寸進！然而，回過頭，卻看不清後方。

「三百米……兩百米……一百米……五十米！」

黑暗中，每個人都恐懼到了極點！就算離開了遊樂場又如何？距離血字終結還早得很啊！

「二十米……十米！」巫怒吼一聲，回過身一拳打出，雄渾的真氣朝後方轟去！他的真氣一旦打到人身上，對方絕對瞬間化為飛灰，連半點血肉骨頭都不會留下！然而，他卻感覺到好像氣卷到身後十米就完全消散了！而且，有一股冰冷邪異的感覺襲上心頭！縱然是他這樣的強者，也心生恐懼！

李隱感覺到，下一刻，他就會堅持不住倒下了。要死在這裏了嗎……真的要死了嗎？闖過了那麼多次血字，終於，走到了終點嗎？

生路……生路究竟是什麼？

十米範圍一旦踏入，限制將不復存在。

巫這一生，雖然表面上是殺手，實際上是一個武癡。出於惜才之心，他實在不希望看到上官眠隕落在此，所以他開始運轉內力，猛然發出一聲咆哮！

這一聲咆哮發出的瞬間，強大的內力完全灌注到手掌心上，他朝著前方狠狠一推！真氣頓時席捲而出，猛然推到上官眠等人背後！

這一下，他們的身體被真氣狠狠推行，一秒不到，竟然前進了一千米以上！與此同時，巫一踏地面，猛然跳到高空，踏在一座房屋頂端，跳到了遠處！

他已經逐漸適應了黑暗，所以能夠依稀看清楚上官眠等人的所在地！

當然，那種真氣的衝擊，不是一般人可以承受的，眾人都受到了嚴重內傷，要不是禁藥的大量注射讓人對疼痛幾乎麻痹了，此時他們只怕都會痛得昏厥！

巫再度跳到他們當中，大吼道：「快跑！」

巫的力量的確很強，但是，僅僅是在人類中而已……一旦公寓完全解除限制，巫早就會一命歸西了。距離血字結束還有一段時間，所以限制依舊存在。

巫終於感應到，擺脫了！這個遊樂場的障礙物很多，鬼被限制無法感知住戶位置，所以，只要距離夠遠，就能暫時安全。否則，李隱等人也沒有辦法活到現在。

當上官眠將羅謐梓放下的時候，大家才發現，她已經死了。畢竟羅謐梓體質不好，禁藥的過量注射，讓她比一般人更早過了藥效。

手電筒依舊還是打不開，手機也無法使用，所以，幾大勢力根本不知道這裏發生的情況。

李隱又吐出一大口血來。他受了很重的內傷，如果不是禁藥讓自己感覺不到疼痛，他此刻必定會痛到生不如死。羅蘭的情況也很糟糕，他吐出的血中有內臟碎片，他已經處於彌留之際了。巫的那一掌太厲害了。只有洪相佑勉強撐下來了，但是內傷也不輕，再不及時治療，絕對必死無疑。而韓未若的情況要好得多，畢竟她本身也是個殺手，但也是面色蒼白如紙。

實在是很諷刺。死去的兩個住戶，竟然都不是鬼殺的！

羅蘭已經沒有辦法說話了，他的目光中滿是不甘。他多麼希望可以逃出公寓，希望自己能夠活下來。但是，那個幸運兒不是他。他帶著強烈的憎恨，在心中詛咒著公寓。他知道自己沒救了，吐出的血越來越多，根本止不住。最終，他死了。李隱伸出手，闔上他的雙眼。

洪相佑在恐懼中近乎絕望了，他現在很想念在韓國的父母，他們如果知道自己現在的情況，該會多麼痛苦啊。

「巫前輩……」李隱似乎下定了決心，「我有個問題。你有辦法讓別人易容嗎？」

巫很快答道：「可以。只要將真氣通過脈絡，將面部肌肉完全改造，五官就會徹底改變。」

「能否改造為特定的人的樣子？」

「可以。只要我見過那個人。」

李隱立即說出了他的推測：「那麼，如果能夠找一個和上官眠身高差不多的女性，把她的面孔變成上官眠的樣子……」

事實上，這個辦法之前已經考慮過了。雖然血字不允許住戶易容，但如果讓另外某個人易容為上官眠的樣子，或許可以吸引一部分殺手的注意力。但是，考慮到鬼的最終目標是全體住戶，所以最後擱置了這個建議。

但是現在不同了。公寓之所以不讓住戶互相離開十米以上，目的就在於不讓住戶因為離開了上官眠身邊而不被鬼殺死。在這種情況下，就算上官眠死了，住戶一樣會被波及。但反過來說，如果讓一個假的上官眠去……

夢可雲身體一縮，立即後退了幾步！她不是最符合條件嗎？都是中國人，身高、身材、年齡都差不多！而且巫不是一般人，並不會忌憚夢家族祖。

然而，巫卻說道：「有符合這個條件的人。」

「是誰？」眾人立即期待起來。

「是科倫斯會另外派來的一名殺手，年齡和上官眠差不多，也是亞裔。我當時沒有殺她，只是點了她的穴道。就選她吧！」

「她在什麼地方？」李隱緊張地問。

巫抬起頭，看著黑暗的四周，他的視覺已經完全適應了黑暗，他說道：「就在附近，以現在的速度過去，只要五分鐘。」

大家立即振奮起來！總算有了一條生路！而且生路是李隱提出的！他猜測的生路，至今為止，極少有不準的！

洪相佑心中再度燃起了希望。韓未若更是激動不已：「真的有希望？真的能夠救自由嗎？這位先生，太感謝你了……感謝你……」她激動得無法用語言表達，她看到了女兒獲救的希望！

幾道人影再度穿梭起來，按照巫的指引，衝向那個地方！

此刻每個人都感到度秒如年。為了讓鬼認為他們逃遠了，李隱建議巫不要釋放真氣。此時巫產生了恐懼，也沒有去計較，採納了他的建議。但是，付出的代價就是，無法從氣的感應中得知鬼所在的地點！

目前只有不惜一切代價，博取一線生機！

「快了，就在前面！」

李隱等人都是面露喜色，而上官眠的表情卻依舊陰晴不定。

眼前是一座城堡。城堡附近，有一個女子被定在那裏，一動不動。巫一個箭步衝上去，一把抓住那個女子。就在此時，天上烏雲散開，有月光透出，大家依稀看到，那是一個長相普通的亞裔女子。

巫開始將真氣輸入女子的面部經絡，這種整容相當需要時間，他一邊對照著上官眠的面孔，一邊改造女子的臉。先是額頭，再是眼睛……

每個人都頗為焦急，雙腳不斷蹬著地面。就在這時，夢可雲身上的手機震動起來，她立即接了起來，裏面有個聲音問道：「三小姐，你現在在什麼地方？」

「我在……」夢可雲分辨了一下方向，「在夢幻城堡附近。」

「夢幻城堡嗎？我們距離那裏很近，三小姐，我們馬上趕過去！很抱歉，我們來遲了，族祖吩咐過，無論如何一定要保證你的安全。三小姐，你沒有受傷吧？」

「嗯，沒有，你們快點來吧！」

打電話的人是夢家派出的精英殺手，掛斷電話後，他回頭對三名手下說：「快！這次任務族祖相當重視，絕對不能出差錯。三小姐現在在夢幻城堡附近……」然而，他的話只說了半截，就說不下去了。

他的雙眼瞪得很大，在臨死的一瞬間，他極度後悔說出了「夢幻城堡」這個地點！

這一切，夢可雲絲毫不知曉！

「快！還沒有好嗎？」夢可雲焦急地對巫說，「前輩，麻煩快一點吧！」

這時候，面部已經改造了大半。巫此時滿頭大汗，但他必須精益求精，哪怕是眼睛的一點間距都不能出問題，否則，也許就是功虧一簣！

巫的手猛然一抖！面部改造總算完成了，可是，他同時也感覺到一種恐怖的心悸！

「快！」他立即對上官眠說：「把你的衣服脫下來，換到她身上！」

上官眠立即脫掉上衣和褲子，遞給巫。巫同時剝掉了那個女子的衣服，迅速換上上官眠的衣服！

大家都緊張至極。女子被點了穴，連話都說不出來。巫的手顫抖得越來越厲害，他在心中祈禱，但願是自己神經質了。

然而，李隱此時也有了和巫一樣的感覺。

終於，換衣完畢！也就在這時，巫悚然一驚！

「來了！在朝我們這個方向過來！」

大家駭然失色，隨即就要逃走！

上官眠忽然說道：「等一下！還有收尾工作！」她取出一把匕首，迅速割斷了女子的喉嚨！女子倒下後，上官眠將匕首塞入她的右手，偽造了上官眠拔刀自刎的場面。

李隱看著這個女子，這種殺手絕對是殺人如麻，因此並沒有憐憫她。

大家正要準備逃，巫卻感覺到了什麼，說道：「進入城堡，來不及逃了！」

幾道身影立即衝入城堡內，大氣也不敢出。在黑暗之中，每個人都在等待最終結果，那具偽造的屍體，是否能騙過那幾個鬼？

沒有人敢探出頭去看，每個人都屏住呼吸，不敢有絲毫動作。最緊張的人，是韓未若。所有人的腦海中只有一句話。

能騙得過嗎？能騙得過嗎？

在感覺很漫長的等待之後，終於，他們聽到城堡外一陣衣服摩擦地面的聲音響起……

靈異片場

PART FIVE

第五幕

時間：2011年8月5日一整天

地點：香港九龍半島葉鳳山

人物：上官眠、柯銀夜、徐饕
洛亦水、張霆、韓青山

規則：到《第四類靈異現象》劇組擔任群眾演員。本次血字已經超出公寓的掌控，其他規則不變。

地獄公寓

16 受詛咒的四胞胎

李隱之所以能夠想出這個辦法，在於血字中的一句話，「不能易容」。為什麼不能易容？如果那些殺手是人類，因為易容而無法確定上官眠來了里昂還說得過去。但是，那七個殺手沒有一個是人，在這種情況下，怎麼會需要特意禁止易容呢？

那麼，結論就只有一個了。那就是，一旦進行易容，鬼就無法分辨上官眠的身分。這就是公寓對鬼的限制。想通了這一點後，想出解決方法就順理成章了。而且，巫定住的這個女人，只怕本身就是公寓給予的「預備生路」。

這個血字一環扣一環，需要解開一個謎，才能獲悉下一個謎的答案。當中漏掉一環，就必定會死在血字中。如果這個血字裏沒有李隱，只怕又是團滅的結局。

衣服在地面拖動的聲音漸漸遠去，最後終於聽不到了。每個人都漸漸從戰慄中恢復過來。夢可雲更是一陣恐懼，她這才想起，之前手機都無法使用，怎麼會有人打電話給她。這本來就是一個陷阱。

「看來沒有問題了。」李隱看了看錶，「時間就要到了。我們必須馬上回公寓恢復身體。」

「上官眠。」巫忽然說道，「我有意收你為弟子，你願意嗎？我一生絕學，不希望失傳。」

上官眠看向巫，答道：「能成為前輩的弟子，我求之不得。但是現在我還有些事情必須要做。等事情解決了以後，我一定去見您。」

「好！」巫豪邁地說，「在這段時間裏，我負責保護你母親。我還會放出話去，無論是誰，要是敢派人殺你，就看不到明天的太陽！」

韓未若眼中溢滿淚水。「自由，你已經長成這麼漂亮的女孩子了，和真實長得一模一樣……」她不禁掩面而泣，「可是，你受了太多太多痛苦了……我真希望能一直在你身邊保護你，可是媽媽沒有那個能力。所以，這十六年來，我只能在你妹妹身邊默默地守護她，儘管你妹妹根本不知道我的存在……」

「妹妹？」上官眠聽到這句話後，表情終於發生了變化。即使之前韓未若說是她的生母時，她的反應也沒有如此強烈。

李隱推測，當初殺死麗娜的傷痛一直潛藏在上官眠心中，像自己妹妹一樣的麗娜，卻被自己親手所殺，這是她的心魔吧。

「她在哪裏？我真的有一個妹妹嗎？」上官眠的眼神不再冰冷，她的雙手緊攥成拳，充滿期待地看著韓未若。

韓未若取出兩張照片，遞給上官眠。一張照片是年輕的她帶著兩個襁褓中的嬰兒，另一張是一個穿著一身漂亮白色洋裝、笑靨如花的可愛女孩，和上官眠猶如鏡像一般。

李隱也看到了。實在很難想像，同樣一張面孔，照片上的女子笑得如此幸福。李隱這才發現，這張面孔笑起來，竟是如此美麗！

「你……你真的是我母親嗎？」上官眠撲過去緊緊抱住韓未若，「我的妹妹在哪裏？真實，她在哪裏？」

時間緊迫，距離回歸公寓，還有十秒！

「告訴我……媽媽！快告訴我！」

「她住在香港九龍……」韓未若迅速說出了真實的住址，「但是，你輕易不要去找她，我不想讓她牽涉進黑暗世界的紛爭……」

「我知道，媽媽！」

時間到了！李隱立即抓住上官眠和洪相佑，腦海中想著「回歸公寓」！

韓未若忽然發現，懷中的上官眠竟然一點一點消失了！隨即，完全化為虛無！

「這……這是怎麼回事？」韓未若大為駭然。

然而，這一切很快就會從她的記憶中抹掉。血字已經結束了，公寓不會再讓這些人知道公寓的存在。夢家也好，韓未若也好，就算是巫也一樣。

重新出現在公寓的一樓大堂裏，上官眠手裏拿著那兩張照片。

「真實……」上官眠看向照片，喃喃道：「你是我的妹妹……」

當看到李隱活著回來了，一直守候的子夜臉上終於有了血色，她掩面而泣。

李隱看到子夜在痛哭，也走到子夜面前。他伸出手去，想擁抱子夜。但是，在手即將觸到她身體的時候，子夜卻說：「不用了，李隱，你不用同情我。我答應過你，在你能承諾讓我們一起離開公寓之前，你不會再擁抱我。如果有一天我死了，請你就這樣忘掉我。」

李隱的手就這樣懸在半空，距離子夜的面孔只有幾寸。隨後，他默默縮回了手。這一幕，讓不少住戶潸然淚下。

這次血字結束了。

當上官眠活著回來的時候，幾乎所有住戶都陷入了絕望。但是，接下來發生了更加令人驚訝的事情。

李隱召集了銀夜和神谷小夜子進行了一次密談。雖然不知道他們談了什麼，但是談話結束後，兩大聯盟都下達了一條命令：取消利用血字殺死上官眠的計畫！如果不服從這一計畫，可以離開聯盟。

八月在壓抑的氣氛中到來了。在酷暑裏，就算是白天，公寓的周邊都感覺不到多少陽光，寂靜得猶如墳場一樣。住戶們發現，最近公寓周圍的人越來越少，陸續看到有搬家公司的車，附近的人紛紛離開了這裏。這個住宅區都是最高只有四層樓的破舊公寓樓，現在社區裏基本沒有多少人剩下了。

寂靜的氣氛越來越濃，周圍極少的綠化帶也開始枯萎。河流上方總有一股陰風吹來。走在這附近時，就感覺自己失聰了一般，一丁點聲音都聽不到。公寓外的街道上本來有不少攤販，可是，最近這些攤販幾乎絕跡了。那些小店紛紛關門了，就連公寓社區內保安室的人，也幾乎看不到了。

住戶們終於發現了一個可怕的事實。公寓周邊範圍，居然形成了無人區！

小夜子和慕顏慧站在一個空無一人的十字路口。

「太誇張了吧？」慕顏慧感到恐懼，「這幾天，這個地方居然一輛車子都沒有經過？」

「的確。」小夜子看向閃爍的交通信號燈，「昨天這附近唯一還營業的一家當鋪，今天也關門了，只貼出了一張急欲出售店面的單子。簡直就像是大地震到來前，鳥獸拚命逃散的景象。而且，現在是中午時分，日頭這麼毒，我們卻連半點熱氣都感覺不到。」

「是啊。」慕顏慧牙齒有些打戰，「我今天是穿長袖出來的。這附近的氣溫下降得越來越明顯了。現在至少要走公車三站路遠，到以前夏小美就讀的月城美院附近，才開始有人煙。而且這麼詭異的現象，竟然都沒有人注意到！」

「昨天好像最後一戶人家也搬走了。」小夜子看向遠處公寓入口方向，「不過，我相信還是會有新住戶到來的。」

慕顏慧忽然心頭一顫，說道：「神谷小姐，這個地方太恐怖了，我們還是回公寓去吧？我擔心會有鬼出來啊！」

「怕什麼，現在又沒有執行血字。」小夜子卻是一副滿不在乎的樣子，「二〇一一年已經進入下半年了，接下來的血字難度會越來越高。夜幽谷還是毫無線索。顏慧，你是我們神谷盟的人的事情已經無法掩蓋了，所以你已經不需要再做臥底了。現在聖日派擴張得有些厲害，不過，我已經和夜羽盟商定好了，我們暫時互不侵犯，此誓約維持到最後一張地獄契約碎片找到為止。」她看了看天空，「好了，看來再等下去也不可能有計程車經過，還是步行去公車月台吧。」

一小時後，二人進入了白嚴區。在市中心裏，慕顏慧總算安心了不少。她已經成為小夜子的心腹，很多事情一般住戶不知道，慕顏慧卻都能知曉。

這是一家高級和式餐廳，包廂都是榻榻米房間。服務員都身著和服，小夜子和慕顏慧進來後，約好的人還沒有到。

慕顏慧有些不習慣地盤膝坐下，說道：「楚彌真在日本生活的情報，真的查出來了？」

「嗯，我讓步未幫我拜託了她的妹妹桐生憐。她也是一個偵探。我當初成為偵探，只是因為我渴求解謎的快感。憐和我不一樣，她身為大財閥的千金，事事都很要強，所以一直和我競爭。」

沒有多久，拉門開了。走進來的正是之前在醫院門口和小夜子見面的女子。

「很抱歉來晚了，小夜子。」女子抱著一絲歉意地說道，「嗯，你身邊這位是……」

「這是我朋友，慕顏慧。慕顏慧，她就是我的朋友，桐生步未。」

桐生步未點了點頭，取出了一個牛皮紙袋放到桌上，說道：「很抱歉，憐說她有些事情有能來。叫楚彌真的女人，在日本生活的時間並不長，資料都查出來了。」

慕顏慧不敢相信，普通人會相信公寓的存在嗎？這位財閥千金和小夜子是什麼關係，這樣的話也信？

「查出什麼了？」小夜子將牛皮紙袋打開，從裏面取出一份份資料開始查看，又問道：「之前你發給憐的視頻是什麼？恐怖電影嗎？」

「視頻？」慕顏慧驚駭地問小夜子，「什麼視頻？」

「就是和上官眠發給那些外國勢力一樣的，那些公寓的靈異影像啊。」這句話，小夜子是用中文所說，桐生步未根本聽不懂。

晚上，在巴士站下車後，小夜子和步未步行了一段路，回到了公寓所在社區附近。一進入這個無人區，桐生步未就感到極其駭然。

陰森的、空蕩蕩的馬路上，信號燈依舊閃爍著，卻沒有一輛汽車通行，路燈忽明忽暗。

這裏，是通向地獄的入口。諷刺的是，這裏成為無人區後，進入公寓的住戶數量越來越多了。

兩大聯盟放棄了對上官眠不利的行動，可是聖日派卻沒有放棄。不僅如此，聖日派擴張的速度超過了另外兩大聯盟，已經快有四十人了。而且，徐饕佈置在兩大聯盟內的棋子，也遠比住戶們想像中更多。比如……慕顏慧就是其中之一。

「桐生憐？」徐饕擺弄著手上的一個玉指環，抬起頭來說道：「神谷小夜子請了另外一名偵探調查楚彌真的事情啊。」

慕顏慧此時在她公寓外的家中，對著電腦視頻中的徐饕說：「神谷小夜子完全沒有懷疑我，我獲取的資料已經全部交給你了。羅謐梓的死……」

「她的修煉，還是不夠。」徐饕非常冷靜地說，「不過，不要失去信心，我們現在絕對不能屈服。」徐饕的聲音很有磁性，他的目光睿智鎮定。很多人看到他，都會平靜下來，而且，他的外表確實很英俊。也正因為如此，他才有一種威嚴，讓很多人信從於他。最讓大家信服的是，他每一次和信徒見面後，都能夠輕易讀取對方的內心，預言的事情也會一一實現。當然，這不過是一些詭計罷了。徐饕在精神上控制著大批住戶，作為日後奪取契約碎片的籌碼。不僅如此，也為了他心中的計畫。他根本沒有真正相信的人，羅謐梓死了，再培養一個新的心腹就行了。

他也表現得很低調，不會讓李隱等人對他生出太多戒備。李隱等人只是把他當做一個神棍，或者說是跳樑小丑。然而，事實卻是，他通過洗腦手段，掌控了相當多的住戶。而且，他的智商也絕對不在任何一名智者之下。對於羅謐梓的死，他並不感到遺憾，因為這個女人雖然忠誠，卻太過衝動，上次居然還貿然襲擊嬴子夜，所以，聽聞她的死訊，徐饕其實反而鬆了一口氣。

「神谷小夜子……」徐饕合上電腦，心想這個女人不得不防。和柯銀夜相比，這個女人更加手段狠辣，不計較過程只在乎結果。這種人最麻煩了。

然而，在所有住戶中，令徐饕最欲除之而後快的人，就是李隱！

徐饕走出了公寓，看到了空蕩蕩的馬路，以及……馬路對面站著的李隱。

徐饕看到李隱時並沒有太意外。最近有不少住戶都常到外面來看有沒有人經過這裏。徐饕向李隱慢慢走過去。

李隱這時也看到了徐饕。這個男人，一直都被李隱重點關注著。他始終感覺到，徐饕絕非一個神棍那麼簡單。能夠成功欺騙那麼多住戶，他的所圖不小！其智慧和狡猾程度，在住戶中至少位列前三！

徐饕的目光很陰冷，在這蕭瑟的大街上，他蒼白的臉龐猶如九幽深處的厲鬼一般。

「李隱。」走到近前時，他忽然換了一副笑臉，說道：「真巧啊。你也在這裏。」

「是啊。」李隱冷冷答道，不再開口。

徐饕笑了笑，沒有再說什麼，轉過身去。然而，在李隱視線看不到的地方，他的眼中出現了一股凶芒。他步行了很久，終於走到公車月台。

徐饕長吐出一口氣，開始調整自己的情緒。他現在要回自己家去，不再是公寓住戶，而是一個普通人。是的，此刻，我是普通人，是普通人……

徐饕坐在公車上，漸漸遠離了那個公寓，內心也逐漸平靜下來。是的，此刻，我是個普通人了。他的眼中的凶厲和殺機開始退去，溫柔和溫暖開始湧出。他那安靜平和的面龐越發俊美。

徐饕到站下了車。他的父母都是普通工薪階層，當他得到心理學學位後，父母和姐姐都很高興。那個時候，徐饕非常充實，他一直以來的人生目標，就是能夠讓父母和姐姐都過上好日子。但是，現在他連自己的性命都難保了。

踏上樓裏那走了無數遍的樓梯，徐饕來到家門口，打開了門。

母親見到他，立即高興地說：「兒子，你回來了啊！也不事先打個電話，我好幫你準備晚飯啊！」

「我吃過了。」徐饕露出溫暖的笑容，關上門，緊緊地抱住母親。「媽，你又瘦了。你有好好吃飯吧？」

「嗯，有呢，你不用擔心。」

「那就好。」徐饕撫摸著母親的背脊，看到父親和姐姐走了出來。

「你還想到回來啊！」父親顯得頗為嚴厲地說，「這段日子一直在外面住，到底都是什麼事情啊！」

「孩子回來就好了！」母親對父親使了個眼色，「你就別說了！」

「吃過飯了吧？」父親又說道，「整天在外面，不知道怎麼照顧自己的！」

姐姐則在父親身後說：「阿饕，你總算回來了……」

徐饕對姐姐露出笑容道：「我肯定會回來的。這裏是我的家啊。」

夜深沉。徐饕沒有絲毫睡意，在電腦前繼續流覽地理網站，搜尋「夜幽谷」這個地方，連國外都搜索過了。

姐姐走進房間，問道：「阿饕，你為什麼不肯回來住呢？你不在的時候，爸媽都很寂寞。」

「我有些事情必須要辦。」徐饕取出一個厚厚的信封，放在桌子上，說道：「這個，你收下。」

「阿饕……」

「千萬別推辭，一定要收下，姐姐。」徐饕說道，「我可以做的事情，只有這些了。」

「你明天就要走嗎？」

「嗯。我不能在家裏住太長時間。姐，爸媽最近身體還好嗎？」

「爸最近喝酒越來越多了。媽雖然勸了好幾次，但是爸不聽。我覺得爸媽一下子老了很多。」

這一天晚上，一股壓抑感襲上每個住戶的心頭。

七樓的電梯門打開了，一個叫姜嵐生的住戶走了出來。他此時心情相當焦躁。

查遍了所有資料，就是找不到什麼夜幽谷！當然，國家實在太大了，所以，偏遠地區沒有標出來，查不到也是正常的。但是，公寓怎麼會給出那麼難查的地點？

姜嵐生忽然發覺身旁有一個人影。

「嗯？你……」姜嵐生看向那個人影，還來不及反應，那個人已經疾步走過來。

「喂喂，你要做……」話還沒有說完，姜嵐生的面色猛然一變！聲控燈打開的一瞬間，這個人影從那個熟悉的樣子，化為一個無比恐怖的形象！

姜嵐生嚇得魂飛魄散，連忙朝後逃去，大喊道：「救命啊！」

姜嵐生衝到電梯前，拚命按著按鈕，卻沒有用，他只好再向樓梯衝去，可是，打開樓梯間的門，卻看見那個人……不，那個鬼就站在他面前死死盯著他！

「啊啊啊啊啊啊——」不可能啊！這個人、這個人怎麼會是鬼?!不，公寓裏怎麼可能有鬼?!

姜嵐生朝後面逃的時候，他又看到，那個鬼又出現在電梯門前！根本逃不掉！姜嵐生哆嗦著拿出手機，他要立刻求援！然而，電話根本打不出去。而且他無論發出多大的聲音，都無法傳出這個樓層。

最後，姜嵐生跑回了自己房間門前，立即衝了進去將門關上！然後，他用沙發、椅子將門堵住！

我不想死……不想死……不想死啊！

這時，他忽然聽到身後的窗戶被拉開的聲音，回頭一看，只見那個鬼臉在窗戶外出現了，並且爬了進來……

第二天，徐饕醒過來的時候，聞到了一股香味。他穿好衣服走出房間，看到母親正把早飯端到桌子上。

「快去洗漱一下。」母親笑著說，「你回來了，媽心裏很踏實。」

「對不起，媽。」徐饕看著母親額頭上一道道加深的皺紋，還有滿頭白髮，說道：「最近，我不能經常回家了。」

「孩子長大了總要出去闖蕩的，我們也不能攔著。」母親盛了一碗肉粥，「嗯，這肉粥是你最喜歡吃的。」

「媽，你也要多吃一點。」

一家人圍坐在桌旁。徐饕端起肉粥喝了一口，熟悉的美好味道。他強壓住心中湧起的感動，不讓淚水湧出。

「你沒事吧，阿饕？」姐姐問道，「你的臉色好像有點不好，昨天晚上沒有睡好嗎？」

「不……沒有。」

就在這時，徐饕的手忽然一抖，碗掉到地上摔碎了。他感到心臟猶如烈火灼燒一般劇痛！

對於絕大多數住戶而言，進入公寓是萬劫不復的絕望。但是，在公寓裏，有三個人不僅對這個公寓沒有絲毫憎恨，反而極為感恩。那就是洛亦晨、洛亦楓和洛亦水三姐妹，姐妹三人進入公寓是在七月的最後一天。

晨輝幼稚園裏，洛亦水正看著眼前一群孩子玩滑梯和鞦韆，她對五歲的女兒洛筱葉說：「小葉乖哦，一定要聽姨媽的話，媽媽最近可能都不能回家陪你了。」

「媽媽……」小臉粉嫩嘟嘟的筱葉依依不捨，「媽媽不能陪我玩嗎？我要聽媽媽給我講故事。」

「讓姨媽給你講吧。小葉，媽媽不在的時候一定要乖乖的哦，聽老師的話，好好和大家做朋友。媽媽回來的時候，一定會很高興的。」

筱葉露出一絲笑容，答應道：「嗯，知道了！」

當筱葉朝那些孩子跑去的時候，洛亦水的手裏依舊殘留著女兒的體溫。

「小葉……至少你能夠活下去了……還有二姐……」

在幾天之前，洛亦水根本無法奢望這樣的生活。忽然，她捂住胸口，眉頭緊蹙起來，感到心臟像被烈火灼燒一般！她想起公寓住戶告訴自己的話。

「血字……我的第一次血字，這麼快就來了？」

七月的最後一天。踏著滿沙礫的地面，洛亦水看著眼前這座略顯古舊的哥德風格建築物，這裏是天南市市南區，這是洛氏家族的祖宅。

四名女子站在洛家祖宅外，她們的容貌都非常相似，因為她們是四胞胎。短髮、穿著紅旗袍的是大姐洛亦晨，她的神情很堅毅，不，與其說是堅毅，不如說……是一種赴死的壯美。

「小妹。」洛亦晨看向年紀最小的洛亦水，「今天，我們……」

「是啊！」梳著馬尾、穿著白色洋裝的三姐洛亦楓也說道，「你就陪著小葉吧……」

「別說了，大姐，三姐。」洛亦水說道，「我已經把小葉交托給了信任的人。搏一搏吧，我們不是一直都在等今天嗎？身為洛氏家族的人……」話雖這麼說，亦水不過只是在硬撐罷了。因為有三個姐姐在，她才可以勉強支撐到現在。

天色已經完全暗了下來。四個人中最冷靜的，是二姐洛亦心，她從來沒有哭過。這是赴死的旅程，所以，每個人都精心妝扮，穿上最喜歡的衣服。

「亦水。」二姐問道，「如果可以活下去，你有什麼願望呢？」

願望嗎？對亦水來說，願望是遙不可及的。她向神明祈禱過無數次，卻一次也沒有得到過回應。洛家的女人，就必須要面對這個宿命。

當年這四胞胎出生的時候，她們的母親幾乎崩潰了。母親是多麼希望可以生下兒子，那樣就可以避免這個宿命了。母親也是一樣。

所以，當亦水生下筱葉的時候，她完全體會到了母親的心情。但是，她仍然決定好好撫養這個孩子。即使她知道，這個孩子終將步上母親的後塵。

四姐妹進入了祖宅。祖宅裏沒有任何傢俱，黑白相間的格子地板，沒有護欄的樓梯，牆壁上寫滿咒罵的話語，以及古怪的繪畫。洛家歷代的恐怖都記載於此，凡是女子，必定要被傳承的血脈詛咒。

「亦水，你還有機會。」大姐亦晨回過頭說，「你還有機會離開。如果你再不走的話……」

「我會和你們共進退。」亦水沒有猶豫，「就算是死，我也要和你們在一起。」

樓梯上有很多血跡。不時吹來陣陣冷風，將窗簾掀起。

三姐亦楓雙手抱住肩膀，簌簌發抖起來。詛咒的血脈將在二十四歲的今天發動，無論如何都無法阻止。

「嘎吱——」一聲傳來，走在最前面的大姐亦晨停住了腳步。她的手上立即出現了一把匕首！匕首上早已塗滿鮮血，這是從道士那裏求來的方法，雖然沒有指望真的有用，可是但凡有一線生機，都要試一試。

亦楓也取出一張符咒來，亦水則開始低聲念誦佛經，她的手上還拿著一串佛珠。亦心什麼都沒有做，她是最淡定的人。

走到二樓，手持匕首的大姐又拿出了一個十字架。病急亂投醫，她打算把東西方的神明都求上一遍。多年來，四姐妹尋訪各路高人，盡了所有努力，才在今天來搏一博。當然，洛家那麼多代人，能想的辦法肯定都想過了，但是依舊失敗了。

「嘎吱——嘎吱——」的聲音依舊時時傳來。亦水感到頭皮發麻。亦楓迅速地將符咒貼在房間的各個角落。最終，亦晨將一個稻草人釘在了牆上，她已經滿頭大汗。

「走吧……快走！」

四姐妹在「嘎吱」聲越來越近的時候，終於逃了出去。符咒、佛珠、沾染鮮血的匕首、十字架等東西都留在了樓上。

離開祖宅後，亦心打算回去，安靜地等待最後一刻來臨，所以自己先走了。其他三姐妹則是漫無目的地狂奔，然後，她們跑到了那個公寓所在的社區。

十四歲的時候，父親告訴了她們母親死亡的真相。母親是被殺死的。殺死她的是一直詛咒著洛家血脈的一個厲鬼。

幾百年前，洛家的先祖是經營棺材生意的。一次，有一個女人來定做上好的棺材。一星期後棺材做好了，送過去時，竟然被告知，那個定做棺材的女人，在一個月前就已經死了！

先祖嚇得焚燒了那口棺材。但是，棺材燒到一半時，才發現棺材裏竟然有那個死去女子的屍體，屍體被焚燒殆盡！

不久後，先祖二十四歲的女兒死了！而且死相極為悲慘，明顯是謀殺。先祖將女兒裝進棺材下葬，但是，抬棺人不小心將棺材摔落在地上，先祖赫然看到棺材裏有兩具屍體！另外一具屍體就是那具被燒的女屍！

從那以後，洛家每一代的女兒都會在二十四歲，棺材被燒的日子裏死亡。洛家一代代傳承下來，凡是女孩，必定會遭遇這個宿命，無一倖免！那個「嘎吱——嘎吱——」的聲音，是女鬼撓動棺材壁的聲音！

當初亦水懷孕時，多麼渴望能生下男孩，可是，最終沒能如願。為什麼要將這樣的宿命帶給自己的孩子？亦水無法分擔女兒的命運，筱葉註定會和她一樣。

三姐妹眼前赫然出現一座二十幾層的公寓後，忽然發現腳下的影子脫離了身體，朝著公寓迅速飄去！這一幕讓三姐妹極為駭然！

亦晨、亦楓和亦水立即追著影子，進入了公寓！就在亦水進入公寓一樓大堂時，她感到一隻滾燙的手抓住了自己的右臂！她倒在地上，扭頭看去，只見大理石地面上有一個大大的黑洞。那個黑洞裏什麼都看不見，光似乎都無法進入。

接著，一個個住戶出現在三姐妹面前，向她們詳細解釋了一切，三姐妹簡直不敢置信地驚喜！

那個殺死了洛家歷代女人，未來還會殺死筱葉的厲鬼，就這樣徹底消失了！

進入公寓，對三姐妹而言，是生命新的希望。因為她們本來沒有活下去的機會，但是公寓卻有通過十次血字或魔王級血字就可以離開的規定。而且，最重要的是……筱葉和二姐亦心可以活下去了！

所以，三姐妹比任何人都感激這個公寓的存在。

看著眼前的筱葉和小朋友們正玩得開心，心臟灼燒感已經消失了的亦水目光堅定起來。她一定要離開那個公寓！獲得所有的地獄契約碎片，完成魔王級血字！

她轉過身，飛奔起來。而其他接到血字的住戶們，也開始集合！

陰暗的森林裏，上方偶爾投下幾縷微弱的光線，讓人感到很壓抑陰鬱。

「不，不要，不要——」一個頭髮散亂的女人正在森林裏飛奔，她的臉上滿是汗水，一邊跑一邊不斷朝後面看，臉上滿是驚恐。

她忽然摔倒在地，她只能勉強支撐起身體，卻再也無法爬起來。

「不，不……救命，救……」

一陣陣「窸窸窣窣」的聲音傳來，從一棵樹後面，一個渾身紅衣、面目煞白、沒有眼白的女人緩緩爬出！

「CUT！」導演不滿地喊停。一旁的攝影師、燈光師和道具師也只得再做重拍的準備，心裏叫苦不迭，這段戲已經重拍了十二次。

「我不是說過了嗎！」一臉絡腮鬍子的導演怒氣沖沖地站起身，指著倒在地上的那個女人說：「你的表演還是不自然！喊『救命』的時候就像背書一樣！」

女人不服氣地說：「我都是按照劇本來的啊，哪裏錯了！」

「我之前那麼辛苦給你講戲，這一條戲耽誤了多少時間！」導演不肯甘休，一指後面的化妝師：「帶她去重新化妝，再來一遍！」

那個女人站起身，對正盯著她的紅衣女鬼說：「好了，你先下去吧！盯著我看幹嘛！」走到經紀人身旁，接過遞來的水，女人看向導演，怒氣沖沖地說：「真是的，我好歹也是一線明星，居然還那麼凶我！」

「小琳，習慣了就好。」經紀人是個三十多歲的男子，他說道：「你也知道，林導是圈子裏出名的不給人面子，這部片子他寄予厚望，一定要趕在明年情人節上映，現在進度太慢，他當然焦躁了。」

「這就算了……」女人皺著眉說，「女主角只是一個十六歲的新人，以前只是演了幾個廣告而已，怎麼那麼捧她！」

「這也沒有辦法啊，林導欽點了她嘛，現在外界都沒有人知道她是這部電影的女主角，保密工作做得很好呢。」

這是一部恐怖電影《第四類靈異現象》的劇組，在香港九龍半島東側的深山裏，這座山裏也有過很多靈異傳說。這部片的導演是香港電影界的後起新秀林東賢。林導演二〇〇七年執導的恐怖片《隔壁鄰居》，以八百萬港幣的投資博取了超過三億港幣的票房，成為業界神話。而且，林導演喜歡起用新人，每拍一部片就會捧紅一個明星，因此許多演員夢寐以求能出演他的電影。

林導這部新作的主演一共有六個人，剛才那個女人是其中之一，名叫宋琳，曾經出演多部港劇，頗有些名氣。樹林的另一邊，一個一頭長髮、一身白衣的年輕女孩正在背誦劇本，她正是第一女主角，十六歲的新人葉汝蘭。

葉汝蘭身後站著有些大腹便便的經紀人黃天雄，他遞給她一瓶水，說道：「汝蘭，你太緊張了。」

「嗯，是嗎？」葉汝蘭抬起頭來，「你有沒有感覺，這座山的日頭不是很毒？我本來還以為會很熱的。」

葉汝蘭沒有多想，繼續看著劇本。只是，有一股不祥的預感在她心裏升起……

「是啊。」黃天雄也疑惑道，「有人說這個地方陰氣重，也不知道是不是和這個有關係。」

現在是八月，正是一年中最熱的時候。但是，山裏卻相當陰寒，完全不像是夏天。

本次血字共有六名住戶執行。當大家看到上官眠也在時，每個人都心下駭然！

其他執行住戶是徐饕、洛亦水、柯銀夜、神谷盟住戶張霆和夜羽盟住戶韓青山。這個陣容很強大。武有SS級殺手上官眠，智有柯銀夜和徐饕，堪稱可怕！

這一次血字的內容，讓所有住戶駭然色變，驚恐不已。

「二〇一一年八月五日一整天，待在香港九龍半島葉鳳山，到《第四類靈異現象》劇組擔任群眾演員。本次血字已經超出公寓的掌控，其他規則不變。」

一直以來，住戶都認為，血字是完全受控於公寓的，鬼魂就是公寓的傀儡，公寓要弄死鬼魂是輕而易舉的，包括魔王。但是，現在公寓卻告訴了住戶如此恐怖的事實！這讓不少人聯想到倉庫的消失，會不會也是同樣的原因？

而沒有住戶知道，這是每隔五十年必然會產生的現象。一旦地獄契約碎片發佈完畢，所發佈的血字……都將超出公寓的掌控！

在公寓生存本就很艱難，如今連制衡都崩潰了嗎？然而，至今為止，大家還是找不到夜幽谷！

夜幽谷……當然是不可能找得到的。因為這座山根本不在地球上。

在葉鈴的家中，一個一片狼藉的房間裏，彌真已經完全化為石像好幾天了。

彌真現在動彈不得，也無法進行思考了。她和彌天受到雙向詛咒，按理是不會變成石像的，但是那個雕像的碎裂造成了失衡，彌真開始承受大部分詛咒了。這會讓彌真的死亡更快來臨！

「姐姐……」空氣裏似乎迴盪著呼喚，然而，彌真聽不到了。她再也不可能聽到了……

在某個絕對黑暗的空間裏。一個脆弱的靈魂依然在拚死掙扎。

「姐姐……不要死……不要死……」

將咖啡倒進杯子裏，洛亦心看向妹妹亦水。大姐亦晨和三姐亦楓也在旁邊。

「血字詛咒，靈異公寓……」亦心將開水倒進杯子，動作非常緩慢優雅。

「二姐，你有什麼想法？」亦水不安地搓揉雙手，「我已經辦理前往香港的手續了，飛機票也買好了。接下來的事情……」

「沒什麼想法。」亦心將咖啡一杯杯端到桌子上，「我們還能有活下去的機會就不錯了。」

但是，說起來真是諷刺。完全絕望、接受宿命的亦心，是唯一一個沒有進入公寓的人。其他三姐妹拚盡努力，也只是將原來的詛咒換成了另外一個詛咒而已。

亦水總感覺，大姐亦晨和三姐亦楓，對二姐確實有那麼一點兒嫉妒。

「亦心。」大姐亦晨說道，「你……應該感到很幸福啊，因為你得救了。你不用擔心我們，我們一定可以從那個公寓走出來的，一定可以！」

亦心的手抖了一下。四姐妹原本背負著同生共死的宿命，如今這個宿命被打破了，亦心抽身而出。這個微妙的變化，成為了一堵牆，造成了亦心和她們之間的隔閡。

「不許死。」亦心只說了一句話，「你們誰也不許死，給我活著回來。」

三姐妹都看得出來，亦心根本無法直視她們。沒有人能責怪她，但是，每個人都感到內心沉重。不管再怎麼壓抑，心裏還是會有一個想法：為什麼那時候離開的人不是我？為什麼是我進入了那個公寓呢？

「二姐。」亦水說道，「小葉就暫時拜託你照顧了，真的很抱歉，讓你……」

「我今天，看到他了。」亦心忽然說了一句沒頭沒腦的話。

大姐亦晨反應很快，立即接口道：「小葉的父親？」

亦心點點頭說：「是的，在商場裏。他身邊有一個漂亮女人，是……他的未婚妻。再過一星期，他就要結婚了。」

亦楓驚愕道：「怎麼能這樣……亦水，現在情況不同了，不如去告訴他真相吧！告訴他，你為他生了一個女兒！」

「不……」亦水連忙擺手道，「絕對不可以！我是沒有未來的人，不能拖累他，所以我提出了分手，而且也是因為我態度很堅決，他才接受了。我知道，如果告訴他小葉的事情，他一定會對我負責的。」

「你要考慮清楚啊！」亦楓不死心地勸說，「你為小葉想想，她長大後肯定會問到她的父親。我們是有機會活下去的，只要找到夜幽谷，就能拿到新的地獄契約碎片啊！我們都是夜羽盟的人，柯銀夜和柯銀羽都會幫我們的！通過魔王級血字，離開公寓後，你就可以帶著小葉去見他，你們一家三口就可以在一起了啊！小葉就能有父親了！」

亦水懷孕時，唯一支持她生下孩子的只有二姐亦心，她對亦水說：「就算只有短短二十四年的生命，我也會和你一起守護著她，直到生命終結。」

彷徨的亦水把希望押注在孩子是兒子這一點上，所以，當生下女兒後，二姐沒有少受到大姐和三姐的責難。

現在，亦水再度看向亦心，似乎只有亦心可以給自己答案。亦心也注意到了亦水期待的眼神。

亦心淡淡地說：「這件事情，只能由你自己決定。」

「你還猶豫什麼啊！」亦晨忍不住了，「一星期後小葉的父親就要和別人結婚了！那時候就算你想說也來不及了！我瞭解他，只要你告訴他，他一定會毫不猶豫地回到你身邊的！小葉不也需要父親嗎？」

亦水的手緊緊攥起。好想再見到他，好想再依偎在他的懷裏。被扭轉過來的宿命，還能夠重新牽起她和他的紅線嗎？

徐饕站在市中心的一座橋上，看著下方流過的宛天河。他的手裏拿著兩張列印出來的《第四類靈異現象》海報。

「一定要活下來……不擇手段也要活下來……不論付出什麼代價，一定要殺死上官眠！」

張霆走到徐饕身邊，他是聖日派的信徒，和慕顏慧一樣是進入神谷盟的臥底。

張霆說道：「這個劇組的情報太少了，保密工作做得太好，連第一女主角都不知道是誰。」

「繼續查！」徐饕的手緊緊捏著海報，「還有，夜幽谷還是沒有任何情報嗎？」

「這個……非常抱歉！」

「一定要找到夜幽谷，公寓一定會在某個地方給我們留下線索！這張契約碎片，我們聖日派志在必得！」徐饕深吸了一口氣，「羅十三那傢伙調查得如何了？」

「他的行蹤飄忽不定，我們也很難確定……」

「羅十三是柯銀夜的心腹，你們到現在都掌握不了新情報嗎？」

「嗯，事實上，我們查到了另外一件事情。他來自一個用蠱的家族，他父母都是居無定所的人，據說……他能夠用蠱來施展詛咒……」

「蠱？詛咒？這樣或許就可以解釋，他為什麼受到柯銀夜器重了。繼續密切監視羅十三！他的未婚妻金心戀在兩個月前死於『紅袍連環殺人案』，在那之後不到三天，他就進入公寓了，這個男人絕對有問題！」

「紅袍連環殺人案」是發生在天南市的一系列案件，被殺死的都是不到二十歲的人，他們都被割斷喉嚨後穿上一身紅袍，屍體被丟棄在顯眼的地方讓人發現，至今已經有十七個人被殺！

「如果可以成功的話，就能把蠱運用於血字吧？」銀羽看著眼前一個血紅色的黑色圓形圖案，在圖案中心，一把血紅的劍插著一個長方形的盒子。

「活人是沒有那麼容易下蠱的。」羅十三站在黑色圓形的中心，「我父母因此受到了很大的詛咒。我的名字之所以叫『十三』，也是因為這個。無論如何，要救心戀，這個公寓對我是很好的參考。」

銀夜盯著血劍說道：「失敗也沒有關係。在公寓嘗試下蠱是最安全的，就算發生意外，也會被黑洞吞噬。」

羅十三抹了抹額頭上的汗：「一旦成功，或許可以嘗試針對影子詛咒進行解咒。這次血字超出了公寓的掌控，看來情況越來越危險了，必須儘快實驗成功。」

「銀夜……」銀羽緊緊抓住銀夜的手臂，「你不要有事，千萬不要有事！我不能失去你，絕對不能失去你！」

17 真假血字

上官眠站在香港的一個碼頭上。她先一步來到香港，沒有告知任何住戶。她不時拿起手裏的兩張照片看著，手指摩挲著相片。

忽然有一大群人殺氣騰騰地衝了過來。為首的是一個光頭，他怒不可遏地看著上官眠，怒吼道：「兄弟們，上！這個女的砸了我們好幾個場子，不能放過她！」

上官眠冷冷的目光轉過來，說道：「你們就是香港九龍的黑幫『大頭會』的人嗎？今天讓你們來，目的很簡單。帶我，去你們的總部。」

光頭愣住了，顯然無法接受這個女孩居然說出這樣的話來，他怒氣沖沖地說：「你居然敢命令我？」他一把抽出手槍，卻只覺得寒光一閃，他的右手手臂立即斷了，接著……

光頭的頭顱飛到了空中，砸落在地上！

上官眠看向在場的其他幾個人，冷冷地說：「還有一句話我忘記說了。不服從我的話，這個人就是榜樣。」

上官眠身後一個人立即舉槍扣動扳機。然而，一把刀子已經穿透他的喉嚨，並且將他的手槍從槍管開始，分為兩半！

上官眠猛然揮動幾下手臂。一瞬間，人群中鮮血飛濺，不少人都橫屍在地，僥倖活下來的也是斷手斷腳！

「我再說一遍！」上官眠冷厲的表情猶如惡魔，「帶我，去你們的總部！反抗的人，殺無赦！」

上官眠來到了「大頭會」總部大樓。她一腳踹開門，提著一個半死不活的人，走進了烏煙瘴氣的大堂。

「大頭會」的老大此時也在這裏，他戴著一副墨鏡，冷冷地看著上官眠，大喝道：「有種！你居然敢殺到這裏來！大家上！給我殺了她！」

許多人將上官眠團團圍住了。這一大群人拿著長刀，因為人太密集不能用槍。這時，最前面的幾個人，身體忽然飆出一條條血線。而上官眠的身體化為一道殘影！只見人群中鮮血飛濺，一顆顆頭顱、斷裂的手腳拋到空中！

五分鐘後，戴著墨鏡的老大渾身顫抖地在地上爬著，整座大樓已經成為血海，屍體堆疊在地上，血腥氣息濃得化不開。

上官眠成了一個血人。「我已經手下留情了，沒有全部殺光。聽著，把你們幫派所有人召集起來，幫我調查一件事情。」上官眠走到老大面前，俯下身子說道。

「好！我答應！你要調查什麼事情，我都幫你查！求你，求你別殺我！」

「葉鳳山，林東賢導演執導的《第四類靈異現象》，和這部電影有關的所有事情，全部給我查出來。還有……」她取出一張照片，「如果找到這個女孩，要更詳細地調查，但絕對不能對她造成一點傷害！你懂了嗎？」

「好……我知道了！」

「還有……調查歸調查，但是不能對劇組的拍攝造成任何影響。明白了嗎？」

「是……是，都，都聽您的！」

「八月五日以前，給我一份詳細報告，到時候我會親自來這裏拿。如果不滿意，你就會和他們一樣躺下。不要想逃跑，我隨時在監視你。那麼，再見。」上官眠回過身就走了。

「CUT！」導演再次怒喝道，「你這是什麼表情？還不如一個新人！給我重來！」

宋琳此時跌倒在地，滿頭是汗，這條戲已經重拍十幾次了。導演的怒氣也讓她內心很煎熬，她甚至懷疑導演是不是根本就在針對她！

這場戲拍完後，六名主演都腰痠背痛地回到山間旅館。劇組全封閉拍攝，不允許任何人探班，每個演員進入劇組時都簽了保密協議。

六名主演中，最有名氣的是宋琳，其他五個人是葉汝蘭、陸嵩、張昊、楊柯、周清妍。男女主角葉汝蘭和陸嵩都是新人，陸嵩是模特兒出身，缺乏表演經驗，他的外形硬朗，身材很好，皮膚黝黑，是一個很能吃苦的人，和大家相處得也很好。

劇組大多數人住在山間旅館，其餘的人搭帳篷露宿。因為這座山的交通很不方便，距離最近的城鎮在二十公里以外，所以條件比較苦。葉汝蘭完全沒有介意，作為一個新人，能夠主演林導的電影，她現在都感覺在做夢一樣。

扮演女鬼的演員是張鳳琳，她是林導的御用女鬼，之前在《隔壁鄰居》中也是出演女鬼。張鳳琳即使卸妝後，面容也透出一種妖異的氣息。葉汝蘭感覺，看到張鳳琳的時候，就像看著一個活的洋娃娃。

葉汝蘭知道自己不是父母的親生女兒。她有一次偶然聽到了父母的談話，知道了自己是父母收養的。葉汝蘭得知此事後受到的打擊很大，但是，她無法去問父母。她想成為演員，很大程度上是希望自己能夠出名，那麼，自己的親生父母就有可能會看到自己。葉汝蘭心裏藏著這個單純的願望，沒想到那麼快就要實現了。爸爸……媽媽……你們能夠看到我嗎？

「接下來那場戲好像需要一些群眾演員吧？」旅館的走廊上，陸嵩對葉汝蘭說道。

「嗯……」葉汝蘭看了看劇本，「對，是的。」

天空中烏雲密佈。葉鳳山對面的另外一個山頭上，一個年輕女孩正拿著望遠鏡觀察著葉鳳山。放下望遠鏡，她拿出一張照片來，這是葉汝蘭的近照。

「真實……」這個女孩正是上官眠，她將照片貼著胸口上，靠樹喃喃道。

午夜零點快到了，新的血字即將開始。

「上官眠……」徐饕在她身後說道，「你不會是要……」

「回去告訴其他人，」上官眠冷冷地說，「只要我不死，我什麼都可以答應。只要有人可以在這個血字中，保全這個人的性命！」上官眠一揮手上的照片，然後身影一動，剎那間進入樹林，消失得無影無蹤！

她竟然在血字還沒開始時，就要進入葉鳳山！徐饕看向那張照片，竟然有三分之一嵌入了一棵樹！他的臉色很難看，上官眠竟然如此恐怖！徐饕那張照片拔了下來，仔細看著那張和上官眠有八九分相似的面孔。

「只要救了她，就可以答應任何條件嗎……有意思。」

很顯然，上官眠要將葉汝蘭，也就是她的雙胞胎姐妹從葉鳳山上救出來！想來也只有現在可以這麼做，因為血字一開始，就無法離開葉鳳山了。

「這個女人，居然也有如此有人性的一面嗎？」徐饕不禁想起了姐姐。從小到大，姐姐也是一直保護著自己，付出了太多太多。「姐姐，都是一樣的嗎？」徐饕不禁有些動容，「但是，就算這樣又如何呢？現實還是無法改變。我眼中看到的只有無邊的黑暗，那就把所有人一起拖入深淵吧。」

天空已經被陰雲徹底覆蓋了，看起來快要下大雨了。明明是白天，卻和夜晚無異！

導演林東賢和製片人呂清站在山頭，抬頭看著天空，都皺緊了眉頭。

「麻煩了，」呂清搖著頭說，「這樣下去……不是個辦法啊。」

林東賢說道：「呂清，我總有種不祥的預感……」

這時，一道身影迅疾如閃電一般在山間穿行，一些大樹瞬間從當中裂開倒下！那道身影迅速通過一座吊橋，進入了葉鳳山！

這時，葉汝蘭忽然站起身，走到旅館房間的窗戶前。她感到有一種奇特的感覺從心頭浮現！

「那是……什麼？」葉汝蘭呼吸急促起來，然後，她衝了出去！

一陣大風怒嘯而起，那道身影正衝向葉鳳山深處！一棵棵樹木攔腰折斷，發出「轟隆隆」的響聲！

「那是什麼！」站在山頂的呂清看到下方的樹林中忽然有樹木一棵棵倒下，驚愕地說：「怎麼會……這是怎麼回事？」

當葉汝蘭衝出旅館時，不少劇組人員都注意到了她。而她筆直地向眼前的樹林衝去！她感覺到了！她必須要去！長久的思念，血脈的記憶……此刻全部湧上了心頭！葉汝蘭拚命飛奔著，她的眼中都是淚水。忽然，眼前有一道身影閃現而出！

「你……」一個和自己有著完全相同容貌的少女出現在她的面前！

二人就這樣相對無言地站著。一愣之後，上官眠衝了過來，一把抓住葉汝蘭，說道：「我帶你離開，真實！」

「真實……」葉汝蘭還想問幾句，卻被上官眠一下抱了起來，隨後只感到周圍的景物疾速倒退著！葉汝蘭心下駭然！這種速度，是人類能有的嗎？

「這裏很危險，你必須馬上離開！你，是我的妹妹！」上官眠說完這句話，速度還在不斷加快！

葉汝蘭此時真的懷疑自己是不是在做夢。她忽然驚愕地看見，前方有一棵大樹，她嚇得剛要尖叫，上官眠卻根本不繞開，飛起一腳，狠狠踢在那棵至少要三人合抱的大樹上。那棵樹應聲斷開，被踢斷的部分，蹦起無數木屑！

葉汝蘭的駭然更甚！自己這個姐姐，究竟是有著何等通天能力的人物？

「不行……還是太慢！」上官眠猛然一腳狠狠踏在地面上！這一腳頓時讓地面都塌陷下去，上官眠飛跳而起，這樣一來，速度再次提升！

葉汝蘭並不懷疑上官眠是自己的姐姐。那種血脈相連的感覺是不會錯的！可是，上官眠表現出來的恐怖武力讓葉汝蘭無法理解。

終於，吊橋就在眼前了！

上官眠一腳踏在吊橋上，一下就到了對面！離開了葉鳳山的範圍！然而，她的速度沒有絲毫減慢，而是繼續衝刺！

葉汝蘭感覺到，在上官眠的懷抱中很溫暖。這種溫暖的感覺，猶如回到了子宮，和她曾經一同共存的那種感覺。她是自己血脈相連的姐姐，不會錯！

因為太過激動，再加上這一路上速度如此之快，難以承受的葉汝蘭忽然感到眼前一黑，昏迷了過去。

當葉汝蘭醒來的時候，感到非常口渴。她發現自己在一個小房間裏，頭頂有一個舊吊扇。

「你醒了？」她一轉頭，看見一個容貌很美的女子站在床頭。她掀開了被子，抹去額頭上的汗。

「喝點水吧。」美麗女子將一杯水遞給她，「你姐姐拜託我照顧你。現在，你就好好待在這兒，絕對不可以回葉鳳山去。」

葉汝蘭不解地問道：「你，你是誰？請告訴我，姐姐的事情……」

「我叫神谷小夜子。你姐姐讓我在這裏照顧你一天。一天之後，一切就都結束了。」

「你是……日本人？這到底是怎麼回事？」

小夜子坐在葉汝蘭對面，思考一番後說道：「有些話就算我說了，你也不會相信。而且，你姐姐也不讓我告訴你太多她的事情，她不希望連累到你。」

「那……神谷小姐，你和我姐姐是什麼關係？」

「我和她……也不算有什麼關係。她警告我，無論如何都不能讓你再回葉鳳山去。因為我會說一點粵語，所以被她選中了。我只能告訴你這些。」

「那麼……至少告訴我姐姐的名字！」

「名字……應該可以說吧……她叫上官眠。」

「你告訴我，姐姐為什麼不讓我回葉鳳山？」

「因為……那裏很危險。她就是因為這個原因才把你救了出來。你現在無論如何都不能回去。這是你姐姐給我下的死命令，如果讓你回去，她只要能活著回來，一定會要了我的命。」

葉汝蘭只感到腦子裏一片混沌，什麼都無法理解，完全無法理清思緒。

「其實我很意外。」小夜子說道，「我們所有人都害怕你姐姐，但是，她卻不顧一切地來救你。這讓我想起了……」小夜子忽然打住了話頭，「算了，和你說這些做什麼。」

葉汝蘭依舊困惑不解。她根本不知道，自己逃過了怎樣可怕的劫難。

血字開始了。

天氣的陰沉並沒有讓劇組懈怠。實際上，這種天氣很貼近電影的要求。女主角葉汝蘭站在一片樹林前，攝影機對準了她。

在一群劇組人員後面，作為群眾演員被徵集的一群人中，有柯銀夜、徐饕、洛亦水、張霆和韓青山五人。他們現在才知道，眼前這個人根本不是葉汝蘭，而是上官眠！

劇組裏沒有人發現葉汝蘭被調包了。上官眠的聲音、神情、儀態，都和以往完全不一樣了，完全不像一個冷血殺手。

「不愧是超級殺手。」徐饕讚歎道，「看來是經過了很好的訓練。」

這部電影的編劇，是香港著名的美女編劇林書琪。林書琪已經三十六歲了，卻依舊很美豔。這位美女編劇素來低調，很少在媒體上露面。她這次寫的故事，是六名大學生在一次爬山旅行時遭遇了一系列靈異恐怖事件。

此時林書琪心情有些煩躁。陰暗的天氣讓她相當不安。但是，比起天氣，還有更讓她感到不舒服的事情。接下來的一場戲很關鍵，那是這部電影的高潮！這場戲一定要拍好！這場戲本來是需要在夜晚拍攝的，現在雖然是上午，但是天氣陰暗得和夜晚沒有分別，所以現在拍是最好不過了！

徐饕看向上官眠，手緊攥成拳。上官眠的血字和其他人的內容略有不同，其他人都是「擔任群眾演員」，而她接到的血字則是說「擔任演員」。血字從一開始就在暗示，她可以去救出自己的妹妹，然後代替她！這就是一個明顯的陷阱！

徐饕原本以為，以上官眠的聰明，是不會入套的。但是，現在上官眠故意入套，她的目的，是想在這個超出掌控的血字中反其道而行之，試圖找出一條生路？還是只要妹妹沒事，她怎麼做都可以？住戶無法阻止她。她決定了的事情，沒有任何人可以反對。看著她時，徐饕不禁將她和自己姐姐的形象重疊在一起。

導演一聲令下，正式開拍！

一頂水藍色的帳篷孤零零地立在山上，周圍雜草叢生。這時，上官眠從帳篷裏走出來，緊跟著出來的是陸嵩。

「你這是怎麼了？」陸嵩看向上官眠，表情很疑惑：「你還在介意那個夢嗎？」

「嗯。」上官眠點了點頭，目光看向某個方向：「那個夢……我感覺不像是假的。」

陸嵩忽然感覺到，眼前的人有了很大的變化！她的演技如此自然，完全不像是一個新人。

「我們去看一看吧！」上官眠接著念出台詞，「我們走吧！」

「嗯……好！好的！」

鏡頭切換，二人沿著山路不停走著，走到了一座別墅面前。這是一座古舊的別墅，在這部電影中是極為重要的一個地方！張鳳琳扮演的女鬼，在這場戲中也會出場。

上官眠和陸嵩朝別墅走去，一陣風忽然吹來，將上官眠的頭髮吹了起來，她雙目圓睜，還是向前踏步！

這陣怪風讓陸嵩呼吸一滯，但還是很快跟了上去。

「這個別墅……」上官眠忽然捂住嘴巴，露出驚愕的表情：「我在夢中見到過！」她雙目一凝，問道：「你有沒有感覺到，這裏很陰森？」

「嗯？」陸嵩立即說出台詞：「是，是啊……」

而這陰森卻是事實。在這麼陰暗的天空下，這樣的荒山中突兀出現的建築，想不陰森也很難。

上官眠上前推開了別墅的大門。門沒有鎖。

「我們……進去好嗎？」陸嵩猶豫道。

「我在夢裏見過這個地方，我一定要進去看一看！」上官眠的演技很完美，目光和表情中的冰冷盡數斂去。

從大門一步步邁進去時，不知道怎麼的，陸嵩發現自己的心跳竟然真的有些加快。

過道內、牆壁上，到處都結著蜘蛛網。這座古舊別墅猶如一個陰森的鬼屋！

他們進入偌大的客廳，地面上鋪著地毯，中間有一張大理石桌子。而桌子上，竟然有大量鮮血！

「這……這是……」陸嵩頓時倒吸一口冷氣。

突然，一隻血手搭在桌子上，一張慘白扭曲的面孔赫然伸出！

陸嵩和上官眠一瞬間都露出了駭然恐懼的神情，立即尖叫一聲，然後回頭就逃！

「ＯＫ！」房間裏頓時燈光大亮。扮演女鬼的張鳳琳也站了起來。

林東賢對葉汝蘭剛才的表演相當滿意。他原本還以為，不會那麼順利完成的。

上官眠緩緩地向張鳳琳走過去。張鳳琳此時正要去卸妝，卻將目光迎上了上官眠。

「張小姐，」上官眠走過去說道，「你的演技不錯。」

張鳳琳一句話也沒有說，從上官眠身邊緩緩走過。燈光下，她的面孔依舊猙獰扭曲，濃厚的眼影、蒼白如紙的皮膚、口紅蔓延到兩腮的唇妝。妖豔，邪異，給人的感覺就是一具行走的屍體。

「導演……」上官眠對林東賢說道，「接下來的戲涉及幾個群眾演員，我想先和他們溝通一下。」

「是嗎？隨便你吧。」林東賢很爽快地答應了。

雖說是群眾演員，實際上是扮演「屍體」。這一次，需要的「屍體」很多。化妝師正準備給他們化妝為屍體模樣。

樹林裏，上官眠對幾位住戶說道：「你們應該知道接下來會發生什麼吧？」

「嗯……」銀夜點點頭，「想來不會那麼簡單。扮演屍體……說不定真的就會變成屍體了。」

「你剛才有什麼發現嗎？」徐饕問道。

洛亦水也充滿期待地問道：「上官小姐，你一定有發現的，對不對？你還特意去接觸了那個扮鬼的演員……」

上官眠的回答卻讓大家失望了：「我暫時沒有任何發現。」

「葉小姐。」一個聲音從背後響起，上官眠立即回過頭去。走過來的人是編劇林書琪，她顯得有些冷淡。

上官眠正面迎向林書琪的目光，後者開門見山道：「你剛才那場戲，演得非常好。不過，你應該立即去準備下一場戲了，難得一次過了一條戲，你不能自滿。」

「林小姐，」上官眠冷冷地說，「關於這部戲，我還有想向你請教的地方。」

「哦，是嗎？」

「我認為，劇本可以進行修改。最後，我扮演的女主角一個人逃出生天，而女鬼依舊存在著……」

「這個你應該去和導演說。劇本要導演和投資方同意後才能夠更改的。」

上官眠點頭道：「我知道了。」她忽然又問了一句，「張小姐現在在哪裏？我想去找她。」

「她現在在化妝間。」林書琪說道，「我先走了。好好努力吧，葉小姐。」

上官眠看向那個女人的背影。銀夜開口問道：「上官小姐，你想做什麼？」

「你不用擔心，我不會殺死任何人的。你以為我會去殺了張鳳琳嗎？」上官眠回過頭，冷冷地看著銀夜，「她如果是鬼，我絕對殺不了她。她如果不是鬼，那我殺了她，不是反而讓她變成鬼了嗎？我怎麼會做如此愚蠢的事情？」

「那……」

「無論那個女鬼演員是不是公寓用來吸引我們目光的誘餌，現階段都不能放過這個線索！不止如此，還有這個女人，林書琪。她自幼父母離異，性格古怪，撰寫的都是恐怖電影劇本，成名要早於林東賢導演。」上官眠看向林書琪背影的目光越來越冷，「我不會殺這個劇組裏的任何一個人，『大頭會』的人也沒有對他們中任何一個人動手。」

徐饕開口道：「你代替你妹妹成為女主角，你應該知道有多兇險吧？這部恐怖電影，只怕拍著拍著，假的女鬼，就會變成真的女鬼了。超出掌控的血字，不能不防啊。」

「但也可能是一個機會。」上官眠話鋒一轉，「一切都在公寓掌控下的話，我們就只能像棋子一樣根據固定規則行動。而如果血字脫離了公寓的掌控，我們或許就可以擺脫影子詛咒！」

上官眠的想法一說出來，就連銀夜也是眼皮一跳！這個血字確實太過詭異。是否還有生路呢？還是說，只有賭一賭運氣，到了血字時限後，靠銀夜將大家瞬間帶回公寓去呢？

林書琪此時回到了旅館的休息室，製片人呂清正在等她。

「書琪，」呂清站起身來，「你回來了。我有些事情想和你談談。」

林書琪將門關上，略微驚愕道：「你怎麼在這兒？你現在不是應該去和導演商量……」

「是這樣的。」呂清揉了揉太陽穴，「有件事情我考慮了很久，還是打算告訴你。」

夜幽谷裏刮起一陣陣猛烈的風，許多家的門窗都開始震動起來。

葉鈴鈴的家裏，彌真的石像依舊倒在地上。她的手縱然已經變成石頭，卻仍然緊緊地拿著一張日記紙。

蒲靡靈留下的日記紙。被魔王詛咒而化為惡魔的蒲靡靈，操縱和計算了未來幾十年要發生的一切。但是，未來，真的是完全註定的嗎？

那張日記紙上寫的文字是：

接下來，楚彌真，你就可以在這裏拿到一張地獄契約碎片了。我從一開始就放在這裏了。夜幽谷並不是第十次血字的地點，日後也不會成為公寓執行血字的地點。你可以將這裏看做是一個平行空間。

在告訴你下一站前往何處以前，有件事情必須告訴你。

公寓接下來發佈的血字，將會越來越恐怖，死去的住戶也會越來越多。然而，魔王級血字指示連我也無法預知。因為我受到了魔王的詛咒。所以，我可以預先告訴你接下來的血字內容和生路，如果你有辦法離開，那麼就可以拯救公寓全體住戶。

下一個血字是八月五日開始，內容是：『二〇一一年八月五日前往龍潭市棲鳳湖，在湖的方圓十公里範圍內採集蘑菇，在當天午夜零點之前，必須採集到十個長得像人臉的蘑菇。』這個血字的執行者是徐饕、洛亦水、公孫剡、風烈海和羅十三。而在這次血字中，洛亦水和風烈海會身亡。表面上看起來，人形蘑菇是鬼，但實際上不是，這個血字的死路在於……』

八月五日應當發佈的血字，內容本來應該是「採集蘑菇」！而不是現在的進入恐怖電影劇組進行拍攝！

蒲靡靈的預言從來不會出錯。至今為止，預知畫也救了不少住戶的性命，當然，深雨也造成了很多住戶的死亡。但是，預知畫從來都不會出錯！然而，從這一刻開始，蒲靡靈的預言和現實發生了巨大的分歧！未來發生了劇變！而且在這個血字中，公孫剡、風烈海和羅十三也沒有加入，取而代之的是上官眠、柯銀夜、張霆和韓青山！

如果看到這張日記紙，住戶們就會明白，超出掌控是什麼意思。

此刻葉鳳山的這個血字，是不應該出現的血字，出現了某種強行改變了公寓原定血字的力量。超出控制的恐怖，從這一刻開始了。在這種恐怖產生的同時，產生了前所未有的新血字。這已經完全超越了蒲靡靈的預言了，他畢竟也只是一個恰好介入魔王級血字而被詛咒的人類而已。現在，沒有任何辦法可以知曉，等待所有住戶的未來是什麼了。

夜幽谷山腳下，依舊停靠著那一列火車。這個空間，萬籟俱寂。

「我想告訴你的，是關於從開始拍攝到今天的一系列怪事。」呂清說道：「也許，你會感覺我的想法很荒唐，但是……」

「你說吧，不用顧慮什麼。」林書琪似乎對他的話也產生了興趣，「我們合作不止一次了。」

「那是……開拍一個月後發生的事情……」

聽著聽著，林書琪臉上的表情越來越精彩。「你……你開什麼玩笑……」

「不是開玩笑。接下來的拍攝是不是要繼續，我現在心裏沒底啊……」

「你胡扯什麼！準備下一場戲吧！我們也要客串的，快去化妝準備吧！不要胡思亂想了！」

此時上官眠正站在別墅那個陰暗的房間裏。她拿著手電筒，忽然抬腳狠狠踢翻了一張沙發！沙發下方的地板上，赫然有兩隻血手印！她蹲下身子，伸手摸了摸血跡。這血跡還沒乾！

接下來的一場戲終於開拍了。

一個個扮演死屍的演員都躺在地上，林東賢、呂清和林書琪也加入了。銀夜等人身上都抹上了血漿。洛亦水此時渾身發抖，她總感覺，接下來會發生什麼可怕的事情。

攝影給了扮演屍體的演員們特寫，而不知道為什麼，銀夜等人根本沒有進入鏡頭。

就在這時，陸嵩和上官眠衝了進來，看到「屍體」後，立即發出了慘叫！

這一場戲順利完成了。

然而，地上的這些屍體，包括林東賢在內，面孔都變得極為慘白，目光中沒有了神采……

神谷小夜子又倒了一杯水遞給葉汝蘭。她的目光一時一刻也不曾移開過。

「你不用那麼戒備吧？」葉汝蘭對小夜子的目光有點畏懼，「你這樣讓我很緊張。」

「你關係到我的性命，我不能不謹慎。你姐姐如果要殺我，那我絕對活不了。」

「姐姐……不會是那麼殘忍的人吧？她……」葉汝蘭忽然想到了什麼，停住了話頭。

過了一會兒，葉汝蘭打破了沉悶的氣氛：「神谷小姐，既然你無論如何也不告訴我，關於我的身世的情況，那麼，談談你吧。」

小夜子的臉上掠過一絲陰影。「你不需要知道。這和你無關。」

「你……也有姐姐嗎？」

「沒有。」小夜子不假思索地說，「我沒有姐姐。」

「我剛才想起來了。」葉汝蘭說道，「你是日本著名的偵探吧？我所屬的公司有不少日本藝人，她們有提過你。你雖然不是藝人，但是在日本的藝能界好像很有名，因為……」

「因為當年的『黑環殺人事件』。」

「我聽說過你的一些傳聞。雖然我不知道這是不是和我姐姐有關係。你的母親，是日本桐生財閥總裁的女兒吧？」

小夜子的瞳孔驟然一縮！

小夜子用前所未有的冰冷口吻，甚至目光中帶著幾分殺氣回答道：「我和桐生家沒有任何關係！桐生家和我也絕對不會再有任何關係！」

小夜子的表情讓葉汝蘭嚇了一大跳。她其實是想試探一下，看看她那位神秘姐姐是否和這個日本女偵探有某種關係。她不敢再問什麼，只好乖乖閉嘴。她腦海中有太多太多的猜測，可是，卻沒有辦法詢問小夜子。

葉鳳山會很危險，很危險……所以要將我從那裏救出來……葉汝蘭一遍遍回憶著。都說雙胞胎之間會有心靈感應，看來完全不假。葉汝蘭記得姐姐稱自己為「真實」。很顯然，那就是自己的真名。

葉汝蘭感到了一種安心，滿心歡喜地接受這個名字。這是親生父母為她取的名字吧？她希望可以見到真正的家人。當然，養父母對她確實照顧有加，但是，她怎麼可能不思念自己的親生父母呢？

葉鳳山上如果有危險，連姐姐那樣恐怖的身手都會視為「危險」的，是怎樣的狀態？她現在，恐怕就是在葉鳳山上，為自己應付那個危險的局面！葉汝蘭開始回憶起電影開拍時的幾件詭異事情。

根據劇情，最後除了女主角外，所有人都會死。而第一個死去的人是張昊。楊柯扮演的是葉汝蘭的閨蜜，算是女二號，她在張昊之後死去，而且死相要慘一點，身首分離。葉汝蘭的演技是所有人中發揮得最為出色的，她感覺自己似乎是在超常發揮。

而張鳳琳很孤僻，她從來也不和其他演員來往。然而林導卻對此很讚賞：「如果她和你們熟絡了，你們就很難發自內心地恐懼她。對你們而言，她越神秘，越讓你們捉摸不透，你們也就會越能表現出恐懼。」

回憶起來，葉汝蘭才發現自己居然從來沒有聽張鳳琳在自己面前說過話，連她的聲音都沒聽過。

她們第一次演對手戲，是女主角的一個夢境。夢境的內容就是進入了那座別墅，和張鳳琳扮演的女鬼第一次見面。當時，與其說是自己的演技好，倒不如說是……她真的被嚇到了。

黑暗的走廊上，她拿著一個燭台緩緩走著，看到了一個黑影忽然從眼前穿梭而過！然後她跟了上去，進入了一個房間。房間內空無一人，然而，她卻聽到有什麼東西被切割開的聲音。

這一段拍完後，張鳳琳進去，到了房間的某一個角落。葉汝蘭就將燭台對準了張鳳琳。然後，燭光照亮出了張鳳琳的面孔。

那是一張扭曲、陰白、邪異的面孔，而她長長的指甲正抓動著一幅油畫，將油畫不斷切割開。這就是剛才聽到的聲音。

葉汝蘭發出了一聲驚恐的慘叫，攝影機給她來了個特寫。林導非常滿意地表揚了她。然而，那一個情景始終在葉汝蘭的腦海中揮之不去。

葉汝蘭後來和楊柯提過這件事。楊柯是個粗線條的女孩子，她自然也不相信有鬼神，所以對葉汝蘭的話，只認為是葉汝蘭的神經質。

後來又拍了一場山間燒烤的戲，那場戲拍得非常壓抑。

「我們在後期製作時會把畫面變暗，並且利用音效來製造氣氛。」林東賢給六位主演講戲，「燒烤的時候，你們感覺到有一種風雨欲來的陰沉氣氛，不僅要表現在表情和台詞上，更要表現在動作上。陸嵩，你們燒烤時在回憶大學生活，你的目光要有茫然不知所措的感覺。不時回過頭去看一看，當然也別太多次。葉汝蘭，你是最關鍵的，你要距離篝火遠一點，不時雙手捂住肩膀，顯出一種孤寂淒寒的感覺。」

正式拍攝的時候是晚上十一點多。他們點燃了一堆篝火來烤肉。陸嵩轉動著烤架，有些傷感地說起了第一句台詞：「再過不久就要畢業了，時間過得還真快啊。」

「是呢。」葉汝蘭立即接上，「這次出來旅行，不知道幾年後，大家還有沒有機會聚在一起。」

這時，葉汝蘭忽然感到，篝火的火苗似乎一下變小了許多！葉汝蘭心下駭然。她盯著那在火焰炙烤下漸漸散發出香氣的烤肉，感到恐懼起來。

她繼續念出台詞：「其實，我之前做了一個怪夢。」

「哦？什麼夢？」開口的人是宋琳，她扮演的是班花，在外形上，宋琳的確是她們中最漂亮的。

葉汝蘭囁嚅道：「夢裏面，我就是在這座山上，然後，看到了一座別墅，接著……」她忽然停下了。她並不是忘了台詞，她知道接下來該說什麼。

她感到冷汗在額頭上漸漸滲出。烤肉的烤架忽然倒了下去，幾串烤肉全部墜入火焰中，被火舌完全吞噬！葉汝蘭的心怦怦直跳！她確實感到很不安。這是怎麼回事？

而最讓她感覺到詭異的，是她被上官眠帶走之前拍攝的，宋琳被女鬼追逐的那場戲。宋琳在森林內拚命奔跑著，然後她倒在地上，女鬼一步步逼近，將她殺死了！

那一場戲其實是在白天拍攝的，但是，森林內卻感到非常陰冷。這讓葉汝蘭很不安。

攝像師給了張鳳琳特寫，當她不斷接近宋琳時，有一股陰森的氣息襲來。葉汝蘭忽然看到了一個極為恐怖的情景。

張鳳琳的手距離宋琳越來越近，很快就要蓋住她整張臉。這時，導演喝了一句「CUT」，張鳳琳停下了手。而葉汝蘭清晰地看到，宋琳的眼睛裏映照出了眼前的張鳳琳，在那不到一秒的瞬間……女鬼忽然張大了嘴巴，而嘴巴裏是一片漆黑！彷彿要立即吞噬掉眼前的獵物一般！

但最恐怖的是，葉汝蘭後來特意確認過拍出來的影像，張鳳琳當時並沒有張開嘴巴！那是錯覺嗎？還是說……張鳳琳，究竟是誰？

此時是正午時分，然而，天空猶如夜晚一般，甚至越來越暗。

銀夜等人迅速從地上爬起來時，立即注意到，那些扮演屍體的人，無一例外都變得慘白。

上官眠迅速衝到攝影機前，凌厲一腳飛去，將器械完全踢碎！緊接著，她的身影猶如閃電一般，穿梭而逃！其他住戶也緊隨她飛奔！

血字中進入劇組擔任群眾演員的任務已經算是完成了，但是，也不能離開劇組駐紮地。銀夜等人不顧身後眾多工作人員罵罵咧咧的聲音，衝入了樹林！

沒過一會兒，劇組的人都發現了有問題。

「怎……怎麼可能？林導？林導！」

副導演汪華和投資方代表姜新拚命地搖動著地上的那些死屍。現在，他們已經是真正的死屍了！林東賢、呂清、林書琪，真的死了！

地上一具具屍體橫陳，這駭然景象讓每個人都背生涼意。他們怎麼也無法理解，為什麼會發生如此離奇的事情！然而，這一切真的發生了！

「報警……快報警！」汪華立即取出手機來，卻發現手機根本撥不出去！他們更加悚然！

然而，恐怖才剛剛開始。

當林導等人的死訊傳遍了整個劇組後，所有人都聚集到了一起！但是，有一個人卻沒有出現！張鳳琳！沒有人能找到她！

「你……你說什麼？」汪華此時已經嚇得肝膽俱裂，劇組的工作人員給他帶來了一個更加可怕的消息。那就是，他們無法離開葉鳳山！

葉鳳山以山勢險峻聞名，四面都是絕壁，只有從旁邊的隆明山的吊橋，才可以進入葉鳳山。而吊橋現在已經斷開了！而任何通訊工具都無法聯繫外界！他們所有人都被困死在這座山上了！

當他們回到旅館的時候，驚訝地發現，上官眠等人正坐在一樓大堂裏。

「葉汝蘭……」汪華立即衝過去，「剛才你怎麼能做到一腳踢碎攝影機的？你知道些什麼吧？」

上官眠站起身，看著逐步聚集在旅館的劇組人員，問道：「張鳳琳，她不在嗎？」

「我們找不到她！」

「那就快去找！就算翻遍葉鳳山，也要把她找出來！」

「喂！」宋琳怒道：「你知道情況嗎？死了很多人，林導也死了！這可能是有人投毒，是謀殺啊！」

上官眠冷冷地說：「去找張鳳琳。」緊接著，一把格洛克已經出現在她的手上：「否則，我不介意增加幾名死者。」

眾人頓時發出慘叫聲，紛紛要逃走。上官眠對空開了一槍！

「再有人逃跑或尖叫，我就馬上殺人！」上官眠臉上佈滿殺機，「從現在起，一切聽我指揮！」

徐饕看著上官眠，他很清楚她在想什麼。她還在牽掛著她妹妹的安全。就算讓她離開了葉鳳山，也不能絕對保證她的安全。但是，這絲毫沒有斷絕徐饕必殺上官眠之心。她不死，死的人，就是他。現在是最好的時機，他要讓上官眠死在這個血字中！

回憶起父母和姐姐，他就感到心一陣抽搐。他明白，自己必定無法活到最後。但是，至少現在，他不可以死！他必須要殺死上官眠！一股凌厲的殺意在他的心中不斷升騰，但是在表面上，他絲毫沒有流露出來。

所有的劇組人員的表情都變得異常精彩。剛才那一槍，向大家證明了，這不是假槍！

「葉汝蘭……」陸嵩嚇得魂飛魄散，「你，你到底要做什麼？林導難道是你……」

「別誤會。」上官眠冷冷地說，「我糾正兩點，第一，我不是葉汝蘭；第二，殺了那些人的不是我。」此時她已經恢復了自己的聲音，所有人立即意識到，她的確不是葉汝蘭！

「你們還想活的，就聽我指揮！」上官眠冰冷的聲音敲擊在所有人的心臟上，「我再重複一遍！給我去找張鳳琳！」上官眠的殺意已經濃到讓人窒息的地步，大家再也不敢有任何怨言，立即衝出旅館！

洛亦水被上官眠一嚇，一下子躲到了銀夜和徐饕的身後。上官眠重新坐回沙發，看向眼前留下的幾個人，包括主演，說道：「現在，給我聽好，我問，你們答。」

上官眠冷厲的目光在幾個人身上掃視著，最終停留在楊柯的身上！楊柯頓時身體一震，差一點跌倒在地。

上官眠說道：「首先是你！楊柯，這個角色是你一心爭取的。你爭取這個角色的目的是什麼？在你之前，曾經選定的另外一名人選任海英，為什麼沒能出演？回答！」

楊柯嚇得面無人色，結結巴巴地說：「我……我這個角色……」一把匕首飛速從她左臉劃過，釘在了身後的牆壁上！

「再有一句結巴，我就馬上殺了你！」

上官眠這句話一出，楊柯幾乎尖叫著說了起來：「這個角色是公司幫我介紹的林導很有名所以我就決定無論如何都要接下這個角色任海英是我的前輩但是她因為檔期不合所以不得不和我調換！」她一口氣說了出來，說完整個人都快虛脫了。

「是林東賢親自選中了你，還是投資方的決定？」上官眠拋出第二個問題。

楊柯不敢停頓，立即又答道：「公司通知我的，我也不知道是誰的決定！」

「有消息說，你和製片人睡過了，所以才得到這個角色的。是不是！」

「不是！絕對沒有這樣的事情！」楊柯斷然否定，「我怎麼可能做那種事情！」

上官眠卻飛手一甩，一張照片落在了楊柯的腳下。照片上，赫然是楊柯和製片人呂清，從一家情人旅館並肩走出。

「這……」楊柯駭然之際，一把匕首已經從她的肩部狠狠刺入，她整個人被力道撞擊到牆壁上，吐出一大口鮮血來！

「在我面前撒謊，是要付出代價的。」上官眠冷冷地走過去拿起照片。

楊柯的肩膀已經被血染紅，她掙扎著站起身。上官眠走過來，冷冷地說：「接下來，你再撒一次謊，身上就會多一把匕首。我不會讓你輕易死去的。」

這時，陸嵩猛然撲了過來，打算抓住那把格洛克！銀夜先一步衝過來抓住了陸嵩，將他拉開！

上官眠回過頭，看向陸嵩，說道：「你很幸運。我還有問題要問你，就先留你一命。」

忽然，整個旅館一樓陷入了一片黑暗！

這一下，所有人都亂了。而楊柯頓時大喜，她掙扎著準備逃走。就在這一剎那……

一隻冰冷的手死死掐住了楊柯的脖子，她的面前有一張逐漸打開的大嘴……

18 大逃殺

在停電的一瞬間，陸嵩、張昊、周清妍和宋琳也飛速逃跑。雖然在黑暗中，但是他們在這個旅館已經住了很長時間，所以大致知道路線。

穿過大廳的另外一扇門後，四個人就衝了出去，分散開了！

這四個人裏跑得最快的是張昊。上官眠的恐怖身手給他造成了太可怕的印象。現在只有先逃開，再集合大家，想辦法制服這個恐怖的女人！

不知道跑了多久，張昊扶著一棵大樹喘息起來，不時看向後面。他不知道，那個女人是如何做到一瞬間殺了那麼多人的！她不是葉汝蘭，可是為什麼和她長得那麼像？難不成是她的雙胞胎姐妹？還是說，她的確是葉汝蘭，可是卻改變了聲音和氣質，故意為之？

不過，更令張昊介意的是張鳳琳的突然失蹤。那個女人強行命令工作人員出去找張鳳琳，那麼，張鳳琳的失蹤，不是她造成的嗎？

張鳳琳是個非常低調的演員，她第一次出演的電影，編劇恰好也是林書琪。而林書琪也是很神秘的一個女人。那個女人既然要找張鳳琳，那就代表著張鳳琳肯定很重要。既然如此，他必須儘快找到張鳳琳，這樣才能知道，那個女人到底是何方神聖！

張昊此時雖然恐懼，但是理智猶存。他咬緊牙關，繼續衝入樹林深處！

忽然，他只聽到身後一陣響動，立即回過身一看，發現是一個身材嬌小的女孩。他記得她是道具組的人。

女孩簌簌發抖著，跑過來驚恐地說：「張……張先生，我，我也是好不容易在停電的時候逃出來的！」

眼下的狀況，有一個人陪在身邊總要好一點，張昊問道：「你叫什麼名字？」

「陸……陸喬雨。」女孩不停發抖著。

張昊扶住她的身體，說道：「不管怎樣，我們快走！被追上就糟了！」話剛說完，張昊忽然看到了一個讓他終生難忘的東西！

「這……這是……」

眼前的一棵樹下，有一隻斷開的手臂！而那隻手臂緊緊抓著……一根十幾釐米長的釘子！

這是劇本裏即將演的一場戲，這隻握著釘子的斷臂是一個非常重要的道具！

發現這個斷臂的，應該是陸嵩扮演的男主角。而張昊的角色的死，和這隻斷臂有很大關係。

「這……」張昊立即看向陸喬雨，「是你們道具組準備的？」

「不，不是啊！」陸喬雨猛烈地搖頭，「絕對不是！我們準備的假斷臂和這隻不一樣，而且，而且……」

張昊知道她想說什麼。這隻斷臂，怎麼看，都像是真的手！

張昊充滿恐懼地走了過去，伸出手觸摸那條手臂。

這一摸，他整個人如遭雷擊，立即向後跳開！那個觸感，的確是真手！不僅如此，湊近後他聞到一股極為濃烈的血腥味，這讓他清醒地意識到這並非道具！

陸喬雨嚇得跌倒在地，連路都走不動了！張昊立即抓住她的胳膊，朝樹林深處奔去！現在根本沒有時間發呆！否則就是等死了！

張昊很疑惑。那隻斷手，是那個和葉汝蘭長得一模一樣的女人砍掉留下的？可是這麼做有什麼意義？莫非那個女人是個變態，她打算按照電影的劇情來一一殺人？

跑了一會兒，稍稍鬆了一口氣的張昊回過頭，說道：「好了，陸小姐，現在應該離得夠遠……」

然而，他看到了更加恐怖的情景！

他抓住的，竟然只是一隻斷開的手掌！陸喬雨消失得無影無蹤！

而那斷開的手掌上不斷灑下鮮血，在他一路逃來的地上留下一條長長的血線！

張昊駭然地扔掉那隻手掌！他想起了劇本，在那隻斷臂周圍，必定會出現張鳳琳扮演的那個女鬼！

陸喬雨被人砍掉了手掌並從自己身後被帶走，他卻一點兒都沒有發覺？儘管他始終沒有回頭，但是怎麼可能一點兒動靜都沒有？

張昊繼續朝前跑去，不顧一切地跑！當他穿過樹林，赫然看見，眼前是懸崖絕壁！

張昊甚至懷疑自己是不是產生了幻覺。但是，他從來不嗑藥，怎麼會有幻覺？而又恰恰是看到那隻詭異的斷臂以後！他終於開始意識到不對勁了！

他不由得退後了幾步。然而，回過頭去，卻又對黑暗的樹林感到恐懼。

他此時驚恐至極，慌不擇路，理智已然全盤崩潰！他沿著另外一個方向衝入了樹林！

突然，他被什麼東西絆倒了！當他再次爬起來的時候，赫然看到，絆倒他的，正是那隻握著釘子的斷臂！他竟然回到了原來的地方！

根據劇本，那隻斷臂是那個女鬼生前被砍下的手！這也是女鬼為何會出現在斷臂附近的原因！那個女鬼在生前被人分屍，她的屍體的各個部分卻散落在葉鳳山上，於是女鬼殘忍得殺害著每一個上山的人！

張昊剛站起身，卻感到頭部傳來鑽心的劇痛！尖利的慘叫聲響徹樹林！

張昊倒在了地上。此刻，他已經是一具死不瞑目的屍體。他的頭部硬生生地釘入了一根十幾釐米長的釘子！

而這正是在電影中，他所扮演的角色的死法！

神谷小夜子不在公寓的這段時間，神谷盟住戶都很焦慮。萬一上官眠殺了她，那麼神谷盟也就土崩瓦解了。而夜羽盟也同樣非常擔憂銀夜的安危。

深雨的房間裏，子夜和銀羽正坐在深雨的床頭。深雨依舊昏迷著。

「她還能醒過來嗎？」銀羽說道，「我，我好怕……如果我也面臨和她一樣的境遇，我該怎麼辦？」

「為他祝福吧。」子夜將新的濕毛巾蓋在深雨額頭上，「你我只能做這件事了。現在手機打不通，我們也愛莫能助。」

「子夜……」銀羽猶豫了一下，終於問道：「遊戲血字的時候，你做出了那個致命選擇，是不是因為……」

「是。」子夜毫不猶豫地做出了回答。

「我那個時候根本沒有考慮什麼，那樣活下去也沒有意義了。所以，如果可以死的話，就死在那裏吧。我只是沒有想到，我沒有死，卻拖累了那麼多住戶。」

「服下安眠藥後她會再睡一段時間。」銀羽說道，「你去休息一下吧，我來照看她。你很多天沒有休息了，你也很累了吧？」

「那麼……麻煩你了。」子夜起身走到門口，她的步履很輕，身形也很消瘦，似乎風一吹就會輕易倒下。

走出房間，子夜一眼看到了站在走廊對面，遙遙看向她的李隱！

那一刻，她憔悴無神的雙眸頓時散發出一絲神采！但是，很快又黯淡了下去。

「我說過的……」子夜用冰冷的口吻說，「我會等你。」

李隱緩步走過來，他的目光中包含了太多，太多。

「不許，再有下次！」

相對無言，卻也無淚。淚早就流乾了。

「走吧。」子夜還來不及說什麼，李隱就拉住了她的手，然後緊緊握住。

來到外面無人區，李隱依舊拉著子夜，說道：「我說過，我無法承諾你的話，就不會給你希望。但是，如果我們有一天要離開這個世界，我希望你能記住此刻的我們。我想留給你一個美好的記憶。」

李隱停下腳步，回過頭看向子夜：「你決定吧。你想去哪裏？」

子夜沉默了許久，她的目光開始流露出期望。

「我想……回暮月街去。回到媽媽以前生活的地方去。」

當夜羽盟住戶林善打開房門時，他驚呆了。因為，房間裏正坐著神谷盟住戶，金髮美女凱特！作為外國住戶，凱特讓很多人印象深刻，尤其是她那魔鬼身材。她此時穿著一件極為性感的睡衣，正慵懶地坐在床上看著林善。

林善感到大腦完全無法思考了。這到底是怎麼一回事？

凱特露出一個魅惑的笑容，嬌聲道：「還站在那兒做什麼呢？」凱特的中文竟然出奇的好！她之前中文說得很蹩腳，居然是偽裝的！

林善本能地起了警惕，可是卻感到口乾舌燥。他在夜羽盟受到信任的最大原因，是因為他是當初最早加入的住戶，而且，他的記憶力和智商也都不俗，平時經常和羅十三一起待在銀夜身邊。

林善鎖上了門，一步步走過去，幾乎就要撲到凱特身上時，凱特忽然放下睡衣的下擺，拉起肩帶，笑道：「別急啊，我問你一些問題。如果你回答得好，我會讓你好好享受一番的。」

林善頓時清醒了過來！眼前是神谷盟的住戶！而且，她也是個頭腦的人。

林善冷靜地說：「你要我背叛夜羽盟？」

「不要說得那麼難聽嘛，我只是需要情報罷了。大家各取所需。我對羅十三非常感興趣，所以，希望你提供一些資訊。我是以個人立場來的，和神谷盟一點關係都沒有。」

林善咬牙切齒道：「給我住口！我不是那種人！」

但是，他胸口的邪火越來越盛，他想去推倒她，然而，手一動，卻被凱特一把反扭住，完全將他制住了！她竟然還是個練家子！

「不行哦，你想硬來是不行的。你自己選吧，要不要和我交易？」

「你……」情欲已經完全被挑逗起來，林善再也難以壓抑。聯盟本就是利益結合，他終於狠下心點點頭：「好！我說！羅十三的事情是聯盟內的絕密，是……和『蠱』有關係。你可能不知道什麼是蠱，我和你解釋一下……」

「那麼……羅十三和『紅袍連環殺人案』有什麼關係？」

「我也不清楚詳情，只是聽說他女朋友也是受害人，不過，我可以確定的是……他好像一點都沒有失去女朋友的悲傷。」

李隱和子夜來到了暮月街。李隱不禁回憶起，他曾經在這兒見到了父親。父親和子夜母親的關係，李隱已經不願去多想了。

暮月街上，子夜家的老屋略顯破舊。子夜露出了一絲笑容。

「我回來了……媽媽。」

然而，子夜的笑容忽然凝結了。在老屋旁邊，她看見了一個渾身縞素的女人。

「子夜……」那個女人面帶淚痕，驚愕地問道，「是你嗎？」

子夜立即快步走過去：「阿妍！」

子夜伸出手抓住那個女人顫抖的雙肩，問道：「誰過世了？」

「是……我丈夫。他……一個月前……」那個女人更加止不住地抽泣，忽然一把抱住了子夜，哭道：「我該怎麼辦？他走了，我該怎麼辦啊！」

十分鐘後，在一片素白的客廳裏，阿妍為李隱和子夜遞上茶，面帶淚痕地坐在沙發上。

「是劫殺。」她抹了抹淚，「身上中了好幾刀，太，太殘忍了。員警到現在都沒有查到兇手……」

「阿妍……」子夜握住她的手，「素素呢？」

「素素……她也哭得很厲害，整天要找爸爸。」

「請節哀。」李隱遞上了紙巾，問道：「有沒有什麼線索？」

「暫時……還沒有。員警說，他被殺的地方是偏僻地段……可是，他怎麼會去那個地方！他這一死，這個家就塌了，我一個人不知道怎麼撐下去。子夜，我聽說你一辭去工作就離開了天南市，你這一年多去了哪裏？」

「什麼地方也沒有去。我就在天南市。」

「那怎麼一直沒有聯繫呢？這位，是你的男朋友吧？」

「嗯……他叫李隱。」

「子夜，我一直還很擔心你，不知道你過得好不好。」

阿妍叫林若妍，她的丈夫叫章梓山。阿妍的名字是子夜的母親嬴青璃起的。幾戶鄰居關係一直相當好，猶如一家人。子夜和林若妍、章梓山的關係也一直很好，都是小時候的玩伴。

而李隱此時還沒有意識到，這起似乎和他無關的謀殺案背後，隱藏著怎樣的凶機……

一腳將門踢開，上官眠走進了劇組的辦公室。這裏保存著已經拍好的所有帶子。上官眠身後跟著幾個工作人員。

「把帶子放出來給我看！」上官眠的口吻絲毫不容置疑，「快！」

「果然血字的死路是隱藏在電影中。」銀夜回過頭看了看身後的窗戶，對面就是旅館。楊柯的屍體就在那裏。

楊柯一半的頭顱消失了，全身是血，死相極為淒慘。而這竟然和劇本中設定的死亡分毫不差！因此，解析電影的內容就成為了重中之重！到目前為止，電影拍攝的內容大約有一個半小時。這部電影預定有兩個半小時，還差一個小時的劇情沒拍。

螢幕上出現了一名男子，拖著一個染血的麻袋，在山上走著。

「這名男子就是殺死張鳳琳扮演的女鬼的兇手。」一名工作人員解釋道，「扮演這名男子的是名演員羅鐘先生，他的戲份就這麼一點，拍完後就離開了。」

男子拖著麻袋走了很久，終於氣喘吁吁地蹲下身子，將麻袋解開，露出了一絲獰笑。

麻袋裏露出的，是張鳳琳鮮血淋漓的面孔！她的一雙眼睛大大地瞪著，一副死不瞑目的樣子！

男人將他的背包放在地上，取出了一把大砍刀，拖出女人的屍體。

「不許這麼看著我……」男人露出殘忍的表情，「我說過不許這麼看著我！」他高高舉起大砍刀，狠狠地砍了下去！

畫面定格在張鳳琳的瞳孔中，那愈來愈接近的刀子，然後，畫面轉入一片黑幕。

浮現出了一行血紅色的文字：「第四靈異現象」。其中那個「四」字非常扭曲。

與此同時，宋琳正在驚恐萬分地飛奔著。她在跑出旅館的一瞬間，聽見了楊柯發出的慘叫聲。她現在還感到一陣陣心悸。

她抹了抹額頭上的汗，思索著接下來該怎麼辦。手機始終打不通，也無法下山。她想先找一點東西來做武器。但是，這附近卻連一塊石頭都沒有。

宋琳忽然想到了一件事情。葉汝蘭在拍攝期間，似乎一直都有些不太對勁。尤其是那天拍攝篝火燒烤的那場戲，她看著烤架落入火堆中露出的駭然表情，有些太過了。她好像一直都在害怕著什麼。她害怕的對象，似乎就是張鳳琳！

就在這時，她忽然停下了腳步。眼前赫然是那座別墅！宋琳頓時感到一陣陰森，不禁後退了好幾步！

根據劇情設定，張鳳琳扮演的女鬼，生前是一個有錢人的情婦，這座別墅就是那名男子為她買下，金窩藏嬌的地方。然而那名男子將這個情婦當做玩物，甚至殘忍地將她殺害，並將她的屍體拖入山林中肢解。這個別墅也因此鬼氣森森。

宋琳用力攥緊雙拳，忽然大步跑過去。她實在是感到體力透支得厲害，無論如何都要找個地方休息一下。這座別墅的主人平時很少來住，所以租給了劇組用來拍攝。對宋琳而言，這根本就不是鬼屋。

走進別墅，宋琳忽然感到有些緊張。因為多次NG，她都不記得有多少次走過這條走廊，有多少次看到從房間中突然出現的那個女鬼。此時，竟然有一種陰森的感覺。

她想打開燈，卻發現這裏也停電了，走路都有些困難，不時撞到一些攝影器材。在宋琳印象中，那個女鬼用指甲抓油畫的房間，應該就在前方不遠處。

她記得重播片子時，葉汝蘭露出的恐懼表情十分自然，完全沒有半點偽裝的樣子。宋琳不得不佩服，一個新人有著如此不俗的演技。但是，現在回想起來，她忽然感覺到，那與其說是恐懼，不如說是……錯愕。

宋琳作為一個老演員，能夠確定，那時候，葉汝蘭要麼是太過入戲，要麼就是……她看到了什麼讓她感到極為意外的東西，也就是說，她看到了原本並不應該存在的東西。

宋琳不禁有些不安起來。結合今天所發生的一系列異常情況，她完全有理由相信，那時候一定發生了什麼事情。無論今天在他們面前的那個人是不是真的葉汝蘭，這一切絕對和她的反常有很大關係。

想到這裏，她不禁朝那個房間走了過去。她想看一看……葉汝蘭，到底看到了什麼東西？

在旅館裏，他們把所有帶子都看完了。

「鬼應該隱藏在這部戲的拍攝中。」徐饕分析道，「而且，張鳳琳可能是公寓製造的一個假像。」

「超出掌控的血字，」銀夜反駁道，「與其說是公寓製造的假像，倒不如說，這就是一個無法用常理忖度的血字。」

就算張鳳琳是鬼，生路又是什麼？電影中並沒有任何可以克制鬼的東西，將那個女人殺死的演員也不在葉鳳山上。雖然在最後，葉汝蘭的角色活下來了，但是，電影的結尾暗示，這一切沒有結束，是一個開放式結局。

既然如此，就要針對劇本來進行安排！拿起厚厚的劇本，上官眠說道：「生路的提示，要不就是隱藏在已經拍攝好的帶子中，要不就是隱藏在劇本裏。無論如何，必須找出來！」

銀夜一指劇本，說道：「有一點值得注意。根據劇本設定，我們所扮演的群眾演員，是過去在山上被女鬼殺死的登山客。那些屍體忽然出現在男主和女主面前。也就是說，我們出場時就已經死了，可是，似乎因為鏡頭沒有拍到我們，所以我們暫時逃過了一死……」

這就有些奇怪了。沒有被拍到，就意味著可以不死了嗎？但是，生路怎麼會如此簡單。

「我有一個想法。」徐饕將劇本翻開，「我們不妨……修改劇本！」

對啊！誰規定不可以修改劇本呢？

「我們可以將劇情修改為，有一名道士加入，將那個女鬼完全制伏了，這樣，張鳳琳所扮演的女鬼或許就可以消除！」

徐饕的話一出，大家都振奮起來！

「對啊！試試看！」

「總比什麼都不做的好！」

「既然如此，誰來扮演道士？」上官眠拋出了新問題，「還有，扮演女鬼的張鳳琳，現在可不在啊！」

「道士的話，在工作人員裏找一個來客串就可以。張鳳琳不在也無妨，可以安排道士使用驅鬼符咒，將整座山覆蓋，毀掉那個女鬼！」

修改劇本，迫在眉睫！打開電腦後，徐饕開始進行修改。他其實很不甘心，因為整個修改過程中都受到監視，他很難做手腳來算計上官眠。但是，他也知道，首先要考慮自己能活下去。

其實他自己也不怎麼相信，一個道士出現就可以改變一切。但是眼下，只有繼續拍下去了！楊柯已經死了，其他演員可能也死了，現在可以說是生死關頭！他需要時間！他還有沒有做完的事情！

「徐先生。」洛亦水這時注意到徐饕的表情很猙獰，問道：「你……你沒事吧？」

「沒事。」徐饕看也不看她，手指飛快地在鍵盤上敲擊。

沒過多久，劇本改完了。鬆了一口氣的徐饕將新劇本列印了出來。眾人又回到了大廳。

這裏被上官眠佈置了炸彈，又用監視器一直監視著，所以沒有人敢逃走。

拿到新劇本的上官眠冷冷掃視了一眼眾人，問道：「你們當中誰有表演經驗？」

這一問，大家都愣住了。

上官眠取出槍來，將所有人指了一遍：「誰有表演經驗！我只問最後一遍！」

這時，眾人的目光齊刷刷地看向一個人！那是葉汝蘭的經紀人黃天雄！黃天雄已經嚇傻了。

「好，就你了。」上官眠指向黃天雄，「出來！」

黃天雄看著槍口，顫巍巍地走出來，發抖地說：「我，我以前只客串過一部電影而已，其實我……」

「夠了！」上官眠將新劇本扔到他手上，「這是我們修改的劇本，你要演一個道士。」

現在，只能死馬當成活馬醫了。住戶目前認為，張鳳琳在電影拍攝到高潮，鬼開始殺人的時候才真正殺戮，這就證明了張鳳琳本身是受到電影的劇情控制的。如果修改劇本，那麼有可能結局可以改變。

宋琳打開了那扇房門。油畫依舊掛在牆壁上。上面滿是被指甲抓過的痕跡，看著頗為觸目心驚。宋琳大步走過去，在那幅油畫前凝神注視著。

那幅油畫是一個坐在窗台上的男人，畫得相當寫實，就是那個有錢人的畫像。而指甲留下的道道痕跡，有不少都集中在男人的面孔上。

宋琳依舊不明白，葉汝蘭那時到底看到了什麼。或者，只是她想多了？她只好離開了房間，沿著樓梯緩緩向上走去。在電影中，她就是在二樓被殺死的。

她停下了腳步。眼前這個房間，就是她會死去的地方。她深呼吸了一下。要不要……進去？她還是將門打開了。

這個房間裏，也有幾幅油畫。這個有錢人非常喜歡收集油畫，自己偶爾也畫一些。樓下的油畫，就是他的自畫像。

這時，宋琳注意到，有一幅畫顯然就是有錢人為他的情婦畫的，畫中人酷似張鳳琳，就像一個洋娃娃，那雙眼睛尤其顯得詭異。

她不禁走了過去，在那幅畫前面仔細看著，覺得不太舒服。就在她轉身想離開時，忽然感到一些不對勁。

等等……不對！自己肯定是看錯了吧？她再度走回去，定睛向畫上看去。這一次，她看清楚了。油畫上，女人雙眼的部位被撕掉了。然而，畫上依舊有一雙眼睛。那雙眼睛赫然是在撕碎的畫後面露出的……張鳳琳的眼睛！

宋琳頓時明白了：張鳳琳就在這堵牆壁後面，那雙眼睛正死死地盯著她看！

拍攝的地點是在那一堆死屍中間。

在上官眠的武力威逼下，顫抖著的工作人員做著拍攝準備。

黃天雄扮演一名雲遊的道長，必須要有「高人風範」，但是他此時嚇得魂飛魄散，哪裏能夠演好這個角色呢？

這時，旅館一樓的某個房間，門緩緩打開了，周清妍的頭露了出來，她小心翼翼地看了看外面，確認沒有人。

周清妍只想逃走！她想先逃入樹林，找到其他人，大家聯合起來想辦法。雖然演技欠缺，周清妍卻是個思路縝密的人。她知道現在所有人都在外面，如果貿然出去很可能被發現，必須先確定他們的方位才行。

她來到窗戶旁，透過窗簾的一條縫隙看向外面。然而，外面一片黑暗，也沒有聽到聲音，無從判斷上官眠等人在什麼方向。實際上，上官眠等人已經遠離了旅館，只是周清妍不知道。

就在這時，她忽然聽到，門外傳來了什麼東西敲擊地面的聲音！

在空無一人的走廊裏，這個聲音非常恐怖。周清妍嚇得魂飛魄散，感覺心臟都要跳出來了，她的第一反應是，上官眠回來了？

她僵在了原地。在這短短的遲疑中，她聽到身後窗戶被打開的聲音！

周清妍嚇得立即衝向門口，打開門就沿著走廊飛奔！她慌亂得跑錯了方向，向旅館大門反方向跑去！最後，她跑到了走廊的盡頭的電梯門前！

她正打算返回的時候，卻幾乎要慘叫出聲來！

只見地上竟然有一個麻袋！麻袋裏明顯裝著一個人，正蠕動著朝她的方向而來！而這個麻袋，和電影拍攝的那個裝屍體的麻袋完全一樣！這恐怖的一幕，是原本會在電影中出現的！

周清妍立即按下電梯按鍵，迅速地衝進去！那個麻袋距離自己還有五米時，電梯門緩緩關閉了。

周清妍按下了去五樓的按鈕，然後整個人蜷縮在電梯的角落裏發抖！這是怎麼回事？那個麻袋裏，總不會真的是鬼吧？她的腦海裏幾乎是一片空白，這根本就是一場噩夢！

五樓到了，電梯門打開，她拖著酸軟的身體走了出去，好半天才走出幾步。但是，她還是警覺地環顧四周，恐懼完全抓住了她，她的身體都幾乎麻木了。

周清妍忽然想起她的角色在電影中死去的方式。她是被女鬼從山頂推下去的，而在死之前，女鬼從麻袋裏向自己爬過來。

周清妍晃了晃頭，決定先不去想這些，要找些武器。她跑進五樓自己的房間，將門鎖上。她用床上的被子裹住身體，將一張玻璃茶几狠狠朝牆壁扔去，自己裹著被子跳到床上。然後，她選了幾塊玻璃碎片放在口袋裏。

她輕輕打開門，手上捏著一塊玻璃碎片，尖端對著前方，在走廊上慢慢走著。忽然，她注意到，走廊盡頭的電梯正在上來！

她頓時恐慌不已，連忙飛奔向樓梯間。這時，電梯「叮」的一聲，到達了！然而，樓梯間的門竟然上了鎖！無奈，她只有轉身又衝進了自己的房間！

她不知道，從電梯走出來的人有沒有看到她衝進房間，不過，自己的房間號很多人都是知道的！只能指望對方以為她已經逃出去了！

周清妍拖過沙發將門堵住。房間很小，她只好躲進了床底。床單垂到了地面，希望不會被發現。但是地面上有那麼多玻璃碎片，只要有人進來都會覺得不對勁。

過了很久，她都沒有聽到一丁點兒動靜，但是，這反而讓她感覺更加壓抑可怕。

「你餓了吧？」小夜子對葉汝蘭說，「我們叫外賣吧。」

葉汝蘭問道：「你有港幣嗎？」

「上官小姐給我留了一點錢。你身上沒錢？」

「嗯，我身上沒有帶錢……這個世界上，是有鬼的，是不是？」葉汝蘭終於問出了這個問題。

小夜子的表情毫無變化，說道：「你這麼問是什麼意思？世界上怎麼會有鬼。」

「沒有嗎？」

「你這麼問，肯定有什麼原因吧。難道你遇到鬼了？」

「是……實際上……」葉汝蘭將她遭遇到的一系列事情告訴了小夜子。

小夜子卻搖搖頭說：「你一定是看錯了，怎麼會有鬼呢？」

小夜子的表情很平淡，但是葉汝蘭卻感到奇怪。她總感覺，這個人隱瞞了什麼。不過，現在什麼也沒有問出來。

小夜子又說道：「我要去上個廁所。你不要離開。」

「我知道啊，反正門也被你鎖住了，我也出不去啊。」

小夜子向廁所走去的時候，葉汝蘭發現，她的步伐有一些匆忙。難不成……她是要去聯繫姐姐，告訴她從自己這裏問出的情況嗎？

葉汝蘭立即下了床，輕手輕腳地走到廁所門前。這時，門鈴聲突然響起，葉汝蘭嚇了一跳，立即躲在門旁邊。小夜子將門打開後，門就遮住了葉汝蘭。葉汝蘭才鬆了一口氣，又想到，如果小夜子發現自己不在床上，一樣是敗露了。

小夜子將門打開，然而……門外卻沒有人！她走出房門又左右看了看。這時，她身後的門卻關上了！

而躲在廁所門旁的葉汝蘭，同時聽見了室內響起的腳步聲和外面小夜子的擂門聲。她的後背頓時涼了……

開始拍黃天雄的戲了。上官眠只給了他一張紙，隨便在上面畫點看不懂的符號，就充當驅鬼符咒了。拍攝的地點在樹林深處，原定張昊被殺害的地點。

「開拍！」徐饕說道。

黃天雄慢慢踱入鏡頭，而上官眠則扶著一棵樹氣喘吁吁的。

「這位姑娘……」黃天雄說道，「你可是有了什麼麻煩嗎？」

上官眠抬頭看向黃天雄，此刻她依然扮演女主角，這樣是為了更加好地將劇情承接起來。

「我乃茅山第三十二代弟子，姑娘，你明顯遇到了邪祟之物啊！」黃天雄總算有些入戲了，「我說得可對？」

「是……是的！」上官眠此時真是楚楚可憐。

「那我今日就助姑娘你度過這一厄。」說完，他將符咒貼在地上，然後念念有詞地作法一番，又說道：「我現在鬼魂拘入符中，讓其徹底灰飛煙滅！」

此時，所有住戶的心都提到了嗓子眼，而上官眠已經離開了鏡頭，取出了格洛克，目不轉睛地看著黃天雄。

然而，過了許久，沒有發生任何事情。

此時，周清妍依然躲藏在床底下，渾身瑟瑟發抖。之前，楊柯死了，而且和電影中原定的死法完全一致！她想到了一個字眼，雖然不願意承認，該不會真的是……那個吧？不……她立即反駁自己，這是唯物的世界，不可能會有唯心的現象產生，絕對不會的……

周圍一直很安靜，什麼也沒有發生。周清妍想，那個人應該已經走了，就從床底下出來了。

她將玻璃碎片尖端對著前方，緩緩朝窗戶走去。從窗簾縫隙看下去，天空依舊一片黑暗，什麼也看不到。恐懼感不斷在內心蔓延。她又取出手機，還是沒有信號。

再這樣下去，究竟該等到什麼時候才能逃出去？她會不會被什麼人抓住，然後殺死？她覺得，再這樣下去她就要崩潰了。必須要出去了。

而這時，葉汝蘭依舊躲在門後面。她聽到大門外傳來小夜子的喊聲：「喂，你沒事吧？葉汝蘭？喂！」

室內的腳步聲緩緩逼近，葉汝蘭嚇得渾身哆嗦，竟然將手肘敲到門上，門動了！她立即去把門拉回來！

可是，來不及了！那個人拉住了這扇門，將門徹底拉開了！

周清妍將門微微打開，看到走廊上空無一人，走廊盡頭的電梯也是關閉狀態。看來，剛才坐電梯上來的人已經離開了。她仍然不敢大意，躡手躡腳地走出來，心跳得很快。走著走著，突然看到眼前一扇門打開了！

周清妍嚇得後退了好幾步，腳軟得幾乎跌倒！當她再定睛一看，才發現從那扇門裏出來的竟然是葉汝蘭！葉汝蘭似乎被什麼人推了一把，跌在地上。

當然，周清妍以為葉汝蘭是上官眠，一看對方跌倒了，哪裏會放過這個大好機會，立刻衝過去，舉起玻璃碎片就朝她的後背狠狠扎下去！

葉汝蘭連忙挪閃身子，立即站起身道：「你瘋了嗎？周清妍？」

周清妍不敢再衝過來了，她知道對方是何等可怕的人物。她連忙丟掉玻璃片，跪在地上說：「對不起，不要殺我，求求你！你要我做什麼事情都可以，求你不要殺我！」

葉汝蘭完全愣住了。剛才，她被那個房間裏的「人」抓住後，突然朝後一拉！緊接著，她就發現跌倒在旅館五樓的走廊上！她居然一下子回到了葉鳳山！

她頓時感到晴天霹靂。之前，她還只是在猜測，而現在，猜測變成了恐怖的事實！這個劇組，真的遭遇了靈異現象！

「你別這樣，周清妍，快告訴我，到底發生什麼事情了！」葉汝蘭連忙扶起她，「你一定是搞錯了什麼事情，為什麼你要向我求饒？」

周清妍開始感到不對勁。莫非……這個真正的葉汝蘭？

「你是葉汝蘭？」周清妍已經信了幾分，如果是那個假扮的人，沒有必要欺騙自己。

於是，周清妍將林導等人莫名死亡、假葉汝蘭劫持他們、張鳳琳莫名失蹤等事情一一告訴了葉汝蘭。

「那個女人和你是什麼關係？她怎麼和你長得那麼像？」

「總之，我們快離開這裏！」葉汝蘭現在已經完全確信，姐姐救出自己就是因為這些恐怖現象！然而，她還是重新被拉回這裏，這一恐怖的力量實在讓她感到無比恐懼。

二人衝到電梯前，葉汝蘭迅速按下了按鈕。

一樓，二樓，三樓，四樓，五樓……到五樓了！電梯門打開，葉汝蘭正準備衝進去，然而……

電梯裏站著一個女人。她嘴巴被活生生剪開到兩腮，臉上一個巨大豁口，鮮血泉湧而出，電梯門開後轟然倒地！

這個女人，正是宋琳！

葉汝蘭和周清妍的頭腦一片空白。好幾秒鐘之後，她們才反應過來，這一幕不是噩夢，也不是幻覺！兩個人不約而同地迅速轉身，朝著走廊另一頭撒腿飛奔！

然而，她們跑到走廊拐角處的時候，一個房間的門忽然打開！門把手上滿是鮮血！

而這個房間……正是張鳳琳的房間！

現在葉汝蘭完全確信，張鳳琳絕對不是人！她回過頭看，宋琳的屍體倒在電梯門上，電梯一直關不上。真是進退兩難。葉汝蘭很清楚，電梯裏搞不好也有什麼恐怖的東西，過去就是自投羅網！

其實在劇本中，宋琳的死並不是這樣的，應該是被吊死在別墅裏。而且，人物的死亡順序也不對了。現在發生的事情，和劇本不一致的地方很多。

黃天雄說出了最後一句台詞：「在下已經將女鬼徹底毀滅了。」這場戲結束了，按照新劇本的內容，這個鬼就算是徹底被幹掉了。

洛亦水依舊忐忑不安，她看著緊皺眉頭的銀夜和徐饕。而張霆和韓青山，則躲在他們身後，大氣也不敢出。

上官眠走過來說道：「現在回去看看帶子，再考慮下一步……」

忽然，她的目光猛然看向遠處的旅館方向。

「怎麼了？」銀夜立即問道，「有什麼事情？」

「我好像聽見了慘叫聲……而且，好像是真實的聲音！」話音剛落，上官眠倏的一下消失了！眾人眼前只留下一道視覺殘影！

洛亦水頓時大驚失色：「這……這就是上官眠的極限速度嗎？」

在旅館裏，不斷後退的葉汝蘭和周清妍都是花容失色。張鳳琳那化妝為獰鬼的頭顱，從房間裏探了出來！

葉汝蘭回憶起在宋琳眼睛裏看見過的恐怖異象，終於發出了淒厲的慘叫聲！

上官眠距離旅館有三公里以上，她正疾速向這裏衝刺！緊接著，葉汝蘭就看到了更加恐怖的一幕……

銀羽重新打了一盆水，回到深雨的臥室。然而，床上竟然已經沒有人了！

沒有人看到深雨是什麼時候離開公寓的。

風怒嘯著刮來。暮月街上，子夜家老屋門前地上的垃圾被吹得飛散而起，閣樓的窗戶也發出了震動聲。

子夜的手摩挲著窗戶，說道：「一點兒都沒有變呢。當初我將鑰匙交給阿妍，讓她有空來幫我打掃一下，她一直做得這麼細心。」

「書很多呢。」李隱正站在一個書架前，書架上擺滿了各個學科的著作。

「母親和父親做學術研究都很嚴謹。父親也是因為工作太辛勞才英年早逝。母親後來就變得和以前不一樣了。我想，在遇到你父親後……」

「子夜！」

「抱歉，母親她，其實也很脆弱。」

「我父親的事情……」

「那些事情我不想知道了。母親已經死了，真相也已經大白，這就足夠了。不過，你我好像是被命運操縱著，一步步走到現在。」

李隱其實也感覺到了這一點。父親李雍、子夜的母親嬴青璃、還有彌天彌真……為什麼那麼巧合，他們都和公寓有了關聯？這一切真的只是巧合嗎？這根本就是公寓刻意安排的吧，把他們牽扯進這個受詛咒的建築物中，然後去面對那個「魔王」。

魔王……是鬼魂，還是一個純粹的詛咒？或者是……

這時，李隱的手機響了。他立即取出手機，來電人竟然是深雨！

「李隱……你和子夜，一起來見我吧。」

「見你？」

「我現在不在公寓裏。你們快點來吧。我也動身趕往那裏。」

「出什麼事情了？我們要去哪裏？」

「青田公園的寒月湖，你們來吧。」

李隱疑惑地看著手機，他不明白深雨這是什麼意思。但是，也只有去看看了。

子夜美目一凝，說道：「走吧！深雨現在的情緒很不穩定。無論如何，先見到她。」

青田公園就是當初發生斷頭魔命案的地方。現在是炎炎酷暑，公園裏的人都打著扇子，吃著冷飲，不時擦汗。

深雨坐在寒月湖畔的一個鞦韆上，輕輕地盪來盪去。

「來了？動作很快啊。」她回過頭，「我想有必要讓你們來一下。李隱，你還記得吧？當初，就是因為你為了子夜消除掉自己的血字，才讓我感受到，我的生活多麼虛無。可是，我……明白得太晚了。我希望你不要忘記那個時候你的心情，不要忘記是你讓我變成了現在的蒲深雨。」

「深雨，你說這些做什麼？你叫我們來到底是……」

深雨回過頭去繼續邋鞦韆：「我昨天在房間的牆壁上用血寫下了『祭』字。」

李隱和子夜都極為驚愕！

深雨抬起手腕看了看，說道：「再過五分鐘，我就要執行魔王級血字指示了。你們就站在旁邊觀看吧。我想過了，我只有這麼做，才能再次見到星辰。因為魔王血字可以顯露出人的心魔。而我的心魔，必定有他的存在。」

這時，酷熱忽然開始消散，溫度一點點下降。眼前的寒月湖上也不再反射陽光，公園裏的遊客也不知道何時都不見了……

19 腐屍風箏

陽光黯淡下來，湖面開始結冰。一陣陣陰風呼嘯而來，席捲著湖邊。周圍已經沒有一個人了。

深雨不再邋鞦韆，她站起來說道：「你們不用為我悲傷，我本來就是罪孽深重的人。我就嘗試一下，沒有地獄契約能否度過血字吧，如果能，就當為你們做出的一個榜樣，如果不能……也是我和星辰最後的會面。我怕死了之後也見不到他，就只有用這個辦法了。」

李隱和子夜無語地看著她。

深雨又說道：「就算犧牲血字也無法取消魔王血字。所以，我今天要麼是死在這裏，要麼就活著離開公寓。對我來說，既然失去了星辰，我就不想在公寓裏繼續經歷永無止境的絕望和恐懼了。」她看了看四周，「果然和唐醫生那時候一樣，現在這裏是異空間了。」

天空變得越來越暗，似乎要下雨一般。深雨步伐非常堅定地朝前走去，沒有絲毫退縮。

李隱和子夜也跟了過去。李隱忽然問道：「血字的時限是？」

「和唐醫生一樣，三個小時。三個小時後，我如果還活著，就算成功地執行了這個血字。」

深雨來到公園中央地帶，取出了一張羊皮紙碎片，遞給了李隱。

「這是我所保管的，星辰的地獄契約碎片。我已經用不上了，就交給你們吧。」

李隱接過契約碎片，小心地收起來，雙眼綻放出一絲凌厲，直視著深雨，說道：「你，務必小心。我會盡力幫助你的。」

深雨在公園裏走了許久，都沒有事情發生。李隱很快就發現，這個空間裏沒有動物，本來有不少蜂蝶的花壇，此刻毫無生機。

「你的心魔，我想多數是蒲靡靈和……敏。」李隱開始分析起來，「可以預見的是，他們必定會出現。」

「這我當然知道。」

「你……還恨他們嗎？」

深雨淡然一笑：「恨嗎？我的一切悲劇都是拜他們所賜，星辰出現的時候，我本以為，我終於找到了人生的價值和方向，現在卻回歸了原點。但是，不管怎麼樣，只要能見到星辰，我就知足了。我本來就不該存在於這個世界上，所以，現在也應該消失。」她的語氣裏已經沒有了悲傷與恐懼。

一股寒意在空氣中凝聚。李隱和子夜不斷用手機拍照。這是非常寶貴的第一手資料。

終於，高空中出現了一隻風箏！風箏下面的線綁在一個花壇的欄杆上！風箏飛得很高，肉眼看不清。

深雨看向風箏，身體一滯！

「敏為我做過風箏……我無法走路，她就讓我放風箏，說可以看著它飛在空中……」她仰起頭，喃喃道：「風箏是自由的……」

「快走！」李隱立即拉住她，「現在只有……」

然而，深雨卻恍若未聞地走過去，將風箏線解開。

「喂，你……」李隱衝上來，「你要做什麼？」

「我想把風箏放下來，說不定風箏上有什麼生路提示。」深雨說道，「畢竟，如果是死路，這未免太過明顯了。」

她開始拉動風箏線，將風箏不斷朝下拉。風箏在視線中漸漸變大了，能夠看清了。深雨雙目猛然一凝！

天空中，風箏線另外一頭連接著的，哪裏還是什麼風箏，而是一具鮮血淋漓的女屍！

「快，放開！」李隱大喊一聲。深雨立即放開風箏線，然而，風忽然停了，那具屍體立即墜落而下！

深雨立即又抓住了風箏線，風於是再次呼嘯而起，將屍體卷到了空中！很明顯，不能放開風箏線！否則屍體就會墜落下來！

李隱衝到旁邊一個小商店，一腳踢碎櫃檯，拿出了一個望遠鏡，往空中看去。那具屍體赫然在目！屍體渾身都是鮮血，面目腐爛了，根本認不出是誰。風箏線纏繞在屍體的腰部，將其緊緊繫牢！這屍體……是敏嗎？

深雨繼續放風箏線，最後，風箏線放完了，空中的屍體已經高到只有用望遠鏡才能看清楚了。風相當大，屍體一直飄盪著。

「但是……」子夜也拿過望遠鏡看著屍體，「就算一直抓著不放，也不知道風什麼時候會停。」

李隱自然清楚這一點，他們沒有借風的本事。李隱說道：「朝南走！風現在是向南邊刮！」

這時候，他們都感覺到，風開始有些小了！用望遠鏡一看，果然，飄盪的屍體開始不穩起來，有逐步下墜的趨勢！

而且，風箏無論何時都是在頭頂的正上方！一旦風停了，必定筆直墜落，那時候，深雨馬上就會殞命！

「跑，全力地跑！」

隨著李隱說出這句話，三個人都拚命奔跑起來！然而，不管跑得多快，屍體還是始終在正上方。

幸好，風漸漸又大了起來，屍體又平穩地飄盪了。李隱還嘗試接過風箏線，但是，一旦他或子夜拿著，風就會馬上停止，還是只能還給深雨！

李隱繼續用望遠鏡觀察，那具屍體一直沒有任何動作。但是，真正的屍體怎麼可能抵抗地心引力，飄浮在空中？

深雨氣喘吁吁地問：「現在……該怎麼做？」

李隱看了看旁邊的公園平面圖指示牌，他們已經接近公園南門了。風忽然又變弱了。

「風向改變了！」子夜說道，「現在是在向北邊吹！」

三個人立即朝北跑去！一直到風停息為止，一刻也不能停下來！

忽然，風驟然停滯！

周圍死一般的寂靜。天空中的屍體，開始以驚人的速度墜落而下！

李隱迅速拉起深雨，正要逃跑，一陣從南邊吹來的大風再度讓女屍飄浮而起！總算解了一時之急。

深雨再次抓緊了風箏線，喘息道：「我還能堅持多久呢？」

風更大了，屍體飄得比之前更高。三個人繼續在公園裏飛奔。

寒月湖邊的鞦韆架處，空間忽然出現了扭曲。就好像褶皺的紙一樣，空間竟然出現了一道裂縫。裂縫不斷擴大，成了一個窟窿！

窟窿中透出濃重的血色，一隻手從裏面伸了出來。窟窿也不斷擴大，最後，一個人從那個空間裏大步邁出！

那是一個年輕男子。男子的面容很陰鬱，一頭凌亂的頭髮，他的目光中是無法融化的冰冷。

「這個地方是……」他看向已經完全結冰的寒月湖，又看到了遠處空中的風箏！

「這裏……不可能有活人才對……」陰鬱的男子走了幾步，「那麼，是鬼嗎？」

他思索了好一會兒，開始奔跑起來，沿著寒月湖不斷逼近那裏！雖然天空陰霾，但是，並不是絕對黑暗。而在陰鬱男子的背後，竟然……沒有影子！

當李隱跑過一座建築物的拐角時，忽然發現，原本跑在前面的深雨，竟然……消失了！風箏也在一瞬間不見了！

深雨睜大雙眼的時候，立刻被一隻手緊緊捂住了嘴巴。她扭過頭去，看見了一個面目陰鬱的男子。他放開了深雨。

這裏不再是青田公園了，而是一座被廢棄的學校。風箏線依舊抓在深雨手中，但是，線已經斷了。

這個地方的風比之前更加猛烈，溫度也相當低。穿著夏裝的深雨立即打了個響亮的噴嚏。

「你……你是誰！」深雨退後了好幾步，然後驚愕地說道：「你……你是……楚彌天！我看過你的照片！」

男子一愣，說道：「現在的住戶居然還有知道我的？正好，你告訴我公寓現在的情況吧。你叫什麼名字？」

「你現在應該被困在第十次血字的異空間啊，為什麼會出現在這裏？」

「你知道得很多啊。」

「你真的是……楚彌天嗎？」

「可以說是，也可以說不是。我是一個漂泊的孤魂。我的本體並不在這裏。」

「本體……難道是靈魂出體？現在的你是靈體？」

「不，你可以觸碰到我。在這個世界，一切的規則都無法正常運作。」

深雨睜大眼睛看著周圍。天空彷彿被一塊黑布遮蓋著，周圍沒有任何聲音。

「這個地方……」彌天說道，「不是地球。就像陰間一樣，只有腐臭的屍體和無所不在的鬼魅。我走不出這裏，永遠也走不出去。我的肉身被禁錮著，現在的我，是我的意念產生的一個分身。所以，也沒有辦法回到公寓。」

「你姐姐一直在找你。」深雨看著彌天臉上的落寞，「她拚盡一切去找你，因為和你共同分擔著詛咒，她即使離開了公寓，也還在承受詛咒。她現在生死不明。」

「你見過姐姐嗎？」彌天頓時很激動，抓住深雨的雙肩，說道：「她絕對不會死的，因為我還活著！這就是最好的證明！」

彌天在第十次血字終結後，始終被禁錮在那個地下遺跡塔中。不知道過去了多久，強烈思念著姐姐和汐月的他，等到有意識的時候，就發現自己已經在外面了，沒有影子，並且可以感受到自己本體的存在。

這是只有在這個空間才能存在的一個意念形成的分身，這個分身在與這空間相鄰的好幾個空間中漂泊，但無論如何漂泊，都無法找到這個空間的壁壘和邊界，更沒有辦法脫離這個空間。

最終，彌天意識到，他是無法離開的。因為和彌真共同承受了詛咒，他可以感應到姐姐彌真還活著，但也感應到，詛咒不斷逼近彌真，總有一天，也會將她拉入這個空間。

「魔王級血字指示？每隔五十年一次，公寓的特殊血字？」彌天看了看深雨身後的影子，「你現在還沒有被影子詛咒，這就證明，在這個空間內也算是在執行魔王血字。那麼，這個空間，本身就是魔王所在的嗎？」

「我想是的。我想見我的愛人最後一面，然後死去。」

「按照你的說法，只要等到七張地獄契約碎片集齊，你還是有很大的希望離開的。你為什麼要這麼做？把你拉入這個空間，看來是能擺脫那個風箏。」

彌天看著眼前的深雨，發現這個女孩太平靜了，完全不像一個掙扎在血字中的住戶。她的臉色很蒼白，卻也很淒美。

「我來幫你！」彌天緊緊握住深雨冰冷的手，「無論如何，你要活下去！我的姐姐從來沒有放棄，所以我也一直堅持到現在。我不能看著你就這樣死去。」

「你……說什麼？」

「你現在擁有的生命，是那個人深愛著的。既然你愛他，就應該活下去。我一定要讓你活下去。」彌天的神情很平靜，有磁性的聲音很能撫平情緒。

深雨沒有說話。

「走吧，我把你帶入這個空間的深處，魔王也許一時也未必跟得上你。考慮到影子詛咒，暫時還不能進入其他空間。」

深雨沒有反對，跟著他飛快地跑去。

從這個廢棄的學校出去後，周圍滿是斷壁殘垣，一片末世景象。

彌天不會感到疲勞，不需要進食，也不需要睡覺。但是，一直孤獨地徘徊在空間中，他也快崩潰了。而這時候，終於有一個人出現了！他怎能允許這個住戶死去？絕對不能！他一定要活著出去！一定要徹底解開全部詛咒！

就在這時，深雨忽然大叫道：「等等……停下！」

彌天回過頭來。深雨伸出右手，她的食指上還纏繞著一截斷線。而此刻，斷線連接到了天空中……依舊飄浮著那具屍體！

即使逃入這個空間，這個詛咒也如影隨形！好在現在大風依舊在吹，所以屍體很平穩地飄浮著。

彌天抬起頭，看向天空中的屍體，一字一頓地說：「魔王級血字嗎？蒲小姐，你聽著，我對你承諾了，就一定會兌現！我一定讓你活著離開這裏，一定！」

彌天緊抓著深雨的手，縱身飛奔著。對於在這裏漂泊了那麼久的彌天，這裏的每一條街道他都極為熟悉。而他本體所在的空間，在這一層層疊起的空間的更深層。重疊的空間層中，還有另一些空間，他也未曾深入探查過。他甚至見到過無數個重疊在一起的空間，重疊越多的空間，越有可能出現恐怖現象。

他所在的地下遺跡塔，就是一個重疊空間。現在這個分身，是由重疊空間產生出來的。而他的本體，則完全被附身了。一次又一次，被附身的本體穿越空間障壁，去尋找彌真，要將彌真拉入這個空間內！

上一次，在水墨畫的血字中，在立交橋上，距離彌真已經很近了。估計再有兩次，被附身的本體就能將彌真拉進來！到了那個時候，姐弟倆都會死！而現在這個因為空間重疊而產生的分身也同樣會死去！

附身在彌天本體之上的，不是一個鬼，而是從地下遺跡塔深處爬上來的無數鬼魂！所有鬼魂全都附在了彌天的本體上！

彌天的本體，目前被吊在遺跡塔下的一個懸索上。那些鬼魂等待著，將彌真也拉進去後，他們就會真的墜入遺跡塔下深不見底的深淵中。那裏，或許就是通往地獄的入口！

而就連彌天的分身也不知道的是，他曾經因為本體殘留的一絲強烈意念，強行侵入了正常世界，救了千汐月和嚴琅。但是，那次強行入侵破壞了詛咒平衡，讓彌真陷入了極其危險的境地。

此時，他從深雨口中獲悉了魔王的存在，才開始意識到，這個異空間必定和魔王有關係！第十次血字的空間，和魔王血字所在的空間是相通的！他的心中產生了懷疑：莫非，所謂魔王級血字指示，就是讓住戶進入由第十次血字所在空間重疊起來的異空間嗎？

穿過了好幾條街道，彌天停下腳步，對跑得上氣不接下氣的深雨說：「你累了吧？聽著，接下來，我會想辦法，把這個『風箏』扔進一個重疊空間裏！」

「重……重疊空間？」

「對！重疊空間本身也沒有規律可循，一旦被扔進某個重疊空間，要想再回到這個空間，就需要打破更多空間。那樣我就再帶你逃入其他空間！我會想辦法讓你在三個小時之內活下來！我對這裏所有的重疊空間都很熟悉！」

「我……不太明白。」

「重疊空間就像一個不斷變化的魔方，我們所在的空間是魔方的某一塊。空間之間會不斷錯開，不會一直保持相連。最多的有十七個重疊在一起的空間。只要在這些空間裏不斷逃遁，就能逃過去！」彌天的目光投向前方，「你準備好了嗎？現在要一口氣衝刺到那邊，重疊空間的入口！」

「重疊空間……」深雨失聲道，「難道，欣欣商場和青田公園都是重疊空間嗎？」

「不，那倒不是。你應該是一開始就進入了異空間。準備好了嗎？我要帶你走了！」彌天緊抓著深雨，用最快速度衝刺！

隨著衝刺的開始，風力竟然也越來越小了！

衝過一個街角！從馬路右側穿過！筆直通過一條街道！風越來越弱了！天空中的女屍搖搖欲墜！

「快！」彌天看著面色蒼白的深雨，緊咬牙關，又衝過了一條街，眼前出現了一個地鐵入口！就是那裏！十七個空間重疊的重疊空間！就在這時，風，徹底停了。

女屍筆直墜落！來不及了！

彌天看著墜落的女屍，那速度快得離奇！根本不是受到重力作用的下墜，而像是那具屍體在以恐怖的速度飛下來！

很快，已經能看清楚女屍的腐爛面孔了，她露出了表情，睜大了雙眼！

深雨忽然大喊起來：「是你！」

彌天在千鈞一髮之際，一隻手狠狠朝空中砸去！空間立即產生了褶皺。作為從重疊空間中投射而產生的分身，要弄碎空間是輕而易舉的。

一個巨大的窟窿瞬間出現在上方！那具屍體直墜入了窟窿裏！然後窟窿很快就復原了。

彌天立即拉著深雨的手，衝向地鐵入口，一腳狠狠踏去，空間褶皺之下再度出現了新的裂口，二人衝入其中！

「那個不是重疊空間，那個鬼很快就會出來！只有利用重疊空間的無序性！」衝入空間的一瞬間，彌天拉扯斷了纏繞在深雨手上的風箏線！

他們進入了另外一個空間。那裏是一座深山，身後有一座茅草屋。

「只有無序地衝入重疊空間，然後再進入更深層空間！」彌天咬緊牙關說，「你做好心理準備，更深一層的空間我也沒有進去過，因為那裏的恐怖現象更可怕。」他狠狠地朝前方砸去，出現了一個窟窿，他們一起撞了進去！

他們出現在一艘大船的甲板上。船上空無一人，天空中掛著一輪圓月，海面極為平靜。

又一次衝擊。這一次是在一個西式建築中的幾十米高的大禮堂，周圍都是恐怖的惡魔雕像，而許多雕像身上都懸掛著屍體！

「好，現在……」彌天接下來竟然是向後打破空間！

「重疊空間是無序的，所以越是無序行動，那個鬼越不容易找到我們！」

深雨點點頭：「我相信你，我們繼續闖下去！」

深雨臉上愈發綻放出凄美的光彩。彌天看向她的時候，有一股保護她的衝動。他從未見過這樣的美麗，也從未對姐姐和汐月以外的人產生過如此強烈的保護欲！

「我帶你走！」彌天又狠狠地用身體砸向前方，從一條街道中穿出！

就這樣，在這個有十七層空間重疊的空間中，他們一次次地穿行。彌天說道：「這裏很多空間我都沒有來過，所以，除非回到最初那個空間，否則我也不知道通向其他空間的入口是什麼地方。很多入口我需要好幾天甚至一個月的時間才能探索到。」

二人終於在一個空間停下了。

「暫時在這裏休息一會兒。」彌天說道，「先躲起來，否則萬一那個鬼侵入，我們就逃不掉了。」

這個空間，是一個監獄！周圍是一排排的囚室，一旁的牆壁上掛著囚室的鑰匙。在走廊盡頭的一個特別囚室裏，鐵門上只有一個小窗口，這個囚室正對著空間入口。試了幾把鑰匙後，二人將這個特別囚室打開，進去後屏住呼吸蹲坐下來。

「十分鐘。」彌天看著深雨的手錶，「十分鐘後再去下一個空間。我的手錶停了，根本走不了。」

「但是，如果鬼侵入了，我們要……」

「如果鬼從後方進來，我們就進入前方，如果從前方進來，我們就退回後方。這裏距離入口只有不到十米，我們只要一聽到空間撕裂的聲音就馬上衝出去，決定向前還是向後。當然，如果那個鬼現在就在這個空間內，我們就完了。這只有十七分之一的機率，而且，在這個狹窄的監獄內，能躲藏的空間極少。」

彌天是特意選擇了這個空間的，他的計算極為精密！在狹窄的監獄內，杜絕了最壞的可能！

深雨緊靠著門，說道：「你……果然很厲害呢，能度過九次血字。但是，不知道為什麼，我畫不出你們兩個……」

「什麼？畫什麼？」彌天立即問道，「你是什麼意思？」

「那具屍體……」深雨答非所問，「是我父親。我看到他的臉時就認出來了，只是頭髮比較長罷了。即使臉完全腐爛了，我還是能認出他來。他不放過我！即使到了現在，他也不放過我！」

「你父親？」

「他是我在這世上最憎恨的人。他成為了惡魔，而我則是他奉獻給惡魔的祭品。」

當深雨將蒲靡靈的一切說出來後，彌天的心也顫抖起來！深雨述說時，臉上沒有悲痛、沒有恐懼，彌天卻更強烈地感受到了心靈的震撼。以前，只有汐月曾經讓彌天動心，而眼前這個女子，讓彌天長久以來冰封的心開啟了。

彌天很清楚，他和彌真的生命快到了盡頭。但是，現在他的內心又多了一件無論如何都要堅持的事情。那就是，保護眼前這個名叫蒲深雨的女子。

他張開口剛想對深雨說什麼，但是，突然看到了一個令他睚眥俱裂的東西！

借著深雨右手上的手錶發出的微弱螢光，他看到，深雨左手的小指上纏繞著一根細到幾乎看不出來的線！那根線從門縫一直連出去！不知道何時，這個魔王血字的詛咒竟然留著一根風箏線！

只要有這根風箏線在，不管進入哪個空間，鬼都可以輕易找到他們！這根風箏線肯定可以超越空間相連！

「快！快走！」彌天一把將那根線抓住，拚命扯斷！深雨也驚愕萬分！

他抓起深雨的胳膊，一腳踢開囚室，剛要衝出去，卻赫然看到，十米之外的空間開始褶皺起來！而那根被扯斷的線，正通過褶皺之處連接著！一道道細微裂痕開始清晰浮現！

彌天一個箭步衝到前面，一腳抬起，就將面前的空間出口踢碎！重疊空間分為空間入口和空間出口兩個節點，相距不超過一米。

這一次情況雖然很驚險，但還在彌天的計算之中。所以，現在他還保持著鎮定。

空間裂開後，他立即帶深雨衝入一個大峽谷。放眼看去，峽谷裏密密麻麻一望無盡的骷髏，猶如一個遠古戰場！

彌天毫不猶豫地繼續打破空間衝入，再衝入……進入了第四個空間後，他再度回過頭去，重新打破了空間！

然而……這一次衝進去後，彌天整個人呆住了。

他們竟然又回到了那個監獄裏！

「怎麼會？運氣這麼不好？」

掃視了一番，沒有發現那個鬼的蹤跡，彌天鬆了一口氣。那個鬼已經離開這個空間了。只要能夠一直在無序空間中逃跑，就可以和那個鬼玩捉迷藏！

「我要仔細檢查你的身體。」彌天看著深雨，「要看是否還有線！」

「嗯！」深雨點頭，伸平雙手讓彌天檢查。

彌天仔細查看過後，確認她的身上沒有新的線了。而需要用線來定位，恰恰說明鬼是無法感知他們的位置的，這也讓彌天感到高興。他繼續打破空間，出去後……他的身體僵住了。

眼前竟然又是那個遍佈骷髏的大峽谷！

怎麼可能！一次是巧合，兩次……還是巧合嗎？彌天頓時產生了一個極其恐怖的猜測！

「凍結……」彌天說出了推斷，「那個鬼凍結了所有的重疊空間，停止了空間的位置變化！」

空間被凍結後，空間之間的相對位置就變得固定了。那麼，他們再怎麼逃，也無法逃得掉了！

為了驗證這個猜測，彌天再度打碎前方的空間，果然，和之前的位置一樣！這個十七層重疊空間，被完全凍結住了！

然而，遭遇這麼可怕的驟變，深雨的神情卻沒有絲毫變化。

「如果有危險，你就走吧。」深雨淡淡地說，「這是我的血字，和你沒有關係的。你對我的幫助，我心領了，但是，這不是人力可以對抗的……」

「我楚彌天對任何人的承諾，絕對會履行！」彌天咬緊牙關，抓起深雨的手在新的空間裏飛奔，「我說過會讓你活下來，就一定會讓你活下來！除非我死了，否則你就是自己想死，我也不會允許！」

彌天是一個失去了太多太多的人。他所走過的路，倒下了太多屍體。他的一生，只有黑暗、鮮血和絕望。彌天深深羨慕那個叫卞星辰的男子，能獲得這樣一個女孩子的心，他何其有幸！彌天要深深記住深雨的臉，永遠都不忘記。哪怕這永遠只是短暫的一瞬……

三個小時還沒有過去一半。彌天的心揪得更緊了，他無法將目光從深雨的身上移開。剛剛邂逅，卻要永訣？

汐月是他的初戀，在他救了她之後，已經遵守了當初對汐月的承諾。這段初戀，也算真正畫上了句點。而深雨，是他現在希望一直守護的永恆！

三個小時……只能是那麼短的時間嗎？

彌天原本以為，這麼多年來他已經見慣了死亡，見慣了美好的事物被無情毀滅。但是，此刻，他卻發現，他還是承受不起！如果深雨死了，他承受不起！

這個新的異空間，是一座空曠的山。在山上飛奔時，他發現周圍忽然開始出現許多奇形怪狀的石頭，有許多是人形的。

「深雨，答應我……」彌天很自然地改變了稱呼。

「什麼？」

「不要忘記我。如果你能活下去，離開這裏，請你不要忘記我。」彌天的心在滴血，他知道，即使他能救下深雨，她也必定會離開，最終，他還是要和她訣別。

但是，他不在乎！只要她還活著！哪怕從此再也無法見到她，但是，深雨的身影已經永遠烙印在他的心中。

深雨的眼中閃過一絲錯愕，接著，她點了點頭。「我不會忘記你。楚彌天。」

彌天露出了欣慰的笑容。接著，他的速度開始飆升！衝！衝！衝！

現在，唯有尋找新的空間節點，想辦法進入另一個重疊空間！雖然重疊空間不是那麼容易找，但是只要還有一絲希望，他都會去搏一搏！沒有這種心態，他如何能活過九次血字！

彌天分析了魔王級血字。住戶都認為心魔是魔王級血字的死路，但是，彌天認為，心魔的存在，並不是死路，而是公寓的限制！心魔的出現，是為了摧毀公寓限制對住戶的保護，而達到侵入的目的。

眼前出現了一個小鎮！彌天此時忽然有了一種感覺！姐姐！他能夠感應到姐姐就在這個小鎮裏！

「怎麼……怎麼可能？」

彌天不敢相信，然而，再怎麼不敢相信，這卻是事實！

可是，彌真怎麼會進入這個異空間的？如果是被強行拉進這個空間的，那麼他必然會和彌真一起墜入深淵中。可是，他還活著，彌真也還活著！

那麼，只有一個結論了……彌真是主動進入這個空間的！或者，她是被另外一股力量拉入這個空間的！他認為後者的機率更高。

無論如何，必須去看一看！彌天絕不能容許彌真遭受半點傷害！

「姐姐就在那裏！」彌天抓緊了深雨，「我和你一起去找她！」

衝入小鎮後，彌天靠著感應，轉過好幾個彎，來到一座房屋面前！而那座房屋的窗戶完全破了，裏面赫然露出了……化為石頭的彌真！

這裏，正是夜幽谷！這座房屋，就是葉鈴鈴家！

彌天駭然，他和深雨從窗戶裏迅速跳入屋子，來到彌真的石像前。他明確感應到，眼前的石像，就是真正的彌真！

而他也發現了，地面上掉落著那個雕像！雕像上缺掉了一塊！

「原來，是因為這個？」

但是，彌天還來不及思考，更可怕的事情發生了。

深雨的背後出現了空間褶皺！一雙腐爛的手破空而出，將深雨死死抓住，就要將她拉入背後的空間！

無視空間屏障，隨意打破空間，彌天是無法做到的！所以，無論彌天逃多遠，都沒有意義！只要還在重疊空間中，鬼都可以直接到達任何一個地方！

鬼的速度太快了，彌天反應過來的時候，深雨大半個身體都被拉入了空間裂縫中，只有右手和小半個身體還露在外面！

「不！」彌天立刻跑過去。他突然產生了一個想法！他將那個雕像塞到深雨手裏，大吼道：「深雨！抓著雕像，心裏想著我們的靈魂是相連的，共同分擔詛咒，你就可以得救了！」

這是彌天想出的可以同時救彌真和深雨的最好辦法！由三個人共同分擔詛咒，那麼，由於雕像缺失造成的詛咒失衡，就可以重新平衡了。

但是，深雨的手還是被拉入了那個空間裏！彌天的手緊緊抓去，只抓住了一根食指，很快，那根食指也被拉進去了！

彌天一下跪倒在地，目光呆滯地看著掉落在地上的雕像。

「不……不可以……」他不能接受！他絕對不能接受同時失去彌真和深雨！這對他而言，比自己的死亡更痛苦！

他不知道彌真為什麼會變成石頭，但是，詛咒的失衡無法彌補的話，詛咒遲早會降臨。還有辦法嗎？還有沒有辦法可以救她們？如果有人可以拯救她們，就算是惡魔，他也會毫不猶豫簽下契約。

「不要……不要……求求你，求求你！」

彌天觸摸著眼前虛無的空間，聲嘶力竭地吼道：「求求你！你奪走了我那麼多，至少把她們還給我……求你把她們還給我……」

就在這時，地上的雕像發生了異變！雕像缺失掉的一角忽然散發出濃濃的黑煙，繼而雕像開始蠕動起來！原本是兩個糾纏在一起的身體，此時竟然又冒出了一個新的身體！三個身體交纏在一起，變成了新的雕像！

與此同時，彌真的石像從右手開始，竟然開始逐步解除石化！手指、手掌、手臂……都變為肉色！很快擴散到了胸口、脖頸、頭髮……彌真的身體恢復如初！當她睜開雙眼時，立即看到了眼前的彌天！

「姐姐！」彌天驚喜交加地緊緊將彌真抱住！

空間褶皺再度出現了，深雨的身體從空中跌落。她掙扎著爬起身，看向那個雕像：「好像……趕上了……」

彌天回過頭，又馬上抱起了深雨，驚喜道：「太好了！你也活下來了！從今以後，我會好好保護你，直到我死為止，你都不可以死！」

葉鳳山上，上官眠的身影猶如疾風一般向旅館衝刺，當她距離旅館只有百米時，她的腳狠狠一踏地面，整個人飛躍而起，朝著旅館的五層樓直衝而去！

上官眠已經離去半個小時了，還沒有回來！劇組人員發現，銀夜、徐饕等人開始不安了。因為懷疑他們也持有槍械，劇組人員本來不敢輕易反抗，更重要的是，上官眠的武力給了他們巨大的心理壓力。可是，現在他們開始蠢蠢欲動起來，他們懷疑銀夜等人沒有槍械！

一名攝影組人員終於大著膽子開口了：「不知道……那位小姐什麼時候回來呢？」

氣氛一下凝重起來。徐饕和銀夜環顧著漸漸形成的包圍之勢，還能面色不變。而洛亦水、張霆和韓青山三人的臉上難以掩飾驚恐的表情。這三人的表情落在劇組人員眼中，更是確定了他們的猜測！

洛亦水等人懷疑上官眠遭遇了不測。如果她這等逆天的武者都不能活下來的話，他們又怎麼可能倖存？他們意識到，修改劇本是無用之舉！

洛亦水發現包圍圈還沒有完全形成，此時不逃，更待何時？她不再猶豫，飛快地朝包圍圈的缺口拚命衝過去！她的速度很快，一下就衝了出去，但是後面有幾個人也馬上追過來要抓住她！

「把他們全部都綁起來！」也不知道是誰大喊了一聲，場面頓時一片混亂！

局面已經徹底失控，五個人只有一個選擇：突圍！

徐饕在洛亦水逃出去時，也朝前衝去！他面前正好是一個女人，他狠狠一拳上去，砸在女人的臉上，對方被打得踉蹌後退，鼻子流出血來。徐饕一腳踩在她的胸口上，回身又是一拳砸在後面一個男子的心口上！

這兩拳出得又快又狠，這個被視為神棍的傢伙，武功居然那麼強！而且，他和這些人根本無冤無仇，下手竟然也毫不留情，完全不在意他們的生死！

狠狠抽出一把匕首，徐饕繼續朝前衝殺！他那不要命的氣勢嚇得很多人都躲得遠遠的，根本不敢再上來！畢竟他們都要逃跑的，還去拚著老命送死，那不是白癡嗎？

而銀夜的手段也不弱。他馬上抽出匕首來，拚命衝殺突圍！一個孔武有力的男子抓住了他拿刀的手，銀夜飛踢一腳，膝蓋重重頂在對方的腹部，頭也向男子臉上砸去，將對方撞得口鼻出血！完全不惜以傷換傷！

在混亂之中，張霆和韓青山也不斷突圍，最終，五個人都衝出了包圍網，分散進入密林之中！

韓青山可以說是手段最狠的一個，此時他身上已經滿是鮮血，衝入密林後，他心悸不已，卻沒有看到有人和他同行。沒有辦法，他只好獨自逃跑了。他很清楚，一旦被那些人抓住並且關起來，就只有等死了！就算對他們說出公寓和血字的事情，他們會相信嗎？

然而，等到後面不再見追兵的時候，韓青山心中愈發驚懼起來，左右張望著空無一人的黑暗森林。韓青山在奔跑中越來越絕望。

「我該怎麼辦啊，怎麼辦？」韓青山甚至覺得，葉鳳山上只剩下了他一個人：「不會……其他人都死了吧？」

韓青山不禁又胡思亂想起來，並回憶起他看到的原劇本。電影越到後面，鬼魂的殺戮就越可怕，各種匪夷所思的詭異現象，光是想想就叫人感到一股森然寒意。

韓青山握著匕首，緊張地對著四周。他完全亂了方寸，也認不出方向，在原地不斷地轉圈發抖。就在這時候，他的腦海中閃過了電影的開場，被裝入麻袋的張鳳琳的屍體，鏡頭中露出的屍體的頭部……

這明明只是虛構的電影而已，為什麼會變成真正的厲鬼？為什麼？

虛構的？韓青山猛然一個激靈！他忽然想到了一個可能性。電影真的是虛構的嗎？事實上，很多電影都取材於現實中的案件。該不會，這個富商殺死情婦將其分屍的案件，真的發生過？如果是發生在香港的殺人案，那麼內地沒有瞭解到這條新聞也是很可能的。

他越想越覺得有這個可能！可是，現在身邊沒有劇組人員，他如何去詢問這件事情？不過，如果真是這樣，就可以對症下藥了。真實案件必定有跡可循，也許在這座山上就有生路的線索。

韓青山決定回去詢問劇組人員！想到這裏，他立即拔腿飛奔回去！但是，因為已經迷失了方向，他怎麼也找不到回去的路。他的身上偏偏沒有指南針！

就在他萬分焦急的時候，一下停住了腳步！他想起了一件事情。好奇怪……真的好奇怪……

韓青山立即取出手機。手機裏錄了一段電影開場。他忽然覺得，開場中有一段內容理解不了。那個叫羅鐘的演員扮演的富商拖著麻袋，麻袋上幾乎一半都染上了鮮血。然後，他終於停下來，將麻袋打開。就是這一段！

麻袋打開後，露出了滿是鮮血的張鳳琳的頭顱。張鳳琳頭垂在地上，頭髮極為凌亂，眼睛大睜著，好像還沒有死一樣。

「果然……」韓青山注意到了！因為這一鏡頭只有短短一秒，只有暫停後仔細看才會發現這一點。這個，估計就是公寓的生路提示！他感到心在怦怦狂跳！要把這個發現儘快告訴銀夜他們！

此時韓青山相當興奮，他已經看到了一線生機！只要將這個重要線索告訴銀夜，他一定可以……一定可以！

韓青山的視覺記憶力也很好，否則就不會發現這個問題了。他不能確定銀夜等人是否也發現了這一點。現在結合所有的線索，他大致推斷出了血字的生路，恐怕就是……將這部電影給……

這時，前方出現了一個染血的麻袋！因為光線太暗，韓青山以為那是一塊石頭，繞過了它繼續奔跑。從那個麻袋裏，有一股血腥的氣息瀰漫開來……

20 心魔的真面目

「林書琪的作品有一個共同的特點。」密林裏，銀夜和徐饕並肩逃跑時，徐饕忽然說道。

「什麼？」銀夜的腳步絲毫沒有放慢，也沒有把臉轉向徐饕。

「她雖然是有名的編劇，但原來是一個小說家。這一點你知道吧？」

「知道。她是寫小說成名後才成為編劇的。」

「林書琪所有的作品我都看過，她的小說和劇本都是重口味。很多小說，與其說是恐怖，不如說是給人噁心和變態的感覺更多一點，許多描寫極其殘忍血腥。」

「你想說什麼？」

「她的小說涉及靈異題材的，無一例外都很血腥，人物也多是變態。這一部電影裏那個殺死情婦的富商，也是一個變態的人。所以，我認為，對劇本的修改，是不是也要保持這一風格呢？」

「你是想說……」銀夜停住了腳步，「劇本修改為以一個道士的介入來消滅鬼魂，不符合原來的風格？」

「嗯。可以這麼說。」

「那你認為可以怎麼修改？」

「這一點，我還在考慮。你有什麼想法？」

銀夜思索道：「身為女性卻那麼愛寫女性被虐殺的劇情，而且字裏行間有一種瘋狂的感覺，作者似乎心理極度陰暗。」

「是的，的確很難想像，這是一個美女作家寫的。」

「黑暗風格……要怎樣，才能迎合這種風格呢？」

黑暗的密林中，上官眠抱著葉汝蘭，身影如疾風般穿行！這種速度快到讓葉汝蘭無法承受，一路上吐了好幾次。終於，上官眠停下了。眼前已是斷崖！

上官眠放下了葉汝蘭。

「真實……」上官眠讓葉汝蘭站到身後，右腳飛速一畫，在地面上留下了一道長線！「從現在起，你絕對不要越過這條線！我一叫你，你就馬上逃！」

兩把格洛克出現在上官眠手中，她又將一襲黑衣瞬間甩開，露出了身上帶著的幾把匕首。她死死地盯著前方。

「姐姐……」葉汝蘭恐懼萬分地後退著，「你，你不要緊吧？」

上官眠一臉平靜地說：「我沒事，我的武學修為很高，你不用擔心。」

葉汝蘭驚訝得合不攏嘴！事實的確如此，這句話沒有絲毫誇大。但是……這種強大，僅限於人類的世界。

上官眠猛然開槍，繼而身體飛衝出去，右腳猛地抬起，朝前方踢去……明明是踢空的，然而，眼前所有樹木都被這一力道的衝擊波擊倒了！眼前變得一片空曠！而上官眠的槍已經對準了空曠的中心。

葉汝蘭面前的那條線，是衝擊波波及範圍的極限！在黑暗中難以看清，加上被上官眠的身體遮擋著，葉汝蘭不知道上官眠面對的是什麼。接著是幾聲震耳欲聾的槍響！

「姐姐……不會有事的，姐姐一定沒事的！」葉汝蘭安慰著自己。

「逃！真實！」

聽到上官眠的一聲大吼，葉汝蘭的身體猛然一抖，立即轉過身拔腿飛奔！她知道，現在的情況肯定不是她能介入的！

跑，跑，跑！但是，沒跑多遠，她就看到，前方的地面上竟然躺著許多死相淒慘的屍體！那些屍體全都是劇組工作人員！

「啊——」

一聲慘叫傳出後，上官眠的身影穿梭而至，一把抓住葉汝蘭，再度衝上空中！

「真實……」上官眠緊緊抓著葉汝蘭，「你一定要記住，我的名字是韓自由，你的名字是韓真實。我們的母親叫韓未若，我不知道父親的名字。」

真實點了點頭，笑道：「我喜歡這個名字，韓真實！」她忽然感到獲得了新生。這個剛剛聽到的新名字，比被人叫了十六年的葉汝蘭更讓她感到欣喜。

「我不會讓你死的。」上官眠繼續說道，「我會帶你去見媽媽。我的餘生，就為了保護媽媽和你而活。從此刻到我死為止，我會成為你們的利刃和盾牌！」上官眠忽然停靠在一棵樹的樹枝上。她臉上肅殺的表情，宛如死神！

現在世界殺手排行榜上，上官眠已經位居第四，而歐洲殺手排行榜上，她自然位居第一。而且，她在黑暗世界的代號不再是「睡美人」，而是「死神」！

「差不多了。」上官眠說道，「果然和我猜測的一樣。」

「猜測……什麼？」真實疑惑地問道。

「鬼不是張鳳琳。剛才地面上的那些屍體中，其中有一具就是張鳳琳！而且這些屍體死亡的時間大概在幾小時前，正是她失蹤的時候！她在那時候已經被殺死了。」

「你說什麼？」

「如果她是要殺我們的鬼，不是死了很久，就是剛死不久，而絕不會是現在這種情況。而且，結合你的描述我就更加確定了。你在那個別墅裏看到那幅油畫時之所以恐懼，並不是因為張鳳琳抓那幅畫，而是……你發現，在張鳳琳抓那幅畫以前，畫上已經出現了清晰的抓痕！」

「不……我看到了……」真實語無倫次地說，「我明明看到了的！那時候，宋琳瞳孔中顯現的張鳳琳的影像！那種異變……」

「不是的。」上官眠搖頭道，「鬼的形象其實都差不多，沒有眼珠、面孔蒼白、披頭散髮。加上你本來和張鳳琳就很少見面，印象最深的就是她女鬼的扮相，不是嗎？所以，那時候你看到宋琳瞳孔中的，其實是……另一個鬼！」

周清妍被高高地吊起。

她已經絕望了。她唯一記得的，是在被拖入這個房間的一瞬間看到的真相。那就是，張鳳琳，已經死了。

那時候露出門外，看著她和葉汝蘭的張鳳琳，是一具屍體……一具屍體！

轉眼已經到了下午五點多。

葉鳳山上空的烏雲越來越密集，如果沒有照明的話，簡直是伸手不見五指。當然，住戶不敢打開手電筒，那等於是告訴鬼自己的位置。

「怎麼會是這樣？」

她們迷路了。無論怎麼走，都走不出這片樹林！而上官眠始終表情不變。對於這個姐姐，真實充滿了敬畏。她已經完全認可了這個親人，而且也非常想見到親生母親。當她得知，親生母親其實一直在遠遠地守護她時，她就更加激動了。雖然有恐懼，但是真實可以面對，只因為有姐姐在。

雖然感覺有點對不起養父母，可是，真實一直都覺得自己找不到真正的歸屬。所以，真實已經決定，如果能活下來，她要和母親與姐姐一起生活。只是，她還是不知道，姐姐怎麼會牽涉到這些超自然現象中的。上官眠對此三緘其口，加上她的超常武力，真實更加感覺到，母親和姐姐絕對不是普通人。

「姐姐……」真實又問出了一直堵在心頭的話，「我們為什麼會遭遇這種超自然現象？你怎麼會有這麼高的武功？你能告訴我嗎？」

上官眠緊緊握著真實的手，一刻也不曾放開。無法離開這個樹林，這很明顯是詛咒。而且，這個詛咒很快就會降臨。更加可怕的是……

「這是電影接近結局時的一段劇情！女主角逃入樹林後，怎麼也出不去！姐，你知道什麼的話，就告訴我吧，這一切到底是怎麼回事！」

上官眠依舊冷靜地答道：「你不需要知道。只要我活著，就一定會保護你。你只要記住這一點，就足夠了。如果你知道了這一切的緣由，只會將你拖入更加可怕的漩渦中。你和我不一樣，你生活在光明的世界裏，而我不會讓你和我的黑暗世界有絲毫牽扯。」

「可是……我也想分擔姐姐的痛苦……我想知道一切啊！我想和自己真正的家人在一起，這是我唯一的願望……」真實抱住了上官眠的後背，她感到這是她可以依靠的、最溫暖的背脊。無論如何，她都想緊緊抓住，絕對不想失去。

「今天姐姐出現之前，我就感應到了。雙胞胎之間真的有心靈感應吧，我真的能夠感應到姐姐！」

真實緊抱住上官眠時，她忽然感到很奇怪。因為，觸碰的這個身體很冰冷！而且，還傳出一股腐臭的氣息！

「姐姐……你……」

黑暗中沒有辦法分辨出衣服的顏色。從背面，自然也看不到臉。

這座山上，幾乎所有劇組人員都死了。銀夜和徐饕走進了劇組設在旅館裏的資料室。

「應該可以找到我想找的東西。」徐饕衝向一個個資料櫃翻找起來。這裏的文件很多，找起來必定耗費時間。

而銀夜則將電腦打開，查看裏面的資料。

半個多小時之後……

「找到了！」從資料櫃中翻出了一疊文件，徐饕興奮不已地說：「就是這個！就是這個！這就是……」

銀夜立刻跑過來，二人一起翻看那疊紙，他們都露出了笑容。

「太好了！」銀夜說道，「馬上找到大家！尤其是上官眠和陸嵩！起碼要找到兩個主角中的一個！這就是生路！」

真實抱住「上官眠」的時候，上官眠也在同時回過了頭。可是，出現在她身後的人，竟然不是真實，而變成了洛亦水！而且，周圍的環境也瞬間變換，不再是密林，而是在旅館大口！

這時，銀夜和徐饕正好衝出來，看到了上官眠和洛亦水！

「你們……」

上官眠卻回頭看向密林方向，又要衝過去。銀夜喊道：「等一下！上官眠！我們知道生路了，生路就是……」

真實在樹林裏不停奔跑，在上官眠莫名變成了女鬼以後，她已經嚇得魂飛魄散了。在那一瞬間，她發現自己和上官眠之間的感應消失了。

「救我……姐姐，救我啊！」

上官眠一下衝到銀夜面前，一把匕首架在他的脖子上，無比冷酷地說：「我給你十秒說清楚生路是什麼！否則我就殺了你再去找真實！」

銀夜沒有驚慌失措，很鎮定地答道：「林書琪的劇本被改過了，富商殺死的情婦是兩個！也就是說女鬼有兩個，現在拍攝的是修改過的劇本！女鬼變成了一個！」

「你是說，因為電影刪掉了另外一個女鬼的戲份，所以，那個女鬼出現了？」

徐饕答道：「是的，那兩個情婦是一起住在別墅裏的！」

這就是林東賢三人一開始就死去的原因，只有他們三個知道劇本修改了。韓青山在視頻裏看到，麻袋裏張鳳琳腦袋的後面，隱約露出了另外一個女人的耳朵！只是光線太暗，這個鏡頭又太短，所以很容易忽略。

今天執行的應該是採集人形蘑菇的血字，而且這個血字裏有風烈海這個擁有照相機式記憶的人，而現在這個改換的新血字中，卻沒有了他，這正是公寓安排的難度制衡。

在這個劇組中，一直有另外一個鬼存在！原本的劇本中，有兩個女鬼同時在真實的夢境中用指甲去抓油畫，燒烤的時候也是另外一個女鬼從火焰中伸出手將燒烤架推落，而宋琳瞳孔中的影像正是另一個女鬼！

最重要的是，現在的死亡順序和死亡方式，才是林書琪原劇本的劇情！導演修改了死亡的順序，將重口味的死法進行了改編。但是，現實卻依舊按照原劇本的內容來上演！所以，修改劇本是毫無用處的！一切只會按照原劇本發展下去！而生路，自然就是按照原劇本結束拍攝！必須要有一個人來扮演女鬼！那樣空缺就可以補上了！在林書琪的原劇本中，最後的結局是所有人都死了。

上官眠說道：「化妝師……不，來不及了！隨便去找個女人來，我來幫她化妝！」

劇本中對女鬼的外貌描述很少，所以，只要形象像鬼就可以了。他們很快在樹林邊緣找到了一個劇組成員，是一個年輕女性。上官眠用格洛克指著她的腦袋，說道：「一切都聽我的，否則我就馬上殺了你！」

這個女子叫林流雨，是劇組的後勤人員。她的頭髮比較長，上官眠將她的頭髮散開，遮住了臉，讓她換上一件白衣服。本來還能抹一點血的，但是時間緊迫，只好先這樣了。

可是，住戶們並沒有意識到，這是個很幼稚的想法。因為，女鬼已經出現了，已經不能用人類演員代替了。這個血字已經超出公寓的掌控，即使知道真相，也未必可以活到最後了。這其實，只是半條生路……

韓真實在黑暗森林中不知道跑了多遠，她邊跑邊哭喊著，體力快要透支了。她回過頭，沒有發現什麼異常情況，這才鬆了一口氣。終於知道了自己真正的名字，找到了真正的家人，真實無論如何都想活下去，然後去見母親。她絕不想現在就把性命葬送在葉鳳山上！

就在這時，一隻手忽然搭在她的肩膀上，她嚇得立即跳起來，差點尖叫出來！她定睛一看，站在眼前的是一個有些消瘦的青年。

「上官眠……」這個青年正是張霆，他驚疑不定地說：「你，你別殺我……」

「你是……認識姐姐的人嗎？」

張霆和其他住戶分開逃跑，直到現在也沒有跑出森林。他發現這個女子不是上官眠後，大大地鬆了一口氣。這個不是上官眠而是她的妹妹，的確大出他的意料，也多少讓他有點失望。畢竟，有上官眠那等逆天武力相助，多少可以緩解危機。但是，眼前這個女子卻手無縛雞之力，自身都難保。當然，有一個人結伴，多少還是能夠安心一些。

張霆說道：「葉小姐，我們快點走！」

「我……我已經跑不動了……」真實的體力別說和上官眠比，就是和一般住戶比，也要弱很多。

張霆哪裏敢停下來？可是，如果丟下上官眠的妹妹不管，事後讓她知道了，她還不把自己碎屍萬段？

張霆一時拿不定主意，問道：「你……有遇到鬼嗎？」

「有……我差一點就被抓住了。我想，大概不會再追上來了吧……」

張霆卻不敢放鬆。他深知，在任何時刻都不能有絲毫鬆懈！

樹林裏，開始了最後一幕的拍攝。

陸嵩已經死了。這是從林流雨那裏獲悉的。根據原劇本，陸嵩死後，就到結局了，逃入森林的女主角最後陷入了絕境。這場戲，必須按照原劇本一字不改地拍攝出來。

女主角可以是真實，也可以是上官眠。雖然前面大部分鏡頭都是真實完成的，但是，上官眠還是不願讓妹妹冒險。散亂著頭髮、一身白衣的林流雨也已經趴在地上，藏在樹叢中。而這場戲是女主在樹林裏不停地奔跑，只能用手持攝影機。除了女主還要有二男一女，所以銀夜、徐饕和洛亦水也上場了。

一開拍，四個人就飛奔起來，上官眠減慢到了普通人的速度。然後，洛亦水第一個停下了，喘息道：「我，我跑不動了……」

「我也是……」徐饕接口道，「那麼多人，都死了，都死了……我們也逃不了了！」

「不要胡說！」上官眠說道，「無論如何，我一定會把你們都救出去的！你們不用擔心，再跑遠一點，那兩個鬼就肯定追不上我們了！」

「好……那我們就……」

黑暗中，一陣「簌簌」聲傳來！

上官眠等人立即露出悚然的表情，攝影開始給特寫鏡頭。終於，林流雨爬了出來，疾速朝幾個人衝過來！上官眠張大嘴巴，發出了一聲淒厲的慘叫！

電影到這裏就結束了。

可是，就在發出慘叫時，上官眠捂住心臟，眼睛大睜，立即看向後方。「那個鬼還在！我能感受到，真實她現在正在被追殺！那個鬼還是把真實當做女主角，而不是我！為什麼！為什麼不來找我！」

徐饕說道：「我想，這個鬼，恐怕無法由人來演吧。還有一個可能是，現在的拍攝很不正規。」但是，劇組人員已經死得差不多了，要講究燈光、佈景、化妝來拍攝是不可能了。

「我要去救真實！」上官眠攥緊拳頭，然後身體刹那消失！幸好她走之前把一把格洛克給了銀夜，所以不用擔心劇組人員反制他們。

徐饕喃喃道：「這是命嗎？上官眠，她要走到終點了吧？」

真實和張霆又跑了一段路，兩個人現在連站著的力氣都沒有了，還是沒能跑出樹林。

「姐姐……姐姐……」真實蹲了下來，剛要轉過頭和張霆說話，卻感到額頭一涼，好像有一滴液體滴在了額頭上。

她抬頭一看，張霆的額頭上有一截刀尖露出來，鮮血不斷灑下，然後整個人倒在地上！將他的頭顱刺穿的，竟然就是電影中富商用來肢解情婦的刀子！

真實嚇得哆嗦著爬走。「救……救……救我，姐姐……」

一道身影刹那間落在她的面前！

「真實！」上官眠一把將她護到了自己身後！

上官眠的前方，是一片黑暗。隨著一陣響動，一個暗影開始浮現！

這就是那個白衣女鬼！劇本中有紅衣白衣兩個女鬼！在電影的最後，是白衣女鬼向女主角伸出了魔爪！

那道暗影忽然不動了。上官眠舉起格洛克，迅速扣動扳機！子彈不斷傾瀉到那道暗影上，可是，暗影還是巍然不動！

「真實。」上官眠連頭也不回地說，「現在我是女主角，你朝反方向逃，只要我來當女主角，鬼就不會再來殺你了。」

「姐姐……」

「快走！」

可是，槍械對鬼是不起作用的。上官眠一聲怒吼，雙拳向前揮出，一道罡風直逼那道暗影！可是，瞬間被化為無形！

然後……一顆頭顱高高飛起，又墜落在地面上。

那是一張這對孿生姐妹共有的面孔。一具無頭的屍體緩緩倒下了。

這兩個人，只要死了一個，就可以了。女主角一死，電影就結束了。暗影又隱沒在黑暗中，再也不會出現了。

這個血字結束了。

最後……死的，是哪一個？活下來的，又是哪一個？

夜幽谷裏，彌真解除了詛咒看到彌天的時候，真是驚喜萬分。然後，她立即看到了深雨。

「蒲小姐……你怎麼會在這裏？」

彌天說道：「姐姐，詳情以後再說，現在先離開這裏吧！這個地方還是很危險的！」

「彌天，真的是你嗎？你為什麼會在這裏？你既然能保持清醒，為什麼不回歸公寓？」

「不是……現在的我，只是空間重疊後投射形成的分身。我沒有辦法回公寓，也無法接觸我的本體。姐姐，你又為什麼在這裏，是被詛咒拉進來的嗎？」

這座房屋的外面，卻突生異變！一個身影漸漸浮現，最後，化為了……李隱的形象！他看向眼前的房屋，抬起了手臂。

彌天忽然感到身體一顫，身後的空間突然裂開了，他和深雨一起摔了進去！空間立即又恢復了。

「彌天！彌天！」

「彌真？」

雕像被彌天拿走了。門開了。

彌真立即回過頭，看清了來人，又驚又喜道：「李隱，你還活著？太好了！」她衝過去緊緊抱住他，「我，我剛才，看到彌天了……」

「什麼？彌天？」他驚愕地問道，「這是怎麼回事？」

「原來，還不是本體……」他聽完彌真的話，又說道：「算了，你身上的詛咒總算解除了，我們快離開吧！既然現在詛咒又平衡了，你就不會再有事了！」

彌天感覺身體一晃，整個人就狠狠摔在了地上！他站起身環顧四周，發現是在夜幕下的一片沙灘上，天空中有一輪圓月。這是一個彌天不曾進入的空間。

深雨就在他旁邊，似乎沒有摔傷。雕像在彌天身上，只要雕像完好，詛咒的平衡就可以維持。

「告訴我。」深雨指著彌天的胸口，「你藏著的那個雕像，到底是什麼東西？為什麼可以解開我的魔王級血字詛咒？」

「不是解除。」彌天答道，「這個雕像是公寓給予住戶的一個選擇，就好像死刑緩期執行一樣，是對於執行到第十次血字的住戶的一個特別優待。這個雕像能夠延長血字規定的詛咒時間，按照血字原本的時限，我們算是完成了血字，但是詛咒不會解除。某一個人將會被束縛而無法回歸公寓，其他人也一起分擔詛咒。選擇就這樣死去，還是獲取時間去思索生路，這就是公寓給我們的機會。」

「所以，就算你們完成了十次血字，不再是公寓住戶，卻一樣還要受到詛咒？」

「對。詛咒的時間會延長到幾年左右。時間一到，一切還是會回歸原點。我們可以在這段時間內尋找生路。但是，很顯然，姐姐至今還是找不到生路。」

「所以……」深雨說道，「我所執行的魔王級血字，也會從三個小時變為幾年。是這樣吧？」

「對。只是魔王級血字有太多未解之謎，我也不敢輕易下結論。只能說，我們三人，現在同時承受第十次血字和魔王級血字的詛咒。」彌天的聲音顫抖起來。看到安然無恙的深雨，他感到非常激動和欣慰。既然還有一線希望，就絕對不能浪費！

夜幽谷山腳下的火車還是停靠在那裏。上了火車後，二人坐了下來，火車立即開動了。根據日記紙上的指示，下一站離這裏有七站，要用幾天時間。

「彌天不會有事的。」彌真倒是很鎮定，「我感應得到，他在這空間的某處，還活得好好的。」

「那就好。」他輕笑道，「無論如何，這也算因禍得福，詛咒終於又平衡了。」

彌天和深雨繼續在空間裏不斷穿行。三個小時轉瞬即逝。終於，深雨的影子發生了變化！她的影子就像當初進入公寓時那樣，先是倒在地面上無法起身，然後緩緩站起來，又成為和深雨現在的動作完全一致的樣子。

「解除了……」彌天激動地說，「公寓對你的影子詛咒解除了！」

影子詛咒一旦解除，也就意味著，這個正常的影子再也不會威脅到住戶的生命。

「我……不再是公寓的住戶了？」深雨看著身下的影子，忽然身體一軟，倒在地上。

「我，是為了讓他可以離開公寓，才進去的……可是，他死了，我卻出來了。」深雨抓著身下的細沙，淚水一滴滴落下，將沙子打濕了。

「為什麼……我為什麼要出生，為什麼會要失去一切……」

彌天的心被深深刺痛了，他將深雨緊緊擁入了懷中。第一次看到這個女子流淚，竟然是在她解除了公寓住戶的身分之時！深雨那種撕心裂肺的痛苦，彌天能夠體會。一度擁有卻又失去，比從未擁有更加痛苦絕望。

「我恨那個魔鬼！」深雨歇斯底里地咆哮道，「讓我生來絕望，把我當做詛咒的工具，操縱並且毀掉了我的人生！我恨他！最恨他！恨死他了！」

夜幽谷，葉鈴鈴的家裏。從地面上一塊鏡子碎片裏可以看到，在彌真原來化為石像的位置旁邊，懸浮著一個身體潰爛、有著一頭長髮的男人！正是之前那個「風箏」！這個腐爛的屍體漸漸消失了。

彌天的話是錯的。這一次，不可能將詛咒拖延到幾年後了。已經沒有時間了。從五十年前到現在，魔王的封印解除，所有詛咒將再度開始。

在一個黑暗空間裏，有一個扭曲的房間。房間裏所有的東西都像哈哈鏡中的影像一樣變形古怪。

「時間快要到了。」一個一襲黑衣的男人看著眼前的鐘錶，露出欣慰的神情：「總算可以離開這裏了。」

「連生……」他的身後站著一個一身綠衣、有著一張清秀瓜子臉的年輕女子，她欣喜地說：「太好了，真是太好了！」

「不要大意。」房間角落裏，一個一頭黑色長髮、目光頹然的青年說道：「不到最後一刻，絕對不可以鬆懈！」

「時間到了！」黑衣男人露出笑容，「水瞳，離厭！我們回公寓去！」

在公寓一樓大堂裏，有不少住戶在等待。三個身影開始緩緩浮現！住戶們頓時目瞪口呆！

「不可能！時間還沒到，上官眠他們不可能回來的！」

「是誰？莫非是深雨？」

三個人站起身來，是一個黑衣男子，一個綠衣女人和一個長髮青年。

黑衣男子用疑惑的目光掃視著四周的住戶，說道：「諸位，幸會。請問，你們是……公寓的新住戶嗎？」

臨近九龍半島的一座私人島嶼，是夢氏家族的領地。島嶼景致宜人，周邊時刻有人巡邏。

島上山頂的豪華宅邸裏，夢可雲沿著走廊緩緩走著。通過了好幾道電子鎖的認證，進入了中心區域。她來到一扇銀白色的門前，有兩名護衛在守衛。

「三小姐！」兩名護衛畢恭畢敬地說，「您來了！」

「韓女士還好吧？」

「按照您的吩咐，飲食起居照顧得很好。」

這座島嶼的所有人，就是這位夢家三小姐。她幾乎肯定會成為下一任家主，所以家族內部有許多人都來投靠。

夢可雲走進了房間。房間裏有兩個人了。其中之一，就是那對雙胞胎的生母韓未若。

夢家已經把韓未若的身世徹查過了。她幼年就被拐賣，遭受無數凌辱後逃了出來，加入了殺手組織。

「真實，你姐姐……」韓未若停住話頭，連忙起身道：「夢小姐，你好……」

「韓女士，請坐。你在這裏很安全，你的所有仇家，我們都會幫你徹底清除的。」

「多謝夢小姐！」韓未若雖然知道夢家必定有著算計，還是非常感激：「這份恩德，我一定會記住的！」

「葉小姐……」夢可雲看向韓未若身邊的年輕女孩，「你打算留下來陪韓女士，還是……」

「我打算和姐姐一起離開。香港是不能待了，我們不能總是麻煩夢家。媽媽就交給你們了。」

「你姐姐為什麼不來看我呢？」韓未若擔憂地說，「她沒有發生什麼事情吧？」

「姐姐的身分，沒人敢動她的。」女孩搖頭道，「你放心吧，姐姐說，有機會就會來看媽媽。」

韓未若強壓下心頭的不安：「好吧，我等著她……」

當真實出現在自己面前並和自己相認的時候，韓未若簡直感覺是在做夢。她以前怕連累女兒，所以不敢和她相認。公寓雖然抹去了關於靈異現象的所有記憶，但是和女兒自由見面的記憶還在。

離開這個房間後，夢可雲的身後跟隨著那個年輕女孩。

「請好好保護我媽媽。」年輕女孩開口道，「拜託了。」

「能換取『死神』的人情，我們自然不遺餘力。更何況還有你的師尊巫前輩在。」夢可雲點頭道，「你是武道奇才，族祖要不是在閉死關，也一定會和你見面的。」

這個年輕女孩，正是上官眠！

「我妹妹的死，請你們絕對不要讓我母親知道。要讓她完全相信，是因為歐洲的仇家要追殺我，所以我要到巫前輩那裏去避一陣子。」

「你打算瞞她一輩子？」

「我和真實長得很像，聲音和動作也可以模仿，她不會起疑心的。今後我會在母親面前以韓自由和韓真實兩個身分交替出現。也許沒有辦法瞞她一輩子，但是我會盡力的。」

夢可雲內心有些唏噓，殺手上官眠竟然也有深愛家人的一面。

葉鳳山上，死去的人是韓真實。

上官眠向那個鬼飛出了一刀。而那一刀飛出後，砍下的卻是韓真實的頭顱！她的身體被拉到了鬼的前面，被上官眠親手奪去了性命！

「你妹妹的死，我很遺憾……」

夢可雲說出這句話的時候，上官眠卻變得有些怪異。

「妹妹……」當年，黑色禁地的修羅場中，麗娜是「睡美人」最好的朋友，直到那一天，組織把所有受訓殺手趕進山中，只允許一個人活下來。最後，山裏只剩下了上官眠和麗娜。

上官眠毫不猶豫地割斷了麗娜的喉嚨。「我想活下去……」上官眠只說了這一句話。

上官眠沒有對麗娜道歉，如果要道歉，她一開始就不會做。在那一刻，她扼殺了內心最後一點仁慈。「麗娜……」上官眠雙眼發紅，然後，她轉過頭，露出冷冷的笑容，說道：「她死了，而我活下來了。只有她死了，我才可以活。」

夢可雲被上官眠的怪異神情嚇到了，不自覺地後退了好幾步！

「好奇怪，我明明發誓要保護她的，可是，還是由我殺了她。好奇怪……真的好奇怪……」上官眠的表情扭曲起來，樣子甚是駭人。走廊上的兩個護衛察覺到她的異常，立即衝了過來！

然而，護衛接近她的一瞬間，上官眠雙手飛掃，一名護衛的頭顱瞬間掉下來了，而另一名護衛則從喉嚨到下身被劃開了一大道口子，身體立刻倒下了。

鮮血噴湧飛灑的一瞬間，上官眠將刀子對準了夢可雲！匕首距離夢可雲的額頭只有一寸，上官眠的表情已經極度扭曲，夢可雲嚇得魂飛魄散。

「保護好我母親。」上官眠歪著頭說，「如果她有絲毫閃失，我就屠滅夢家！」說完，她化為一道殘影，消失無蹤……

沒有人知道，她剛才的表情，和當年殺死麗娜的時候一模一樣……

深雨執行了魔王級血字，住戶們都認為她肯定已經死了。

葉鳳山的血字，上官眠、柯銀夜、徐饕和洛亦水都回來了，是銀夜把其他三人瞬移帶回公寓的。

李隱和子夜在魔王級血字結束後就回到了正常空間。而他們回到公寓後，就得知來了三個古怪的新住戶。三個人分別叫蒲連生，莫水瞳和白離厭。

公寓裏立即召開了緊急會議。李隱走進會議廳時，所有住戶都到齊了。那三個人也站起身，看向這位樓長。

「你們……」李隱看到蒲連生時，不禁愣了一下。這個男人比皇甫壑更俊秀，美得雌雄難辨。而他的容貌竟然和深雨有三四分相像，又恰好姓蒲！

李隱的目光緊盯著蒲連生，問道：「你是誰？」

蒲連生迎向李隱質詢的目光，心亂如麻，腦海裏一片空白。「你們說……現在是二〇一一年？這怎麼可能？現在不是一九六一年嗎？」

「你開什麼玩笑?!」銀羽反駁道。

住戶面面相覷。這三個人，是來自五十年前的住戶？這種事情讓人怎麼相信？

「回答我。」李隱一針見血地問道，「你和蒲靡靈是什麼關係？」

「你……你說什麼？」蒲連生聽到這個名字後，臉上的血色瞬間褪去，猶如五雷轟頂一般！

「蒲……蒲靡靈……」莫水瞳露出很震驚的神情。白離厭這時也突然雙眼大睜！

蒲連生三人到公寓外看過之後，才終於不得不接受，他們的確來到了五十年後，都感到很恍惚。他們在那個扭曲的空間中只過了五個小時，外面的世界卻飛逝了五十年！這是現實，卻又如此不真實！他們所執行的血字，是沒有固定時間的，一旦不小心觸發某個條件，血字執行時間就會延長下去。而在那個空間，每過去一個小時，現實中就會過去十年。

五十年前的住戶，自然受到三大聯盟的重視！他們最想知道的，就是蒲靡靈和魔王級血字的情報！

「我是一九五七年進入公寓的。」蒲連生臉色陰沉地說，「經歷了一年生死磨礪，我被推選為樓長。和我一起進入公寓的還有我的妻子葉寒。」

「蒲靡靈，他是你的兒子嗎？」

「我們只有一個女兒，叫緋靈。我們沒有兒子。」

「什麼？」李隱皺起眉頭費解地說，「可是，蒲緋靈就是蒲靡靈的妹妹啊！」李隱把和蒲緋靈見面的事情說了出來。

「你……你說什麼！」蒲連生不敢置信，「你們見到緋靈了嗎？她在哪裏，她現在還好嗎？」

「你說惡魔是怎麼回事？」李隱岔開話題，追問道：「你說他不是你的兒子，難道是養子嗎？」

蒲連生攥緊拳頭，渾身都顫抖起來。

「不是的……他不是我的兒子，也不是任何人的兒子。他是……我妻子的執念。是我妻子執行魔王級血字時產生的……心魔！」

莫水瞳補充道：「而且，釋放這個惡魔的，是我們。」

「你到底，在說什麼?!」李隱已經無法理解了。

「當時，還沒有湊齊地獄契約，我妻子就獨自去執行了魔王級血字。後來，她死了。我跟隨著她，看到了心魔，而那個心魔，就是蒲靡靈！」

「心魔不是在魔王級血字結束後就消失的嗎？怎麼會……」

蒲連生說道：「你們認為，心魔是幻覺或者鬼魂？不，心魔是真實存在的，但也可以說是虛幻的。只要他離開了魔王所在的空間，就是真實的。蒲靡靈，是我妻子給他起的名字。」

心魔可以來到現實中？成為真實的人類？甚至能夠誕下子嗣？

蒲連生頓了頓，繼續說道：「我妻子生下緋靈後，我的父母一直很不滿，他們很希望能有一個孫子來繼承家業。我妻子因此很自責，雖然我並不介意有沒有兒子。而生下女兒之後，她就一直沒有再懷孕。她越來越痛苦，甚至想自殺。執行魔王級血字時，她的執念就變成了心魔。那就是……兒子。」

「你是說……」李隱終於明白了。

「她太渴望生下一個兒子了。我看到，她在血字的執行過程中，腹部不斷變大，最後，一個孩子竟然鮮血淋漓地爬了出來，自己咬斷了臍帶。然後，那個孩子飛速成長起來，他的眼神很邪惡，表情很猙獰……他不是人類，而是一個惡魔！」

「當時我也在場。」白離厭說道，「那個惡魔很快就會說話了。我們都很恐懼。但是，蒲夫人說要給孩子起名字，還死死地守護著孩子……」

「我們曾經試圖殺死他。」蒲連生繼續回憶著那段恐怖經歷，「然而不管殺死他多少次，他都能夠死而復生。完全是不死之身！接著，我們發現，那個孩子有很高的繪畫天賦，他用身上的血在地上作畫。而且，他的畫……可以預知未來！最後，我妻子死了。我連她是怎麼死的都不知道。那個孩子，竟然叫我『父親』，還說要我帶他離開那個空間，回到現實中去。」

「他的畫可以預知未來，就意味著可以預知血字，我們也許就能活下去。雖然明知道這可能是魔王級血字的一個陷阱，我們還是動心了。所以，我們把那個孩子帶回了現實世界。」

「而這就是，噩夢的開始……」

請續看《地獄公寓》卷六　惡靈的真相

地獄公寓 卷5 終極逐殺令

作者：黑色火種
發行人：陳曉林
出版所：風雲時代出版股份有限公司
地址：105台北市民生東路五段178號7樓之3
風雲書網：http://www.eastbooks.com.tw
官方部落格：http://eastbooks.pixnet.net/blog
Facebook：http://www.facebook.com/h7560949
信箱：h7560949@ms15.hinet.net
郵撥帳號：12043291
服務專線：(02)27560949
傳真專線：(02)27653799
執行主編：劉宇青
美術編輯：MOMOCO

法律顧問：永然法律事務所 李永然律師
北辰著作權事務所 蕭雄淋律師

版權授權：蔡雷平
初版日期：2017年1月
初版二刷：2017年1月20日
ISBN：978-986-352-331-4

總經銷：成信文化事業股份有限公司
地　址：新北市新店區中正路四維巷二弄2號4樓
電　話：(02)2219-2080

行政院新聞局局版台業字第3595號 營利事業統一編號22759935

定價：350元 特價：299元

國家圖書館出版品預行編目資料

地獄公寓／黑色火種 著. -- 初版-- 臺北市：風雲時代，
2016.04 -- 冊；公分

ISBN 978-986-352-331-4（第5冊；平裝）

857.7　　105003553